महाश्वेता देवी

महाश्वेता देवी का जन्म 14 जनवरी, 1926 को ढाका, बांग्लादेश में हुआ। उनकी प्रारम्भिक पढ़ाई शान्तिनिकेतन में हुई। कलकत्ता विश्वविद्यालय से अंग्रेजी साहित्य में एम.ए. किया। अरसे तक अंग्रेजी का अध्यापन।

हिन्दी में अनूदित उनकी प्रमुख कृतियाँ हैं—'चोट्टि मुण्डा और उसका तीर', 'जंगल के दावेदार', 'अग्निगर्भ', 'अक्लान्त कौरव','1084वें की माँ', 'श्री श्रीगणेश महिमा', 'टेरोडैक्टिल', 'दौलति', 'अमृत संचय', 'ग्राम बांग्ला', 'शालगिरह की पुकार पर', 'भूख', 'झाँसी की रानी', 'आंधारमानिक', 'उन्तीसवीं धारा का आरोपी', 'मातृछवि', 'सच-झूठ', 'जली थी अग्निशिखा', 'नील छवि', 'कवि वन्द्यघटी गाईं का जीवन और मृत्यु', 'बनिया-बहू', 'नटी' (उपन्यास); 'कृष्णद्वादशी', 'घहराती घटाएँ', 'ईंट के ऊपर ईंट', 'मूर्ति', 'पचास कहानियाँ', (कहानी-संग्रह); 'भारत में बँधुआ मजदूर' (विमर्श)।

'जंगल के दावेदार' उपन्यास के लिए उन्हें 'साहित्य अकादेमी पुरस्कार' से पुरस्कृत किया गया। 'मैगसेसे अवार्ड' तथा 'ज्ञानपीठ पुरस्कार' से सम्मानित। 'पद्म श्री' और 'पद्म विभूषण' से अलंकृत।

28 जुलाई, 2016 को उनका निधन हुआ।

घहराती घटाएँ

महाश्वेता देवी

अनुवाद
जगत शंखधर

राधाकृष्ण पेपरबैक्स

पहला पुस्तकालय संस्करण
राधाकृष्ण प्रकाशन प्राइवेट लिमिटेड द्वारा
1980 में प्रकाशित

राधाकृष्ण पेपरबैक्स में
पहला संस्करण : 1998
चौथा संस्करण : 2025

राधाकृष्ण पेपरबैक्स : उत्कृष्ट साहित्य के जनसुलभ संस्करण

राधाकृष्ण प्रकाशन प्रा. लि.
जी-17, जगतपुरी
दिल्ली-110 051
द्वारा प्रकाशित

शाखाएँ : अशोक राजपथ, साइंस कॉलेज के सामने, पटना-800 006
पहली मंजिल, दरबारी बिल्डिंग, महात्मा गांधी मार्ग, प्रयागराज-211 001
1, अनमोल सोराबजी सन्तुक लेन, धोबी तलाव, मरीन लाइंस, मुम्बई-400 002
वेबसाइट : www.radhakrishnaprakashan.com
ई-मेल : info@radhakrishnaprakashan.com

विकास कंप्यूटर एंड प्रिंटर्स
ट्रॉनिका सिटी-201 102
द्वारा मुद्रित

मूल्य : ₹299

GHAHRAATI GHATAYEIN
Stories by Mahashweta Devi
Translated by Jagat Shankhdhar

ISBN : 978-81-7119-643-2

प्रणति और नवारूण को

क्रम

जगमोहन की मृत्यु

कहानी का नाम 'जगमोहन की मृत्यु' होने पर भी जगमोहन, सोमरा गंजू और बुलाकी—तीनों ही मृत्यु के असम्भव अथवा सदैव सम्भव परिणामों पर पहुँचे थे। घटना सतहत्तर के अक्टूबर में हुई। कहानी का एक अलौकिक छोर भी है। वह इस समय बुरुडिहा गाँव के हनुमान मिश्र के कब्जे में है। यथार्थत: उस अक्टूबर के देवी-पक्ष में बुरुडिहा के समीप जो अविश्वसनीय घटनाएँ हुईं, उनसे उस अंचल में हनुमान मिश्र की श्रेष्ठता और ईश्वर की इच्छा को स्थायी प्रतिष्ठा मिल गई। भारत और भारतवासियों के मन से छुआछूत मिटाने और छोटी जाति पर होनेवाले अत्याचारों को कानून द्वारा बन्द करवाने को जो कमर कसे हैं, उन्हें शिक्षा देने के लिए ही यह घटना हुई थी—ऐसा मिश्र के समर्थक कहते हैं। उसी प्रकरण पर 'जगमोहन की अमर कहानी' पुस्तिका पटना में छपी और गोमो-डाल्टनगंज लाइन के स्टेशनों पर कहीं-कहीं बिकी भी। 'जगमोहन' के मन्दिरों में स्वभावत: सबसे अधिक बिकी। यह लाइन किताबों की बिक्री की लाइन नहीं है। इधर के गाँव प्रागैतिहासिक हैं। यहाँ के निवासी भारत सरकार के सिरदर्द के प्रमुख कारण हैं। उराँव, मुंडा, हो इत्यादि की कोई लिखित भाषा या लिपि नहीं है। वे दिन के अन्त में चीनाघास के दानों की तलाश में हजारों बरस से फिरते आए हैं। जगमोहन की किताब वे भूखे-नंगे नहीं पढ़ेंगे। इसलिए किताब भुरकुंडा, खलाड़ी, पत्रातू इत्यादि नये बने धनी औद्योगिक अंचलों में बिकती। यह सारे आदिवासी भारत सरकार को अनजाने ही तरह-तरह के कष्ट देते हैं। विकास कार्यालय की उपेक्षा कर यह अविकसित रहते हैं। सरकार को छुआछूत पसन्द नहीं है, यह बात जानते हुए भी ये लोग ऊँची जातिवालों से डरते हैं। देश की धन-सम्पदा में इनका अधिकार रहे, यही सरकार की घोषित इच्छा है। फिर भी मैंगनीज, बॉक्साइट, माइका, लोहा, ताँबा, सीमेंट, कोयला सब गैर-आदिवासी लोगों के हाथों में देकर ये अनाहार से सूखा शरीर लिये दूर से कल-कारखाने की शोभा देखते हैं। सबसे गन्दी बात है कि अकाल के दिनों में देशी और विदेशी फोटोग्राफरों के आने पर यह कैसे तसवीर खींचने देते हैं और आदमी के कैरिकेचर की तरह इन

सारी शक्लों की तसवीरें बाहर प्रचारित होकर भारत की छवि नष्ट करती हैं। असल में यह दोगले खच्चर हैं। पिछली सरकार में आपातकाल की डाँट से इनके जीवन में अकाल और सूखे का मामला लाद दिया गया था। वर्तमान सरकार ढीली होने से यह निरन्तर अपनी गरीबी बताने की सुविधा ले रहे हैं। आश्चर्य क्या है, इन जातों के लोप होने से सरकार जीवित रहेगी? भारत के बाहर की दुनिया के खाद्य निर्यात का मामला बदमाशी नहीं लगता? जो हो, आजकल बुरुडिहा अंचल में जगमोहन का विदेही प्रभाव अत्यन्त संक्रामक है। किताब में सब लिखा है। इस अठहत्तर में कर्पूरी ठाकुर की जॉब रिजर्वेशन की सदेच्छा भी घूमकर अपने ही ऊपर चोट करने के बाद जगमोहन की किताब में जुड़ गई है। जगमोहन की घटना से ही प्रमाणित हो गया कि छोटे लोग सदा छोटे ही रहेंगे। ऐब्सट्रैक्ट—अमूर्त—ईश्वर, समूर्त काशी विश्वनाथ, हनुमान जी, रामजी—सबकी वही इच्छा है। इसके बाद भी कर्पूरी ठाकुर उछल-कूद करने गए और हिन्दू देवता वर्ग के हाथों दुरुस्त हुए। किताब लाखो-लाख बिकी और बुरुडिहा अंचल की सवर्ण हिन्दी स्त्रियाँ उसे साईं बाबा और सन्तोषी माँ की तसवीरों के साथ रखकर उसकी पूजा करने लगीं। इस तरह जगमोहन की मृत्यु क्रमशः बहु-उद्देश्यीय साबित हुई, किन्तु वह बाद में विचार करने की बात है। जगमोहन का मामला राष्ट्र के जीवन में कितनी बड़ी घटना है, पिछली सरकार को लौटा लाने के पक्ष में कितना बड़ा दिग्दर्शक है, उसे कलकत्ता के आदमी नहीं समझेंगे, क्योंकि वे कलकत्ता को और अपने को पूरा भारतवर्ष मानते हैं। उन्हें यह खबर भी नहीं है कि जगमोहन के मामले में सरकार के ऊपर के स्तर के व्यक्तियों में बहुतों ने नये मार्ग का प्रकाश देख लिया है और सरकारी सहायता से शीघ्र ही जगमोहन की कहानी चित्रारूप पा सकती है। सेकुलर इंडिया—धर्मनिरपेक्ष भारत—के माने हैं कि इंडिया उच्चवर्ण शासित है, इस सत्य को सब जानते हैं; जबान से नहीं कहते, काम में कर दिखाते हैं। सिनेमा से दिखा देने पर आइडिया सर्वसाधारण की स्वीकृति पा जाएगा, क्योंकि बिना फिल्म देखे भारत की जनता कुछ सीखना नहीं चाहती। देशप्रेम, शराबी पति के प्रति पत्नी का अनुगत भाव और प्रतीक्षा की आवश्यकता, पुलिस की भलमनसाहत, गरीबों के लिए अमीरों के हृदय की पीड़ा—यह सब देश में है और रहेगा। किन्तु धर्मेन्द्र या हेमामालिनी या लता मंगेशकर की सहायता के बिना भारतीय लोग भारतीयता की ए-बी-सी-डी भी नहीं सीख सकते। सुना जाता है कि इस चित्र में स्वयं तैलंग स्वामी और काठियाबाबा जगमोहन हाथी के शरीर में मिलेंगे और उसकी देह से निकलेंगे। जगमोहन मात्र चौपाया, बड़ा भारी, स्तनपायी नहीं है। यह उक्त महापुरुषों का गजरूप है, यह इसी से प्रमाणित हो जाएगा। भूखा सोमरा, महावत बुलाकी इत्यादि के चरित्रों में सर्वभारतीय स्टार कास्ट रहेगा। जगमोहन के चरित्र के लिए अभिनेता मिलते ही चित्र शुरू हो गया। लेकिन हाथी के चरित्र में अभिनय करने के लिए किसी भारतीय के तैयार न होने पर अमरीका में फीलर भेजा

जाएगा। जो हो, भविष्य की बात अपनी जगह रहे, जगमोहन की कहानी का उसके मूल में लौटना आवश्यक है।

सतहत्तर के अक्टूबर में, दूसरे अक्टूबरों की तरह, पलामू का जंगल सरस बाँस के झाड़ और कभी-कभी बरगद के पेड़ों से सुशोभित था। बाँस कहते ही बंगाली मुहावरे का 'बाँस घुसेड़ना' समझते हैं। लेकिन बाँस और बरगद, दोनों पेड़ों के पत्ते और कोमल डालें, हाथी के प्रिय खाद्य होते हैं—यह सबको नहीं मालूम है। जो सोचते हैं कि यह जानना जरूरी नहीं है, उनको जान रखना अच्छा है। वे लोग जो कुछ जानते हैं, उससे भारत की श्रेष्ठ जाति और राजनीति में झगड़ा है, किन्तु उससे धनबाद का गुंडा-राज या आचार्य भावे का गो-हत्या के विरुद्ध अनशन प्रभावी नहीं होता। जगमोहन जातीय एक बड़ा मैमल—स्तनपायी जन्तु—उनकी तुलना में बहुत क्षमताशाली है और भारत में फिर से आपातकाल स्थापित होने में सहायक है। हाथी का बाँस के पेड़ और बरगद के पत्तों के प्रति प्रेम भारत में फिर से पिछला राज लाने के वातावरण के सृजन में सहायक हुआ था। इसका कारण था, काशीवासी चरणदास महन्त का कंजूस स्वभाव। उससे ही यह सब हो गया और एक नूतन, इमर्जेंसी-उज्ज्वल एशिया से मुक्ति के सूर्य से आलोकित भारत-भूमि का उदय हुआ।

चरणदास बहुतेरे महन्तों में एक था। बनारस में उसकी हवेलियों-पर-हवेलियाँ थीं। इसके सिवाय बस-टैक्सियाँ, दास-दासी, भैंसें, देहात में जमीन और चार हाथी थे। हाथी उसकी हैसियत की निशानी थे। लेकिन हाथियों की खुराक के प्रति उसके मन में आश्चर्यजनक वैराग्य था। बनारस के समीप गाँव के मकान (पक्का चौमंजिला) में स्थापित लक्ष्मी-जनार्दन ही हाथी के कारण थे—या उनका कारण ही हाथी थे। होली, जन्माष्टमी और दशहरा में लक्ष्मी और जनार्दन हाथी की पीठ पर सवार होकर गाँव और शहर जाते और प्याला लेते। उसके लिए मादा-हाथी मोती थी। महन्त के हाथियों की खुराक उनकी प्रजा ही देती। बाकी तीन नर-हाथियों की महन्त को एक बार ही जरूरत पड़ती। रथयात्रा पर जगन्नाथ-दर्शन के लिए अठारोनला से हाथी पर सवार होकर शहर में घुसते। जगमोहन, गणेश और घनश्याम—इन तीन हाथियों पर महन्त और उनके हाली-मवाली बैठते। इसके सिवाय साल-भर हाथी उनके किसी काम न आते। 'ह्यूज फोर-फुटेड पैकिडर्म'—विशाल मोटी खाल का चौपाया देखकर उनका महन्तगीरी का-सा फायदे का कारोबार बेकार लगता। उनका खाना वे कभी न देते, फिर भी 'हाथी की खुराक' सोचते ही उनका कलेजा काँप जाता। गाय-भैंसें तो थीं नहीं जो खिलाने पर दूध देतीं। टैक्सी या बस भी नहीं, जो पेट्रोल भरने से पैसे ला दें। पाले हुए लड़के-लड़कियाँ नहीं जो खिलाने-पिलाने पर सोने के समय देह-सुख दें। बिना फायदे के कारोबार को 'हाथी पालना' कहा जाता है। यह तो सचमुच का हाथी पालना है। हाय! वे दिन नहीं रहे कि आपातकाल में आराम के साथ हाथी से देहाती भंगी प्रजा के घर रौंद डालें, उनके छप्पर से फूस निकालकर हाथी खा ले,

कोठे का धान खाए। फिर महन्त बनने की मुसीबत है कि चार हाथी रखने ही पड़ेंगे। इसीलिए हाथी के मर जाने पर सोनपुर के मेले से फिर भी हाथी खरीदना पड़ता। न रखने से बदनामी होती। चरणदास बहुत ही मॉडर्न महन्त था। लेकिन पुरखों से चली आ रही प्रथा को अस्वीकार नहीं कर सकता था।

लेकिन हाथी हवा खाकर तो जिन्दा रह नहीं सकता। चरणदास के दादा नियमित रूप से हाथी को सिंघाड़े के आटे की जलेबी खिलाते थे। चरणदास जिन्दगी-भर हाथियों को जलेबियाँ खिला सके, इसके लिए वे हवेली-पर-हवेली बनवाकर गए। चरणदास ने उनकी इच्छा पूरी नहीं की, क्योंकि उच्च वर्ण के रोब के सिवाय काशी माहात्म्य नाम में अब कुछ नहीं है। वह है इसीलिए निम्न वर्ग के मंत्री के विश्वविद्यालय में आने पर वे तमाशा बनकर जाते हैं। लेकिन दूसरी ओर सब डावाँडोल है। जलेबियाँ आजकल ऊँचे दामों पर बिकती हैं।

हाथियों के खाने का हिसाब महन्त ने बड़ी होशियारी से ठीक किया है। वे दो हाथी बनारस में रखते हैं। दो बेटों की शादियाँ हो गई हैं। महन्त के समधी उनका खाना जुटाते हैं। इस शर्त पर ही शादी हुई थी। वह दो गणेश और घनश्याम बच्चा हाथी हैं। अभी भी खींचकर नहीं खाते।

जगमोहन बूढ़ा हाथी है। उसका महावत बुलाकी भी बुड्ढा है। बुलाकी हर बरस जगमोहन को लेकर बनारस से पुरी जाता है। बरस-भर उसे जहाँ जंगल मिलता, वहाँ हाथी चराकर बाँस के पत्ते और मुलायम डालें और बरगद के पत्ते खिलाता। पुरी से दूसरे हाथी बनारस लौट जाते। जगमोहन नहीं लौटता। मेदिनीपुर के रास्ते में चलते-चलते वह फिर पलामू या चाईबासा के जंगल में खो जाता। चरणदास जिस तरह जगमोहन को खाना नहीं देते थे, उसी तरह बुलाकी को भी वेतन नहीं देते थे। बुलाकी जगमोहन को गाँव के जमींदारों के ब्याह में बरात में किराये पर देता, राँची शहर में बच्चों को पैसे लेकर सवारी कराता। उससे जो भी मिलता वह उसका होता। चरणदास का खयाल था कि बहुत मिलता था। बुलाकी जानता था कि कुछ भी नहीं मिलता। जगमोहन और बुलाकी—दोनों ही की उम्र सत्तावन थी। अठारह बरस की उम्र में बुलाकी जगमोहन का महावत रखा गया था। वेतन निश्चित हुआ दो रुपये, खुराकी और बरस में तीन बार कपड़ा-लत्ता। वेतन कम है, कहने से नहीं चलता। 1939 के वर्ष में कलकत्ते में दो रुपये के मन-भर चावल मिलते थे। बनारस में दो रुपये की बड़ी कीमत थी।

लेकिन फिर बुलाकी का वेतन दिया जाना बन्द होने लगा। बुलाकी भी माँग न पाता और चरणदास भी नहीं देते। हाथी लेकर उन दिनों शहर में जाना होता और जो उत्सव होता, बुलाकी को भी उसमें हिस्सा मिलता। जगमोहन का पौरुष प्रसिद्ध था और आसपास के ग्रामीण रईस लोग मादा हाथी खरीदने पर गर्भाधान के लिए जगमोहन को ले जाते। उससे चरणदास को बहुत कुछ मिलता, क्योंकि रईस लोग

हाथी के बच्चों को अच्छे दामों पर बेचते। जगमोहन मेहनत कर मरता और रईस लोग बच्चे बेचते। चरणदास को रुपये मिलते। बुलाकी को बख्शिश और कपड़े मिलते। जगमोहन को जाड़ा रोकने के लिए कम्बल मिलता।

पैकिडर्मों—बड़े पशुओं—को परिवार लेकर रहना अच्छा लगता है। हाथी बहुत ही घरेलू जानवर होता है। जगमोहन की मुसीबत थी कि हाथी होकर उसे हथिनियों का गर्भाधान करना पड़ता था। लेकिन हथिनी की गर्भावस्था, उसका बच्चा पैदा होने पर उसकी देखभाल करना—यह सारे स्वाभाविक काम वह नहीं कर पाता। मनुष्य की जरूरत में उसके हस्तित्व का पूरा उपयोग नहीं हो पाता। बुलाकी उसका दर्द समझता और छुटकी-उटकी नौकरानी या सस्ती रंडी के सिवाय उसकी स्वाभाविक यौनाकांक्षा की स्थायी व्यवस्था जैसे नहीं हुई, उसके कारण वह जगमोहन के साथ एक आश्चर्यजनक बन्धन में बँध गया। वह बीच-बीच में किस्से कहकर जगमोहन को सान्त्वना देता रहता।

जैसे, 'पता है, तुझे तकलीफ है। बता, क्या करूँ? तू भी मालिक का नौकर, मैं भी। बता, तुझसे क्या कहूँ? मालिक क्या खुद नामरद है! बचपन से एक रंडी के साथ लटर-पटर किया कि रात का काम कर सके, लेकिन उसकी गर्मी से कभी बेटा नहीं पैदा हुआ। एक के बाद एक तीन शादियाँ कर लीं। कुछ भी पैदा नहीं हुआ। तब साधू-सन्त, डागदर-इलाज खूब किया। अरे गर्मी में जब जीउ नहीं, तो हकीम क्या करेगा? उससे बनारस में बड़ी हँसी हुई। तब मालिक ने भाई से कहा—घर की लाज है, तू भिड़ना। भाई भी भिड़ गया। बस। आठ बरस में तीन बहुओं के सात बेटा-बेटी पैदा हुए। जगमोहन। तू मरद है! मैं मरद हूँ! लेकिन उस नामरद ने हम दोनों को खरीद लिया था। तेरा दुख मैं समझता हूँ। यह समझ ले, और दुख मत कर।'

सच्ची कहानी को वह किस्सा कहता। जगमोहन इस कहानी में कितना समझता, कौन जाने! पर बुलाकी उसका आत्मीय था। चरणदास के काम से एक अवास्तविक संसार में जी रहा था, इसलिए जगमोहन बुलाकी की जरा देर की गैरहाजिरी से वास्तविकता खो जाने पर बहुत डरता। बुलाकी के रंडी के घर जाकर बीच-बीच में डुबकी लगा जाने पर वह खाना छोड़ देता। चरणदास कहता, "उसे छोड़कर कभी न जाना।" और सुना जाता था कि एक बार हाथी पर चढ़कर बुलाकी किसी चवन्निया रंडी के यहाँ गया था। हुआ क्या कि उस दिन बनारस की सस्ती रंडियों ने अपना सारा काम भूलकर जगमोहन की सूँड़ में गेंदे की माला पहनाई और ढोलकर बजाकर 'गोकुलवारे साँवरिया' नामक भक्तिगीत गाया। बुलाकी को उन्होंने उस दिन संग-कामी पुरुष के रूप में न देख भगवान के प्रतिनिधि के रूप में देखा और रंडियों की मालकिन बूढ़ी गुलाबी सहसा, 'बुलाकी कहाँ है? यह तो बाबा विश्वनाथ है' कहकर भावावेश में बेहोश हो गई।

इस घटना का बनारस में व्यापक प्रचार हुआ और ऊँची रंडियों, गानेवाली बाई जी—सबके यहाँ बुलाकी ने जगमोहन को घुमाकर बहुतेरी वेश्याओं का उद्धार किया। उद्धार का पुण्यकर्म स्थायी नहीं हुआ, जिसका कारण बहुत गम्भीर था। स्थायी होने पर इन स्त्रियों को शरीर बेचने का काम छोड़ना पड़ता। छोड़ देतीं तो वे खातीं क्या? खरीदार आदमी भी कहाँ जाते? इस घटना के फलस्वरूप बुलाकी के जीवन में भी फोर्स्ड ऐब्स्टिनेंस हो गया, क्योंकि रंडियों की नजरों में वह सदा के लिए भगवान का प्रतिनिधि हो गया। भगवान के प्रतिनिधि के साथ सुरापान, कलेजी के भोजन और शयन-रमण के लिए वे राजी न होतीं, 'नहीं-नहीं, देवता' कहकर प्रणाम ठोकती रहतीं। चरणदास की छुटकी दासियाँ भी इस चर्चा के फैलने से भागने लगीं और बुलाकी फूलकर स्वाभाविक इच्छा-पूर्ति का जब-तब का सुख भी खो बैठा। दो-हजारी हाथी लेकर चार आनेवाली रंडी के घर जाने का पहले कभी का न सोचा यह सुदूरगामी फल मिला।

इसका परिणाम यह हुआ कि बुलाकी और जगमोहन दोनों पोटेंट मेल—मर्दाने मर्द—और भी दुर्बोध्य व्याख्या और असाध्य मेल के बन्धन में बँध गए। रइसों की हथिनियों के गर्भाधान कराने के काम में जगमोहन जब मतवाला होता, तो बुलाकी अपनी अक्ल लगाकर उन सारे अंचलों में अपनी आदिम प्रवृत्ति का निवारण कर आता। इसके नतीजे से जगमोहन और बुलाकी के आत्मज और आत्मजाओं का सिरजन होता रहा। लेकिन सन सैंतालीस के वर्ष के बाद रइसों की हालत गिर गई। हाथियों का पालना कम हो गया, जगमोहन और बुलाकी ने अचानक देखा कि वे बेकार हो गए हैं। इसी समय चरणदास ने जगमोहन और बुलाकी को चलता-फिरता चिड़ियाघर बनाकर बनारस छुड़ा दिया। वे निकल जरूर पड़े, लेकिन चरणदास के दास के ही रूप में। लिबरेटेड बुलाकी ने लिबरेटेड जगमोहन की पीठ पर बैठ बनारस-त्याग किया। साधारण मानव और यांत्रिक संसार में परित्यक्त पैकिडर्म की वह यात्रा एक किंवदन्ती बन गई। सेवा के समय वह न होता। बुलाकी को वेतन नहीं मिलता था, जगमोहन को खाना नहीं मिलता था। लेकिन कुछ दिये बिना ही उनको सदा के लिए दास बनाकर चरणदास ने उन्हें फिर भगा भी दिया। आषाढ़ में पुरीधाम में तीन दिन सर्विस देगा और बाकी तीन सौ बासठ दिन अपना इन्तजाम अपने-आप करें—चरणदास की इस व्यवस्था में बुलाकी या जगमोहन ने कोई गलत बात नहीं देखी। इस हिसाब को मान लिया और खिसक गए।

बरस-भर में तमाम जगह घूमते-फिरते। क्रम से जंगल कटे, राह-घाट बने, बस-मोटरें चलीं। पैकिडर्म और मनुष्यों के विचरण-क्षेत्र भी सीमित हुए। अब बुलाकी और जगमोहन पलामू-चाइबासा बेल्ट ही अधिक पसन्द करते थे। अल्पाहार से जगमोहन प्राय: कंकाल हो गया था। हमेशा के अनाहार से बुलाकी मनुष्य का कैरिकेचर बनकर रह गया था। किन्तु जंगल-जंगल घूमने से जगमोहन ने अपना मार्ग खोज लिया था।

उसके मस्तिष्क का कोई अंश जंगल को अपना निजी घर समझकर मानो अब पहचान रहा था। जंगली हाथी देखकर उसे डर लगता। वह नग्नप्राय आदिवासियों की उपेक्षा करता। फिर भी अरण्य में उसे चैन मिलता। बुलाकी को भी चैन आता। जंगल के गाँवों में जाने पर जगमोहन को भी खाना मिलता, वह भी घाटो, बथुआ का साग, भेली-गुड़ आदि खाकर जी रहा था। आदिवासियों से बरस-भर उसे यही स्वीकृति मिली है।

जगमोहन पहले राँची या खलारी या हटिया में बच्चों को 'जॉय राइड' करने देता। अब उसे शहर या आदमी पसन्द नहीं हैं। बुलाकी यह समझता है। बहुत दिनों तक अल्पाहार और अनियमित आहार से जगमोहन टूट गया। अपना शरीर ढोने में भी उसे कष्ट होता। बुलाकी को बहुत डर लगता। जगमोहन के मर जाने पर वह किसके सहारे रहेगा? जलाशय देखते ही वह जगमोहन को स्नान कराता था। पैसा मिलने पर उसे नमक, केला और धान खिलाता। लेकिन उससे भी जगमोहन की आँखों से उस तरह देखा न जाता। उसकी आँखें बहुत ही मानवीय वेदना से भरी और करुणापूर्ण थीं। वैसी ही नजर से जगमोहन उससे कहता, "अब मेरी छुट्टी कर दे, भैया।" बुलाकी नजर फेर लेता। जगमोहन ही इस असम्भव अवास्तविक संसार में उसके लिए एकमात्र वास्तविकता था। अवास्तविक संसार! जिस संसार में बुलाकी वेतन पाए बिना भी चरणदास का गुलाम बना घूमता-घूमता बुड्ढा और क्षीण हो गया। उसे अनाहार से शीर्ण हाथी के साथ से अधिक कुछ नहीं मिलता। आदमी, मामूली आदमी-सा स्वाभाविक जीवन हो गया था। वह संसार क्या अवास्तविक ही है! वास्तविकता एकमात्र जगमोहन और जगमोहन की बीमार साँसें हैं। जगमोहन के मर जाने पर बुलाकी क्या करेगा?

पलामू और चाईबासा के बहुत ही गरीब इलाके में भी धनी रईस हैं। महाजन-जमींदार-बनिये-कलाल हैं। बुलाकी ने उनसे बात की। पर जगमोहन को लेकर उनके पास रहने के प्रस्ताव पर कोई तैयार न हुआ। जगमोहन जो कुछ खाता, उन बाँस और बरगद के पत्तों पर उनको कुछ खर्च न करना था। फिर भी वे तैयार न हुए। आज बरगद के पत्ते खाएगा, कल अगर पके धान खा जाए तो! 'नहीं, जी, ऐसन बेईमानी ऊ नहीं जानता' कहने पर भी कोई फायदा न होता।

किसी गाँव में दो दिन रहने पर तीसरे दिन चले जाना पड़ता। 'ऊ थोड़ा आराम माँगता' कहने पर भी फायदा न होता। कोई भी न सुनता। बुलाकी जानता था कि और ज्यादा न चलने पर जगमोहन जीवित रहेगा। लेकिन फिर भी चलना पड़ता। गाँव, प्रान्तर, धूल, जंगल, गाँव। 'हाथी चढ़ेगा? दस-दस पैसा!' बात प्राय: बेकार हो जाती। गरीब आदिवासियों का आधुनिक और गतिमान भारत में जीवित रहने का संघर्ष आवारा पैकिडर्म—मोटी चमड़ी के पशु—के संग्राम के समान ही भयानक और हिंस्र है। हर क्षण वे समाप्त हो जाने के भय में जी रहे हैं। फालतू दस पैसे या हाथी

की सवारी की चाह उनमें नहीं होती। क्यों नहीं रहती, वह एक बातचीत से समझ में आ जाता है। बातचीत बुलाकी और किसी आदिवासी में हुई थी। आदिवासी गाँव का बुजुर्ग भी हो सकता था, पहान या कोई भी। आदिवासियों के आदमियों और औरतों के नाम सामान्यत: जन्मदिन के अनुसार होते हैं। परिणामस्वरूप आदमियों के नाम एतोया, सोमाई या सोमना या सोमरा, मंगला, बुधना, बिरसा, सुकिया या सुकचर या सुकदेव, सनीचर इत्यादि में सीमित रहते हैं। लड़कियों के अवसर पर वह इतवारी, सूमी या सोमनी, मुंगली, बुधनी, बिशी, सुकनी या सुकचरी, सनीचरी। जन्मदिन के हिसाब से नाम रखना सामान्य नियम है।

बातचीत इस तरह शुरू हुई। वृद्ध, अशक्त, क्लान्त और भूखे रहने से क्षीण जगमोहन झूलती खाल, धुँधली और कीचड़-भरी आँखों, सिकुड़ा और सूखा पुरुष-अंग, धूल-भरा शरीर लिये गाँव में घुसता। ललचाई नजरों से जलाशय तलाश करता। उसके बाद बाँस की पत्तियाँ या नमकीन-सा पानी भी न पाकर किसी पेड़ की छाया में खड़ा हो जाता। बेला दोपहर की होती।

ऐसे समय सारे समर्थ शरीर के लोग—आदमी, औरत और लड़के-लड़कियाँ पत्थर फोड़ने, बकरी चराने, जमींदार का खेत जोतने, जंगल में ठेके का काम करने यानी किसी-न-किसी काम से बाहर होते। अत्यन्त परिचित दृश्य होता कि निर्बल बूढ़े-बूढ़ियाँ और बहुत छोटे लड़के-लड़कियाँ धूल-भरे पत्थरों के समान आदिम स्वरूप लिये चीनाघास के दाने निकालते। चिरचिटे से भी जरा बड़ी घास के सिरे पर दाने होते हैं। उसका छिलका उतारकर निकालना उनका काम रहता। दिन-भर की मेहनत के बाद डलिया-भर दाने मिलें या न मिलें। उसके बाद उन्हें पकाने पर घाटो तैयार होता। पनीला। उसमें नमक मिलाने पर वह लक्जरी—ऐश की चीज—बन जाता।

वृद्ध, अशक्त, क्लान्त, उपवास-शीर्ण बुलाकी हाथी से उतरता और इनके पास आता। ऐसे परिवेश में, ऐसी दोपहरी में, ठीक ऐसे लोगों के पास वह बहुत बार आया था। आने के बाद, छोटे बच्चे और बूढ़े-बूढ़ियाँ हाथी देखकर आकर्षित होंगे या नहीं, यह कई दूसरी चीजों पर निर्भर करता है। यथार्थ में इस पृथ्वी पर सब कुछ इसके-उसके ऊपर निर्भर करता है। नंगे गरीब गाँव में हाथी आया। सबके भागकर भीड़ लगाने की बात होती।

पहले वे भीड़ लगाते थे। तब बुलाकी को भी बहुत खुशी होती और हाथी की पीठ से ही हाथ हिलाते हुए उतरता। जान-पहचान का गाँव होने से वह चिल्लाकर कहता, "आ रे एतोया! तोहार ललुआ गैया जंगल माँ घुसत है रे!" जिस तरह बुलाकी फटी धोती पहने पगलैट-सा रहता वैसा ही इन लोगों में उसे सहज लगता। टेंट में पैसे रहने पर वह इनके साथ महुआ पीता, कुछ दिन ठहर जाता। बिन पैसे लिये ही सबको जगमोहन के ऊपर बैठाता।

इस तरह का स्वागत उसे तभी मिलता, जब एक के बाद एक कर कई बरस 'काले वर्षतु पर्जन्य: पलामू शस्यशालिनी' होती। वर्षा होने पर खेती होती। खेती जाती जमींदार या महाजन के खलिहान में। आदिवासी खेत-मजूरों को मजूरी नहीं मिलती, कुछ को मिलती—मड़ुआ-मक्का मिलते। खेतों की मिट्टी और दँवाई के ओसारे की धूल को पानी से साफ कर धोने पर उन्हें खेती में से कुछ मिल जाता। इसके सिवाय बरसात होने पर जंगल में फल-कन्द होते, चीनाघास की झाड़ियाँ उग आतीं, पानी में मछलियाँ आ जातीं। बरसात होने के बाद किसी फॉरेस्ट बेल्ट के गाँव में आने पर बुलाकी को गाँववालों की आँखों में स्वागत मिला था। यही उराँव, कोल, हो उपजाति के लोगों को बहुत दिनों से मालूम था कि उनका खेती करने का अधिकार है, जमीन पर या उपज पर नहीं। श्रम का अधिकार है, पारिश्रमिक का नहीं। इसका नतीजा होता है कि वर्षा होने पर वे खुश हो जाते हैं। कम-से-कम चीना दाना तो मिलेगा। तब बुलाकी से कहा जाता, "हाँ, बहुत दिन बाद आए। तीन सन नहीं आए। सुना है, राँची जिला में घूम रहे थे। हाथी सूख गया है, तुम्हारी शकल भी अच्छी नहीं दिखाई पड़ रही है। बताओ तो जरा, किधर-किधर घूमकर आए हो? बैठो। आराम करो। जरा मद पिओ। अच्छे दिन आए। आज ही तीन साही मारी हैं। हाथी को कुंड में नहलाओ। उसके लिए नमक भी देंगे।"

यह सानन्द स्वागतम वातावरण में संचारित होता और जगमोहन आनन्द के साथ कुंड में उतरता, बरगद के पत्ते खाता, सूँड़ से उठाकर बच्चों को पीठ पर बैठाता।

अब पाँच बरस से बुलाकी को वह स्वागत न मिलता, बरसात के बाद भी नहीं। नक्सल और जे.पी. का आन्दोलन—दोनों कारणों से पुलिस ने इन दूर-दुर्गम गाँवों को भी जीत लिया। दिकू-बाहरी महाजन-जमींदारों का अत्याचार बहुत अधिक हो गया है। सूखे के प्रकोप से अकाल भी हुआ। आदिवासी विकास ऑफिस शहर में था। शहर बहुत दूर था। उसमें नियन रोशनी और घूमनेवाली मेज-कुर्सी तक अरण्य-ग्रामवासी जा नहीं सकते। जाने का कोई कारण भी उन्हें ढूँढ़े नहीं मिलता, क्योंकि आदिवासी जब विकास ऑफिस में जाते, तब जैसे उनमें और उसी कुर्सी में योजन-योजन की दूरी हो जाती। कम नहीं होती। बीच-बीच में उनमें से कोई-कोई किसी ग्रामीण प्राइमरी के मास्टर, या फॉरेस्ट बीट ऑफिसर या दूसरे किसी प्रशासन में विश्वास करनेवालों के उपदेश से राँची गया। बिना टिकिट ट्रेन में माँडर, वहाँ से राँची। राँची बहुत दूर है, जंगल के गाँव से सैंतीस मील नहीं, सैंतीस लाख मील है। वहीं आदिवासी विकास ऑफिस है।

'कुछ किया नहीं, कुछ पता नहीं, गाँव में पुलिस है। पुलिस का खाना-खर्चा जुटा नहीं सकते।'

'पुलिस ने हमारी बेटियों की इज्जत ले ली। कहने से कोई मानता नहीं।'

'महाजन बेगार लेता है। कानून नहीं मानता।'

"महाजन करज निकालता है। मड़ुआ नहीं देता।"

"जंगल में गाय चराता हूँ, ईंधन बटोरता हूँ। हमारा हक है।"

"जंगल के महुओं के पेड़ पर हमारा हक है। फारेसगाड सुनता नहीं, पैसा लेता है।"

"महाजन पानी नहीं देता। कुआँ पंचायती है।"

शिकायत। शिकायत। शिकायत। कहते-कहते डरी हुई नजरों से ऑफिस के कमरे और अफसर को देखना। अदृश्य दीवार में सिर टकराना। लौट आना। आते वक्त बहुत से औद्योगिक कारखानों के कारण नये रईस बने राँची शहर को देखना। रोशनी और सवारियों और सिनेमाहाउस और शराब के बार और सजे-बजे नर-नारी। मांसल स्वर में 'महबूबा, महबूबा' गाने का अश्लील आक्रमण। हटिया के रास्ते में 'बिरसा मुंडा' की काँसे की मूर्ति। ऊँची वेदी पर रखी मूर्ति की आँखें भावहीन थीं। 'जंगल के दावेदार' की भावना से वंचित थी। दिकू-पुलिस-महाजन-सरकार और जुडीशियरी से पिसी अपनी सन्तानों को देखती है और काँसे की गूँगी भाषा में कह रही है, "घर लौट जाओ, बाप लोगो! उलगुलान हुए बिना तुम्हारा निस्तार नहीं है।"

शब्दहीन कंठ निराश है। जीवित बिरसा जानता था कि उस उलगुलान[1] होगा। मूर्ति को मालूम है कि उलगुलान न होगा।

आज पाँच बरस के राँची-पलामू-सिंहभूम की आदिम सन्तानों का जीवन कष्ट में है। आदिवासियों का जीवन प्राणदंड के अभियुक्त-सा है। महाजन, जमींदार, प्रशासन, जुडीशियरी—उसके चार हाथ-पाँव हैं, चार घोड़ों में बाँध घोड़ों का चाबुक लगा चारों ओर भगा दिया। जीवन का धड़ जंजीर से बँधा पड़ा है। चारों हाथ-पाँव टूटकर उखड़ गए हैं। धड़ से खून बह रहा है और धीमे-धीमे मौत हो रही है।

लेकिन ऐसा होने की बात न की, क्योंकि भारत के संविधान में लिखा है कि इन सारी उपजातियों और आदिवासियों की संख्या तीस मिलियन है।...दे शुड बी मेड टु एनजॉय द प्रिविलेजेज ऑफ सिटिजनशिप एंड शुड बी एबल टु टेक पार्ट इन द मेकिंग एंड स्ट्रेंग्दनिंग द डेमॉक्रेटिक इन्स्टीट्यूशंस इन द कंट्री। दे शुड रियलाइज द फुल ऐडवांटेज ऑफ एडल्ट फ्रैंचाइज। दे शुड एनजॉय द फ्रूट्स ऑफ लिबर्टी, इक्वैलिटी एंड फैटर्निटी।[2]

तब से दशक के बाद दशक तक ये शब्द संविधान की शोभा बने रहे और आदिवासियों के कष्ट चक्रवृद्धि दर से बढ़ते रहे। ट्राइबल वेलफेयर दफ्तर से निराशा

---

1. मुंडा लोगों का आन्दोलन।
2. उन्हें नागरिकता के अधिकारों का उपभोग करने योग्य बनाना चाहिए और वे देश में प्रजातांत्रिक संस्थाओं के निर्माण और सशक्त बनाने में भाग लेने के योग्य हों। उनको वयस्क मताधिकार के पूरे लाभों का अनुभव करना चाहिए। उन्हें स्वाधीनता, समानता, भ्रातृत्व के लाभों का उपयोग करने में समर्थ होना चाहिए।

लिये लौटकर आने पर आदिवासी स्टेशन पर उकड़ूँ बैठे रहते, फिर ट्रेन पकड़ते, सैंतीस लाख मील चलकर गाँव लौटते और अपरिचित, हिंस्र रोशनी से चमकते नये भारत से अपने परिवेश के असीम अन्धकार में लौटकर चैन की साँस लेते।

इसी कारण से वे लोग बाहर की सब चीजों पर अविश्वास करते थे। किन्तु आदिवासी अरण्य जीवन में बाहरी एन्क्रोचमेंट—अनधिकृत प्रवेश—अनिवार्य था। उन्हें मालूम था कि दिकू—बाहरी लोग—जमींदार—नक्सली या जे.पी. का पता लगानेवाली पुलिस उनके जीवन में घुसेगी, घुस गई है। वे उसी पर विश्वास कर सकते हैं जो गरीबी और शोषण में उनका समगोत्री हो। खाद्य से वंचित और मृतप्राय हाथी और वेतन से वंचित अधमरे बुलाकी पर उन्होंने इसीलिए विश्वास किया था। लेकिन अब नहीं करते थे। शक्ति नहीं थी। इमर्जेंसी में जमींदार और पुलिस ने उन्हें समाप्त कर दिया था। उनकी आँखों में मृतक की-सी निष्प्राणता ला दी थी। शिशु—उनके बच्चे, अपुष्टि से—अनाहार में, रोग में बुड्ढे-से हो गए थे। बुलाकी को अब आदिवासी बच्चों को देखकर डर लगता था।

आदिवासी गाँव में घुसने पर एक तरह की ईर्ष्या की करंट भी बुलाकी को चौंका देती। बुलाकी के पास उसका हाथी जगमोहन सबसे अधिक मूल्यवान था। चरणदास ने जगमोहन पर मालिकाना अधिकार नहीं छोड़ा था, पर सब तरह की जिम्मेदारियों पर लात मार दी थी, उसके बारे में भी वही किया था। पैकिडर्म—मोटी चमड़ी के पशु—आदिवासियों के ही समान लोप होने के मार्ग पर थे। किसी दिन वे भी झुंडों में अरण्य भारत में घूमते-फिरते थे, आज वे लुप्तप्राय हैं। लेकिन बुलाकी को लगता, आदिवासियों का कहना था, "हम भी भारत के नक्शे से मिटे जा रहे हैं। अपने परिचय की रक्षा नहीं कर सकते। चाय बागान या कोयला खान के मजदूर बनकर हम आदिवासी नहीं रहते। मजदूर बने जा रहे हैं। मानव की विलुप्ति में एक हाथी की विलुप्ति का क्या मूल्य हो सकता है? उसकी और हमारी मृत्यु अच्छी ही है। सबके लिए। जमींदार और महाजन, काफी बाँस के पत्ते, धान, केले के वृक्षों से उसे जिन्दा रखा जा सकता है। हमें कर्ज और बेगार का पंजा उठा लेने से बचाया जा सकता है। हमें भूखों मारना ही शक्तिशालियों को इच्छित है। यह हम जानते हैं। उसे मान लिया है। अपने अस्तित्व को समेटते-समेटते हम लुप्त होते जा रहे हैं। तुम और तुम्हारा वह 'हाथी' नाम का बहाना है, जीवन के इस हिंस्र नियम को जितनी जल्दी समझ लो, उतना ही अच्छा है तुम्हारे लिए।"

यह क्रूर, उदासीन और तेज विद्वेष आजकल बुलाकी को घबरा देता। चरणदास उसे और जगमोहन को रिजेक्ट कर देगा, इस बात को वह समझता था। लेकिन ये लोग? उसे तो कुछ चाहिए नहीं। पानी—बाँस की पत्तियाँ—बरगद की पत्तियाँ। इनमें से कोई भी पैसों से नहीं आतीं। नमक? हाँ, तृणभोजी प्राणी को नमक की जरूरत होती है। जगमोहन संरक्षित जंगली हाथी नहीं है कि फॉरेस डिपाट उसे

नेचुरल साल्टलेक से नमक दे। बुलाकी नमक तो खरीदना चाहता है। जंगल के आदिवासियों के जीवन में नमक ऐसी कीमती चीज है कि बुलाकी उनसे माँग नहीं सकता। 'अपने आप दे दें, तो अच्छा है। न दें तो? कोई हरजा नहीं, खरीद लूँगा। लेकिन आँखों में थोड़ा-सा स्वागत तो दिखाओ। इस तरह से तिरस्कृत मत करो। अगर तुम भी तिरस्कार करोगे, तो मेरे कलेजे में बहुत चोट लगेगी। बहुत दिनों से मैं और जगमोहन, सारे मौलिक अधिकारों से वंचित हैं। हमारा पुरुषत्व भी तिरस्कृत है। इसीलिए तो मैं तुम्हारे गाँव-गाँव फिरता हूँ। तुम लोगों के साथ ही मैं अपने को बराबरी का सहज-स्वच्छंद समझता हूँ। अपने अस्तित्व के लिए संकोच नहीं होता। अब क्यों रिजेक्ट कर रहे हो? मैं नुकसान पहुँचानेवाला नहीं हूँ। मेरा हाथी तुम्हारे घर नहीं तोड़ता। मैं आदिवासी नहीं हूँ, अवांछित दिकू भी नहीं हूँ, मैं तुम्हारे जीवन में महाजन और पुलिस नहीं घुसाता हूँ।'

इस पृष्ठभूमि से बुलाकी गाँव में घुसता। इस संलाप से उसका अस्तित्व कितना विपन्न था, वह समझ में आता था।

संलाप! बुलाकी और कोई ग्रामवासी। दोपहर का समय। धूलि-धूसर पत्थर, चीनाघास के दाने चुन रहे हैं। बुलाकी उतरता है, जगमोहन उसकी ओर देखता है। स्वागत और बातचीत क्या होगी, जगमोहन यह जानता है। वह जानता है कि बुलाकी को खरी-खोटी सुनने को मिलेंगी। गहरी सहानुभूति से वह धुँधली नजरों में ममता भरकर बुलाकी को नहलाता। उसके बाद अलग हटकर स्थिर खड़ा हो जाता। अपने को और हटा सकने पर उसे चैन आता। लेकिन पैकिडर्म—मोटी खाल का जन्तु—चींटी नहीं है। अपना अस्तित्व आँखों की ओट कर लेना उसके वश में नहीं है। उसका अस्तित्व अब बहुत ही अवांछित है और सबकी आँखों में खटकनेवाला है—यह जगमोहन सूँड़ का राडार चलाकर हवा से ही समझ गया। जगमोहन चुपचाप रहता, मानो विवर्ण पत्थर का हाथी हो जिसे सब भूल गए हों।

बुलाकी आगे बढ़ता है। मोनोलिथ—पत्थर के-से आदमी—चीना के दाने चुनते रहते हैं, सिर नहीं उठाते। दुबले-पतले, कीड़े, तिल्ली और खून की कमी से आक्रान्त बच्चे अपने-अपने काम में लगे हैं। सब नंगे हैं। प्रायः सबके पेट या गले में तागे बँधे हैं। जिनकी उम्र पाँच बरस से आठ बरस तक है, वे चीना के दाने चुन रहे हैं। चार बरस के बच्चे तीन और दो बरस के बच्चों की रखवाली कर रहे हैं। एक बरस और उससे कम उम्र के बच्चे माँओं के सूखे, सिकुड़े चमड़े से किलनी की तरह चिपके पड़े हैं। सबमें एक ही समान चीज दिखती है कि प्रत्येक शिशु की आँखें निरुत्तर और मृत हैं। आठ बरस से ऊपर जिनकी उम्र है वे कमाने योग्य सदस्य हैं। आज दोपहर को धूप में सब जंगल गए हैं। काम है—बकरी या गाय चराना, ईंधन लाना, आलू की जाति के कन्द या सरस जड़ों की तलाश। अन्न के दो काम प्रायः व्यर्थ रहते हैं। उस हालत में वे इमली के पत्ते लेकर लौटते हैं। जंगली लोगों की तरह ही ये लोग

इमली के पत्तों के कई उपयोग जानते हैं। घाटो में इमली के पत्ते और नमक मिलाने से घाटो स्वादिष्ट हो जाता है।

बुलाकी काम में लगे मोनोलिथों के पास खड़ा रहता है। उसकी छाया आदमियों पर पड़ती है। समय बीतता है। छाया लम्बी होती है।

छाया लम्बी होने का समय बहुत करुण होता है। दोपहर भी नहीं, तीसरा पहर भी नहीं, सूर्य पश्चिम की ओर खिसक रहा है। आरण्य ग्राम है। सब सन्नाटा है, थकी धूप में तपी धरती ताप बिखेरती है। ऐसे समय गाँव के बुजुर्ग या पहान को भी चुप रहने से, बुलाकी की उपेक्षा करने से थकान आती है। वह बात करता है। बाहर से आए की उपेक्षा की जाए, यह क्या आदिवासियों के बस की बात है? हाथी भी तो बाहर से गाँव में आया है! बाहर से आए हुए को स्वीकार करना भारत के आदिवासियों की नियति है।

"क्या चाहिए?"

"पहान तुम?"

"उधर चलो।"

बुड्ढा बुलाकी को लेकर खिसक जाता है। लँगोटी लगाए सूखे शरीर में उपयुक्त मर्यादा लाने का प्रयत्न कर रहा है। प्रयत्न ही भारत-भूमि में एक व्यक्ति के समय सम्भव हुआ था। जाति के जनक के समय। ओराँव, या हो, या मुंडा गाँव के बुजुर्ग की क्या यह सामर्थ्य है कि उनकी तरह इस काम में सफल हो? जनश्रुति है कि कौतुकमयी और मातृभाव से परिपूर्ण सरोजिनी नायडू ने स्नेह से राष्ट्रपिता से मजाक में कहा था, "उनकी गरीबी बनाकर चलने में हमारा कितना खर्च होता है, काश वे इस बात को जानते!" उद्दिष्ट व्यक्ति के सम्बन्ध में ब्रिटिश शासकों की सुरक्षावाहिनी के खर्च की बात उन्होंने कही थी। हमारी बात का विशेष अर्थ है। अन्त तक सारा खर्च-वर्च, टैक्स आदि जनता की गरदन तोड़कर ही वसूल होता है।

बुलाकी के साथ बातों में लगे गाँव के बूढ़े की लँगोटी के सहारेवाली गरीबी में भारत सरकार का कम खर्च नहीं होता। कानून बनाने के लिए संसद के चुनाव का खर्च, जुडीशियरी का खर्च, महाजन को, धनी और जमींदार को सर्वशक्तिमान बनाए रखने का खर्च, आदिवासी विकास के दफ्तर चलाने का खर्च, इनको मार-पीटकर ठीक रखने का पुलिस या सेना का खर्च—इतना खर्च करने के बाद ये गरीब हैं, या गरीब रहना ही ठीक है। इससे तो इनको धनी बना देने में कम खर्च होता। लेकिन, उस तरह के परम्परा-विरोधी काम की परम्परा-प्रेमी भारत से आशा नहीं की जाती। अधिकांश लोगों को भूखा और नंगा रखने में विदेश के करोड़ों रुपये कर्ज हैं।

"उधर चल" कहकर बूढ़ा बुलाकी को लिये चला गया। उसका कारण महान था। औरतों की इज्जत बचाना। आदिवासी जीवन में घुसकर बाहर का आदमी सामान्यतः आदिवासी औरतों की इज्जत लेकर चला जाता है। यही नियम है। जन्मजात

अधिकार का ढंग है। जब आदिवासी औरतें हैं, और उनके शरीर भी हैं, तो वह बाहर से आनेवालों के लिए हैं।

बुलाकी बहुत पहले से ही शरीर के पुरुषत्व का अधिकार जताना भूल गया था और गाँव का बूढ़ा इस बात को नहीं जानता थ।

बुलाकी और बूढ़ा किसी पेड़ के नीचे बैठ गए। बुलाकी ने बीड़ी दी, वृद्ध ने नहीं ली। अपनी टेंट से पत्ता निकालकर चकमक ठोंककर उसे जलाया।

"तुम कौन हो?"

"बुलाकी।"

"हाथी लेकर यहाँ क्यों?"

"उसे थोड़ा पत्ता-अत्ता खिलाऊँगा। थोड़ा-सा नमक खरीदूँगा।"

"नहीं है।"

"क्या?"

"नमक।"

"दुकान में नहीं है?"

"गाँव की दुकान में नहीं है।"

"हाट में?"

"हमें नहीं बेचा जाता।"

"क्यों?"

"कहीं बन्दूकें छिनीं, जमींदार के खलिहान में आग लगी, पुलिस को किसी ने बम मारे। जंगल में कुछ लोग छिपे। पुलिस ने हमारे साथ बुराई की। उसी से नमक नहीं बिकता। सजा दी है।"

"नमक नहीं बेचते?"

"दो हाट, तीन हाट नहीं बिका, एक बार त्रिका। फिर बन्द कर दिया।"

भागे हुए विद्रोहियों की सहायता के सन्देह में नमक बन्द करने के माने कि यह बहुत ही चालाकी-भरा उत्पीड़न है। सोचकर बुलाकी को बड़ा ताज्जुब हुआ।

"कौन नहीं बेचता? पुलिस ने हुकुम दिया है?"

"न। महाजन, जमींदार सभी सोचते हैं कि हम उनको उखाड़ने में मदद कर रहे हैं। इसी से हमको नमक नहीं बेचते।"

"हाट में?"

"हाट जमींदार कंट्रोल करता है।"

"मैंने सोचा...।"

"क्या?"

"यहाँ तीन दिन आराम करूँगा।"

"न।"

"क्यों?"

"तीर मार-मारकर गिरा देंगे।"

"कौन?"

"रिजर्व फॉरेस में हाथी को, हिरनों को नोनखरी मिट्टी दी जाती है। लोग मिट्टी चुराते हैं। तुम बाहर के आदमी हो। तुम से बात फैलेगी। इससे मार डालेंगे।"

"मैं किसी से नहीं कहूँगा। बहुत दिनों से घूम रहा हूँ। हाथी बूढ़ा हो गया है। बहुत थक गया है। थोड़ा आराम कर लेने...।"

"न।"

"तुम तो गाँव के बुजुर्ग हो।"

"न, हाथी जल पिएगा, तुम नहाओगे। पानी कहाँ है? कुंड में जरा-सा पानी है। हाथी सोख लेगा।"

"कहाँ जाएँ?"

"फॉरेस—जंगल—जाओ। कोमांडी जाओ। सरभुजा जाओ, यहाँ से जाओ।"

अँधेरे वन की छाया में बुलाकी सूखी चोटी नदी के किनारे चला गया। बहुत खोज के बाद जगमोहन की राडार की-सी सूँड़ ने कीचड़ से भरा एक पानी का गड्ढा ढूँढ़ निकाला और उसमें उतर गया। बुलाकी समतल पत्थर पर लेटा जगमोहन की लम्बी-लम्बी फों-फों की-सी साँसें सुनता रहा। कब तक इस तरह चलता रहेगा, सोच रहा था। और इसी बीच सो गया। नदी की सूखी छाती पर से हवा के झोंकों से बालू के कण उड़ रहे थे। बालू के झोंकों से जगमोहन की चमड़ी फटने लगी और वह हिलने-डुलने लगा। इस तरह लेटे रहने में बहुत बैचेनी हो रही थी। फिर भी शत्रुतापूर्ण आदिवासी गाँव के मुकाबले यहाँ लेटकर बुलाकी को चैन आ रहा था।

सवेरे फिर क्लान्त-क्लान्त यात्रा शुरू हुई। जगमोहन के साथ रहते-रहते बुलाकी खुद भी आधा जगमोहन हो गया था। जगमोहन को उत्साह देने के लिए वह आम महावतों के शब्दों का व्यवहार वैसे ही नहीं करता था जैसे दल को छोड़नेवाले दल का एम्ब्लेम-बैज-पताका का व्यवहार नहीं करते।

अब जगमोहन और वह, हाथी और महावत नहीं रह गए थे। वे फोर्स्ड रेनीगेड—जबरदस्ती के कारण दल छोड़नेवाले बन गए थे। जगमोहन जंगली हाथी नहीं था। चरणदास का गुलाम बनने के बाद उसका आदिम चरित्र खो गया था। अरण्य हाथी होने से वह अरण्य पैकिडर्मों के नियम के अनुसार पुत्र-पति-पिता होता। यूथपति बना घूमता। अन्तकाल होने पर सम्मान के साथ मरता। पर वह अरण्य हाथी तो न था।

और वह सही आदमी का पाला हुआ हाथी भी न था। उस तरह के हाथी व्यक्तिगत फीलखाने में या सर्कस के तम्बू में या चिड़ियाघर के घेरे में खाए-पिए सन्तुष्ट चेहरे से विराजते हैं। आदमी के साथ उसकी कमाडरी—उसका साथ—नहीं होता।

हाथी के रूप में जगमोहन के व्यवहार अनुचित थे। वह बुलाकी के सिवाय किसी और आदमी पर विश्वास नहीं करता था। जंगली हाथी देख डरकर भागता। गाँव के कुत्ते भूँकने से भी उसे डर लगता। इसीलिए जमींदार उसे खरीदते नहीं थे। हाथी हैसियत की निशानी जरूर होता है। ब्याह-शादी में हाथी पर बैठा जाता है। लेकिन हाथी माने जरूरत भी होती है। प्रजा या कर्ज़दार के घर या धान के ढेर को खूँदने-खाँदने, गाँव को उलट-पलट करने के बहुत काम आता है। जगमोहन को देखते ही जमींदार जाति के अपेक्षित खरीदार समझ जाते हैं कि जगमोहन से ऐसे जरूरत के काम न होंगे। चरणदास द्वारा मर्दानगी अस्वीकृत होने के फलस्वरूप जगमोहन का नामर्दी का यह हाल हो गया है। इस दुनिया में निरीह कर्जदार का घर और ढेर खूँदने-खाँदने के लिए पौरुष की जरूरत होती है। क्योंकि जिसका कोई बचाव न हो उसे अत्याचार से पीसने की सारी शक्ति पौरुष के पूर्ण परिचय में लगानी पड़ती है। उन्नत देशों में मनुष्य के पौरुष के सहायक उन्नत अस्त्र रहते हैं। उपनिवेशपूर्वक भारत-भूमि में ग्रामवासियों को तंग करने में हाथी बहुत सहायक होता था। हाथी के रूप में जगमोहन असफल है।

पुरुषत्व से वंचित बुलाकी भी महावत के हिसाब से बेकार था। चिड़ियाघर या सर्कस या संरक्षित जंगल में घूमनेवाले पालतू हाथी का महावत भी वह नहीं था। व्यक्तिगत मालिक का महावत भी वह नहीं रहा। सारे महावतों के जीवन में नियत वेतन और सन्तुष्ट पुरुषत्व के परिणामस्वरूप चेहरे पर आत्मविश्वास रहता है। वे सारे महावत जानते हैं कि पुरुषों के मानचित्र पर वे कहाँ पर हैं। बुलाकी को देखते ही मालूम हो जाता है कि वह डरपोक है, अपने अस्तित्व के लिए क्षमाप्रार्थी है और वह कहीं का नहीं है।

किस विश्वास पर, विफल होकर चलने पर बुलाकी महावत की बोली बोलता? वह महावत होकर भी महावत नहीं है। जगमोहन हाथी होकर भी हाथी नहीं है। इसलिए बुलाकी कई अजीब शब्द बोलता—कोमांडी। कोमांडी जगमोहन! हेहेगड़ा मेरे लाल! जुजूभातू-जुजूभातू मेरे यार!

आदमियों के मानचित्र से बुलाकी कितना निकल गया था, उल्लिखित शब्दावली ही उसका प्रमाण थी। कोमांडी—भुरकुंडा—हेहेगड़ा—जुजूभातू कई जगहों के नाम थे। इन सारे विकट नामों से वह हाथी हाँकता था। साथ ही हाथी को 'लाल' और 'दुलारा' कहता। फिर दोस्तवाला शब्द 'यार' भी कहता। 'लाल' और 'दुलारा' कहना उसके पागलपन का परिचय था, क्योंकि वह और जगमोहन एक उम्र के नहीं थे। किसी हमउम्र बुड्ढे को दारू के नशे में बैठ हँसी-मजाक में ठोड़ी पकड़कर 'दुलारा' और 'लाल' कहना तो बेमानी न होता। महुए के नशे में आदमी बोतल को भी 'प्यारी' कहकर चूम लेता है। सुनसान रास्ते पर मृतप्राय समवयस हाथी को हाँकने के लिए 'दुलारा' और 'लाल' कहना बहुत ही व्यंजक होता है। इस सम्बोधन को केवल आसमान, पेड़ और सड़क सुनते। जगमोहन भट्ठी की तरह फों-फों कर साँस छोड़ते हुए चलता रहता।

बड़हाई रेल का स्टेशन है। वह कुलियों की बस्ती है। वहाँ बरगद के पेड़ हैं। 'थोड़ा पानी मिलेगा, भैया? थोड़ा पानी! हाथी के लिए?'

"इंजन का पानी लो।"

"गरम है?"

"नहीं, लेकिन...।"

धातु के स्वाद का बेस्वाद पानी चहबच्चों में भरा था। स्टेशन में आग लगने पर बुझाने के लिए था। जगमोहन ने पानी पिया।

"यहाँ क्या नदी या ताल है?"

"कहाँ? पानी मिलता ही नहीं।"

"क्या धारा भी नहीं है?"

"पतरा में देखो।"

"ये पीपल का पेड़ किसका है?"

"टीसन के जमीन में है।"

जगमोहन का लंच बड़हाई में बरगद के पत्तों का हुआ। चार मील दूर पतरा के नाले में स्नान हुआ। डिनर के लिए बड़हाई लौटना हुआ। लेकिन डीजल इंजन की सीटी से जगमोहन थर्रा गया। फिर चलना हुआ। टाहाड़ा-नालिगातू-जुझारो-सांगु-मोचरा—एक के बाद एक जगह।

इस तरह यह चलते-चलते ही एक दिन सहसा और कोई राह न रहने पर, सब रास्ते समाप्त होने पर जगमोहन मर जाएगा। बुलाकी यह जानता था। वही डर अब उस पर छाया रहता। वह मौत भी बिलकुल चुपचाप आएगी। प्राय: मिटे हुए दो बिन्दुओं में एक की अन्तिम विलुप्ति। भय। उसके बाद? शून्यता, शून्यता, शून्यता? चलो जगमोहन, मेरे लाल, मेरे यार! हेहेगड़ा-हेहेगड़ा जगमोहन—कोमांडी, 'कोमांडी'।

बुलाकी जान भी न सका कि जगमोहन क्या घटनावली उत्पन्न कर देगा और सतहत्तर के अक्टूबर में वह बुरुडिहा नामक गाँव के पास के जंगल में घुसा।

दो

बुरुडिहा गाँव के मानव मानचित्र और प्राकृतिक विवरणवृत्त की इस कहानी के लिए बहुत जरूरत है।

गाँव के नाम से ही प्रमाणित होता है कि गाँव आदिवासी है। आदिवासियों से कभी बसे ग्राम के मानव मानचित्र में परिवर्तन बहुत समय पहले हो गया। गाँव में रहनेवाले आदिवासियों की जमीन पर अधिकार प्राय: गरीबों का था। गाँव में सात सौ लोग रहते हैं। एक सौ चार परिवार हैं। अधिकांश परिवार गंजू जाति के लोगों के हैं। गाँव वास्तव में गंजू लोगों का था। उसके बाद पारसनाथ और बनारसीदास—दो

लाला आ गए। धीरे-धीरे कुछ और लाला आकर रहने लगे। कुछ रैदास थे। दो घर धोबी और नाई थे। लाला लोगों ने स्वभावत: ही गंजू लोगों की जमीन-जायदाद हथियाकर गाँव को अपने सहारे कर दिया। गाँव में उनका महाजनी कारोबार था और सरकारी लाइसेंस का ताड़ीखाना भी उनका था। कपड़ों और परचून का रोजगार था।

बुरुडिहा दुकान चलाने लायक ठीक गाँव न था। लेकिन बुरुडिहा इस अंचल की सबसे बड़ी हाट की जगह थी। यहाँ सोमवार और शुक्रवार को बड़ी हाट लगती। मिर्च, प्याज, धनिया आदि की बिक्री होती। मौसम के साग-सब्जी और फल बिकते। बुरुडिहा के पास ही, केवल मील-भर दूर, भालातोड़ था। वह गल्ले का बड़ा बाजार था। वहाँ वैष्णव मंडली का मठ और अस्पताल है। आदिवासी विकास दफ्तर की शाखा और पुलिस-स्टेशन है। बुरुडिहा, भालातोड़—ये सब जगहें रोडवेज से जुड़ी हुई हैं, रेलवे से नहीं।

इन लाला लोगों ने मिश्र को लाकर जमीन देकर बसाया। धीरे-धीरे हनुमान मिश्र आसपास की खेती की जमीन और फलों के बगीचे खरीदकर काफी पैसेवाला हो गया। यथार्थ में इस जंगली जगह में हनुमान मिश्र के-से ऊँची जाति के ब्राह्मण का आना और बस्ती बसाने का काम कितना बहुमुखी है, यह कलकत्ते के लोग किसी तरह न समझ सकेंगे। कलकत्ता शहर में बत्ती और आराम से प्रेम रहता है, इसलिए रैदास जाकर चाटुज्जे के घर भात पकाता है। इससे शहर के लोग समझ लेते हैं कि भारत से जात-पाँत की समस्या मिट गई है। शहरी और शिक्षित क्रान्तिकारी भी यह गलती करते हैं। उनकी नीयत में कोई सन्देह नहीं है, मारे जाते हैं भलाई के दस्तावेज। लेकिन वे भी जब गाँव-गिराँव गए, तो जात-पाँत, छुआछूत और धर्म के तिगड्डे विरोध को नगण्य कर उन्होंने दूसरे बस-स्टॉप से काम किया।

यह गलत है। इस भारत-भूमि में नंगे फटेहालों को लड़ाकू बनाने पर, कुरुक्षेत्र में उतरने के पहले जान लेना होगा, जरूरत पड़ने पर गंजू और दुसाध लोग गुलबदन साहु को क्षेत्रपाल देवता और सूर्यदेव के प्रति उत्सर्ग कर केनान्द्रा पहाड़ से नीचे ढकेलकर मार सकते हैं। लेकिन हनुमान मिश्र के मन्दिर से लगे कुएँ से पानी लेने के लिए उनके हाथ नहीं उठेंगे।

उनको जानना चाहिए कि आर्थिक शोषण जिस प्रकार एक लक्ष्य है, उसी तरह दूसरा लक्ष्य है जात-पाँत, छुआछूत और धर्म। यह त्रिमूर्ति भवन की तरह ही भारतीयों के हृदय में पक्का घर किये हुए है। भवन रहने पर उसमें परिचित मूर्ति की स्थापना करना चाहेंगे।

जो लोग इस पर विश्वास नहीं करते, उन्हें बुरुडिहा गाँव देखना जरूरी है। बुरुडिहा एक आणविक भारत-कॉसमॉस है। रैदास-धोबी-गंजू-दुसाध में कौन किससे छोटा-बड़ा है, यह इन्होंने निश्चय नहीं किया है। किसी समय बाम्हन ही सत्कर्म करते रहे होंगे। निश्चय ही उन लोगों ने समस्त पतित जातियों को विभाजित कर

शासन करना चाहा था। उसी से बुरुडिहा की इन जातियों के रक्त में एक विश्वास बैठ गया है। वह विश्वास इस प्रकार है—हर एक के साथ भोजन करना, पानी पीना नहीं हो सकता। कलवरिया में बैठकर माल पीते-पीते इसके-उसके पास से चरपरा चना खा सकते हो, तली चीज नहीं खा सकते हो। उसके साथ चाय पी सकते हो, मुरमुरे नहीं खा सकते।

मनुष्य लोग बहुत सरल, डरपोक, ब्राह्मणत्व और उच्चवर्ण की श्रेष्ठता में विश्वास करनेवाले होते हैं। उसका परिणाम होता कि छुआछूत की गड़बड़ करने पर 'जात गई पाँत गई' कहकर वे हनुमान मिश्र जी के पास ही भागते।

हनुमान मिश्र महापाप की बात सुनकर कान में उँगली देते और रोते। छाती पीटते और जल्दी-जल्दी मन्दिर की ओर देखते। उसके बाद वे विधान देते—पूजा, प्रायश्चित, सिर मुँड़ाना, जात भाइयों को अन्नदान। इससे फिर उधार लेना पड़ता। धर्म के पतन के घोर प्रायश्चित के काम में जो रुपये लगते, वह हनुमान मिश्र खुद ही उधार देते।

उराँव, मुंडा या हो—ये हनुमान मिश्र की आँखों के काँटे थे जिनके सृजन-कार्य में ब्रह्मा का कोई हाथ न था, कहीं के किसी सिङ्बोङा या हड़ामदेउ ने उन्हें उत्पन्न किया था, उनके अस्तित्व की वे बिलकुल उपेक्षा करते। वे इतने पतित थे कि जात-पाँत, छुआछूत समझते ही नहीं। पहले ही बताया है कि इन हनुमान मिश्र का बुरुडिहा रहने का काम गहरे मतलब से था। स्वतंत्रता के तुरन्त बाद बुरुडिहा में एक अशान्ति की घटना हो गई। बुरुडिहा में जंगल के किनारे कई घर उराँव के थे। एतोया उराँव की बहू बिखनी लालाबाबू के यहाँ मजूरनी थी। वह कुएँ से पानी भरकर अन्दर औरतों के नहाने के लिए चहबच्चा भरा करती थी, खलिहान साफ करती, रसोई की लकड़ी के चैले फाड़ती। एक वक्त का जलपान, और महीने पर चार रुपये वेतन मिलता। इससे अधिक रुपये उन दिनों बुरुडिहा में कोई भी नहीं देता था। आज भी उस अंचल में बँधे हुए वेतन पर आदिवासी महीने में पन्द्रह-बीस रुपये और एक बेला जलपान पाकर काम करते हैं। जलपान का मतलब मड़ुआ का सत्तू या घाटो होता है। उसमें भी बिखनी की बेडौल-सी उग्र देह थी। एतोया उस बात में बहुत ही सचेत था, और अगर बिखनी के ब्याह का भोज देने में लाला लोगों का कर्ज़दार न होता तो वह बिखनी को काम न करने देता।

हर महीने वह हिसाब करता, बिखनी का वेतन लाला लोगों के काट लेने पर मूल-ऋण का क्या चुकता हुआ! स्वभावत: असल और सूद में हिसाब उलझ गया और उलझा हिसाब किसी आदिवासी की समझ से बाहर की बात है। एतोया को लगता कि वह देता जा रहा है और उधार चुक नहीं रहा है। उसका नतीजा था कि उसके मन में लाला पर गुस्सा बढ़ता रहा।

एक दिन उसने जाकर लाला के बड़े लड़के को पकड़ा, "कितना रुपया चुकती हुआ, कितना बाकी है, समझकर बता। बहू कितने दिन और काम करे कि उधार चुक जाए?"

जवाब उसके मन के मुताबिक न मिला। उसने कहा, "तू जरूर झूठा हिसाब दिखा रहा है। यह नहीं है।"

वह गाली देकर उठ आया और मन का दुख भूलने के लिए हाट में मिर्च बेचने गया। वहाँ जाकर महुआ पीने बैठ गया। तब महुए में मस्त एक दूसरे उराँव ने उसे समझाकर कहा, "तेरा उधार चुकने का नहीं है। इस जन्म में नहीं।"

"क्यों?"

"दिकू से उराँव के उधार लेने पर चुकता नहीं। किसी का नहीं चुकता और...।"

"और क्या?"

"सनीचरी से पूछ।"

सनीचरी एक ओर बैठी महुआ पी रही थी और जीभ पर तली हुई मिर्च लगा रही थी। उसने दारू पीकर ओठ पोंछ जो कुछ कहा उसका सारांश यह है : बिखनी की देह में जवानी रहते वह उधार नहीं चुकेगा! सनीचरी के आदमी ने लाला से बीस रुपये उधार लिये थे। महीने में दो रुपये वेतन और जलपान पर इन लाला के बाप के पास जवान सनीचरी लगी। यह पच्चीस बरस पहले की बात है। दस बरस काम करने पर भी वह उधार नहीं चुका। सनीचरी का आदमी उस कर्ज के दो बरस के भीतर मर गया। सनीचरी को बचानेवाला कोई रह नहीं गया। उसकी जवानी भी बहुत दिनों तक रही। जब तक जवानी रही, तब तक सनीचरी ने बुड्ढे लाला को शरीर और परिवार को मेहनत देकर कर्ज़ चुकाने का प्रयत्न किया। उसकी जवानी और बुड्ढे लाला की जिन्दगी एक दिन समाप्त हुई। उधार आज तक नहीं चुका। सनीचरी अब काम करने नहीं जाती, और अब उसने कह दिया है कि "अब काम नहीं करूँगी। जेहल भेजना हो तो भेज दे।"

इसके बाद सनीचरी ने महुए के जोश में आए आकुल हृदय से एतोया से कहा, "बिखनी को लेकर भाग जा। लाला का छोटा लड़का शैतान है। वह बिखनी को छोड़ेगा नहीं।"

एतोया जानना चाहता था कि बिखनी ने क्या खुद धोखेबाजी की है?

सनीचरी सांसारिक दार्शनिकता के साथ बोली, "आज नहीं तो कल करेगी।"

बातों का नतीजा अच्छा नहीं हुआ। दारू पीकर एतोया ने लाला के छोटे बेटे को काट डाला और भालातोड़ जाकर थाने में दारोगा से कहा कि उसने बुरुडिहा के गोविन्द लाला को मार डाला है। जो करना हो कर ले।

उक्त हत्याकांड के असामी के खुद इकबाल करने पर भी दारोगा को मौके पर जाना पड़ता। आकर तीन दिन बुरुडिहा रहना पड़ा। दारोगा की पदवी पांडे थी। वह सदाचारी मैथिल ब्राह्मण था और बुरुडिहा में तीन दिन रहने के समय उसने लाला के यहाँ अन्न-जल नहीं लिया। पुत्र-शोक के ऊपर ब्राह्मण के भूखे रहने के शोक से लाला-जननी का कलेजा फट गया। इसका फल दूरव्यापी हुआ। परिणामस्वरूप

एतोया को काला पानी हुआ और वह जेल में ही मर गया। बिखनी को मृत गोविन्द के बड़े भाई ने जबरदस्ती दखल कर लिया। लाला लोगों ने भालातोड़ के वैष्णव समाज के गुरु की सहायता से हनुमानप्रसाद मिश्र को लाकर गाँव में बसा दिया। आदिवासी और अन्त्यज बेल्ट के गाँवों की शान्तिरक्षा के काम में ऊँची जाति के हिन्दू को नियुक्त करने की प्रशासन की इच्छा न थी। उससे आदिवासियों और अन्त्यजों को न्याय न मिलता। किन्तु कार्यरूप में उक्त व्याख्या के सारे ग्रामरक्षक थानों में पांडे-ठाकुर-मिसिर नियुक्त हुए, और बुरुडिहा के आसपास सारे गाँवों में मौके पर जाँच या जाँच के आदेश आने पर वे हनुमान मिश्र के घर वैष्णव भोजन करते।

दस के करीब गंजू परिवारों की जमीन पर कब्जा कर लाला लोगों ने वह सारी जमीन मिश्र को दे दी थी। हनुमान मिश्र लाला लोगों के भात में हाथ न डालकर अपना ही वैभव बढ़ाते रहे। वह अंचल चोटी, तिरुही, कुहला और झिठरी—चार नदियों से घिरा, वनों से समृद्ध और नरम धरती का था। मालाहातू के जमींदार-वंश के अधिकार के गाँवों में फल के काफी बगीचे थे। अमरूद, शरीफा, आम, लीची, पपीता और जामुन के पेड़ बहुत थे। कुँजड़े या थोक खरीदार बगीचे के फलों का अन्दाज लगाकर फारवर्ड ट्रेडिंग कर बगीचे के मालिक को पेशगी थोक रुपये देकर भविष्य में होनेवाले फलों को खरीद लेते।

हनुमान मिश्र लाला लोगों के हिस्से में हाथ न डालते थे। वे एक के बाद दूसरा बगीचा खरीदते रहते। हर बगीचे में मिश्र-वंश के किसी बेकार आदमी को बसा देते। कुँजड़ों से तय होता कि हर बगीचे से घर के लोगों को खाने के लिए फल देने होंगे। इस तरह फलों के बगीचे खरीदे जाते। यथार्थ में मिश्र जी ने दूर-दूर तक अपना घेरा डाल दिया। वह अंचल ऐसा अजब था कि यहाँ का प्राकृतिक भूगोल भी सोचने में बुरा था। बुरुडिहा, पालानी, टाहाड़ इत्यादि जगहों में रहना बेकार था। दो मील दूर बस-स्टेशन पर खाने के नाम पर भीगे चने और प्याज मिलते थे। मिश्र जी के आदमी दूसरे बस-स्टेशनों पर फल बेचनेवालों से मारपीट कर उन्हें हटाकर अपनी बिक्री करते। भालातोड़ थाने को वे हर साल इतने फल भेजते कि फलों से भरे थाने पर मिश्र जी के विरोध की कोई रिपोर्ट ली ही नहीं जाती थी। उनके आदमी-औरतों, बुड्ढे-बुढ़ियों और बच्चों को खासतौर पर पीटते और उन्होंने एक आतंक का राज्य कायम कर दिया था। ब्राह्मणों, देवताओं के खिलाफ कोई भी शिकायत सुनी नहीं जाती थी।

आसपास किसी झगड़े की जमीन की खबर वे भालातोड़ के थाना और पटुलिहा की कचरी से पा जाते और जमीन-जयदाद खरीदते रहते। मिश्र-परिवार की नीयत साफ न थी। इससे ऐसी जमीन-जायदाद में मिश्र लोग घुस पड़ते। इस पर स्थानीय कांग्रेसी पंचायत के प्रधान ब्रजभूषण खत्री का खयाल गया। उसने खुद आकर मिश्र जी से मुलाकात की और कहा, "आपने जो किया वही देश की सेवा है।"

"कैसे?"

ब्रजभूषण खत्री बड़ा प्रतापी और जबरदस्त आदमी था। उसके शासन में पंचायती कुआँ और प्राइमरी स्कूल सवर्ण हिन्दुओं के अधिकार में थे। उसका कहना था कि ब्राह्मण के सामने रहने पर हिन्दुओं के कलेजे में ताकत आ जाती है। मिश्र जी की दूरदर्शिता के कारण अंचल में सब जगह ब्राह्मणों का केन्द्रस्थल बन गया है। खत्री, भुइँहार, लाला—इनमें ब्राह्मण सबसे बड़ा देवता है। अंचल में दुसाध-रैदास-गंजू-आदिवासी की प्रधानता बहुत है। इनको दबाए रखने की बहुत जरूरत है।

मिश्र जी बहुत हँसकर बोले, "लेकिन इनकी देखभाल करने के लिए सरकार बहुत मदद भी देती है, और इन्दिरा जी भी वही चाहती हैं।"

'देवता, ऐसा चाहने के बाद वे नसबन्दी क्यों करा रही हैं? इनकी संख्या न बढ़े, इसलिए? सरकारी दफ्तर, अमला हैं? कानून जो भी कहे, अदालत, पंचायती दफ्तर, बी.डी. ऑफिस, थाना—सभी हमें मदद देते हैं। अब तक मैं अकेले लड़ता था। अब देवताओं को सामने पा गया हूँ। किस तरह इनको काबू में रखा जाए, वह दिखा दूँगा।'

'आपने जो कुछ कहा, वह ठीक नहीं है, खत्री जी! आप और हम पढ़े-लिखे लोग हैं। यह समझना चाहिए कि हम दोनों भारतीय हैं। आपको मालूम है कि अछूत और आदिवासियों के लिए सरकार ने बहुत-से कानून बनाए हैं।'

'कानून से क्या होता है देवता, कानून तो कागज पर स्याही से लिखा रहता है। कानून को बलवान बनाता है आदमी। पढ़ा-लिखा आदमी। मैंने क्या कहा? उन्हें जान से मार दूँगा? नहीं, नहीं। लेकिन आप जो जूतों के नीचे मिट्टी मसलते हैं, उसका तो माथे पर तिलक नहीं लगाते? यह भी ठीक नहीं। जूते के नीचे की मिट्टी से यह बात कहना ठीक नहीं कि तुम तिलक की मिट्टी बन सकते हो।'

'यह तो ठीक बात है।'

'मेरी पंचायत में एक ही नीति है। सरकार ने स्कूल भी बनवाया। किन्तु मैं बताए देता हूँ, लिखाई-पढ़ाई करने से तुम्हें कोई लाभ नहीं। मरे जानवर का चमड़ा कौन साफ करेगा, कौन जूते बनाएगा, कौन कुली का काम करेगा—यह सब सोचकर भगवान ने तुम लोगों को बनाया है। पढ़ाई का तुम क्या करोगे? तुम्हारे पढ़ने के लिए आने पर ऊँची जाति के मास्टर पढ़ाएँगे नहीं, लड़के भी नहीं पढ़ेंगे। देवता! यह सब जगह जंगली जगह हैं। शहर की हवा यहाँ नहीं आती। राजा की तरह रहें, कुछ फिकर न करें।'

बात कहते समय ब्रजभूषण की आँखें और चेहरा पवित्र दीप्ति से चमकने लगा। हनुमान मिश्र को यह समझना बाकी न रह गया कि ब्रजभूषण धर्मान्ध व्यक्ति है। उन्हें बहुत खुशी हुई। धर्मान्ध आदमी और धर्मान्धता बड़ी अच्छी चीजें हैं। वह अगर अछूतों और आदिवासियों को दबाकर रखने में सहायक हो तो और भी अच्छा है, क्योंकि वे फलों के बगीचे, जमीनें और दूसरी तमाम पार्थिव सम्पत्ति बढ़ाना चाहते हैं, उसमें मेहनत-मजूरी के लिए इन अभागों की जरूरत होती है। वे अगर लिखे-पढ़े हों, अपने हकों के बारे में जानकार हों, तो हवा बिगड़ जाएगी। यथार्थ में पटना, राँची, गया,

आरा, छपरा में छोटी जात के रिक्शेवाले जिस ढंग से बात करते हैं, उससे बाम्हन के खून में आग लग जाती है।

हनुमान मिश्र समझते हैं कि ब्रजभूषण खत्री उनकी भरसक मदद करेंगे। वे बहुत खुश हुए और बोले, "आजकल के जमाने में आप-सा आदमी होता है, यह नहीं जानता था।"

ब्रजभूषण खत्री भी बहुत जोश में भरे अपने गाँव को लौट गए। इसके बाद उस अंचल में असाधारण रूप से कई महत्त्वपूर्ण घटनाएँ हुईं।

बड़े आश्चर्य की बात थी कि बुलाकी या जगमोहन कुछ जाने बिना भी हर महत्त्वपूर्ण घटना के समय किसी-न-किसी तरह से घटनाओं के घेरे में रहे।

अपने गाँव लौट जाने के बाद ब्रजभूषण खत्री ने अपने बेटे की शादी की और बेटे-बहू को हाथी की पीठ पर बैठाकर बरात को हनुमान मिश्र के मन्दिर में ले जाकर देवता का आशीर्वाद लेने का निश्चय किया। यह प्रस्ताव सबके मन के मुताबिक था और तभी भयंकर घटना ने खेल दिखाया। गाँव में जिस तरह सब लोग खेतों में जाकर मल-त्याग करते हैं और 'घर के पास संडास नहीं बनाते'—वैसे ही शिक्षित और आलोक-प्राप्त ब्रजभूषण भी जौ का खेत उपजाऊ बनाने गया—और अचानक देखा कि जौ के खेत के बीच की राह पकड़कर एक निकम्मा हाथी और निकम्मा महावत आ रहे हैं। ब्रजभूषण का व्यक्तित्व तेज था। इसी से मल-त्याग करते-करते उसने पूछ लिया :

"किसका हाथी है?"

"महन्त का।"

"महन्त कहाँ है?"

"बनारस में।"

"यहाँ हाथी लेकर क्यों घूम रहे हो?"

"हुजूर...!"

"अगर जौ खा जाए तो?"

"नहीं हुजूर!"

"यहाँ क्या कर रहा है?"

"भाड़ा मिलने पर, सवारी मिले...इसी तरह हाथी की खुराक चलाता हूँ, हुजूर!"

"ठहरो, आ रहा हूँ।"

ब्रजभूषण ने जरूरी काम निबटाया। उसके बाद बुलाकी के साथ भाव-ताव हुआ। अन्त में हाथी की खुराक और दस रुपये देना तय हुआ। बुलाकी को जलपान भी।

बहुत खुश होकर बुलाकी ने जगमोहन को नहलाया और बरगद के पत्ते खिलाए। इसके बाद घुले रंग से जगमोहन के माथे पर और सूँड़ पर अल्पना आँकी। खुद भी भरपेट सत्तू, मट्ठा और भेली-गुड़ खाया।

लेकिन भाग्य का फेर। खबर आई कि देवता धनबाद चले गए। दस दिन के पहले लौटेंगे नहीं। दस दिन बाद कोई शुभ दिन पंचांग में निकलता नहीं था। इसलिए ब्रजभूषण ने बुलाकी को विदा कर दिया। जगमोहन को भी। बुलाकी झुझार की ओर चला गया। बुरुडिहा जाते-जाते जाना न हो सका।

अब उस ओर एक महत्त्वपूर्ण घटनावली घटती रही।

(एक) झुझार गाँव के प्राइमरी स्कूल के मास्टर बालकृष्ण सोशलिस्ट पार्टी के आदमी थे। उन्होंने आते ही ब्रजभूषण खत्री का कट्टर वर्ण-विद्वेष पकड़ा और ब्रजभूषण के हर सार्वजनिक काम के पीछे इस मानसिकता को देखा। उसकी ऐसी धारणा इसलिए हुई कि उसे खूँटे का जोर था। लगा कि राँची में म्याऊँ पकड़ानेवाला आदमी है। लेकिन वन-विभाग का जंगल, जमींदार की जमीन और बाँझ पथरीले पत्थरों के क्षेत्र के अलग-थलग आदिवासी गाँव जो असल में राँची से सौ लाख योजन दूर हैं, इसे उसने न समझा। बस-रूट से दूरी नहीं है, यह दूसरी दूरी है। राँची नया भारत है। गाँवों में नियनडर्थल युग चल रहा है। पानी नहीं, महुए के तेल की लाल रोशनी ही एकमात्र बत्ती है, महुआ या मक्का या चीनादाना का घाटो एकमात्र स्टेप्ल फूड (मुख्य भोजन) है। नमक विलासिता है। रोग में, कष्ट में नये भारत में घृणित मिशनरी एकमात्र सहारा है। बरस-भर उधार-कर्ज के लिए जमींदार या महाजन एकमात्र सहायक होता है। ये लोग ऐसे तुच्छ और नगण्य हैं कि चुनाव के समय इन्हें कोई प्रति व्यक्ति एक रुपया देकर भी वोट न दिलाता। महाजन या जमींदार या ब्रजभूषण आँखें लाल कर जिसे वोट देने को कहें, ये लोग उसे ही वोट दे आते।

नासमझ बालकृष्ण को लगा कि इनके प्रति अन्याय हो रहा है। उसने बीच-बीच में भालातोड़ थाने में रिपोर्ट भी की। ब्रजभूषण समझ गया कि इस छोकरे को टाइट करना होगा।

मामले का अभाव नहीं होता। कॉलरा की महामारी में इंजेक्शन देने के लिए आई हुई सरकारी जीप झुझार ग्राम की उपेक्षा कर चली गई। इसका कारण जानना चाहने पर ब्रजभूषण घमंड के साथ बोला, "जो सूई सवर्ण हिन्दू को इंजेक्शन देगी वही सूई अछूत और आदिवासियों के लगेगी?"

"नहीं, नहीं, मास्टर साहब! यह नहीं हो सकता है। इस जली आजादी के बाद ऊँची जाति के हिन्दुओं का इन अछूत और आदिवासियों के दबाव में लोप हो रहा है। बस अब खून की पवित्रता रह गई है। शरीर में खून रहते ब्रजभूषण उसे नष्ट नहीं होने देगा।"

बालकृष्ण सिंह आवाज में यथासाध्य व्यंग्य लाते हुए बोला, "इन्हें कॉलरा होने पर कौन देखेगा?"

ब्रजभूषण खत्री कठोर गम्भीरता के साथ बोला, "बुरुडिहा में जीते-जागते देवता हैं—हनुमान मिश्र। वे भगवान को पुकारेंगे। जीवन और मृत्यु लिख-पढ़कर नापने की चीज नहीं होती। जब इंजेक्शन नहीं थे, तब क्या सब लोग कॉलरा से मर जाते थे?"

स्वास्थ्य-केन्द्र पर बालकृष्ण सिंह के भागदौड़ करने पर भी कुछ न हुआ। वह समझ गया कि ब्रजभूषण और हनुमान मिश्र को खफा कर सरकारी कर्मचारी भी कुछ करने को तैयार नहीं हैं। ब्रजभूषण केवल पंचायत का ही प्रधान नहीं, इस अंचल का सबसे प्रतापी और प्रभावशाली व्यक्ति है।

बालकृष्ण सिंह पर भी बेकार की जिद सवार हो गई। कॉलरा फैलने लगा। आसपास के गाँव में लोग मरने लगे। इसके बाद उस झुझार गाँव में लोग मरे। इसके बाद उसने समझाया और कहा, "मैं झुझार में हैजे की सूई दिलाऊँगा। राँची जा रहा हूँ। राँची से डॉक्टरों की गाड़ी लाकर सूई लगवाऊँगा।"

गाँव के बूढ़े ने अपनी सहिष्णु, शान्त और पीले रंग की आँखें उठाकर बालकृष्ण की ओर देखा। वह बोला, "कुछ नहीं होगा रे!"

"क्यों?"

"झुझार में हैजा फैल रहा है।"

"किसने कहा?"

"मिश्र जी ने कहा।"

"किससे कहा?"

"खत्री जी से।"

"कब कहा?"

"रोज कहते हैं।"

"न, न, डरा दिया था।"

"कहा था कि सूई लगवाने से मर्दों को खाँसी हो जाएगी। सरकार नसबन्दी कराना चाहती है। मरद लोग खाँसी होने के डर से नसबन्दी नहीं कराते। इसलिए हैजे की सूई लगाते हैं और मर्दों को खाँसी, औरतों को बाँझ किये दे रही है। वही कहते हैं।"

"वह अगर होगा तो खत्री जी, मिश्र जी ने खुद सूई क्यों लगवाई? सुनो, यह सब चालाकी है। तुमको हैजा होने पर तुम मर जाओगे। वे खुद चंगे रहेंगे। उसके बाद देखो, किसी मर्द के मरने पर उसकी जमीन निकल जाती है या नहीं!"

"वह तो हैजे से मरे बिना भी चली जाती है। कभी हमको यह पता न था कि जमीन खत्री जी ले लेंगे, हम उनके चाकर बनेंगे। वही तो हुआ।"

"सुनो, सूईवाले के आने पर पहले मैं सूई लगवाऊँगा। तुम लोग देखना, कुछ होता है या नहीं।"

"तुझे मार देंगे।"

"कौन?"

"खत्री जी।"

"मार देना ऐसा आसान है?"

"तेरे लिए डर लगता है। तू यहाँ रहता है। हम लोगों के लिए सोचता है।"

बालकृष्ण ने कहा, "इस बार शहर से अपनी बहू और बच्चे को ले आऊँगा। तुम्हें दिखाऊँगा।"

"तेरी बहू सूई लेगी?"

"बहू लेगी। बच्चा लेगा।"

सवेरे यह मीटिंग हुई। शाम को ब्रजभूषण खत्री साइकिल से झुझार चला गया। बालकृष्ण से बोला, "हाट से दस किलो चावल और दो किलो गुड़ देना होगा।"

"क्यों?"

"हैजे की महामारी चल रही है, पता नहीं है?"

"किस तरह पता होता?"

"यह तो आपकी खफा होने की बात है। सूईवाले चले गए। इससे खफा हो रहे हैं।"

"चावल और गुड़ का क्या होगा?"

"हैजा शान्त करने के लिए यज्ञ होगा। मिश्र जी खुद यज्ञ करेंगे। सब गाँवों से चावल और गुड़ ले रहा हूँ। सूई का इलाज कुछ करता है, मास्टर साहब? आप मास्टर आदमी हैं, आपको ब्राह्मण देवता पर विश्वास नहीं है?"

"झुझार आपका राज्य हो सकता है, राँची नहीं। राँची जाकर मैं सूई-गाड़ी और दवा लाऊँगा।"

"यह तो बड़ी अच्छी बात है। अब जो आए वह उन्हें सूई दे। सरकारी बन्दोबस्त है, मैं पंचायत का प्रधान हूँ, क्या 'नहीं' कहने जाऊँगा? अब चावल और गुड़ की बात बताइए।"

"आप कहिए।"

ब्रजभूषण खत्री ने तुरन्त गाँव के बूढ़े को बुलाया। कहा, "दस किलो चावल देगा, दो किलो गुड़। बुरुडिहा ले जाएगा। मिश्र जी तुम लोगों का हैजा भगाने के लिए यज्ञ कर रहे हैं।"

"कहाँ मिलेगा? चावल किसके घर हैं?"

"वह मुझे पता है?"

"मास्टर साहब कहते हैं कि सूई लगवाने से हैजा जाएगा। जाग-जग्य करने से हमारा क्या? हमें क्या कोई खाना देगा? मिश्र जी के जाग-जग्य में बेगार और चावल तो कितनी दफा दिया। अबकी बहुत अकाल है।"

"न दे तो मत दे।"

ब्रजभूषण हँसते हुए चले गए। गाँव से जाने के पहले बालकृष्ण को रुपये देकर खुशामद के साथ अपने रेडियो की बैटरी लाने का अनुरोध कर गए। कह गए, "देखकर बहुत अच्छा लगा, मास्टर साहब! वे लोग आपकी बात पर बहुत भक्ति करते हैं।"

इसके बाद बालकृष्ण सवेरे की बस से राँची चले गए। अधिकारियों को बताते और इन्तजाम करते उन्हें दो दिन लग गए। दो दिन झुझार के लोग डर के मारे दूर-

ही-दूर से हैजे से मरे लोगों की चिता देखते थे, मास्टर पर आस्था रखकर ब्रजभूषण को चावल न देना नासमझी हुई या नहीं, यह सोच रहे थे। इस बीच मिश्र जी के यहाँ महायज्ञ आरम्भ हो गया। उस यज्ञ में दूसरे अछूतों को प्रसाद न मिलेगा, यह जानकर भी वे चावल और बेगार दे रहे हैं, सिर्फ वे ही बाकी रह गए। यह कैसे हुआ? इसे सोचकर सब परेशान थे।

इस बीच देखा गया कि जहाँ सबसे अधम दीनों-के-दीन रहते हैं, वहाँ 'उनके' चरण पड़ने की कोई इच्छा ही नहीं। वह श्रद्धालु और भले कवि की इच्छामात्र थी। क्योंकि वही 'वे' मिश्र जी के यज्ञ में पूजा ले रहे थे। प्रत्यक्षतया सारे गुंडों के यज्ञ की जगह उपस्थित होने के बावजूद मास्टर का जनहीन कमरा और स्कूल का छप्पर जल गया। झुझार के एकमात्र जलस्रोत पंचायती ताल में एक आदमी ने हैजे से मरे व्यक्ति का शरीर डाल दिया और दोनों ओर के गाँववाले लाश से इनकार करने लगे। लोगों को 'अविश्वासी, हरामी' कहकर उन्होंने गाली देकर अपने कुएँ से पानी नहीं लेने दिया। लाश को खींचकर दूर फेंका और बुरुडिहावालों ने वही पानी पिया। उसका नतीजा हुआ कि बुरुडिहा में हैजे की महामारी फैली।

मास्टर कभी झुझार न पहुँचे, जिससे झुझार वालों का डर के मारे विश्वास उठ गया। वे ब्रजभूषण के पास भागे और घर-द्वार बेच मिश्र जी को प्रायश्चित में पूजा भेजनी चाही। ब्रजभूषण बोला, "न, न, तुम लोगों ने ब्राह्मण देवता का अपमान किया है। तुम्हारी पूजा वे न लेंगे।"

क्षमा-मधुर मुस्कान लिये हुए मिश्र जी स्वयं ही झुझार चले आए। सब लोगों को प्रसाद के पेड़े और सड़े पपीते दिये। बोले, "ब्राह्मण क्षमा करना भी जानते हैं।"

उससे ब्राह्मणों का जो सुप्रीम फोर्स होता है वह झुझारवासियों के और दूसरे गाँववालों के मन में प्रतिष्ठित हो गया।

मास्टर के न आने से हेल्थ डिपार्टमेंट ने गाड़ी नहीं भेजी। बाद में हाटियार के रास्ते में मास्टर का गाड़ी के नीचे आया शव मिला। उसकी मौत का सही जवाब शहर में न मिला। किन्तु जंगलों में महाजन के चरणों का सहारा पानेवाले गाँवों में इस मृत्यु के प्रतीक वाले आयाम ने फायदा पहुँचाया। भालातोड़ थाने के अफसर ने गोपनीय रिपोर्ट में लिखा, "आदमी एजिटेटर था। गाँववालों के साथ उसका मेल-जोल देखकर समझा जाता था कि वह असल में कम्युनिस्ट या सोशलिस्ट था।"

इसके बाद एक के बाद एक जो घटनाएँ घटीं वे बहुत ही व्यंजक थीं। समय, अर्थात काल हर दशक में आगे बढ़ता रहता है और अंचल में कहीं थर्मल पॉवर स्टेशन की स्थापना करने आए सम्बन्धित मंत्री प्रेस के द्वारा भारत और बहिर्भारत को बताते, "वी रीच द मॉडर्न टाइम्स।" इससे राँची और दूसरी जगहों में यह कथन काफी प्रचारित होता।

(दो) मॉडर्न टाइम्स में अंचल में कदम रखने के बाद, साठ के दशकों के अन्तिम वर्ष में, जो घटना घटी वह शिक्षकों पर केन्द्रित नहीं, छात्र-केन्द्रित है। टाहाड़ का गाँव फल के बगीचों के लिए प्रसिद्ध है। वहाँ के अमरूद, शरीफे, जामुन, लीची, पपीते और आम देखने योग्य बड़े होते हैं। गाँव मूलत: भालातोड़ एस्टेट के अन्तर्गत था। आजकल मिश्र जी के चचेरे भाई कुन्दन जी के अधिकार में है। कुन्दन जी की उम्र चालीस बरस है। वह बहुत बलिष्ठ हैं और गलत काम करनेवालों को साइकिल की चेन से पीटने में दक्ष हैं। मिश्र जी का ब्राह्मणोचित धर्म और ब्रजभूषण की मिश्र-भक्ति—दोनों ही कुन्दन में मूर्त हुई हैं। टाहाड़ ग्राम का स्कूल अच्छा है। वह मिश्र-परिवार के पक्के मकान में है जिससे कि गाँव के अछूत जातियों के लड़के पढ़ने के लिए पालानी गाँव के स्कूल जाते हैं। जाते ही नहीं, यही कहना ठीक होगा क्योंकि आठ बरस के लड़के स्कूल जाने से इन्हें ठीक नहीं रहता। इनके हिसाब से आठ बरस का लड़का बालिग हो जाता है। गायें चराना या दूसरे काम कर वह घर की मदद करता है। ऐसे ही कारणों से टाहाड़ गाँव के लड़के कभी स्कूल नहीं जाते। पालानी गाँव और टाहाड़ गाँव के बीच बड़े-बड़े पत्थरों से भरा एक ऊँचा-नीचा-रूखा-सा हिस्सा है। कोई-कोई पत्थर मोनोलिथ-सा है जिससे चाँदनी रात में उधर देखने पर सहसा लगता कि विभिन्न माप के और आकार के बहुत-से आदमी चुपचाप खड़े हैं। एक खास पत्थर बहुत अजीब है। लम्बा, चौकोर, मोटा। उस पत्थर के बारे में प्रवाद है कि वह जीवित हो उठता है और हर रोज थोड़ी-थोड़ी जगह बदलता रहता है। यह पत्थर नहीं, प्रेतात्मा है और उसका कोई अभिप्राय है। इस प्रवाद की सच्चाई को परखने कोई नहीं गया, किन्तु निर्जन समय में कोई पत्थर के समीप अकेले नहीं जाता। कुन्दन मिश्र ने एक दिन घोड़े पर चढ़कर गाँव को लौटते-लौटते अचानक देखा कि लगभग दस बरस की उम्र का एक लड़का पत्थर के नीचे कुछ लेकर छिप गया है। कुन्दन ने डर के मारे आँखें फेर घोड़ा भगा दिया। कुछ दूर आने पर सुना कि उसे कोई पुकार रहा है, "हुजूर! हुजूर साहब! मैं हूँ!"

कुन्दन के किसान सुखिया गंजू का बेटा एतोया था। कुन्दन की जमीन पर हुए दंगे में सुखिया छह बरस की जेल काट रहा था। कुन्दन ही ने उसे भरोसा दिलाकर जेल भेजा था। सुखिया की पत्नी झालो बड़ी गठी औरत थी। वह कुन्दन की कृपाभाजन थी। यह सुखिया के जेल जाने के बहुत पहले से था। कुन्दन ने झालो को कच्ची ईंटों का पक्का मकान बनवा दिया था। इस क्षेत्र में कच्ची ईंटें धूप में सुखाकर खपरैल की छत डालकर मकान बनाने से वह बहुत दिनों तक टिकता है और कोई गंजू परिवार ऐसे घर में रहनेवाला होने से जाति की नजरों में ऊँचा हो जाता है।

झालो ऐसे मकान में रहे, यह बिलकुल स्वाभाविक था। कुन्दन घर में आता-जाता रहता तो घर अच्छा होना ही चाहिए। कुन्दन का जाना-आना सुखिया या झालो की राय से था या नहीं, यह सवाल किसी से नहीं उठाया। झालो के आगे और पीछे के

उभारों का गैरवाजिब ढंग से ऊँचे और थिरकते होने से कुन्दन मिश्र दूसरों की नाँद में मुँह मारेंगे ही, ऐसा बड़ों का कहना है।

झालो का बड़ा लड़का एतोया कुन्दन की तरह था, यह झालो के लिए बहुत ही भाग्य की बात थी। कुन्दन की घरवाली के पेट से पैदा सन्तान बाप के कपूत थे। उनकी जैसी शक्ल थी, उसी तरह रोगी थे। स्कूल में पढ़ते तो पढ़ते ही, रगड़ते तो रगड़ते ही रहते, जरा भी अक्ल नहीं थी।

एतोया कहलाने को तो सुखिया का बेटा था मगर वह कुन्दन को बहुत प्रिय था। कुन्दन उससे घोड़े की देखभाल कराता था। उसे घोड़े पर चढ़ने भी देता था। साइकिल भी चलाने देता।

"इतने प्यार से वह बिगड़ जाएगा। गरीब दुखी का लड़का है...।" झालो कहती।

"तू एतोया को कुछ मत कह। मैं उसे बाद में बगीचे की देखभाल के काम में लगाऊँगा।"

"उसे लिखना-पढ़ना नहीं आता है।"

"तो पलानी के स्कूल में जाए न।"

कुन्दन ने बात को उचित महत्त्व नहीं दिया। एतोया के बारे में उसके मन में बहुत दुर्बलता है। इस तरह का एक लड़का भी उसकी घरवाली के पेट से नहीं हुआ। ऐसी अक्ल, ऐसी तेजी और ऐसा दुःसाहस! इसे मर्द-बच्चा कहते हैं।

अभी एतोया को आते देखकर वह बड़े ताज्जुब में पड़ गया और उसने घोड़ा रोक दिया। प्यार से उसके बालों पर हाथ फेरकर बोला, "दोपहरी में यहाँ क्या कर रहा है?"

"हुजूर के लिए खड़ा था।"

"क्यों?"

"मास्टर ने यह चिट्ठी दी है।"

"मास्टर ने? चिट्ठी?"

"हाँ हुजूर! मैं पास हो गया।"

"पास हो गया?"

"हाँ हुजूर, पाँच किलास हो गए। भालातोड़ जाकर पढ़ना पड़ेगा। और मुझे वजीफा भी मिलेगा।"

"किस बात का?"

"गंजू लोगों को वजीफा मिलता है।"

"वजीफा मिलता है?"

"हाँ हुजूर, अछूतों को वजीफा मिलता है।"

यहाँ तक कुन्दन ने एतोया की बातें बहुत ध्यान से नहीं सुनीं। 'अछूत' शब्द उसके कानों को जा लगा, और तभी ध्यान आया कि उसके औरस से पैदा होने पर भी एतोया 'अछूत' है। एतोया उसका बेटा है, इस बात को जब सभी जानते हैं और

वह खुद भी जरूर जानता है, लेकिन कभी भी उसे 'हुजूर' के सिवाय कुछ और कहकर नहीं पुकारा। कुन्दन के अवैध बेटे के रूप में बस्ती में उसे काफी प्रसिद्धि मिली है। लड़का अच्छा है। कुन्दन को असमंजस में नहीं डालता। गाँव में दूरी रखकर ही चलता है। लेकिन लोगों की नजरों की ओट करके दुलार में थोड़ा पास आ जाता है। आकर नीचे ही रहता है, जैसे अभी था। कुन्दन घोड़े की पीठ पर चल रहा था, और वह पैदल था। माँ के प्यार और देखभाल से उसकी शक्ल भी निखर रही थी। जो बेटे कुन्दन मिश्र के वंश को कायम रखेंगे, वे दूध-घी में डूबे रहकर भी दुबले-पतले और रोगी थे।

"मुझे क्या करना होगा?"

"भालातोड़ में रहूँगा, जरा कह दीजिएगा।"

"देखा जाएगा।"

गाँव नजर आते ही कुन्दन ने घोड़ा तेज कर दिया।

एतोया पैदल-पैदल चल रहा था।

पालानी के स्कूल में एतोया के पास होने और वजीफा मिलने की बातों की बड़ी प्रतिक्रिया हुई। यह बात इतनी दूर तक पहुँचेगी, यह कुन्दन भी नहीं समझा था।

रात हुए बिना कुन्दन घर के अन्दर नहीं जाता था। बाहर की बैठक में ही उसका रहना होता था। रात को एक बार अन्दर खाने-भर को जाता था। उसी वक्त उसके साथ घरवाली की सारी बातें होती थीं। इस व्यवस्था से घरवाली भी खुश थी। सूक्ष्म नितम्ब, चिपटी छातियाँ और दुबला-पतला शरीर लेकर पाँच बार सौर के लिए जाकर उसे आदमी से डर लगने लगा था। उर्वरा लड़कियाँ उसे अच्छी नहीं लगती थीं। बाल-बच्चों की देखभाल कई बुढ़िया दाइयाँ और नौकर करते थे। वह ठाकुरद्वारे में रहा करती। बड़े जमींदार की पत्नी और पति के साथ वह काफी रोब से बातें करती। हनुमान मिश्र इस परिवार के बड़े थे। वे उसे 'साक्षात लक्ष्मी' कहा करते थे।

कुन्दन को घरवाली की बातों में एतोया की बात याद न रही। कपड़े उतार, जवान दाइयों से तेल मलवा, नहाकर सोने के बाद शाम को वह झालो के यहाँ गया। एक आटा-चक्की मोल लेकर बस-रूट पर तिजिहाट गाँव में लगवा देगा, यह झालो को बताने और अपना प्राप्य सुख पाने वह गया।

हुजूर को आते देखकर झालो के बच्चे दादी की कोठरी में चले गए। कुन्दन ने कुछ देर तक झालो के शरीर को उलटा-पलटा। उसके बाद आटा-चक्की की बात कही।

झालो बोली, "एक बात थी!"

"क्या?"

"एतोया...।"

"क्या?"

"वह पढ़ना चाहता है।"

"पढ़ेगा? बहुत-सी पढ़ाई तो कर चुका। जितना पढ़ा है, हिसाब रख सकता है?"

"वह पढ़ाई करना चाहता है।"

"अरे, छोटी जात का लड़का पढ़कर क्या करेगा? एतोया था, इसलिए मैंने उसे पालानी के स्कूल में जाने दिया। इसके आगे किस गंजू, किस दुसाध, किस धोबी के लड़के को स्कूल में जाने दिया?"

"मास्टर कहता था कि उसका दिमाग बहुत अच्छा है।"

"किससे कहा? तुझसे?"

"हाँ, उससे बाप को भेजने को कहा था। सो उसने कह दिया कि पिता जेल में है। मास्टर ने कहा, तब माँ को भेजो।"

"तू गई थी?"

"हाँ।"

"कब गई थी?"

"कल।"

"न, न। और मत बोल। इस मास्टर को भी भगाना होगा। गंजू-दुसाध सब पढ़ेंगे, तो फलों के बगीचे और खेतों पर काम कौन करेगा?"

"सरकार, मैं आपसे कुछ नहीं माँग रही हूँ। बिना माँगे आपने सब दिया। इस बार मैं यह भीख माँग रही हूँ। मैंने भी उसे बहुत समझाया-बुझाया है। वह नहीं मान रहा है। बहुत जिद्दी है। आप जानते हैं कि वह किस तरह और क्यों ऐसे करता है। दुलार करके आपने उसकी आसाओं को बढ़ा दिया है।"

"जा, जा, मैं बाद में उसे एक साइकिल खरीद दूँगा। अभी वक्त खराब है। अरे जानती नहीं? जो मास्टर इस तरह गंजू-दुसाध को पढ़ने के लिए भड़काता है वह जरूर नक्सल होगा। पुलिस को भी बता दूँगा।"

झालो चुप हो गई। उसके बाद बोली, "ऐसा ही कह दूँगी। गंजू लड़का, पढ़कर वह भी मास्टर बन जाएगा, बड़ी बातें कर रहा था।"

"न, न, यह ठीक नहीं है। पता होता कि इस तरह दिमाग बिगड़ जाएगा तो मैं क्या उसे स्कूल जाने देता? उसके सिवाय यहाँ सबको मालूम है कि वह किसका बेटा है, मेरे डर से कोई कुछ कहता नहीं। भालातोड़ में उसे पढ़ने देने पर सब कहेंगे कि कुन्दन मिश्र अपने गंजू बेटे को पढ़ाकर ऊपर उठाना चाहते हैं। सब लोग वहाँ मजाक उड़ाएँगे। चारों ओर मेरे जितने दुश्मन हैं सभी को तुरुप चाल मिल जाएगी। वह खत्री, बहुत खचड़ा है, मुझे...।"

ब्रजभूषण खत्री उनका विरोधी था। जो हनुमान मिश्र के कारण ब्राह्मण धर्म में श्रेष्ठता पा रहे हैं, उनका ही चचेरा भाई कुन्दन है। झालो के पेट में कुन्दन को सन्तान पैदा करने का अधिकार है। लेकिन उस सन्तान को स्कूल में पढ़ाकर सिर चढ़ाने का अधिकार नहीं है। कुन्दन को नीचा दिखाने का मौका मिलने पर ब्रजभूषण उसे छोड़

न देगा। कुन्दन का भाग्य ही कुछ ऐसा है कि हनुमान मिश्र उसकी बात से ज्यादा ब्रजभूषण की बात पर विश्वास करते थे। एतोया को किसी तरह भालातोड़ जाकर ऊँचे क्लास में न पढ़ने देगा, इस बारे में कुन्दन का मन अडिग है। लेकिन एतोया के सम्बन्ध में बातें करते-करते कुन्दन के मन में कई बातें असम्बद्ध रूप से उठकर पानी की तसवीरों की तरह एक-दूसरे से घुल-मिल गईं, जैसे—

वह एतोया को बहुत अधिक प्यार करता है। केवल जबरदस्ती या जोर लगाकर नहीं, उसके साथ ही सन्तान के प्रति उसे तीव्र स्नेह और ममता थी। सम्भव होता तो वह शायद एतोया को पढ़ने देता। लेकिन क्या यह सम्भव था?

झालो उसके लिए बहुत जरूरी थी और झालो के चुप हो जाने में, कुन्दन का हुक्म मान लेने में यह भाव स्पष्ट था कि झालो हुजूर-सरकार का हुक्म बहुत खुशी से नहीं मान रही है। स्वगत सोचकर भी झालो उसके विरुद्ध जा सकती है। सोचने से भी अधिक असहनीय और निष्फल क्रोध होता है। झालो को भी वह बहुत प्यार करता था, बहुत ही चाहता था।

एतोया की पढ़ने की इच्छा और पालानी के मास्टर के इस मामले में मदद देने में जैसे एक बदली हवा की आँच हो। क्या कुन्दन को सावधान हो जाना चाहिए! सावधान? किसके विरुद्ध या किस बारे में? मन में डर क्यों पैदा हुआ? कल ही कुन्दन दोनों बन्दूकें साफ करेगा।

कुन्दन झालो से बोला, "इस अंचल के छत्तीस गाँवों में हमने किसी दिन गंजू-दुसाध को सरकारी स्कूल में पढ़ने नहीं दिया, न पढ़ने देंगे। वह बेकार बात भूल जा, गंजू पढ़ेगा। तब तो जूती का छाता बनेगा और आदमी के सिर पर लगेगा।"

तभी बन्द दरवाजे के बाहर अजीब-सी आवाज हुई, जैसे कि बहुत देर तक किसी ने साँस रोकने के बाद साँस ली हो। नन्हे-नन्हे पैरों की आवाज थी। झालो का मुँह उतर गया। लेकिन कुन्दन मुस्कराया और बोला, "जरूर यह एतोया है। अच्छा ही हुआ कि बेटे ने अपने कानों सब सुन लिया।"

उसके बाद बोला, "आज जल्दी-जल्दी चला आया। यह कहने के लिए कि एतोया को कुछ दिनों बाद ले जाऊँगा। कितने दिन बाद—यह ठीक से नहीं बता सकता। अब लगा कि उसे पढ़ने का इतना शौक है, रामगढ़ की दुकान में झाड़ू-पानी देगा...काहनू उसे हिसाब-किताब सिखाएगा। तेरी आटा-चक्की में भी तो हिसाब रखना होगा।"

झालो और कुन्दन ने गहरे ताज्जुब से एक-दूसरे की ओर देखा। इस तरह आवाज को इतना इधर-उधर कर कुन्दन कभी बात न करता था। एतोया के सिवाय भी जैसे उसकी और दो सन्तानें थीं, उसी तरह यह भी सच था कि कल ही यदि कुन्दन उसे भगा दे तो घर-बाहर उसे कोई कायदे के खिलाफ न देखेगा, झालो तो नहीं ही देखेगी। दीवार पर रंगों में बने विचित्र अनुपात के पक्षी और बन्दरों की आँखें भी आश्चर्य में बड़ी-बड़ी हो गईं।

रात को खाने के लिए जब कुन्दन घर गया तो उसे पहली बार पता चला कि हवा सचमुच बदल गई है। कहीं वन में आग लग गई है, क्योंकि हवा में दावानल की तपन थी।

घरवाली का मुँह भारी हो रहा था, आँखें लाल थीं, रोने से और गुस्से से आवाज भारी हो रही थी। वह कुन्दन के आगे बैठकर पंखे से हवा करने लगी। लेकिन बोली नहीं।

"क्या हुआ है?"

"मैं बाप के घर जाऊँगी।"

"क्यों?"

"इस अपमान के बाद टाहाड़ में न रहूँगी।"

"कैसा अपमान?"

"मेरे गोपाल-गोविन्द स्कूल में पास नहीं हुए, और वह झालो का बेटा...।"

"ओह!"

"एतोया की देखभाल करने के लिए लोग हैं और मेरे बच्चे बाप रहते अनाथ हैं। अब एतोया हमारे मुँह पर ठोकर मारकर बड़े स्कूल में जाएगा! ब्राह्मण के लड़के गाँव के स्कूल में रहेंगे और गंजू का बेटा...!"

"न।"

कुन्दन अचानक बहुत जोर से चीख उठा। गरज उठा, "उसके पहले मैं उसे मार डालूँगा।"

बात कुन्दन ने बहुत जोरों से कही और अन्दर-बाहर के सारे नौकर-नौकरानियों ने सुनी। बाद में बात को लेकर कानाफूसी भी हुई।

कुन्दन की आवाज में बहुत तेजी थी, लेकिन घरवाली को उससे भी डर न लगा। बोली, "इसका इन्तजाम न हुआ तो मैं देउता के पास चली जाऊँगी। झालो को घर के सामने कोठरी बनाए बिना नहीं चलता था? देउता ने कितनी बार बाहर का जंजाल बाहर रखने को कहा था।"

इस बात में छिपी धमकी कुन्दन के कानों में जाकर लगी और वह बोला, "उसका भी इन्तजाम हो जाएगा।"

"इन्तजाम हो जाएगा। मेरे मरने के बाद?"

"तू मरेगी? तू तो पाँच सौ बरस तक जिन्दा रहेगी।"

कुन्दन तेजी से दूध और मिसरी का कटोरा ठेलकर उठ गया।

कुन्दन ने सवेरे एतोया को और झालो को भी बुलाकर बहुत डाँटा, लेकिन उसके बाद बात को और नहीं बढ़ाया। वह नहीं समझता था कि पास होने और मास्टर की बहुत प्रशंसा से एतोया की मानसिकता में क्या रूपान्तर हो गया है। मनुष्य का मन, एक गंजू बच्चे का मन, धरती के स्तर के समान होता है। उसमें निरन्तर

स्तर-परिवर्तन होता रहता है—विचूर्ण—संभेद—अवक्षति के चलते-चलते एक पोली शिला स्फटिक-सी होते-होते हीरे-सी कठोर हो सकती है। एतोया के मन में यह सब जल्दी हो गया। जो करोड़ों बरसों में होने की बात थी उसके दो-तीन दिन में होने के परिणामस्वरूप वह मनुष्य के लिए विध्वंसकारक और विनाशकारी हो सकता है। एतोया के मामले में यही हुआ था।

तीन दिन के बाद झालो पीतल की एक रकाबी में कई पपीते, फूल और तिलकुट रखकर कुन्दन के गोठ में गई। पूजा का प्रसाद गंजू और दुसाध गोठ में ही रख जाते थे। किसकी पूजा और क्यों पूजा हुई—इसका पता नहीं होता था।

एतोया गाँव में नहीं था। पता चला कि पालानी के मास्टर ने भी उसकी मदद करना अस्वीकार कर दिया था। बुरुडिहा के सोमरा गंजू ने टाहाड़ में लड़की के घर सोशल विजिट पर आकर गंजुओं के निकट एतोया का केस काफी सहानुभूति के साथ सुना। एक नम्बर की चुआई की महिमा से उसके सूखे शरीर, गुदना गुदी छाती में असंगत उदारता जाग पड़ी। उसने कहा, "एतोया क्यों नहीं जाएगा? भालातोड़ में मेरी चाची है। उसके घर रहेगा। खाने-पीने के लिए उसे दो रुपये दे देना, बकरियाँ चरा देगा। हाँ, मैं कह दूँगा।"

सोमरा की मानसिकता ने यथारीति गाँव के घुमाव-फिराव वाले तरीके से काम किया। जिस काम के करने में कुन्दन की अनिच्छा थी, उसी काम को करना उसे अच्छा लगा।

क्यों अच्छा लगा? क्योंकि कुन्दन हनुमान मिश्र का चचेरा भाई था। हनुमान मिश्र ने सोमरा का क्या किया, क्या करता है?

खचड़ापन।

किस तरह?

सोमरा की कुल मिलाकर एक बीघा जमीन थी। जमीन उसकी थी, इसकी कबूलियत का पट्टा उसके पास था। हनुमान मिश्र और लाला लोगों ने सारे गंजू लोगों की जमीनें तरह-तरह के उधार और कर्ज के नाम पर वैध और कानून-सम्मत प्रशासन-अनुमोदित तरीकों से हथिया ली थी। सोमरा अपनी जमीन अपने दामाद को देना चाहता था। जमाई अक्ल के हिसाब से जमीन का लगान देता आया और लिखा हुआ लेता आया है। इसी एक कारण से जमीन ली नहीं जा सकी है।

सोमरा की जमीन के सिवाय किसी भी गंजू की जमीन कागज-पत्तरों पर साफ नहीं है। यह खाई लाला लोगों की अपनी ही खोदी हुई है। लाला बाबू लोगों में एक का शौक है कि बगीचे में जाकर शिकार खेले। शौक के पीछे सफेद विलायती घोड़ा था। अश्वशक्ति से अतिरिक्त उत्साह से भरकर लाला बाबू ने कूड़े-कचड़े में गोली मारकर एक क्रान्तिकारी गड़बड़ कर दी। जुगाली करती बूढ़ी गाय के कूल्हे में गोली लगी। गौ-हत्या हो जाती तो भयंकर पाप करने के कारण लाला का घर अँधेरा हो जाता।

सोमरा के बाप ने अपनी देसी दवा से गौ को बचा लिया। उसके बदले में लाला की जननी ने उसे एक बछड़ा दिया और लड़के से उसकी जमीन न लेने को और लिखा-पढ़ी कर देने को कहा। आसन्न नरक से छुटकारा पाकर बेटे ने खुश-खुश माँ की बात सुनी।

अब मिश्र जी के बुरुडिहा में स्थापित होने के बाद से उनके शिव मन्दिर से लगे रहने के स्थान के पास नागफनी से घिरी सोमरा की जमीन बहुत खराब लगती थी। गंजू लोग सारी जमीनें खोदकर जंगल को दखल कर बस्ती बनाकर रहते थे। सोमरा प्राय: ऊसर, मड़ुआ या जई देनेवाली जमीन का मालिक था। जमाने के खिलाफ यह एक असहनीय-सी बात थी। फिर पानी के भर जाने के बाद इतना समय बिताकर उसने अचानक ब्याह करने का राग उठाया। दामाद को उसने अँगूठा-निशानी लगाकर जमीन दे दी थी। इसलिए उसके ब्याह के मामले में बेटी-दामाद की अलग राय न थी।

हनुमान मिश्र की बाकायदा राय न थी। वे सोमरा के पीछे लगे हुए थे। इस कारण से सोमरा भी देउता पर चिढ़ गया था। एतोया के बड़े स्कूल में पढ़ने से कुन्दन ही क्यों, देउता भी चिढ़ जाएँगे, यह उसे मालूम था। इसलिए उसने एतोया को मदद दी।

झालो समझी कि कुन्दन खफा हो जाएगा। लेकिन सभी ने चेताया, "हमारे घर में कोई पढ़ता नहीं, एतोया पढ़ेगा, तो उससे हमारी छाती चौड़ी होगी।"

"लेकिन हुजूर सरकार?"

सबने कहा, "हुजूर सरकार खफा हो जाएँगे तो क्या तेरा सिर काट लेंगे? सुखिया जेल से लौटेगा, उसके लौटने पर तुझे फिर इसी गंजू टोली में रहना पड़ेगा न?"

अन्त में निश्चय हुआ कि पालानी के मन्दिर में पूजा करने पर कोई मुसीबत न आएगी। झालो वही पूजा का प्रसाद कुन्दन की गोठ में रख आई। झालो बहुत खुशी से तैयार न हुई थी, पर नाखुश भी न थी। उसका विश्वास था कि एतोया की उम्र का खयाल कर कुन्दन जब उसे चाहता है, तो इसके लिए भी वह माफ कर ही देगा। झालो ने कुन्दन को कभी भी निर्दयी या निठुर काम करते नहीं देखा था। कुन्दन बहुत बड़ी सजा देगा, उसका यह डर कम होता जा रहा था। कई लोगों ने उसे विश्वास दिलाया कि ठीक है टाहाड़ से जाकर एतोया पालानी में गंजू टोली में रह जाएगा और शाम को जो सरकारी बस डाक-थैला लेती है उससे चढ़कर भालातोड़ चला जाएगा। सोमरा पहले से ही भालातोड़ जाकर राह देखेगा।

कुन्दन यह सब किस तरह जान सकता है, या बिलकुल जान भी सका या नहीं, इसे लेकर तरह-तरह के अनुमान थे। कुछ बातें जाननी जरूरी थीं :

(1) बुरुडिहा में हनुमान मिश्र संध्या की आरती करते-करते अचानक चीख उठे और गिर पड़े। स्वस्थ होने के बाद बोले कि उन्होंने अचानक देखा कि वहाँ

मन्दिर-अन्दिर कुछ नहीं है। वे टाहाड़ और पालानी के बीचोंबीच उस मैदान को देख रहे हैं। वही प्रेतोंवाला मैदान। वह अशान्त और अस्थिर पत्थर जैसे राह की ओर झुका कुछ देख रहा हो।

अब सबको याद आया कि झुझार गाँव में कॉलरा की महामारी और बालकृष्ण मास्टर की मौत—सब कुछ उन्होंने दिव्यदृष्टि से देखा था। सभी डर गए और एक-दूसरे की ओर देखने लगे। भारत मुंडा बोला, "सारा समय का दोष है। किसी जमाने में यह मुंडा जनपद था। यह मुंडा लोगों के कोंसान बुरू हैं, समाधि के पत्थर। अब वह गाँव नहीं रहा। फिर भी उन सब पत्थरों के नीचे पिसाब करना, उन पर गाय-बकरी को हगाना क्या ठीक है?"

किसी अशुभ घटना का पूर्वाभास काले, स्थिर-लक्ष्य, मंत्रपूत मेघ के समान टाहाड़ की ओर चला।

(2) संध्या के बाद घोड़े के खुरों के नीचे रेत की थैली बाँधकर चलने से जैसी आवाज होती है, वैसी दबी आवाज घोड़े के जोड़ी खुरों की सुनाई पड़ी। आवाज सुनकर टाहाड़ के लोगों को डाकुओं का डर हुआ और वे घर के कपड़े-लत्ते लपेटकर लेट गए।

(3) तड़के टाहाड़ गाँव के सब लोगों ने एक अद्भुत तीखी चीख फैलते सुनी। चीख में जो व्याकुलता और आतंक था वह रात में उड़नेवाले पक्षियों का-सा नहीं लगता था। ऐसा लगता था कि इनसान चीखा हो।

सवेरा हुआ। दोपहर हुई। तीसरे पहर झालो ने पालानी जानेवाले ग्वालों से कह दिया कि एतोया चंगा-चंगा गया था, वह खबर ले आएँ। ग्वालों ने संध्या के बाद लौटकर जो बताया उससे झालो के ननद-ननदोई बहुत चिढ़ गए। बस-स्टॉप पर उसे बैठाकर ननदोई दुकान चला गया था। आकर देखा कि लौंडा गायब है। दुकान में बैठने में, चाय पीने में, बात करने में, बीड़ी पीने में वक्त जरूर लगा था, पर इतने में लौंडा बिना कहे चला गया? लड़का टाहाड़ जरूर लौटेगा। झालो ने भोलापन कर उसे तलाश करने को क्यों भेजा?

अब झालो के मन में खतरे की घंटी बजी। किसी की बात न सुनकर उसने धुँधली लालटेन उठाई। सबसे कहा, "लड़का छोटा है। अन्त में उसकी दूर जाने की हिम्मत नहीं हुई। शायद लौट न सका।"

सब लोग बोले, "लौट नहीं सका तो गया कहाँ?"

झालो परेशान होकर पहले कुन्दन के पास गई, लेकिन कुन्दन रामगढ़ से दो दिन बाद लौटकर तभी लेटा था। उसने झालो की परेशान प्रार्थना पर बिलकुल ध्यान न दिया और बहुत डाँटकर बोला, "हरामी लौंडा, लिखने-पढ़ने के नाम पर कहाँ भाग गया है, वह मुझे पता है? घर आकर बताया था? जूते को सहारा हो तो छाता बनकर सिर चढ़ जाता है। देखता हूँ कि यह कहावत नहीं, सच बात है।"

तब झालो लालटेन लेकर अकेली ही निकल पड़ी। मैदान के अपवाद पर उसने ध्यान न दिया। लाचार और भी दो-चार लोग उसके साथ चले। चलते-चलते झालो व्याकुल होकर पुकारती, "एतोया! बोलत काहे नहीं? कहाँ है एतोया?" और लालटेन को उठाकर चाँदनी की अस्पष्टता भेदती वह देखने का प्रयत्न करती। कोशिश करते-करते उसी की आँखों को उस अस्थिर प्यासे पत्थर के नीचे कुछ सफेद-सा दिखाई पड़ा। आदमी लोग प्रेत के डर से भागे, लेकिन झालो तेजी से आगे बढ़ी, टीले पर चढ़ी, और आगे हाहाकार से मैदान के प्रत्येक सुषुप्त पत्थर की नींद को उसने चौंका दिया। भूगर्भ में गड़े न रहने पर वे भी आगे-आगे आकर भारतीय दंड विधान की धारा 299 के अनुसार 'कल्पेबल होमिसाइड अमाउंटिंग टु मर्डर' का केस देखते।

एतोया ने पढ़ना चाहा था, इसलिए उसकी लिखनेवाली उँगलियाँ, तर्जनी और अँगूठा किसी ने काट दिये। खून बहने से उसकी मृत्यु हो गई।

पुलिस-केस था। कुन्दन ही अपराधी की गिरफ्तारी के लिए प्रयत्नशील था। अज्ञात कारणों से नामालूम दुश्मन ने...जाँच चलती रही।

झालो रोती नहीं थी और गुमसुम रहती थी। उसके बाद मरघट से लौटकर बाल-बच्चों को लेकर पहले गंजू टोली चली गई। फिर मरघट गई। बहुत ही असम्बद्ध उसका आचरण था। उसके बाद गाँव लौटी। उसका अस्वाभाविक चलना-फिरना देखकर कुतूहल में भरकर गंजू, मर्द-औरतें, लड़के-लड़कियाँ थोड़ा फासला रखकर उसके पीछे-पीछे जाते। एतोया की मौत से गाँव में एक और ही परिवेश उत्पन्न हो गया। एक अस्वाभाविक मृत्यु दूसरे कई अस्वाभाविक सामाजिक अथवा समाज-विरोधी आचरणों को सक्रिय करती है। मिश्र-घराने के नौकर-चाकर भी मौन दर्शक बने देखते रहे। झालो अपनी सूखी लाल आँखें, भयंकर चेहरा लिये कुन्दन के घर की बैठक में घुसी और मुट्ठी-भर राख कुन्दन के चेहरे पर फेंकी। बोली, "यह तेरे बेटे की राख है। बेटे को मार नंगा होकर दाई से नहाकर गद्दा पर बैठा है? सिर नहीं मुँड़ाएगा? अशौच नहीं करेगा? नहीं किया तो तुझे निर्वंश कर दूँगी, तू वंशहीन हो जाएगा।"

गंजू की लाश की राख से ब्राह्मण का कमरा अपवित्र कर वह तेजी से चली गई और मुँह फेरकर कह गई, "निर्वंश होओ! कोढ़ से सड़कर मरोगे! अपने बेटे को खाकर जो रक्त पिया है।"

इसके बदले में कुन्दन ने कोई बदला नहीं लिया और हनुमान मिश्र ने घोषणा की कि अब बड़ा पत्थर स्थिर रहेगा। अछूत जात के पापरहित बालक का रक्त शुद्धतम रक्त था। उससे एकाकार पत्थर, या मानव की बनाई मूर्ति, या सेतु-बन्ध वाली अनिच्छुक नदी—सभी तृप्त और शान्त होते हैं।

लेकिन पत्थर को खून पिलाना अच्छा नहीं। एक बार स्वाद मिल जाए तो पत्थर

भी बाघ की तरह खून पीना चाहता है। आदमी का खून तलाश कर पीता है। बाघ झपट्टा मार सकता है। पत्थर आदमी को झुलसा-झुलसा अपना काम पूरा कर लेता है।

जिस तरह झुझार और टाहाड़ की दो घटनाएँ समय की धारा में फेंके डाइनामाइट की चार्जर बन गईं, उसी तरह समय के निम्न स्तर पर बहुत-सी एक-दूसरे को काटती धाराएँ बहती रहीं। जिस तरह सत्तर का दशक आ पहुँचा और तीन बरस बीत गए, उसी तरह घटनावली भी नये-नये रूपों में प्रकट होती रही, विकसित होती रही।

बुरुडिहा के पार जंगल था। जंगल के पूरब में केनान्द्रा गाँव और पहाड़ था। हर दिवाली को आदिवासी लोग अपनी निःशोषित सत्ता लेकर प्रेत भगाने का उत्सव करते। इस दिन केनान्द्रा पहाड़ के ऊपर समतल लम्बे-चौड़े पत्थर के मैदान पर मेला लगता। आदिवासी लोग प्रेतात्माओं की ध्वजाएँ लाते। उनको पत्थरों की दरारों में खोंसते। उसके बाद एक सूअर के एक बच्चे को घास की रस्सी से बाँधकर क्षेत्रपाल देवता और सूर्यदेव को निवेदित कर पहाड़ के किनारे भाग जाते। नीचे, बहुत नीचे एक बड़ा-सा पत्थर था। वह जैसे कछुए की पीठ हो। वह साल-भर पत्थर ही रहता। किन्तु इस सवेरे क्षेत्रपालों और सूर्यदेव का प्रतिनिधि बन जाता। प्रतिनिधि बनकर पत्थर बलि लेता।

तिहत्तर के साल में इन सब जगहों और जीवन में पुलिस घुस गई। मामले को बहुत ही उलटा कहना होगा, क्योंकि अंचल ऐसा था कि वहाँ टाइम, स्पीड, मोशन इत्यादि चीजों के कोई माने नहीं होते थे। प्रान्तर-पहाड़-वृक्ष-वन आदिवासियों के अन्न या घाटों के लिए आदिम संग्राम-पत्थर के पहरुए होते। रास्ता कहने को बस के कई रास्ते थे। नहीं तो सब पैदल चलने के रास्ते थे। गाँव बहुत जन-विरल, ऐसे दूर-दूर थे कि चारों ओर सन्नाटा-ही-सन्नाटा था। 'समय' शब्द यहाँ आकर रुक गया था। सवेरे के नौ बजे, या दोपहर के दो, शाम के सात या रात के दस, सोचने पर यह लगता कि मानो यहाँ रहने पर समय खो गया हो। जीवन-मानव-प्रकृति—यहाँ सब कुछ ज्यों आदिम स्वरूप में ठहर गए हों।

पुलिस बिलकुल मानव-निर्मित चीज थी। यह ऐसे परिवेश में बूट-वर्दी-हेलमेट-बन्दूक के साथ घुस पड़ती और उग्रपन्थी पलातकों की तलाश में गाँव-के-गाँव तहस-नहस कर देती। यह चलता रहता। कोम्बिंग ऑपरेशन चलता ही रहता। इसके कारण तरह-तरह के रहते। सत्तर-इकहत्तर का सहारा लेकर जमींदार-महाजन के अत्याचार बहुत अधिक हो गए, प्रशासन की नजर में जमींदार-महाजनों पर अत्याचार और कष्ट होते। आर्गुमेंट होता, कहा जाता—क्यों? उग्रपन्थियों का निशाना क्या जमींदारी और महाजनी नहीं है? तर्क बहुत विश्वास योग्य था। उससे होता यह कि पुलिस जमींदारों-महाजनों को बहुत मदद देती। जमींदार-महाजन अत्याचार करेंगे, बेगार लेंगे, दिवालिया बनाकर छोड़ देंगे—आदिवासियों के जीवन में यह नई बात

नहीं थी। वे लोग इस सबको न्याय और प्रचलित देनदारी के हिसाब से समझते, लेकिन सत्तर-इकहत्तर में अत्याचार और शोषण अपनी हद पार कर गए। उसके परिणामस्वरूप जब-तब जमींदार-महाजन काट डाले जाते, बन्दूकवालों की बन्दूकें छीन ली जातीं और बन्दूकों के छिनने के साथ नक्सलियों को नहीं जोड़ा जा सकता, क्योंकि तमाम क्षेत्रों में बन्दूकें तोड़ उनके टुकड़े कर छीननेवाले दल उसे फेंक जाते। जिससे होता यह कि भड़कानेवाले लोगों को तकलीफ होती। यह क्या जंगलीपन और बेवकूफी है? बन्दूक क्यों तोड़ डाली? बन्दूक का बिक्री-मूल्य बहुत होता है। फिर कोम्बिंग चलती। धीरे-धीरे चारों ओर की छिटपुट होनेवाली घटनाओं से बुरुडिहा के आसपास के आदिवासियों की मानसिकता में एक आश्चर्यजनक उपलब्धि पैदा होती। वे समझते कि जमींदार और महाजन भी गला काटने पर मर जाते हैं, डरते हैं।

वे बातें करते। छिपकर, अन्धकार की भाषा में। अब मन की पृष्ठभूमि में बुड्ढे-बुढ़ियों से सुना कोल-विद्रोह-खरुआ का विद्रोह, हूल, उलगुलान वाला बिरसा मुंडा[1]—ये सब कहानियाँ मानो सच हो उठतीं। नतीजा होता गुलबदन साहू।

गुलबदन साहू बड़े महाजन थे। केनान्द्रा-केन्द्रित सारी भूसम्पत्ति की वे साल-भर बँधुआ मजदूरों से खेती कराते। लेकिन इस कारण से उनकी मृत्यु नहीं हुई।

इस बार साल 1973 के अगहन में अचानक भालातोड़ थाने और रामगढ़ आर्मी कैम्प की सहायता से केनान्द्रा में पुलिस और सेना का एक अड्डा खोलने का ऑफर होता है। बँधुआ मजदूर जान भी नहीं पाते कि वे जंगल काटकर क्यों साफ कर रहे हैं, एक के बाद एक मकान बना रहे हैं, सड़के बना रहे हैं, कुएँ खोद रहे हैं!

उसके बाद थाने के दारोगा और आर्मी अफसर मौके का मुआयना करने आए। वे लोग देखकर सन्तुष्ट हुए और जो बातें कीं उसे कई पोरम ओराँव जैसे-का-तैसा बताते।

"इन्तजाम तो अच्छा है। लेकिन शराब?"

"बार खोल दूँगा।"

"अगर एक रंडी-पट्टी खोल देते...।"

"इनके बाल-बच्चे हैं। देखिए, सेंटर खोलने में खर्च है। उसे हम उनसे वसूल कर लेंगे। यहाँ एक सेंटर होने से मेरी तरह के महाजनों की जान बचेगी। कुछ हो जाता है तो भालातोड़ थाना जाने के सिवाय और कोई चारा नहीं है।"

आदिवासी लोग सब जानते हैं। इसके बाद सब सोच-समझकर उन लोगों ने कई हाट के दिनों गुलबदन के देनदार दूसरे गाँववालों के साथ बातें कीं। तय हुआ कि त्योहार-पर्व के दिन वे लोग गुलबदन साहू को निमंत्रण देंगे।

गुलबदन निमंत्रण पाकर खुश ही हुआ। इससे यह समझा गया कि उनको कुछ भी पता नहीं। यह भी समझा गया कि वे गुलबदन पर विश्वास करते हैं। गुलबदन की भी इच्छा उनसे अच्छे सम्बन्ध रखने की थी। वह हँसकर बोला, "आऊँगा,

1. लेखिका की पुस्तक 'जंगल के दावेदार' में वर्णित घटना और उनका नेता।

आऊँगा। मेला देखने को, पूजा देखने को चला आऊँगा, तुम लोग नशा करोगे न? जाओ, उस दिन के लिए मैं तुम लोगों को एक पीपा शराब दूँगा। लकड़ी का पीपा, सिपाहियों की रम। वैसी चीज तुम लोगों को नहीं मिलती।"

केनान्द्रा पहाड़ पर दिवाली के सुन्दर सवेरे दस के लगभग तमाम गाँव के नर-नारी, शिशु, बालक-बालिकाएँ, बूढ़े-बूढ़ियाँ साफ कपड़े पहनकर प्रेतों के निशान वाली झंडियाँ लेकर आते हैं। वे लोग खूब शराब पीते हैं। भयानक कसमें खा-खाकर कठोर चेहरे से सूर्य की ओर छलाँग लगाकर नाचते, ध्वजाओं को विशेष अस्त्रों से काटते हैं। इसके बाद एक आदमी पहाड़ के ऊपर झूल जाता है और बलिदान रुक जाता है।

वह झूल जाता है। एक सूखा दुबला-पतला वृद्ध खड़े होकर हाथ उठा चुप रहता है और हिलता जाता है। गुलबदन साहू कहता है, "ले बाबा, आ गया, पूजा देखी। इस बार तो तुम लोग सूअर की बलि दोगे? वह नहीं देखा।"

कर्जदार लोग आर्मी रम पीकर नशे के आनन्द में करीब आ जाते हैं और कुछ बोलते नहीं। गुलबदन को कॉर्डन कर लेते हैं—चारों ओर से घेर लेते हैं।

"ले, सिर तोरा...।"

गुलबदन की बात पूरी नहीं हो पाती। पहान को आकाश से कुछ आदेश मिलता है और वह चिल्लाता है। "राहो राहो रा...हो" कहकर पत्थर पर से उतरता है। घबराए चौकन्ने गुलबदन को सब दबाए रहते हैं, नंगा करते हैं। घास की रस्सी से उसे घेरकर बाँधते हैं, उसके सिर पर शराब उड़ेलते हैं, माथे पर सिन्दूर लगाते हैं। उसके बाद उसे ऊपर उठाकर पहाड़ के किनारे चले जाते हैं। पहान चिल्लाकर कहता है, "सूर्यदेव! क्षेत्रपाल! अबकी बड़ी बलि लाया हूँ, बड़ी बलि!"

वे लोग गुलबदन को सूर्य की ओर फेंक देते हैं। नीचे पत्थर उत्सुकता से उसकी राह देखता है। धप्प! एक भयंकर आवाज हुई। सब लोग झुककर देखते हैं। गुलबदन का नौकर भाग खड़ा होता है।

आदिवासियों को जिस आर्मी और पुलिस के जीवन में घुस आने का डर था, उसी आर्मी, उसी पुलिस ने पहान और उन छह आदिमयों, जिन्होंने गुलबदन को पकड़ा था, की खोज में गाँव-के-गाँव उथल-पुथल किये, घर रौंद डाले, उपद्रव-दंड लगाया, जवान लड़कियों को रंडी बना डाला।

सात ओराँव भागे, बस भागे ही। उन्हें केनान्द्रा केन्द्रित जंगल ही सबसे निरापद जगह लगी। पहान बोला, "पानी है। चल, खोज लेंगे।"

"कहाँ?"

"जंगल के भीतर।"

जंगल के बीच कहीं पानी है, यह जानकर वे भागे और अँधेरे में कल-कल आवाज सुनकर समझे कि पास में झरना है। पानी तक पहुँचकर वे झुककर लुढ़क

गए और पानी पिया कि तभी क्रुद्ध फुफकार सुनी। सिर उठाकर देखा कि पानी पीता हुआ हाथी है।

"हाथी, हाथी!"

बहुत डर से बिना पानी पिए वे उठे और तभी सुना—'डरो मत। हाथी कुछ नहीं करेगा। जगमोहन है। और लोग भी पानी पिएँगे। हट के आओ, भैया!'

आदमी की आवाज से भगोड़े लोग और भी डर गए और छींकते-छाँकते पानी से निकलकर भागे। बुलाकी बहुत ताज्जुब में पड़ गया। उसने जगमोहन को शान्त किया और सोचने लगा कि बात क्या हुई? रात घनी होने पर आदिवासी लोग जंगल में से होकर शॉर्ट-कट रास्ता ले सकते थे। लेकिन उनके हाथों में लालटेन और गले में बातचीत होगी या गाना होगा। इस तरह से वे लोग चुपचाप क्यों आए, और बुलाकी की आवाज सुनकर डर क्यों गए?

सवेरा होने पर बुलाकी ने पेड़ पर चढ़कर दूर बुरुडिहा गाँव के शिव मन्दिर की ध्वजा देखकर जाने की बात सोची थी।

लेकिन सवेरे उसने देखा पुलिस। जंगल में पुलिस को देखकर वह घबरा गया और पुलिस भी उसे देखकर घबरा गई।

"तुम कौन हो?"

"बनारस के महन्त का महावत। यह हाथी भी महन्त महाराज का है।"

"सरकारी जंगल में कैसे घुसे हो?"

"पता नहीं, हुजूर!"

"सात ओराँव को देखा है?"

मुसीबत का संकेत लगा था। बुलाकी अब उस मुसीबत को देख रहा था।

"नहीं, हुजूर!"

"सही कह रहे हो?"

"सही कह रहा हूँ। महन्त का हाथी लेकर मैं बहुत दिनों से वनों-जंगलों में घूम रहा हूँ। सब लोग जानते हैं। झूठ क्यों कहूँगा?"

"जंगल से निकल जाओ।"

बुलाकी बहुत डर गया और वह 'कोमांडी—कोमांडी जगमोहन' कह बुरुडिहा पीछे छोड़कर चला गया। उसने सोचा कि वह तीसरी महत्त्वपूर्ण घटना की छाया में आ पड़ा है। वह और जगमोहन। और यह सोचते ही वह आदमी की बनाई पुलिस और फरार होनेवालों की घटना को पीछे छोड़ फिर किसी मंजिल की ओर चल पड़ता है। बुरुडिहा और जगमोहन का मेल इस बार भी न हुआ।

सात ओराँव भागे, और बस भागते रहे। पाँच दिन बाद भूखे-प्यासे, परेशान साँझ के समय बुरुडिहा में घुस गए। डर के मारे चुपचाप रहे और रात होने पर पानी की तलाश में गाँव में घुसे। चूँकि लाला लोगों से गुलबदन की बहुत दिनों की दुश्मनी थी

और तमाम बहुत दिनों से चले आ रहे मुकदमे थे, इसलिए बुरुडिहा निरापद लगा। उन्होंने सोमरा गंजू को बुलाया और पानी माँगा। सोमरा ने घड़े में ठोकर मारी और देखा कि पानी नहीं था। वह बोला, "घड़ा और डोर ले रहा हूँ। चलो, पानी दूँगा।"

वह फरार लोगों को हनुमान मिश्र के शिव मन्दिर के सामने ले आया। लेकिन डर के मारे पहान चिल्ला पड़ा, "देउता का कुआँ हम नहीं छुएँगे।"

"चुप, चुप!"

"न, तू पानी ला दे।"

"अरे, मैं तो गंजू हूँ।"

"हम नहीं छुएँगे।"

"पानी चोरी से पिएँगे। डरने की क्या बात है?"

"न।"

आवाज सुनकर मिश्र जी निकल आए। उनको बुलाया। बैठने को कहा। अपने हाथ से पानी निकाल उनके छूने से बचकर उन्हे अँजुली से पानी दे दिया। उसके बाद बोले, "रात में जंगल में रहना। सवेरे भाग जाना।"

रात में ही उन्होंने थाने में खबर दी, इमर्जेंसी आउटपोस्ट में। बोले, "बहुत पानी पिया है। भाग न सकेंगे। जरूर सो रहे होंगे।"

देवता की बात झूठ न हुई। वे लोग पकड़े गए। हनुमान मिश्र की दिली कोशिश से भी सोमरा को उनके साथ नहीं जोड़ा गया। लेकिन अछूत होकर मन्दिर के कुएँ से पानी चुराने की नीयत हुई थी, इसलिए दारोगा ने सोमरा को बहुत भला-बुरा कहा।

इसके बाद माघ के महीने में सोमरा ने शिवरात्रि का प्रसाद लेने से इनकार कर दिया और महुआ पीकर चीखते हुए बोला, "ब्राह्मण, देउता! उन्होंने मन्दिर में आश्रय लिया था। उन्हें पकड़ा दिया। यह देउता का काम हुआ?"

बात हनुमान मिश्र के कानों में पड़ी। वे गुस्से से भर गए। लाला लोगों से बोले, "छोटी जात की जमीन मन्दिर के पड़ोस में है। उसके पास अदालत का कागज है। उसे लिये बिना मुझे शान्ति न मिलेगी।"

लाला लोगों के बस की बात न थी। माँ से वादा किया हुआ था।

आपातकाल का वक्त अच्छा था। उस समय सोमरा को जमीन से हटाया जा सकता था। लेकिन यह बरस-भर से ज्यादा वक्त मिश्र जी ने आर्मी की ठेकेदारी में रामगढ़ और राँची में बिता दिया। आपातकाल निकल गया। भारत के मुक्तिसूर्य को राजनारायण ने होम कांस्टिट्यूएंसी में लँगड़ी मारकर गिरा दिया। अचानक हनुमान मिश्र के पैरों के नीचे से जमीन खिसक गई। नई सरकारी आई। पुराने प्रशासन के लोग शुरू में कुछ दिनों तक यह नहीं समझ पाए कि क्या हो गया, लेकिन अचानक सब घबरा गए, क्योंकि जिला के कमिश्नर-मजिस्ट्रेट से लेकर भालातोड़ थाने के ओ.सी. तक सबकी बदली होने लगी। इस तरह के समरी ट्रांसफर से थाना, बी.डी.ओ. दफ्तर,

कृषि ऑफिस—सब जगह लोग मुसीबत में पड़ गए। ब्रजभूषण खत्री तक घबरा गया, क्योंकि अचानक चुन-चुनकर अनुसूचित जाति का एक आदमी इन सब बेल्टों में आता रहा। स्कूल-इंस्पेक्टर ब्रजभूषण से कह गए कि आदिवासी और अनुसूचित बेल्ट में आदिवासी और अनुसूचित लड़के-लड़कियाँ अगर स्कूल में नहीं आते, तो स्कूल का पर्पज बेकार है। सरकार ऐसे स्कूल नहीं रखेगी। समझे?

"हमारे लड़के-लड़कियाँ?"

"आप हुए सुपरमैन। तीन गाँवों में तीन औरतें, ग्यारह लड़के, पाँच लड़कियाँ। आपके लड़के-लड़कियाँ तो पढ़ेंगे ही। उसके लिए क्या नीच जात, ट्राइबल लड़के-लड़कियों के नाम स्कूल के रोल में नहीं रह सकेंगे?"

"यह क्या कह रहे हैं?"

"पसन्द न हो तो सरकार से कहकर ऊँची जात के लिए स्कूल बनवा लें। हमारे अंडर जो सब स्कूल हैं, मैं उनमें उनके नाम देखना चाहता हूँ। नहीं तो मेरी नौकरी चली जाएगी। आपके लिए क्या मैं नौकरी खो दूँगा?"

"वे स्कूल आ सकते हैं।"

"आपके और आपके देवता के रहते? एतोया गंजू की बात क्या सब भूल गए हैं?"

"यह देखिए! उसमें मुझको मत फँसाइएगा।"

"जो कहना था कह दिया। आपका बहुत-सा फल-दूध-घी खाया। अच्छी बात कह दी।"

"आपकी भी बदली हो रही है?"

"होने में कितनी देर लगती है? नया एम.एल.ए. है, नया एम.पी. है। इनके साथ मेलजोल की लाइन निकालने का टाइम भी नहीं मिलता। सब गड़बड़ हो गया है।"

"तब?"

"आएँगे, लाइन पर आएँगे। लेकिन टाइम तो लेंगे न? जनता की भलाई करने के पागलपन में कितने दिन लगेंगे, यह सब समझकर लाइन लगाऊँगा। आपका भालातोड़ थाना है, आपकी ससुराल तो गई। सब नये लोग हैं। पूरा खचड़ापन है।"

"अफसर?"

"जो भी है। थाना अफसर जब लाला लोगों के फलों की भेंट लौटा देगा, तो पता चलेगा कि लक्षण बहुत खराब है। बहु—त खराब!"

धीरे-धीरे दिखाई दिया कि सब गड़बड़ है। और-तो-और, मिश्र जी के फलों के बगीचे पर बकाया लगान बैठा दिया गया। बी.डी.ओ. बुरुडिहा पर, गंजू लोगों को सड़क बनाने के काम में लेबर के लिए भर्ती के लिए दबाव डाला गया। उससे गंजू लोगों के मन में अकारण विश्वास उत्पन्न हुआ कि उनके लिए भी राज आया है।

इस वक्त हनुमान मिश्र का दिमाग खराब हुआ। अब डबल फैनेटिक होकर उन्होंने घोषणा की कि जो हो रहा है, सब झूठ है। कलियुग का खेल है। उन्होंने अगर सचाई से ईश्वर की सेवा की है, तो सत्य की विजय होगी।

यह कहकर वे सहसा बोल पड़े, "सोमरा को वह जमीन छोड़नी पड़ेगी। मन्दिर की हद में गंजू के घर नहीं रहेंगे।"

सोमरा बहुत घबराया और बी.डी.ओ. बाबू के पास चला गया। बी.डी.ओ. नया छोकरा था। उसने सोमरा का केस सुनकर कहा, "कागज-पत्र रहने से तुमको कौन उठा सकता है?"

"मिश्र जी।"

"न, न, वे महात्मा हैं।"

"तो मेरी जमीन के लिए बुरी नीयत क्यों है?"

"बुरी नीयत होने से ही क्या जमीन ले ली जाती है?"

"अगर...।"

"क्या?"

"बाड़ा तोड़कर ले लें?"

"अदालत जाना।"

सोमरा की छाती पर उड़ती हुई परी का गोदना होने से क्या होता है, उसका कॉमनसेन्स धरती पर आधारित था। वह बोला, "गंजू लोग मुकदमा कर सकते हैं?"

बी.डी.ओ. को उसके केस में उत्सुकता हुई और वे बोले, "तुम्हारी बात सच है, इसका क्या सबूत है?"

सड़क पर मजदूरी करनेवाले गंजू लोग खुशी के साथ काम छोड़ बीड़ी सुलगा, आकर बैठ गए और बड़े विस्तार से समझा दिया, "मिश्र जी बहुत जमाने से सोमरा की जमीन लेना चाहते हैं। खरीदना नहीं चाहते, लेना चाहते हैं।"

"वह कैसे?"

"सच बात है, हुजूर!"

सोमरा का केस ट्राइबल वेलफयर अफसर को भी बताया गया। गंजू भी एक ट्राइब है। अफसर बोले, "मैं थाने को कह दूँगा। कोई भी अत्याचार होने पर तुम्हें न्याय मिलेगा।"

थाने के अफसर बोले, "जरूर मिलेगा। जबरदस्ती जमीन लेने से वह सब पुलिस-मैटर बन जाएगा। अब सरकार बहुत सख्त है। हरिजनों के मामले में...तुम क्या हरिजन हो?"

"हाँ हुजूर!"

"ट्राइबल नहीं हो?"

"हाँ हुजूर!"

"गंजू जाति के हो न?"

"हाँ हुजूर!"

"वह क्या?"

"कुछ नहीं, हुजूर! मैं गंजू हूँ, सब जानते हैं कि गंजू अछूत होते हैं। जिसे कोई न छुए वह अगर हरिजन होता है, तो मैं गंजू भी हूँ, हरिजन भी हूँ। वह मूँछवाला अफसर, ट्राइबल अफसर बोला, "गंजू लोगों का नाम उनके रेकड में है, तो देखते क्यों नहीं, मैं ट्राइब भी हूँ!"

"ओफ! क्या मुसीबत है?"

"क्या करूँ, हुजूर! देउता खफा हो गए हैं। आँखें निकालकर फेरते हैं। धूनी का पात्र लेकर नाचते हैं और कहते हैं कि सात दिन में धरमराज-करम होगा। वह मेरी जमीन ले लेंगे।"

"लेने से हो गया? अदालत नहीं है?"

"गंजू मुकदमा-कचहरी नहीं करते।"

"सरकार तुम लोगों को वकील देगी।"

"ऐं?"

"वकील, वकील—मामला-मुकदमा करनेवाले।"

"तो डर नहीं है, हुजूर?"

"नहीं।"

"देउता को देखकर डर लगने लगता है। वे हर समय शिव को पुकारते रहते हैं।"

"वह तो पुकारेंगे ही।"

"आपको नहीं मालूम, हुजूर! देउता के चचेरा भाई कुन्दन हैं, उसके गंजू बेटे एतोया को...।"

"मालूम है, मालूम है। जो तुम्हारे अख्तियार में नहीं है, उसे लेकर बकवास मत करो। पुलिस है, थाना है। अफसर किसलिए हैं?"

सोमरा कहनेवाला था—घूस खाने और गरीबों को ठगने के लिए। लेकिन वह बोला नहीं। पूछा, "देउता मेरी जमीन नहीं लेंगे न?"

"न, न, न।"

इसके बाद सोमरा टाहाड़ गया। लड़की के घर। उसका दामाद गंजू सम्प्रदाय में इलमदार युवक था। स्थानीय जनता एम.एल.ए. को अच्छी तरह पहचानता था। भालातोड़ में एक ठेकेदार के माल पर पहरा देने का काम मिला था।

उसने ससुर का मामला ध्यान से सुना और बोला, "मेरा घर टाहाड़ में है, और जमीन लेने से मुझे कोई खास फायदा नहीं है। फिर भी आपके हक की जमीन किसी बाँभन—आँभन को नहीं लेने दूँगा। इतने दिनों तक बाँभनों का बहुत तमाशा हुआ। अब जनता राज है, हमारा सवाल भी सुना जाएगा।"

बाद में पता चला कि एम.एल.ए. खुद अनुसूचित जाति के थे। उन्होंने ध्यान से सब सुना और सोमरा से कहा, "पहले मेरी जान लेगा, बाद में तुम्हारी जमीन। इस अंचल को मिश्रों के पंजों से छुड़ाना होगा। क्या तुम अकेले हो? ऐसे सैकड़ों गंजू हैं...।"

अब एम.एल.ए. ने सोमरा को ही एक भड़कता हुआ भाषण सुनाकर और आश्वस्त कर लौटा दिया। इससे सोमरा की छाती की परी के पंखों में हवा लगी। वह घर लौट गया।

अभी भी जोश में होने से उन्होंने जनश्रुति पर निर्भर कर झुझार के बालकृष्ण मास्टर की मौत, टाहाड़ के एतोया की मौत—दोनों को जोड़ा। जवाब मिला गुलबदन साहू की मृत्यु।

एम.एल.ए. खुद एक बार अंचल में भ्रमण पर गए और जीप से धुआँधार भ्रमण के बीच ही बुरुडिहा के हनुमान मिश्र को देख आए। ऋषि-तुल्य, मुँड़ा हुआ सिर, बलिष्ठ शरीर मिश्र जी को देखकर उन्हें अन्दर-ही-अन्दर डर लगा। इसीलिए उन्होंने खखारकर हाट में एकत्रित हुई जनता से वर्तमान सरकार की अस्पृश्य, अनुसूचित जातियों और आदिवासियों के सम्बन्ध में नीति की ज्यादा व्याख्या न कर सिर्फ भरोसा दिलाया। अपने-आप सोमरा की जमीन पर जाकर खड़े हुए और बोले, "अब सरकार गंजू, दुसाध या रैदास पर अत्याचार होने से किसी को माफ न करेगी। तुम्हारी जमीन कोई नहीं ले सकेगा, बेफिकर रहो।"

हनुमान मिश्र ने मन्दिर के छज्जे पर खड़े होकर बातें सुनीं।

धीरे-धीरे अक्टूबर आया। सतहत्तर का अक्टूबर। इस बरस अचानक क्वार के शुरू में ही काफी बरसात हुई थी। उससे अब हवा में ठंडक थी। इस बार सोमरा को मक्का की अच्छी फसल मिली थी। मक्का को बोरों में भरकर रखा था। काफी दिनों तक देवता की ओर से कोई उत्पात नहीं हुआ। एक संध्या को सोमरा ने घर लौटकर घाटो खाया और सोने को कहकर चबूतरे पर बोरा बिछा ड्योढ़ी पर बैठकर बीड़ी सुलगाई।

"सोमरा!"

सोमरा ने चौंककर सिर उठाया। थोड़ी ही दूर पर हलके अँधेरे में मिश्र जी थे।

"देउता! गोड़ लागों देउता!"

सोमरा ने जमीन पर झुककर प्रणाम किया। देवता की शकल, उनका चेहरा बहुत ही अनचीन्हा लगा। आवाज में भी दीन याचना थी।

"सोमरा, तू मुझे जमीन दे दे। मैं देउता के नाम पर तुझसे माँग रहा हूँ।"

"देउता!"

"मैं देउता नहीं हूँ, सोमरा! मैं तो मामूली आदमी हूँ। देउता होता तो बगीचे पर लगान लगता? कंट्रैक्टरी छूट जाती? लड़की विधवा हो जाती?"

"मैं क्या करूँ, देउता?"

"देउता मैं नहीं। उस मन्दिर में जो है, वही देउता हैं। मैं उनके नाम पर माँग रहा हूँ, तू जमीन दे दे। मेरी इज्जत रख लो।"

"आपकी इज्जत? मैं रखूँ?"

"दे दे।"

"हम का खाएगा?"

"तुझे रोज परसाद भेज दूँगा। तेरा नाम रह जाएगा, सब नाम लेंगे।"

"मैं...मैं कुछ नहीं कह सकता। अपने जमाई से बिना पूछे...।"

"नहीं देगा?"

सोमरा ने हिम्मत बटोरकर कह ही दिया कि जमीन देने से दूसरे गंजू लोग उसे मारेंगे, मार डालेंगे। "एतोया के लिए सबके मन में दाग है, गहरा दाग है। आप सब जानते थे, फिर भी कुछ नहीं बोले। मन्दिर में जो बात उठाई...माँ का दुलारा, दुधमुँहा बच्चा मर गया...।"

हनुमान मिश्र अस्वाभाविक आवाज में तीखे स्वर से हँसे। बोले, "तू नहीं मानता, मैं दिव्य आँखों से सब देख रहा हूँ।"

"हम क्या जानें, देउता!"

"सब देख सकता हूँ। यह सारी जमीन छोड़कर तुझे कुत्ते की तरह भाग जाना पड़ेगा।"

गहरी बेचैनी के साथ सोमरा सोने गया। इसके कई दिन बाद बुलाकी और जगमोहन बुरुडिहा के जंगल में घुसे।

तीन

बुलाकी और जगमोहन संध्या के समय जंगल में घुसे। जंगल के पूरब की ओर एक बरगद का पेड़ है, यह बुलाकी ने राह में ही पता लगा लिया। जंगल में घुसकर बुलाकी जगमोहन को उस ओर ले जाने लगा।

जगमोहन अचानक रुक गया। उसका शरीर थर-थर काँपने लगा।

बुलाकी के मन में अज्ञात भय था। मानो सब अशुभ हो। जगमोहन रुक क्यों गया? और रुक ही गया तो काँप क्यों रहा है? उसने जगमोहन से कहा, "कोमांडि, कोमांडि जगमोहन! भुरकुंडा बेटा! हेहेगड़ा, हेहेगड़ा, मेरे लाल!"

जगमोहन का काँपना थम गया। वह फिर चलने लगा। जंगल अँधेरा था। मानो अलौकिक क्षमता से रास्ता पकड़कर जगमोहन बरगद के पेड़ के पास जाकर खड़ा हो गया। उसके बाद धरती के धँसने की आवाज की तरह वह चुपचाप बैठ गया।

बुलाकी ने देखा कि दूर पर रोशनी टिमटिमा रही है। तो वही जंगल का अंचल काटकर बनाई हुई गंजू टोली की बस्ती है।

बुलाकी ने बरगद के पत्ते तोड़े। उन्हें जगमोहन के सामने रखा। उसके बाद गंजू टोली में गया। "पानी चाहिए, थोड़ा-सा पानी।"

गंजू टोली के लोग बहुत आश्चर्य में पड़ गए। बूढ़ा पारस गंजू बोला, "तुमको तो मैंने देखा है। रामगढ़ में।"

"पानी कहाँ है? पानी मिलेगा?"

"पियो न।"

"मेरे लिए नहीं। हाथी के लिए...।"

"हाथी कहाँ है?"

"बरगद के पेड़ के पास।"

"वहीं तो पानी मिलेगा। इस बार अचानक बरखा हो गई, वहीं तो है।"

डर के मारे बुलाकी का चेहरा सफेद पड़ गया। पानी के पास आकर भी जगमोहन को पानी के अस्तित्व का पता क्यों न चला? वह अचानक खड़ा होकर काँपने क्यों लगा? बैठते वक्त जैसे चुपचाप धँस गया है, ऐसे क्यों बैठा?

पारस गंजू बोला, "चलो, मैं बत्ती लिये चल रहा हूँ। तुम्हारा चेहरा डर से सूख क्यों गया है? वहाँ कोई डर नहीं है।"

मिट्टी के कमंडल में बत्ती रखकर पारस आगे-आगे चला, बुलाकी पीछे-पीछे। पारस बोला, "देखो न, तुम्हारा हाथी पानी के पास चला गया है। लेकिन पानी तो नहीं पी रहा है?"

कच्ची ढलान थी। पत्थर के ऊपर पानी था। लेकिन जगमोहन अचल था, हिलडुल न रहा था।

बुलाकी के कलेजे के नीचे भी बड़ा भार था। साँस लेने में भी कष्ट हो रहा था।

"जगमोहन! पानी, पानी जगमोहन! जा, आगे, जुजुभातू, जुजुभातू जगमोहना, कोमांडि। कोमांडि। पानी पी।"

जगमोहन जैसे चिन्ना की समाधि से हिलडुल कर जाग उठा हो और उसने सिर फेरा। सूँड़ फैलाकर सहसा उसने बुलाकी के सिर और कन्धे पर फेरी। उसके बाद धीरे-धीरे मिट्टी के धँसने की तरह बैठ गया। उसके बाद लेट गया। पारस गंजू बहुत ही कुतूहल के साथ रोशनी लेकर थोड़ा आगे बढ़ा और बोला, "अरे तुम्हारा हाथी तो रो रहा है। उसकी आँखों में आँसू हैं। सूँड़ के छेद में होकर उसके शरीर से कीड़े निकल रहे हैं। तुम्हारा हाथी तो मर रहा है।"

पारस की बात मानो गोली-सी लगी। बुलाकी को लगा कि उसके फेफड़ों में खून से भरे झाग हों। वह जगमोहन के सिर के पास बैठ गया। जगमोहन के सिर पर अपना सिर रखा। उसके बाद सिर उठाकर पारस से बोला, "भाई, एक टीन दे सकते हो? पानी भरूँगा?"

पानी भरकर बुलाकी ने सूँड़ में डाला। डालता ही रहा। बुलाकी का कलेजा मानो टूटकर टुकड़े-टुकड़े हुआ जा रहा हो। 'कोमांडि-कोमांडि जगमोहन!' कोमांडि-सारांडा-राइ-जुजुहातू-हेहेगड़ा-भुरकुंडा और कितनी जगह हैं? बहुत राह नहीं चले—पत्तों वाले प्यारे छायादार बरगद के पेड़ों के पत्ते नहीं खाए गए—कितने हरे-भरे बाँसों के झुरमुट की कच्ची कोंपलें राह देख रही हैं—जंगल के अन्दर और बाहर तमाम गढ़ैये और झरने हैं—आदिवासी शिशु हाथी देखकर तालियाँ बजाते हैं।

जगमोहन सारे रास्ते समाप्त क्यों किये दे रहा है? बुलाकी रोते-रोते अन्धा होकर बैठ गया। जगमोहन बीच-बीच में सूँड़ उठाकर उसके बदन पर फेर रहा है। बुलाकी! मरने पर खेल खतम पैसा हजम। तुमको अकेला छोड़े जा रहा हूँ। अफसोस है। चरणदास न होता तो तुम और मैं शायद अपने-अपने ढंग से अच्छा-बुरा स्वतंत्र जीवन जी सकते थे। वह नहीं हो सका। चरणदास ने सब कुछ कब्जे में कर लिया है, हमेशा-हमेशा के लिए। चरणदास ने समझ लिया था कि हमारा और तुम्हारा विनाश नहीं होगा। लेकिन हम तो बहुत ही नाशवान हैं। वह तुमको वेतन नहीं देता था, और न मुझे खाना। फिर हम पर से अपना पंजा भी नहीं हटाया। मेरी और तुम्हारी जवानी में हम पर थपेड़ा मारकर बाघ झूल गया था। उसके थपेड़े को झकझोरकर हटा दिया। उसे कुचलकर मार डाला। लेकिन चरणदास का पंजा! अभी तक हम उसके पंजे की पकड़ में हैं। तुम तो रहोगे ही।

चरणदास ने जब हमें पुरी में घुसते देखा तो मैं नाममात्र का हाथी था, तुम नाममात्र के आदमी थे। उसने किसी दिन नहीं पूछा कि हम क्या खाकर जी रहे हैं?

हाथी और आदमी में समानता की बातें हैं—पच्चीस में जवानी, पचास में बुढ़ापा। सामान्यत: एक बार में एक बच्चा पैदा होता है। उस हिसाब से तुम और मैं अपना समय बिता चुके हैं। लेकिन चरणदास न रहता तो? सिर्फ मैं और तुम रहते तो कितना अच्छा होता! मुझे मालूम है कि तुम मुझे बुरुडिहा के जंगल में मुँह लटकाकर मरने नहीं देते।

लेकिन चरणदास न होता तो? तुम अपने-से इनसानों के संसार में—मैं अपने-से जंगल के संसार में रहते तो कैसा अच्छा होता! सबसे अच्छा होता, है न? लेकिन चरणदासों ने सब पर कब्जा कर लिया, हमेशा-हमेशा के लिए। किसी बुलाकी को वे लोग अभागे गरीब की तरह अपने ही ढंग से जीने नहीं देते। मुझे वनचारी यूथपति बनकर रहने नहीं देते। कोमांडि-कोमांडि-कोमांडि कहकर रोओ मत। और कोई राह नहीं है। लेकिन इतने आदमी किसलिए हैं?

गंजू टोली के सब लोग आए। दूर खड़े रहे। इस ठंडी रात में, बुरुडिहा के जंगल में एक हाथी की आसन्न मृत्यु पर एक मनुष्य के शोक का बहुत ही दुर्लभ और भयानक दृश्य था। दृश्य के पीछे जो रक्तमय निर्दयता का इतिहास था, उसके भार से वायु भारी हो रही थी।

जगमोहन हिला। जमीन में पैर रगड़ते-रगड़ते वह उठ रहा था। सहसा बुलाकी की समझ में आया कि मौत आ गई है, यह जानकर हाथी निर्जन स्थान खोजता है। इस तरह की जो किंवदन्ती है, वह मिथक—वह धारणा अब वास्तविकता बन रही थी। उसका शोक-विमूढ़, अँधेरा और अशिक्षित मन इतना समझा कि मिथक जब वास्तविकता हो जाए, तो उस सार्थक क्षण में मनुष्य का दूर हट जाना उचित है। वह हटकर गंजू लोगों के दल में खड़ा हो गया।

जगमोहन बहुत अधिक प्रयत्न के बाद उठ खड़ा हुआ और हाल ही में अन्धे हुए आदमी की तरह टटोलता-सा राह पहचानकर सही राह पर आगे चला। वह डरा हुआ था। विचलित था। डरी हुई जनता कुछ दूरी रखकर उसके पीछे-पीछे चली।

वन का अंचल समाप्त हुआ। गंजू टोली आई। फिर खेत। जगमोहन ने हवा में सूँड़ घुमाई और आगे चला। सोमरा की जमीन आई। नागफनी का घेरा पार किया। कोई भी जंगली हाथी काँटेदार तारों को या नागफनी के बेड़े को होश में पार न करता। बेतला के जंगल में काँटेदार तारों का घेरा देखकर जंगली हाथी अगर पागल न हो तो कभी उसे पार न करता, न खूँटे उखाड़ता। वह बहुत ही समझदार और सेंटिमेंटल पशु होता है। लेकिन जगमोहन तो जंगली या बिगड़ैल हाथी की परिभाषा से बाहर का हाथी था। जंगली वह था नहीं और पालतू होने पर भी उसे वनवासी बनकर रहना पड़ता था। अब तो वह यही सोचकर चला था कि सारी परिभाषाओं के बाहर चला जाएगा।

सोमरा की जमीन। जगमोहन रुका, हिला-डुलाकर, सूँड़ को आसमान की ओर उठाया। उसे दोनों ओर हिलाया। उसके बाद एक आर्त निष्फल चिंघाड़ हवा में छोड़ डग-मगाकर घुटने मोड़कर पहले तो बैठ गया, फिर लेट गया।

जगमोहन की चिंघाड़ के बाद के सन्नाटे को टुकड़े-टुकड़े करती बुलाकी की चीखें थीं, 'ज—ग—मो—ह—न!'

बहुत गड़बड़ी थी। जनता की चीख-पुकार थी। सोमरा विमूढ़-सा दर्शक बना था। हनुमान मिश्र आगे बढ़े। शून्य में दोनों हाथों को उठाकर धरती को साष्टांग प्रणाम किया।

"जगमोहन! जगमोहन!"

रोते हुए बुलाकी को हनुमान मिश्र ने ठोकर लगाई। बोले, "हट जा अविश्वासी! छूना मत। आकाश में ज्योति देख रहा है!"

जगमोहन? हाथी? वह हाथी नहीं था, किसी दिन भी नहीं था। कलियुग में ब्राह्मण और देवता का माहात्म्य लौटा लाने के लिए दो महापुरुषों ने गजरूप धारण मात्र किया है। वे हैं तैलंग स्वामी और काठिया-बाबा। एक शरीर और दूसरा मन। आज कार्य समाप्त कर वे स्वर्ग लौट गए। यहाँ इस गजरूप का मन्दिर बनेगा, और जब तक धरती रहेगी तब तक मनुष्य उस मन्दिर को देखकर समझेगा :

ब्राह्मण कितना भी भ्रष्ट
तीनों भुवनों में श्रेष्ठ।
ब्राह्मण कितना भी निकृष्ट
तीनों भुवनों में श्रेष्ठ।

चार

सवेरा होते-होते सैकड़ों लोग दाबा-कुदाल लेकर आ पहुँचे और जगमोहन के शव को काटकर देह के टुकड़ों को लेकर अपने घरों में वेदी बनाने के लिए चले गए। मृतवात्सा स्त्रियाँ जगमोहन के नाखूनों को ताबीज बनाने के लिए ले गईं। अन्धे और लँगड़े ने उसका शरीर छुआ। कोढ़ के रोगियों ने जगमोहन की चर्बी बदन पर मली। लाला बाबू लोगों ने पुरुषांग ले उसकी भस्म बना घी में खाई।

मन्दिर के लिए सारा रुपया देने के लिए लाला राजी हुए और मांस लगे कंकाल को सोमरा की जमीन में विशाल चिता में भस्म कर उसकी राख जमीन पर ऊँची की गई। सोमरा का घर भी जलकर राख हो गया।

सोमरा ने बड़ी भाग-दौड़ की। एम.एल.ए., बी.डी.ओ. ट्राइबल वेलफेयर ऑफिसर, थाने के ओ.सी.—सभी के पास गया।

कोई भी ठिकाना नहीं मिला। सब लोगों ने जो कुछ कहा, या नहीं कहा, उसका सारांश यों है :

हनुमान मिश्र अगर सोमरा की जमीन पर कब्जा करते तब तो आदमी के लिए बने कानून के शिकंजे में आते और सोमरा को न्याय मिलता। हरिजन की जमीन ब्राह्मण ले ले, इस बात को सरकार किसी तरह बर्दाश्त नहीं करती।

जो हुआ है, वह कानून के या पुलिस के अधिकार की बात नहीं है। भारतवर्ष अलौकिकता का देश है। हर युग में अविश्वासी लोगों को शिक्षा देने के लिए महापुरुष मानव-रूप में अवतीर्ण होते हैं। आजकल भी साईंबाबा, बाल ब्रह्मचारी, माँ आनन्दमयी, मोहनानन्द इत्यादि संस्थाएँ विद्यमान हैं। महापुरुषों की लीला समझना कठिन है। तैलंग स्वामी बहुत अधिक मोटे थे। काठिया बाबा बहुत दुबले। लेकिन पलामू बेल्ट में अविश्वासी ब्राह्मणों को शिक्षा देने के लिए वे एकरूप हो गए और गजरूप धारण किया। चरणदास भी महापुरुष है। उसे मालूम था कि जगमोहन दो महापुरुषों का महाकाय—पैकिडर्म—संस्करण है। महापुरुष हवा खाते हैं। जगमोहन को भोजन देना अन्याय करना होता, इसीलिए उसने हाथी को जीवन-भर अनाहार रखने की व्यवस्था की थी। बुलाकी को भी। महापुरुष जब प्राय: अनाहारी रहते हैं, तो उनके सेवक को भी अनाहारी रखना ही धर्म है।

यह स्पष्ट है कि जगमोहन का मन्दिर बनने से पामरों तक लोग ब्राह्मण और देवता की महिमा समझेंगे। इसमें प्रशासन का कोई भी अफसर बाधा नहीं दे सकेगा। उसके बाद जो धर्म की महिमा स्थापित होती रहेगी उसमें वे बाधा नहीं देंगे।

सोमरा बोला, "हमनी के काँय होगा? जमीन चली गई।"

"तोर जमीन! तू तो धन्य हो गइल रे।"

सोमरा रोते-रोते चला गया। अब धार्मिक विश्वास की पवित्र अग्नि में प्रज्वलित चेहरे से दारोगा बोले, "ब्राह्मण सबसे बड़ा है। ये, छोटे लोग भी कुछ कम नहीं हैं, यह प्रमाणित हो गया! सुनने में आ रहा है कि अनुसूचित जाति के लिए जॉब रिजर्वेशन होगा। इसके बाद वह करने से आग लग जाएगी। जो सरकार ईश्वर की महिमा, ईश्वर का उद्देश्य देखकर भी नहीं देखती, वह आगामी चुनाव में हार जाएगी।"

"कौन आएगा?"

"मत पूछिए बी.डी. बाबू!...जिसका चुनाव होने से धर्म रहेगा, ब्राह्मण रहेगा। अछूत फिर पैरों की जूती बनेंगे, वही सरकार आएगी। यह तो सीधी बात है।"

"कब?"

"वह कौन कह सकता है? जगमोहन को लीजिए। बन गया, वह एक दर्पण बन गया। उस दर्पण में आप, जो होनेवाला है, उसे देखने की कोशिश कीजिए।"

"एक हाथी आया, और मर गया...।"

"हाथी नहीं।"

"तो चमत्कारों का युग अभी समाप्त नहीं हुआ है?"

"होता तो आप खुश होते? जिसे आप चमत्कार कहते हैं, वह भी जरूरी चीज है न? वेतन से क्या होता है? मुझे पैसा चाहिए, आपको पैसा चाहिए, सबसे गरीब एम.एल.ए. और एम.पी. लोग हैं। पाँच बरस में जीवन-भर की कमाई होनी चाहिए। चमत्कार होते रहने से सबको सुविधा है।"

बड़े जोर-शोर के साथ जगमोहन का मन्दिर बना। चरणदास महन्त भी बनारस से आए और हनुमान मिश्र को एक लाख रुपये मन्दिर बनाने के लिए दिये। उनका कलेजा जल गया। जगमोहन महापुरुष था—इसका यू.पी. में पता नहीं चला, उसको खोजा बिहार ने। सारा फायदा इन मिश्र जी को हुआ। बुलाकी भी लापता था। वह मिलता तो बाकी दो महावतों को ट्रेनिंग दिलाते और बुलाकी के साथ वे दोनों और तीन हाथियों को बिना खाने के घुमा-घुमाकर मार सकते। उनमें सोई स्वामी—भोलागिरि, अनुकूल ठाकुर, बरदा योगी—दूधिया बाबा—तुलसी गिरि जो जिसे पसन्द होता जोड़ा-जोड़ा कर रहते और निकलते। ठंडी साँस लेकर चरणदास ने मिश्र जी से कहा कि "मन्दिर के उद्बोधन के समय जरा सूचना दीजिएगा।"

"जरूर।"

"कौन उद्बोधन करेगा?"

"हिमालय से सारस्वत स्वामी आएँगे।"

"वे उतर आएँगे?"

"इस बार आएँगे।"

महन्त चरणदास चले गए।

बुरुडिहा में जगमोहन की मृत्यु की खबर अब पूरे भारत की घटना थी। किसी विदेशी! स्टार के जगमोहन बनकर अभिनय करने को राजी होने से घटना अन्तरराष्ट्रीय प्रसिद्धि पाएगी।

उस अंचल में अलौकिकता का प्रभामंडल बिराजने लगा। गुलबदन की विधवा ने सपने में जगमोहन से सुना कि मिश्र जी के शिव को हर रोज दस लीटर दूध से नहलाए बिना गुलबदन की मुक्ति न होगी।

बुलाकी और सोमरा दोनों ही कहाँ चले गए, किसी को पता नहीं। वे लोग गंजू टोली में भी नहीं रह पाए। बुलाकी का पाप था कि उसने जगमोहन को हाथी के सिवाय और कुछ नहीं समझा।

सोमरा का पाप था कि चमत्कार के बाद भी उसने जमीन वापस चाही थी।

इन लोगों को रहने देने से गंजू टोली पर मिश्र जी का शाप पड़ता।

गोमो स्टेशन के प्लेटफॉर्म पर दो नये आए शरणार्थी दिखाई दिये। दीन-दुखी, दुबले-पतले, सूखे। आँखें पीली पड़ गई थीं। उनको रोज कुली का काम भी नहीं मिलता था और वे भूखे पड़े रहते।

बीच-बीच में जब कुली का काम मिल जाता, उस दिन वे दोनों आठ आने के टिकट में 'हाथी मेरा साथी' फिल्म देखने जाते।

तसवीर समाप्त होने पर देखा जाता कि उनमें से एक बेतहाशा रोता और दूसरा उसकी पीठ थपक-थपककर सान्त्वना देता।

उसके बाद पैसा रहने पर वे शराब पीते, या प्लेटफॉर्म पर आकर लेट जाते। एक की छाती पर दिखाई पड़ा कि उड़ती परी की तसवीर का गोदना गुदा था। दोनों एक-दूसरे का हाथ थामकर प्रेमियों की तरह लेटते, जैसे कि दोनों का एक-दूसरे के सिवाय और कोई, या कुछ न हो। उनका नाम न तो किसी को मालूम था, न किसी ने जानने की कोशिश ही की। जिनका एकमात्र ठिकाना स्टेशन का प्लेटफॉर्म हो, उनका नाम बिना जाने भी भारतवर्ष में चलता है, क्योंकि वे बहुत ही एक्समेंडेबल—उपेक्षा-योग्य थे।

शिकार

जगह है गोमो—डाल्टनगंज लाइन पर पड़ता है। कभी इस स्टेशन पर ट्रेन ठहरती थी। कई ट्रेनों के रुकने का खर्च पूरा नहीं पड़ता था। इसीलिए स्टेशन का कमरा, रहने के क्वार्टर और कुली-बस्ती की कोठरियों में बीच-बीच में गाय और बकरियाँ दिखाई पड़ती थीं। 'कुरुडा आउट-स्टेशन, एबैनडंड' का बोर्ड लगा था। यहाँ आकर ट्रेन की गति धीमी पड़ जाती थी। हाँफती हुई ट्रेन ऊपर चढ़ती थी। थोड़ा-थोड़ा कर यहीं से ट्रेन कुरुडा पहाड़ चढ़ती। पहाड़ ढालू था। कुछ दूर चढ़कर ट्रेन एक पहाड़ी घाटी में घुसती थी। आधा मील लम्बी पहाड़ी घाटी के दोनों ओर ब्लास्ट किये हुए पत्थर थे। पहाड़ के ऊपर बाँस के जंगल थे और बीच-बीच में बाँस के पेड़ हवा से झुक ट्रेन की छतों पर थपेड़ा मारते। उसके बाद ट्रेन ढलान पर उतरती और उसकी रफ्तार बढ़ जाती। अब तोहरी स्टेशन आता। यह इस अंचल का सबसे अधिक व्यस्त स्टेशन था। तमाम बस के रास्तों का जंक्शन था। तोहरी कोल-हाल्ट भी था। ट्रेनों में कोयला लादा जाता था। चारों ओर सरफेस कोलियरी थी। इस अंचल में जमीन के करीब-करीब ऊपर ही घटिया किस्म का कोयला मिलता था। लेकिन तोहरी की असली सम्पत्ति ठेकेदार थे। साल का अंचल था। ट्रकों में रात-दिन साल के लट्ठे आते। लकड़ी के कारखानों में उनकी चिराई होती और वे चारों ओर चले जाते। कुरुडा के सन्नाटे के बाद तोहरी की चहल-पहल अपने-आपमें एक तरह का अनुभव था।

दूर-दूर के गाँवों से पहाड़ों के ऊपर से ट्रेन जाने का दृश्य एक अनुभव था। ग्रामवासी रोज देखते, फिर भी उनका आश्चर्य समाप्त नहीं होता था। ट्रेन जा रही है, चली जा रही है, इंजन हाँफ रहा है, अब घाटी ने ट्रेन को निगल लिया। दौड़कर आगे जाने पर दिखाई पड़ेगा कि कहाँ पर ट्रेन को उसने उगल दिया। एक दिन पहाड़ के ऊपर कई हाथी भी दिखाई पड़े थे। बाँस के पेड़ों को खाते-खाते हाथी खड़े हो गए। दूर से वे खिलौनों-से दिखाई दे रहे थे। ट्रेन के आते ही वे सूँड़ उठाकर चिल्लाते हुए भागे थे।

कुरुडा गाँव स्टेशन के बहुत पीछे है। दो पहाड़ और एक मैदान पार कर। स्टेशन

के थोड़ा और नजदीक होने से हो सकता था कि गाँव के आदमी ही इन खाली पक्के मकानों में रहने लगते।

कुरुडा के-से गाँव में जो लोग रहते हैं, उनके जीवन में साल में आनेवाले पूजा-पर्व के सिवाय बहुत ही कम वैचित्रय रहता है। इसीलिए कुरुडा पहाड़ के ऊपर के दृश्य इस तरह उनकी आँखों को भुलाए रहते।

मेरी ओराँव जब आई तो वह ट्रेन को जिस तरह देखती थी, यात्री भी नजर पड़ने पर उसे देखते थे। उसकी उम्र अठारह थी, दीर्घांगी थी, चेहरा और नाक चपटे, रंग ताँबे के रंग-सा साफ। सामान्यत: वह सफेद साड़ी पहनती थी। दूर से वह बहुत मोहक लगती थी, लेकिन पास जाने पर समझ में आता था कि उसकी आँखों की भाषा में बहुत कठोर उपेक्षा है।

उसे देखकर कोई उसे आदिवासी नहीं कहता। लेकिन वह आदिवासी थी। कभी कुरुडा में अंग्रेजों का टिम्बर प्लांटेशन था। स्वतंत्रता के बाद अंग्रेज धीरे-धीरे चले गए। डिक्सन के बँगले और घर की देखभाल मेरी की माँ करती थी। डिक्सन का बेटा 1959 में आकर घर, जंगल सब कुछ बेचकर चला गया। जाने के पहले भिकनी के गर्भ में मेरी को दे दिया। वह आस्ट्रेलिया चला गया। मेरी का नाम गिरजा के पादरी ने रखा। उस समय भी भिकनी क्रिस्तान थी। उसके बाद जब राँची के प्रसाद जी डिक्सन के बँगले में रहने आए तो भिकनी को काम में फिर से लेनी को राजी नहीं थे। भिकनी ने फिर क्रिस्तान धर्म छोड़ दिया। मेरी प्रसाद की गाय-भैंस चराती थी। गाय चराने में वह बहुत होशियार थी। उसके अलावा फलों के थोक खरीदारों और कुँजड़ों आदि से वह सारे सम्भव-असम्भव यत्न कर फलों के बगीचे के शरीफे और अमरूद बेचती थी। खेत की सब्जी लेकर ट्रेन से तोहरी चली जाती।

सब लोगों का कहना था कि प्रसाद जी बड़े भाग्यशाली हैं। मिश्र जी से उनका वेतन का हिसाब था। मेरी के साथ खाना-पीना, कपड़े-लत्ते का करार था। डिक्सन-बँगला अंग्रेजों के रहने के लिए बना था। भिकनी का कहना था कि साहब लोग आया-नौकर-जमादार—सब मिलाकर बारह लोगों को रखते थे। अब प्रसाद जी के जमाने में इस विशाल बँगले को मेरी ही साफ-सुथरा रखती थी।

तोहरी के बाजार में मेरी के अनगिनत भक्त थे। वह रानी की तरह स्टेशन पर उतरती थी। बाजार में अपने अधिकार से जाकर अपनी जगह बैठ जाती। बाजार के दूसरे लोगों से बीड़ी लेती, उनके पैसों से चाय और पान लेती, लेकिन किसी को मुँह नहीं लगाती थी। बाजारवालों का सरदार जालिम गुंडा उसका प्रेमी था। जालिम या उसके—किसी एक के पास सौ रुपये जमा हो जाने पर वे शादी कर लेंगे।

शादी करेगा—इसी बात के आधार पर उसने जालिम को नजदीक आने दिया था। ओराँव माँ की लड़की, देखने में और तरह की, लम्बी भी ज्यादा थी। इसीलिए उसकी जात में उसके लिए लड़का नहीं मिला। आदिवासी युवकों के लिए मेरी के शरीर का

रंग एक रुकावट की दीवार था। प्रसाद की पत्नी ने लड़का देखा था। उनके माली का लड़का था। बोलीं, "यहीं रहना।" भिकनी खुश हो जाती। मेरी कहती, "नहीं। माँजी ने इसलिए यह सब कहा है कि उनके काम के लिए आदमी लगा रहेगा।"

"रहने को कोठरी देंगी।"

"झोंपड़ी।"

"लड़का अच्छा है।"

"न, झोंपड़ी में रहूँगी, घाटो खाऊँगी, मर्द शराब पिएगा, तेल-साबुन नहीं मिलेगा, साफ कपड़े पहनने को नहीं मिलेंगे। मैं ऐसा जीवन नहीं चाहती।"

मेरी राजी नहीं हुई। गाँव-समाज उसे मानता था। औरतों से उसकी दोस्ती थी, तीज-त्योहार में वह नाचने में बेजोड़ थी। इसीलिए उन लोगों के जीवन से वह अलग नहीं होना चाहती थी।

बहुत लोगों ने बहुत बार उसका प्रेमी बनना चाहा था। मेरी ने दाब उठाकर उन्हें दिखाया था। वे लोग बाहरी आदमी थे। भिकनी की तरह उसके पेट में भी बच्चा देकर वे भाग खड़े नहीं होंगे, यह कौन कह सकता था?

उसके लिए एक बार तो तोहरी बाजार में दंगा हो गया था। टिम्बर लॉरी का ड्राइवर रतनसिंह शराब पीकर उसे उठाकर लिये जा रहा था। तभी जालिम ने आकर रोका और रतनसिंह के साथ उसकी मारपीट हो गई। उसके बाद ही देखा गया कि मेरी जालिम के पास बैठकर सब्जी या चीनाबदाम या भुट्टा बेचती थी। वह किसी दिन भी जालिम के घर नहीं गई। न, पहले शादी होनी चाहिए। जालिम उसे बहुत मानता था। हाँ, मेरी में सचाई है, आस्ट्रेलियन खून का तेज है।

मेरी में कहीं-न-कहीं अविश्वास था। वह जालिम पर भी पूरी तरह विश्वास नहीं करती थी। सौ रुपये जमा होते ही वे शादी कर लेंगे, यह तोहरी के बाजारवालों को भी मालूम था। जालिम का कहना था कि सौ रुपये वही जमा करेगा। मेरी कुछ ले आए तो अच्छा ही है। इसीलिए उसने रुपये जमा करने की जिम्मेदारी जालिम पर ही छोड़ दी थी। जालिम के लिए यह काम आसान नहीं था। गाँव में उसके माँ-बाप, भाई-बहन हैं। यहाँ किराये का मकान लेना होगा, बरतन-भाँडे मोल लेने होंगे। सारा खर्च पूरा न पड़ेगा। उसके सिवाय मेरी को कपड़े-लत्ते-साबुन देने की तबीयत होती।

मेरी ने उसे पहले एक उपहार जरूर दिया, रंगीन सूती बनियान।

"तू ही दे रही है?" जालिम बहुत खुश था।

"न। तेरी भौजी ने भेजी है।"

इसके बाद जालिम ने उसे यह दिया, वह दिया। साड़ी-आड़ी मेरी पहनती न थी। ब्याह के बाद पहनेगी।

मेरी जानती थी कि जालिम रुपये इकट्‌ठा करने के लिए बहुत मुसीबतें उठाता है। समझकर भी कुछ नहीं कहती थी। सौ न सही, बानबे रुपये उसके इकट्‌ठा हैं।

रुपये उसकी कमाई थे, प्रसाद के घर से। सरकारी कानून था कि जंगल के अंचल में किसी के घर में भी अगर महुआ का पेड़ हो तो उसे जो ले, महुआ के पेड़ पर उसका अधिकार हो जाता है। महुआ नकद पैसे दिलानेवाला फल होता है। महुआ से शराब बनती है, महुआ के काले बीजों के तेल से गन्दे कपड़े धोने का साबुन बनता है। प्रसाद के घर के चारों महुआ के पेड़ों के फल मेरी बटोरती थी। गाँव में कोई और मजाक में भी फलों को हाथ नहीं लगा सकता। मेरी दाब उठा लेती। वह उसके हक की चीज थे। इसी के लिए वह प्रसाद के घर बिना वेतन के ही इतनी मेहनत करती थी।

प्रसाद की पत्नी को यह काम बहुत अच्छा नहीं लगता था, लेकिन लछमन प्रसाद कहते, "उधर मत देखो। कौन इस तरह मकान साफ करेगा, गायें चराएगा? तोहरी जाकर फायदे से फल, सब्जी, बदाम कौन बेच आएगा?"

मेरी भूत की तरह मेहनत करती थी, लेकिन प्रसाद जी से वह कोई अन्तरंगता बर्दाश्त नहीं करती थी।

"क्यों रे मेरी, महुआ बेचकर कितने रुपये हो गए?"

"आपको जरूरत है?"

"महाजनी कारोबार शुरू कर दे।"

"हाँ, वही करूँगी।"

"देख, मैं इसीलिए तुझे महुआ लेने देता हूँ। नहीं तो सरकारी हवा है। नौकर लगाकर उठवा सकता था। नहीं लेता हूँ न?"

"नौकर आकर देखें तो। दाब नहीं है?" मेरी की आवाज बहुत रूखी और गम्भीर हुआ करती थी।

प्रसाद जी कहते, "होना न? साहबी खून है।"

प्रसाद-पत्नी मेरी से तेल मलवाकर बदन दबवातीं। चर्बी छाए शरीर से मेरी का चिकना और कठोर शरीर देखतीं। कहतीं, "क्यों रे, शादी कितनी दूर है? जालिम क्या कहता है?"

"आप गरीब आदमी की बात सुनकर क्या करेंगी? आप शादी करा देंगी?"

"राम-राम! मुसलमान के साथ? मैं शादी कराऊँगी?"

"क्यों? मुसलमान ने तो शादी करने को कहा है। आपके भाई ने तो रखैल बनाकर रखना चाहा था।"

मुँह पर सीधे जूता खाकर मालकिन चुप हो गईं। जो लड़की भूत की तरह मेहनत करे, आधे मन का बोरा पीठ पर लादकर ट्रेन पकड़कर चली जाए, आधा घंटे में पूरा मकान साफ कर दे, उसकी बात तो बर्दाश्त करनी ही पड़ेगी।

मेरी से सभी डरते थे। मेरी अपना अच्छा स्वास्थ्य, असीम कार्यक्षमता, तेज बुद्धि लेकर घर साफ करती, गाय चराती। चराते-चराते भुना मक्का खाकर कलेवा

कर लेती। खड़े-खड़े फल तोड़ती। कुँजड़ों को खुद तौलकर देती। चिड़ियों और चमगादड़ों के खाए फल बोरे में उठाकर ले जाती और अपनी माँ की पाली हुई मुर्गियों को खिलाती। वर्षा आने पर बीजों से उत्पन्न चारे को उखाड़-उखाड़कर रोपती। चारों ओर उसकी कड़ी नजर रहती। प्रसाद की जरूरत के चावल-तेल-घी-मसाला तोहरी बाजार से खरीद लाती। खुद ही कहती, "आपका जितना पैसा बचाती हूँ, और फायदा करा देती हूँ, उससे आपका बरस में कितना रुपया जमा हो जाता है, माँजी? सस्ती-साड़ी क्यों लूँ? अच्छे कपड़े पहनूँगी, तेल-साबुन लगाऊँगी, सब कुछ देना होगा।"

प्रसाद-पत्नी लाचार उसे अच्छे कपड़े पहनातीं।

बीच-बीच में वह गाँव में अड्डा मारने जाती। अबेर-सबेर। वहाँ जाकर पेट में कपड़ा लपेटकर प्रसाद-गिन्नी बनती, एक पैर लँगड़ाकर प्रसाद जी बनती और सबको हँसाती। वहाँ वह बहुत सहज हो जाती थी। जवान लड़के जब कहते, "मुसलमानी बीवी यहाँ?"

"तुममें किसी ने ब्याह किया है?"

"तूने किया?"

"मेरी तरह लम्बा होकर, इतना गोरा होकर क्यों नहीं आया?"

"तू तो साहब की लड़की है।"

"बड़ा साहब! औरत के पेट में बच्चा देकर चूहे की तरह भाग जाए। मेरी माँ तो बदमाश थी। जब देखा कि लड़की गोरी है, तभी मार डालती। तब क्या इतना शोर होता?"

"मार डालती तो तेरा क्या होता?"

"मैं रहती ही नहीं।"

"बेकार की बात छोड़। मुसलमानिन बनेगी तो बनेगी। बनने के पहले हमें किसी दिन...।"

"क्या?"

"भात-मुर्गी-खसी और मद।"

"खिलाऊँ। खू—ब खिलाऊँगी। कब नहीं खिलाया? बताओ न?"

"सो तो खिलाया।"

जो मेरी प्रसाद जी का फायदा कराने के लिए मन-मन भर का बोझा उठाती, फल बेचकर कुँजड़ों से झगड़ती, एक चीनाबदाम किसी को न देती, वही मेरी घर से चोरी कर मूँगफली का तेल, आटा, गुड़, नमक और मसाला ले आती।

टोली में सारे ओराँव घर में बैठकर मिट्टी की कड़ाही में आटे के पीठे तलते। सबके साथ खाते। जिस तरह यह मालूम था कि जालिम से शादी करेगी, उसी तरह यह भी मालूम था कि यदि वह देखने में ओराँव की किसी भी लड़की की तरह होती और कहीं जो उसका पिता सोमरा या बुधना या मंगला ओराँव होते—तो ओराँव यह

ब्याह न होने देते। श्वेत रंग पिता की जारज बेटी होने से ओराँव लोग असली खून न मानते थे और अपने समाज के कड़े रीति-रिवाज उस पर आरोपित नहीं करते थे।

करने पर वह विद्रोह करती। नहीं करते, इसलिए उसे दुख होता था। उसके अन्तर्मन में बहुत गहरे कहीं मानो ओराँव समाज का आदमी होने की आकांक्षा थी। वह बहुत खुश हुई होती, अगर तेरह-चौदह बरस की उम्र में कोई साहसी ओराँव लड़का उसे खींच ले जाकर शादी कर लेता! मेरी ने तोहरी में दो-तीन हिन्दी फिल्में देखी थीं। आमन—जड़हन—की फसल में तोहरी में चलता-फिरता सिनेमा आता। वे खुले मैदान में सिनेमा दिखाते थे। कुरुडा गाँव की औरतें ही क्यों, लड़कों में से भी किसी ने सिनेमा नहीं देखा था। सिनेमा नहीं देखा, अच्छे कपड़े नहीं पहने, न कभी भरपेट खा पाए। इनके ऊपर देवी का एक प्रकार का आकर्षण भी था।

इसी तरह मेरी का जीवन चल रहा था। एक दिन अचानक ट्रेन रुकने पर प्रसाद जी के बेटे के साथ ठेकेदार तहसीलदार सिंह उतरे, और मेरी के जीवन में उलट-पुलट हो गई। कुरुडा के शान्त और दरिद्र अस्तित्व में तूफान उठ आया।

दो

प्रसाद जी के बँगले से लगी जमीन पचहत्तर एकड़ या दो सौ पच्चीस बीघा थी। उस अंचल में कोई सीलिंग नहीं मानता था। दूर-दूर पर कभी टिम्बर-प्लांटरों के जो बँगले थे सबके साथ लम्बी-चौड़ी जमीनें थीं। डिक्सन साहब ने पचास एकड़ में साल के पेड़ लगाए थे। उस अंचल के बौने साल नहीं थे, वे जायंट साल थे। कुछ दिनों में पेड़ लम्बे महीरुह बन गए। कटने के लिए तैयार। साल के पेड़ न होने पर प्रसाद जी इस जमीन पर क्या-क्या उगा सकते, इस पर बहस करते। अब साल के पेड़ों की कीमत जानकर अच्छे दामों पर पेड़ों को बेचना उनका लक्ष्य था। इस प्रस्ताव पर लालचन्द और मुलनी जी, अंचल के दूसरे दो जंगल-मालिक भी खुश हुए। प्रसाद का लड़का बनवारी सक्रिय हुआ और डाल्टनगंज-छीपाडोर में खेती करने लगा। सुननेवाले थे तहसीलदार सिंह।

तहसीलदार सिंह ने आते ही पहले कटनेवाले पेड़ों को देखा। उसके बाद मौके की बहस शुरू हुई। प्रसाद बोले, "इस तरह की साल की लकड़ी! इन दामों पर बेची जाएगी?"

"क्यों बेची जाए? जहाँ नफा मिले, वहीं बेचिए।"

"कुछ दाम की तरह दाम कहिए।"

"प्रसाद जी, बनवारी मेरा पक्का दोस्त है। वह छीपाडोर में सर्विस करता है और मैं ठेकेदारी करता हूँ। झूठ नहीं कहूँगा। पेड़ मेच्योर और लकड़ी भी पक्की है।"

"साहब लोग लगा गए हैं।"

"हाँ, पर यहाँ पेड़ कटाने पर टुकड़े कराने होंगे। ट्रक यहाँ तक नहीं आ पाएगा। साहब लोगों का जमाना नहीं है कि फॉरेस डिपाट से हाथी ले आए और तोहरी तक लकड़ी घसिटवा कर ले गए। हमें मुरहाई तक ले जाना पड़ेगा। कच्चे रास्ते में ट्रक के टायर फँस जाएँगे। उसके पहले पेड़ कटाएँ। अब सोचिए, मेरा कितना खर्च होगा?"

"फायदा तो होगा?"

"जरूर, फायदे के बिना कोई काम करता है? फिर भी नफा आपका ज्यादा है। पानी के भाव बँगला मोल लिया, लगा-लगाया साल का फॉरेस मिला। जो होगा, वह सारा फायदा ही होगा, क्योंकि इसके लिए तो आपको कोई लागत नहीं आई है। मकई नहीं है कि भैंसे ने पूँछ खींच ली, नौकर काटकर ले गए। शरीफा या अमरूद भी नहीं कि चिड़िया-चमगादड़ भगाएँ। फॉरेस एरिया, साल एरिया, पेड़ हैं, फटाफट बेच दें।"

लालचन्द और मुलनी भी बोले, "इतनी तकरार न करो, भैया! उनके चले जाने पर क्या करेंगे? साल गाछ में जब बतास चलती है, दरिया गरजता है, तो वही सुनेगा। फूल होते हैं, फल नहीं होते। वही देखेगा। खरीदना चाहे तो बेच दूँगा।"

ठेकेदार भी वही चाहता था। साहब कैसे पेड़ लगवा गया था! सिरे आसमान में जा रहे हैं, तने रेल के इंजन की तरह मोटे हैं। सिर्फ प्रसाद जी के पेड़ ही क्यों खरीदे जाएँगे? इस अंचल के सारे पेड़ वह खरीदेगा।

हर पाँच-सात बरस में कुछ पेड़ तैयार होंगे, और मैं ही खरीदूँगा। फटाफट। जो अभी तक वर्जित एरिया है, हम ही मानोपली गाछ फैलिंग करेगा। पेड़ों के काटने का मेरा ही एकाधिकार होगा।

ठीक वही हुआ। प्रसाद जी ने बाद में समझा कि पेड़ों की ढुलाई के खर्च की बात पूरी-पूरी सच नहीं थी, क्योंकि मुरहाई के बाद ट्रक कुरुडा के नजदीक चला आया। उधर की ओर भूमि समतल और पथरीली थी। ट्रक आने में रुकावट न थी। वहाँ ठेकेदार का तम्बू लगा। पेड़ों को काटने के लिए दो होशियार आदमी आए।

ठेकेदार आदमियों की भर्ती करने बैठ गया। कुरुडा, मुरहाई, सिद्दो, थपारी, घूमा, चीनाडोहा—छह गाँवों के ओराँव, मुंडा औरत-मरद आए। विश्वास करने योग्य बात न थी। घर बैठे पैसा। गाछ काटेंगे दूसरे लोग, उनके डाल-पत्तों की छँटाई, कटे पेड़ों के टुकड़े करने के बाद उन्हें उठाकर ट्रकों में लादना। आदमियों को दिन में बारह आना, औरतों को आठ आना। उसके बाद दोपहर को मकई के सत्तू का टिफिन। सारा अविश्वसनीय! सत्तू के साथ नमक और मिर्चा। ग्राम पहान और गाँव के बूढ़े औरत-मरद लाएँगे। गाँव पीछे हर हफ्ते एक बोरा नमक। गाँव के बूढ़े बोले, "औरतें सिरम करेंगी, तो उनकी इज्जत?"

ठेकेदार बोला, "हर कोई हर एक की माँ-बहन हैं। जो गलती करेगा उसे भगा दूँगा।"

ट्रक की गतिमयता, ठेकेदार की बातचीत की स्पीड, फौरन काम की व्यवस्था की तेजी—इन सबसे गाँव के बूढ़ों का दिमाग चकरा गया। इससे उनको लगा ही

नहीं कि ठेकेदार की बात ठीक नहीं है। सब हर एक की माँ-बहन नहीं हो सकतीं। बात पक्की होते ही ठेकेदार ने गाँव के बुजुर्गों के हाथ में एक नम्बर की चुआई दो बोतलें पकड़ा दीं। कुरुडा गाँव के बुजुर्गों ने और लोगों से कहा, "गाँव जाकर पहान से कहकर थान पर पूजा देना। हमारे अच्छे दिन आ गए हैं।"

ठेकेदार ने ट्रक के ड्राइवर से भी बातें कर लीं। मुरहाई पर ट्रेन पकड़ते हैं। वहाँ के लिए बात कर ली, जरूरत होने पर कुरुडा में गाड़ी पकड़ी जाएगी। वैगन मिलेगा। ठेकेदार ने ड्राइवर को भी बोतल दी। साल के एक-एक पके पेड़ का दाम वह पन्द्रह रुपये दे रहा था। किसी भी खर्च से उसका बेतहाशा मुनाफा कम नहीं हो रहा था। वह घनफुट के हिसाब से बेचेगा। उसने बनवारी को एक ट्रांजिस्टर दिया। बनवारी न बताता तो उसे पता भी न चलता कि बौने साल के देश में इस क्वालिटी के साल के पेड़ हैं। सारा रोजगार बड़े फायदे का है।

ठेकेदार ने अपनी जात के प्रसाद और मुलनी और लालचन्द की बर्बर अशिक्षा और अज्ञता की तारीफ की। बेचारों को पता ही नहीं, क्या माल दिये दे रहे हैं! बनवारी को उसने पेड़-पीछे एक रुपया चुपचाप दे दिया था। उसके बाद भी उसे काफी मुनाफा था। बहुतेरे पेड़ पाँच-सात बरस में काटने लायक हो जाएँगे। प्रसाद को हाथ में रखने की जरूरत है। जल्दी ही यह सब अंचल उधर तोहरी में और इधर निरला घाट में जुड़ जाएँगे। सड़क बन रही थी। सड़क बन जाने पर भविष्य में ट्रांसपोर्ट का खर्च बच जाएगा।

कुछ दिनों के बाद ठेकेदार तोहरी से एक डिब्बा मिठाई, एक हाँड़ी घी लेकर प्रसाद के घर आया। प्रसाद बोले, "मेरी, मेहमान आए हैं। कुछ चाय-वाय ले आ।"

मेरी आज ही नहाई थी, जिससे खूब रगड़-पोंछकर साफ की हुई शक्ल चमक रही थी। बालों में तेल डालकर चोटी की हुई थी। छपी साड़ी आगे पल्ला डालकर पहनी हुई थी। हाथों और कानों में पीतल के गहने थे। ट्रे में चाय और खाने की चीज लेकर मेरी आई। तहसीलदार सिंह सीधा होकर बैठ गया। "अरे बाब्बा! यह क्या लड़की है! इस जंगल में?"

प्रसाद जी समझ गए। मेरी के बाहर जाते ही वे बोले, "मेरी नौकरानी की लड़की है। उसकी माँ जब उसकी तरह जवान थी, उस समय...।"

मेरी के रूप का गोपनीय रहस्य बताकर वे उपसंहार में बोले, "मेरा परिवार उसे बेटी मानता है, हम पर वह माँ-बाप की तरह भक्ति करती है।"

"सो तो होगा ही," तहसीलदार सिंह बोला, "नहीं तो सब लोग आपको बड़ा आदमी कैसे कहते हैं? बड़ा वही होता है जिसका कलेजा बड़ा हो।"

उसने मन-ही-मन सोचा कि इस जंगल में पेड़ काटने का रोजगार बड़े फायदे का है। मेरी उसके जंगल-प्रवास को और भी लाभप्रद बना सकती है।

मेरी तोहरी, कुरुडा और बाहर की दुनिया के नियमित मेलजोल का सेतु थी। रात में जब प्रसाद जी को वह दवा के लिए गरम पानी देने आई तो बोली, "इस हरामी ने तो आपको धोखा दिया है। नफा पीट लिया। तोहरी से छीपाडोर तक सब हँस रहे हैं।"

प्रसाद जी ने नकली दाँतों की पट्टी निकालकर पानी में रख दी। उसके बाद दवा खाई। थोड़ी देर बाद बोले, "क्या करें, मेरी? रोड है नहीं, हमारी क्या सामर्थ्य है कि हम मुनाफे पर किसी को बेचें? जंगल में रहने पर यही होता है। बनवारी उसे ले आया। बनवारी गँवार है, बिलकुल अपनी माँ की तरह है। मैंने पहले 'न' कह दिया। उस पर लालचन्द और मुलनी गुस्सा हो गए। घर में भी बहुत आपत्ति हुई।"

"बनवारी ने भी रुपये लिये हैं।"

"तुझे पता है?"

"हमनी के मालूम है।"

"देख, कैसे दुख की बात है।"

ठंडी साँस लेकर प्रसाद जी ने उसे एक रुपया दिया। इस तरह वे बीच-बीच में कुछ पैसे देते रहते थे। बोले, "मेरा एक फल, भुट्टे का एक दाना न जाए उसके लिए तूने कितनी तकलीफ उठाई और अपना बेटा कुछ नहीं समझता। बता तो क्या किया जाए? मैं क्या जानता नहीं हूँ? मेरे मरने पर बेटा यह सब बेच-बाचकर भाग जाएगा।"

"बाद में जब पेड़ बेचेंगे, तो उतने दिनों में रोड बन जाएगी। उसको मत देना। खुद छीपाडोर जाना। बड़ी कम्पनी से बात कर काम कीजिएगा। उस समय नरम मत पड़िएगा।"

"ठीक कह रही है।"

मेरी ने कुरुडा में गाँव के बुजुर्गों से कहा, "बारह आना और आठ आना! इतनी मजदूरी पर तोहरी या छीपाडोर में कोई कुली बाबू लोगों के बैग भी नहीं उठाता।"

गाँव के बूढ़े बोले, "का करें, मेरी? मेरे ना कहने से गाँव के लोग बिगड़ जाते। कहते, कौन हमें यह पैसे देगा?"

मेरी बोली, "उसे लालच हो गया है। पाँच-सात बरस में वह फिर आएगा। तब भाव कस के तीन रुपये, दो रुपये लेना। उसे देना पड़ेगा। नहीं तो यहाँ बाहर के आदमी वह कहाँ से लाएगा?"

"रोड नहीं है। काम मिलता नहीं, सब कुछ जानती तो है।"

मेरी को लगा कि ठेकेदार की लोलुप नजर के हिसाब से उसने भी अपनी अक्ल के मुताबिक सब लोगों को उसका असली रूप बता दिया है।

लेकिन तहसीलदार सिंह उसकी बात नहीं भूला। कई दिन बाद मेरी जब भैंस की पीठ पर बैठ दूसरे जानवरों को हाँकती घर लौट रही थी, तब तहसीलदार आकर खड़ा हो गया। बोला, "कैसी खूबसूरत है रे! तू तो हेमामालिनी-सी लग रही है।"

"का बोला?"

"तू तो हेमामालिनी-सी लग रही है।"

"तुम उल्लू की तरह लग रहे हो।"

तहसीलदार सिंह को इस बात से जैसे बड़ा सहारा मिला हो और वह नजदीक आया। मेरी ने भैंस को रोका नहीं। चलते-चलते उसने एक तेज किया हुआ दाब तेजी से निकाला और अलस स्वर में बोली, "तुम्हारी तरह तंग पैंट, काला चश्मा लगाए ठेकेदार तोहरी की सड़कों पर रुपये में दस मिलते हैं। उनको मैं यह दाब दिखा देती हूँ। विश्वास न हो तो जाकर पता लगा लो।"

तहसीलदार को उसके बात करने का ढंग बहुत आकर्षक लगा।

रात को खाने के लिए बैठने पर बनवारी बोला, "मेरी ने मेरे दोस्त का अपमान किया है।"

"बात कही भी बाप से," जवाब दिया मेरी ने, "क्या अपमान किया तुम्हारे दोस्त का?"

"गुस्से में बात की थी।"

"इस बार बात कहकर छोड़ दिया। बाद में उस तरह की बदमाशी पर नाक काट लूँगी।"

बनवारी भी घबरा गया। बोला, "क्या कोई बुरा किया?"

"मेरे लिए वह बुरी बात है। तुम्हारे लिए वह अच्छी बात हो सकती है।"

प्रसाद जी बोले, "तू उसे रोक देना। पेड़ खरीदने आया है। यह सब झगड़ा ठीक नहीं।"

मेरी ने भी तोहरी के बाजार में साल-गाछ बेचने की बात नहीं कही। घर की जमीन होने पर भी साल के पेड़ बेचना गैरकानूनी था। साल सरकारी पेड़ हैं।

"रख अपना कानून। कानून के हिसाब से कौन जमीन रखता है, इस अंचल में साल-गाछ कौन नहीं बेचता?"

मेरी ने बनवारी से सीधे-सीधे कहा, "मैंने तुम लोगों की पेड़ों के बेचने की बात तोहरी बाजार में कही है।"

"कह रही है कि कही है? कहने को मना किया था?"

"मुझे होशियार करना पड़ेगा न।"

मेरी चली गई। प्रसाद जी बोले, "यह अच्छी बात नहीं है। अपने दोस्त से कह देना। घर पर लड़की की तरह रहती है। उससे उसका कुछ ऐसा-वैसा कहना मेरा अपमान है।"

बनवारी ने तहसीलदार से कहा, "यह बहुत खचड़ी और गुस्सावर लड़की है। किसी को हाथ नहीं रखने देती।"

"कौन हाथ रखना चाहता है?"

"उसके सिवाय उसकी शादी भी ठीक हो गई है।"

"कहाँ?"

"मुसलमान के घर।"

"राम-राम! क्या समाज में लड़का नहीं है?"

"उसकी पसन्द।"

तहसीलदार को यकीन ही नहीं हुआ कि कुरुडा से जंगली गाँव की मेरी ओराँव उसे उड़ा दे सकती है। पेड़ों पर निशान लगाना और कटाना, उनके टुकड़े करवाना और चालान करने के साथ-साथ ही वह मेरी के साथ लगा रहा। मेरी उसे हाथ नहीं रखने देगी, मुसलमान से ब्याह करेगी—इससे उसकी जिद बढ़ गई।

इसके बाद ही वह डाल्टनगंज से मेरी के लिए एक नाइलॉन की साड़ी खरीद ले आया और प्रसाद जी के लिए मिठाई। प्रसाद जी से बोला, "बहुत आता-जाता रहता हूँ। चाय पिलाती है। एक कपड़ा दे रहा हूँ।" प्रसाद जी लेने को राजी नहीं हुए, लेकिन तहसीलदार माना नहीं। मेरी तोहरी गई हुई थी। लौटकर उसने कपड़े की बात सुनी। पहले उसने प्रसाद जी को पैसों का हिसाब समझा दिया। उसके बाद साड़ी लेकर निकली।

तहसीलदार तम्बू में बैठा आदमी-औरतों को पैसे बाँट रहा था। काफी लोगों की भीड़ थी। उसी के बीच मेरी घुस गई और गन्दी गाली देकर साड़ी फेंक दी। बोली, "मुझे सहरी रंडी समझ लिया है? कपड़ा देकर फुसलाना चाहता है? फिर बदमासी करेगा तो नाक काट लूँगी।" हाथों को हिलाती हुई वह गर्व के साथ निकल गई।

उन लोगों के सामने तहसीलदार का चेहरा उतर गया। कहनेवाला था कि अच्छे मन से एक चीज दी थी।

गाँव के बूढ़े बोले, "फिर मत देना।"

"क्या कहा?"

"फिर मत देना।"

"ऊ का अच्छा औरत है? कोई अच्छी औरत मुसलमान के साथ सादी करेगा?"

"फिर मत कहना।"

सहसा तहसीलदार की समझ में आया कि वह और उसके आदमी संख्या में कम हैं। यही लोग ज्यादा हैं। सबके पास बलोया, कुल्हाड़ी या दाब है। वह चुप रहा।

रात को ड्राइवर ने भी उससे कहा, "यह सब बेकार बात मत उठाइएगा। ये आदिवासी लोग खचड़े होते हैं। कोई थाने में पता करे तो मुश्किल होगी।"

ड्राइवर को मालूम था कि तहसीलदार के घर में पत्नी और बेटा थे। जानता था कि इसके बावजूद तहसीलदार औरतों के लिए मरता था। मेरी बहुत मोहनिया जरूर थी लेकिन उसके कारण आदिवासी लोगों को बिगाड़कर थाना-पुलिस करना बेवकूफी थी। मेरी अगर राजी होती तो कोई बात ही न थी। पर मेरी राजी न थी। तहसीलदार को यह ध्यान में रखना ही होगा।

इसके बाद प्रसाद जी भी गम्भीर हो गए। भिकनी चाय लाने लगी। तहसीलदार ने उस घर में जाना छोड़ दिया। लेकिन मेरी की बात न छोड़ी।

मेरी जब गाय चराकर लौटती, तोहरी से लौटती, तोहरीवाले को कहकर तीन मील दूर मुरहाई स्टेशन जाती, हाट करने घूमने जाती तो तहसीलदार दूर-दूर रहकर उसका पीछा करता।

लड़कियाँ कहतीं, "मेरी, वह ठेकेदार तुझे प्यार करता है।"

"हाथ नहीं आ रही हूँ, इसलिए। पाते ही प्यार उड़ जाएगा। मेरी माँ से भी तो साहब ने प्यार किया था।"

"तुझसे सादी करेगा।"

"उसकी औरत है।"

"तो उससे क्या?"

"छोड़ो उसकी बातें।"

पेड़ों की कटाई चलती रही। धीरे-धीरे जाड़ा कम हुआ। यहाँ ढाक के पेड़ मीलों में थे। पेड़ों में नई कोंपलें फूटी थीं। उसके बाद एक दिन पहान के घर नगाड़ा बजा। पता चला कि होली के दिन आदिवासियों का जो शिकार खेलने का नियम है, इस बार वह शिकार औरतें करेंगी। बारह बरस तक आदमी लोग इस शिकार पर जाते रहे। उसके बाद आती है औरतों की पारी। आदमियों की तरह उन्होंने भी बलोया निकाले और तीर-कमान लिये। जंगलों और पहाड़ों पर गईं। साही, खरगोश, चिड़िया—जो मिलता वही मारतीं। उसके बाद सब मिलकर वन-भोजन करतीं, शराब पीतीं, गाने गातीं, शाम को घर लौटतीं। मर्द लोग जो कुछ करते, वे भी बिलकुल वही करतीं। बारह बरस में एक दिन मिलता। तब होली की आग जलाकर वे बातें करने बैठ जातीं। बुधनी ने कहा, "उस बार हमने गुलदार मारा था। उन दिनों मैं जवान थी।"

बूढ़ियाँ गप्पें सुनतीं, प्रौढ़ाएँ खाना पकातीं, जवान लड़कियाँ गाना गातीं।

वे शिकार क्यों करती थीं, यह उन्हें पता न था। मरदों को मालूम था। हजारों-लाखों चाँदों से वे इस दिन शिकार खेलती थीं। एक दिन वन में जानवर थे, जीवन वन्य था, शिकार खेलने के अर्थ थे। अब वन शून्य हैं, जीवन का क्षय हो गया है और वह समाप्त हो गया है। शिकार खेलना अर्थहीन है। सचमुच, केवल एक दिन का आनन्द रह गया है।

तहसीलदार के बराबर एकाग्र पीछा करने से मेरी का धीरज छूटा जा रहा था। जालिम को भी पता चल सकता था। पता चलने से वह बिगड़ उठेगा। हो सकता है कि मौका मिलने पर तोहरी बाजार में तहसीलदार को मार बैठे। तहसीलदार के पास बहुत रुपये हैं, बहुत आदमी हैं। शहरी तिकड़में। कोई चोरी का मामला बनाकर अन्त में जालिम को फँसा सकता है।

इसके साथ ही तहसीलदार भी धीरज खोता जा रहा था। पेड़ों की कटाई जल्दी ही हो जाएगी। कारोबार समेटकर चले जाना होगा। तब क्या होगा? तहसीलदार ने एक दिन मेरी का हाथ पकड़ लिया।

अवसर अनुकूल था। इस बार मरदों को शिकार खेलना नहीं था। मर्द शराब पिएँगे, होली के नये-नये गाने बनाएँगे। साथ होकर गाने निकलेंगे, पैसे लेंगे। तहसीलदार ने उन्हें होली के लिए शराब देने को कहा था।

पेड़ काटने की जगह से घर लौटते हुए गाना, रोज गाना। एकरस वैचित्र्यहीन सुरों में। मेरी वही सुन रही थी। हाट से लौटी थी। सुनते-सुनते शाम हो गई। वह घर की ओर चली।

तहसीलदार जानता था कि वह आएगी। उसका हाथ पकड़कर तहसीलदार बोला, "आज नहीं छोड़ूँगा।"

मेरी पहले तो घबरा गई। धरपकड़ में दाब अलग जा पड़ा। बड़ी कोशिशों से, चुपचाप बहुत धक्कामुक्की के बाद मेरी छिटककर अलग हो सकी। दोनों ही उठकर खड़े हो गए। तहसीलदार की आँखों पर इस वक्त काला चशमा नहीं था। लम्बी जुल्फें, लम्बे बाल, टेरीक्लाथ की पैंट, नुकीले जूते, बदन पर गहरे लाल रंग का कपड़ा। होली-गान की पृष्ठभूमि में मेरी को वह जानवर लगा। जा—न—व—र! इस शब्द ने मन में कहीं आघात किया। अचानक मेरी हँस पड़ी।

"मेरी!"

"ब्बस वहीं खड़ा रह। आगे न बढ़ना।"

"क्या देख रही है?"

"तुझे।"

"मैं तुझे...।"

"मुझे तुम बहुत चाहते हो। यही न?"

"बहुत।"

"अच्छा।"

"अच्छा क्या?"

"समझ गई कि सचमुच चाहते हो।"

"सचमुच चाहता हूँ। तुझ-सी लड़की मैंने नहीं देखी। तू लाख टके की है। वह बाजारी आदमी तेरी कदर करेगा? वह मुसलमान?"

"तुम तो करोगे?"

"जरूर। कपड़े दूँगा। गहने दूँगा...।"

"अच्छा!"

"सब कुछ दूँगा।"

मेरी ने बहुत जोर से साँसें लीं। फिर बोली, "आज नहीं। आज मैं अशुच हूँ।"

"कब, मेरी, कब?"

मेरी की आँखें और चेहरा कोमल पड़ गए। बोली, "होली के दिन। तुम उस टीले के पास रहना। सब औरतें शिकार खेलने दूर-दूर जाएँगी। मैं तुम्हारे

पास आऊँगी। तुम्हें पता तो है टीले का! तुम उसी पत्थर की ओट से मुझे देखा करते हो।"

"समझ गया।"

"तो उस रात ठीक रहा?"

"हाँ, मेरी!"

"लेकिन किसी को बताना मत। मरद को तो दोष नहीं लगता, औरत को दोष लगता है। मैं तो दूसरे बाप से हूँ इसीलिए मुसलमान से सादी कर रही थी।"

"अब तो नहीं करेगी?"

"अब करूँगी? तुम भी थोड़ा धीरज रखो। इस तरह मेरे पीछे मत घूमो।"

"तेरे लिए बहुत तकलीफें उठाईं...।"

"सब ठीक कर दूँगी। होली के दिन।"

मेरी ने उसके गाल पर हाथ फेरा। बोली, "तुम बड़े अच्छे हो, पहले नहीं समझी थी।" झूमती हुई मेरी चली गई। उसे मालूम था कि आज तहसीलदार दूसरी बार उसे पीछे से नहीं दबोचेगा।

तीन

पिछली रात आग जली थी। आज भी जलेगी। कल रात होली की आग बहुत ऊपर उठकर बड़ी देर तक आकाश लाल किये रही। आज सवेरे से ही मर्द लोग मद में, गान में, अबीर में मत्त हो रहे थे। जो बहुत बूढ़े थे, उन्होंने रखवाली के लिए कुछ बच्चों को ले लिया था।

सब औरतें जंगल चली गई थीं। सब आदमी अपने-अपने घरों के आगे बलोया, कुल्हाड़ी, तीर-कमान लेकर जोश में तने खड़े थे। पहान के नगाड़े पर चोट मारते ही वे कुलकुली की तीखी आवाजों से आसमान चीरते हुए भागे। भिकनी प्रसाद जी की एक कमीज और उनकी पत्नी का साया पहनकर भागी।

बुधनी, मुँगरी, सोमरी, सनीचरी—इनकी भागदौड़ का जमाना बीत गया था। वे शराब की बोतल, पकाने को दाल-चावल, बरतन, नशे की चाट, मकई की खीलें, प्याज-मिर्चा लेकर खाली पड़े बम्फील्ड बँगले में गईं। वहाँ कुएँ का पानी था। मर्द भी शिकार के बाद वहीं पकाते-खाते थे। बुधनी ने औरतों से कहा, "अपने जमाने में हम खरगोश-साही-तीतर कुछ-न-कुछ लिये बिना नहीं लौटते थे। देखें, तुम क्या करती हो? कैसा शिकार करती हो?"

मेरी ने आज जालिम की दी हुई नई साड़ी और पोत की माला पहनी थी। नाचते-नाचते बुधनी को पकड़कर वह बोली थी, "सिकार खेलकर आने के बाद तुझसे सादी कर लूँगी। तब मैं वर और तू बहू बनेंगे।"

"ऐसा ही होगा।"

"तुझे नचाऊँगी।"

"नाचूँगी।"

मेरी आज खुशी के मारे उछली पड़ रही थी। माँ के हाथ पर नकद दस रुपये रखकर उसने माँ की पाली हुई चार मुर्गियाँ मोल ली थीं। इस समय मुर्गियाँ सनीचरी के हाथों में थीं। मेरी ने दो बोतल शराब भी दी थी। यह अलग से था। औरतों ने पहले ही तहसीलदार से शराब माँग ली थी। तहसीलदार ने आदमियों को शराब के सिवाय एक बकरा भी दिया था। कहा था, "वह शाम को आकर सबको शहर का ट्विस नाच दिखाएगा। बोतल-पर-बोतल शराब पिएगा।" उसकी पेड़ों की कटाई हो गई थी। कटे पेड़ के टुकड़े पड़े हुए थे। बहुत थे। तहसीलदार ने बड़ी उदारता से उन्हें कुरुडा के लोगों को ईंधन के लिए दे दिया था। कहा था, "फिर आऊँगा, तुम्हीं लोगों से पेड़ कटाऊँगा। उस वक्त तुम्हें शराब में डुबो दूँगा।"

बुधनी आदि के साथ चुहल करके मेरी भी भाग गई। सनीचरी बोली, "ओह, आज मेरी कैसी लग रही है! जैसे मुलनी जी के बेटे की बहू हो।"

बुधनी बोली, "वह ब्याह कर चली जाएगी तो कुरुडा अँधेरा हो जाएगा।"

मुँगरी बोली, "टोली में कभी खाली हाथ नहीं आई। तुमने उसे देखा था, भूल गईं, जवानी में भिकनी कैसी सुन्दर थी!"

सोमरी झूम रही थी और चल रही थी। सहसा वह आँखें मूँदकर गा उठी :

होली में अगिन रे होली में अगिन।
तुम देख-देख घर आना, भूले न रहना... ।

औरों ने उसके साथ टेक पकड़ी। विगतयौवना, प्रौढ़ा, चार पिलंक बूढ़ियाँ प्रेम के गीत गा रही थीं, धूप तेज हो रही थी, नशा जम रहा था। दूर-दूर पर नगाड़े और भोंपू की आवाजें थीं।

मेरी भाग चली। औरतें कुरुडा पहाड़ पर चढ़ रही थीं, जंगल में घुस रही थीं, नाले के किनारे जा रही थीं। मेरी मुस्कराई। उन्हें शिकार नहीं मिलेगा। सारे खेलों की तरह शिकार के भी नियम होते हैं। साही-खरगोश-तीतर मारकर क्या होगा? चारा फेंककर बड़ा शिकार मारना होता है।

रंगीन साड़ी और लाल कुर्ती में मेरी इस समय चलते हुए पलाश-गाछ-सी लग रही थी। जैसे हवा में पलाश के ढेर सारे फूल भागे जा रहे हों। चारों ओर पलाश-ही-पलाश थे। सारे लाल-लाल हो रहे थे। एक खरगोश भागता हुआ निकला। मेरी हँसी। उसे पता था कि वह किस भिटे में रहता था। भाग जा। डर मत। मेरी ने हँसकर कहा, "ओह शराब के नशे में कैसी मस्ती है! तहसीलदार, तहसीलदार, मैं आ गई।" स्वर ऊँचा होकर तेज प्यास में नाच रहा था। तहसीलदार उसे बहुत

चाहता था। इस समय उसके निकट जालिम कुछ न था। तहसीलदार उसे कितनी उग्रता से चाह सकता है? कितनी डिग्री फॉरेनहाइट? मेरी की तरह उसका वन्य रक्त है? ऐसा साहस?

एक साही निकली। जा, चली जा। आज का दिन न होता तो मेरी उसे मारती, उसका मांस खाती। आज अधिक छोटे-से उसकी तबीयत नहीं भरेगी। शिकार चाहिए, बड़ा शिकार! मानुस चाहिए, तहसीलदार। दूर से टीला दिखाई दिया। सीधा, खड़ा पत्थर। ऊपर से कार्निस की तरह निकला हुआ पत्थर। वहाँ से गिटगिन्दा लता ने उतरकर लता-जाल बना लिया था। जालों के ऊपर पीले गिटगिन्दा के फूल थे। जाल के पीछे ओट थी। उसे सोचते ही मेरी का खून चौंक उठा। उसके बाद आगे बढ़कर लता-जाल के पीछे गड्ढा था, गड्ढे के किनारे अलग पत्थर था। गड्ढा कितना गहरा था, यह किसी को मालूम न था। किसी ने उसमें उतरकर नहीं देखा था। उसी अतल और शीतल अन्धकर में अगर उतरा जाए? वह तहसीलदार है। तहसीलदार की गहरे लाल रंग की शर्ट दिखाई दी।

विलायती शराब, सिगरेट, तहसीलदार।

"चलो जी, अन्दर चलो।"

"अन्दर कहाँ? तेरे अन्दर घुसें?"

"हाँ जी, हाँ।"

"गड्ढे के किनारे। लता-जाल की ओट।"

"पहले दारू पिओ।"

"खाली दारू क्यों? सिगरेट दो।"

"कैसी लगी?"

"बहुत बढ़िया।"

"इतनी जल्दी-जल्दी मत पी।"

"नशा चाहिए न!"

"कितना?"

"बहुत-बहुत नशा चाहिए। और मद।" नशा हो रहा है। दिमाग में तारे चमक रहे हैं, बुझ रहे हैं। आह! नशे में आँखों के आगे झालर हो रही है। झालर झिलमिली है। झालर के उस पार तहसीलदार का चेहरा है। और मद। बोतल लुढ़क गई—गड्ढे की गहराई में—आवाज भी नहीं हुई। गड्ढा कितना गहरा है? अब चेहरा, हाँ अब बिलकुल शिकार की तरह हो रहा है।

मेरी ने दुलार से तहसीलदार के चेहरे पर हाथ फेरा, ओठों पर चुम्मी ली। तहसीलदार की आँखों में आग थी, मुँह फैला हुआ था, ओठों पर लार थी, दाँत झलक रहे थे। मेरी ने देखा। देखा, अब चेहरा बदलने लगा। अब! हाँ, जानवर हो गया।

"अब मुझको ले।"

मेरी ने हँसकर उसको जकड़ लिया, जमीन पर लिटा दिया। तहसीलदार हँस रहा था। मेरी ने दाब उठाया-नीचा किया, उठाया-नीचा किया।

कई लाख चाँद बीत गए। मेरी उठ खड़ी हुई। खून? कपड़ों पर? कपड़े? नाले में धो लेगी। तेजी की होशियारी से उसने तहसीलदार की जेब से पर्स लिया। बहुत रुपये थे। बहुत-से रुपये थे। कमर की गुथनी खोल अपने जमा किये रुपयों में उन रुपयों को रख लिया।

उसके बाद पहले तहसीलदार को गड्ढे में फेंका, उसका पर्स, सिगरेट और रूमाल भी। एक के बाद एक पत्थर। खून की गन्ध से रात को ही लकड़बग्घा चला आएगा, भेड़िया चाहे न आए।

मेरी निकल आई। नाले की ओर चली। नाले में उतर नंगी होकर नहाते-नहाते उसका चेहरा गहरे सन्तोष से भर गया। मानो पुरुष-संग करने के बाद उसे अन्तहीन तृप्ति मिली हो।

औरतों में सबसे अधिक मद मेरी ने पी थी, गान गाए, नाची, सबसे ले-लेकर मांस-भात खाया। शिकार नहीं मिला, इसलिए पहले तो सबने उसे चिढ़ाया। उसके बाद बुधनी बोली, "देखो, कैसे खा रही है? मानो उसने सबसे बड़ा शिकार मारा हो।"

मेरी ने जूठे मुँह से ही बुधनी की एक चुम्मी ली। उसके बाद दो खाली बोतलें हाथ में ले उन्हें बजा-बजाकर नाचना शुरू किया। शाम की हवा ठंडी थी। सनीचरी ने आग जलाई।

मद और गान, मद और नाच। सभी जब आग को घेरकर चक्कर लगा-लगाकर नाच रहे थे, जब गा रहे थे :

हे हरमदेउ,
ऐसन होली बरिस-बरिस होय—
ऐसन सिकार बरिस-बरिस करी—
मद देहौं तोय,
मद देहौं... ।

तब नाचते-नाचते मेरी पीछे हटने लगी। पीछे होते-होते अँधेरे में। वे लोग नाच रहे थे, खूब नाच रहे थे। मेरी अँधेरे में भाग चली। रास्ते उसके नाखूनों पर थे। कुरुडा पहाड़ पर होकर वह आज रात को पैदल सात मील तोहरी जाएगी। जालिम को बुलाएगी। तोहरी से बस जाती थी, लकड़ी के ट्रक जाते थे। वे लोग कहीं चले जाएँगे—राँची—हजारी बाग—गोमो-पटना। आज बड़े शिकार के बाद, उसे जालिम की जरूरत है।

दूर-दूर होली की आग थी। अँधेरे में, तारों की छाँह में रेल-लाइन देखकर राह चलते-चलते मेरी के मन में कोई डर न आया, किसी जानवर का डर। आज उसने सबसे बड़ा जानवर मारा है, इसलिए जंगली चौपायों के बारे में उसका रोज का, मन में समाया डर निकल चुका है।

शिशु

उस जगह का नाम है लोहरी और वह जगह राँची-सरगुजा और पलामू—इन तीन जिलों की सीमा-रेखाओं के मिलन-बिन्दु पर बसी है। सरकारी कागजों के मुताबिक वह राँची में ही है। लेकिन सारी जगह एक खास तरह का झुलसा हुआ मैदान है, मानो यहाँ भूगर्भ में भयंकर गर्मी हो। इसीलिए पेड़ बौने-बौने, नदी का कलेजा श्मशान और गाँव तक धूल से पटे पड़े हैं। जमीन का रंग अजीब-सा है। लाल जमीनवाला देश भी ऐसा गाढ़ा, बादामी-लाल-सा नहीं दिखाई देता। सूखने के पहले खून इस तरह का फीका लाल पड़ जाता है।

यहाँ आने के पहले रिलीफ अफसर को ब्रीफ कर दिया गया था, समझा दिया गया था। यह अफसर बहुत ही भला और दयावान था! बहुत कुछ जाँच कर उसे निर्वाचित किया गया था। उसको बता दिया गया था कि यह जगह बहुत ही खचड़ी है। वहाँ के रहनेवालों का, आदिवासियों का कोई ऑनेस्ट वे ऑफ लिविंग—जीवन-यापन का कोई ईमानदार ढंग—नहीं था।

"क्यों?"

"खेती नहीं करते।"

"क्यों? जमीन है?"

रिलीफ अफसर और बी.डी.ओ. बँगले में बैठे बातें कर रहे थे। बाहर अभी भी ठंडा नहीं हुआ था। रात में चौकीदार बँगले के अहाते में निवाड़ का पलँग डाल देगा। इतनी गर्मी में यहाँ कोई कमरों में नहीं सोता। रिलीफ अफसर कुल तीन महीने के लिए इस काम के लिए नियुक्त हुए थे। खाद्य-विभाग ने उन्हें उधार दिया था। जिन्दगी में उन्होंने ऐसी धूप में तपती, निकम्मी जमीन नहीं देखी थी। उसके पास जो लोग मदद लेने आते उन लोगों के लगभग नंगे, सूखे, कीड़ों और तिल्ली से फूले पेट देखकर उन्हें बहुत गन्दा लगता। उनकी धारणा थी कि आदिवासी मरद बाँसुरी बजाते हैं और आदिवासी स्त्रियाँ फूल पहनकर नाचती हैं। गाना गाते-गाते वे एक पहाड़ से दूसरे पहाड़ों को जाती हैं।

जीप नीचे खड़ी कर टीले के ऊपर चढ़ते हुए समझा था कि तेजी से पहाड़ पर चढ़ना सम्भव नहीं है। कलेजा हाँफने लगता है। आदिवासी जीवन में वे गाने की भूमिका बहुत ही महत्त्वपूर्ण समझते थे। अब उनके गीत सुनते हैं। वे एकरस, बूढ़ी डाइन के अकेलेपन की रुलाई की तरह थे। उनकी जानकारी बड़ी निराशाजनक थी। रिलीफ अफसर ने फिल्मों को, विशेष रूप से हिन्दी फिल्मों को, देखकर आदिवासियों के जीवन के सम्बन्ध में कुछ धारणाएँ बनाई थीं। अगर यही उनका गाना है, तो मरने पर कैसे रोया जाता है? यह गाना ही तो रोने की तरह है। राम! राम!

"वे लोग गाते क्यों हैं?"

"जंगली लोग हैं। सब कुछ भूत-प्रेत का खेल समझते हैं। गीत गाकर भूत भगाते हैं।"

'भूत' शब्द ही अशुभ है। बी.डी.ओ. देखते रहे और हँसते रहे। बोले, "डर गए?"

"नहीं, नहीं।"

"यह सूखा और अकाल भी उनके लिए भूत-प्रेत का अभिशाप है।"

"ओ!"

"बहुत खराब जगह है। अच्छी जगह हिन्दू लोग रहते हैं, महावीर जी की ध्वजा फहराती है, यहाँ तो कुछ नहीं है। न जाने कब मेरी बदली होगी!"

"कल मैं कहाँ जा रहा हूँ?"

"लोहरी। बड़ी खचड़ी जगह है। सालों को जमीन देने पर भी महाजन को बेच देते हैं। आँखें निकालकर कहते हैं, पानी कहाँ है? बीज कहाँ है? हल कहाँ है? बैल कहाँ हैं? खेती कैसे करें? सब कुछ देने पर भी महाजन को बेच देंगे। कहेंगे, फसल पकने तक क्या खाएँगे? उधार लिया था। जमीन बेचकर पाट दिया।"

"वहाँ क्या रहना पड़ेगा?"

"हाँ, कैम्प करेंगे। रहना ही पड़ेगा। कैम्प चालू कर चले आएँगे। मैं आदमी भेज दूँगा, फिकर न करें, और डरिए मत।"

"कैसा डर?"

"चोर का।"

"चोर का?"

"हाँ। जितनी बार रिलीफ जाती है, बिलकुल छोटे-छोटे लड़के-लड़कियाँ आकर एक-दो बोरे चावल चोरी कर ले जाएँगे। चावल-माइलो-गुड़, जो भी मिले।"

"छोटे-छोटे लड़के-लड़कियाँ?"

"हाँ, उन्हें कोई पकड़ भी नहीं सकता। किसी-किसी ने देखा है। उस बार मैंने खुद देखा था। साथ में बन्दूक भी थी।"

"आप बन्दूक रखते हैं?"

"लाइसेंस। बन्दूक। लोहरी बहुत खचड़ी जगह है। दस बरस पहले...न, बारह साल हुए...खूब बलोया हुआ...आग लग गई थी।"

"वह क्या?"

बी.डी.ओ. बोले, "मैं तब नौकरी में नहीं आया था। लोहरी की कहानी जानते हैं?"

"न।"

रिलीफ अफसर कुछ नहीं जानते, जानना भी नहीं चाहते। नौकरी की खातिर राँची शहर की रोशनी और चमक-दमक छोड़कर यहाँ आए हैं।

"वहाँ लोहेवाले आदमी रहते थे। आगरिया। आगरिया लोग, कहानी है कि असुरवंश के हैं। उनका काम ही था जमीन से लोहा निकालकर लोहारखाने में लोहे का सामान बनाना। वे आग खाते थे, आग की नदी में नहाते थे, उनका शहर था लोहरी। राजा का नाम था लोगुंडी। धरती के नीचे जो असुर रहते हैं, वे केवल आगरिया लोगों को पाताल में उतरकर लोहा उठाने देते थे। केवल आगरियों को।"

"उसके बाद?"

"उनके राजा का नाम है लोगुंडी। लोगुंडी राजे बारह भाई थे। बारहों भाई की एक बहू।"

"द्रौपदी से भी बढ़कर!"

"लोगुंडी राजा को घमंड हो गया, सूरज देवता से भी उनका तेज बेसी है। सूरज देवता चले आए लोहरी। सूरज की आग से लोगुंडी राजा, उनके ग्यारहों भाई, लोहरी नगर, सब जल गए। बहू दूसरे गाँव में थी, बच गई—सूरज के तेज से जलते-जलते बहू भागी एक गोंड के घर, उसकी मट्ठे की हाँड़ी में उतरकर उसकी आग ठंडी हुई। वहाँ छिन्दी गाछ के नीचे उसके बेटा हुआ। नाम हुआ ज्वालामुखी।"

"बाप रे!"

"ज्वालामुखी जवान होने पर सूरज के साथ लड़ाई करने लगा। उस लोहरी में दोनों की लड़ाई हुई और उसी तेज से वहाँ की जमीन जल गई। लड़ाई के बाद ज्वालामुखी ने सूरज को शाप दिया। चाँद जब पूनम में रहेगा, तभी तुम्हारा, मरद-औरत का मिलन होगा। सूरज देवता बोले, तुम आगरिया लोग लोहे का काम कर जितनी दौलत पाओगे, सब धूल बनकर उड़ जाएगी। उसी से आगरिया गरीब हैं।"

"जंगली कहानी है।"

"सो तो है ही।"

"आगरिया लोग अब उसी तरह हो गए हैं। जात का रोजगार—लोहे का काम भी उनका छूट गया। किन्तु उन्हें खेती-बाड़ी के काम में लगाना मुश्किल है। वे कहते हैं, वे अशुच हो गए हैं, अशुद्ध हो गए हैं। लोहासुर उनको लोहा नहीं देता, कोयलासुर उन्हें कोयला नहीं देता। आगइयासुर आग नहीं देता। कभी उनके दिन फिरेंगे।"

"बलोया क्या है, बताइए?"

"बारह-चौदह साल पहले भारत सरकार ने आदमी भेजा। लोहरी में आयरन ओर की तलाश करो। कुमा गाँव के लोग थे खचड़ा आगरिया। उन्होंने कहा, उस

टीले पर हमारे तीन असुर देवताओं का वास है। वहाँ तलाश मत चलाना। दो पंजाबी अफसर मद्राजी जियोलॉजिस्ट थे, वे क्या जंगली असुर देवता की बात मानते? ब्लास्ट कर टीला उड़ा दिया।"

"उसके बाद?"

"कूमा गाँव से आगरियों ने आकर सबको काट डाला। उसके बाद जंगल में घुस गए?"

"घुस गए?"

"हाँ। वो जो घुस गए, यह समझिए मिस्टर सिंह, वो जो घुस गए, बस! एकदम खो गए। फिर किसी ने उन्हें नहीं देखा। सौ-डेढ़ सौ आदमी।"

"कह क्या रहे हैं?"

"यही तो ताज्जुब की बात है।"

"बस, लापता?"

"लापता। गायब।"

"गौरमेंट ने पता नहीं लगाया?"

"ब्राह्मन की विधवा जैसे चावलों में से कीड़े चुनती है, उस तरह जंगल छान डाला।"

"तब भी नहीं मिले?"

"न।"

"उसके बाद?"

"गौरमेंट ने बहुत तलाश किया। कूमा गाँव के अलावा किसी गाँव के लोग गायब नहीं हुए। इसी से मालूम हुआ कि और कोई अपराधी नहीं है। एक महीना तलाश चली। उसके बाद कूमा गाँव जलाकर खतम कर दिया, गाँव की जमीन में निमक मिलाकर पुलिस चली गई। और तब सारे आगरिया गाँवों में पुलिस ने बड़ा जुलुम किया।"

"उनका पता नहीं मिला?"

"न।"

"कहाँ गए?"

"जंगल में। जंगल में कितने टीले, कितनी खोह हैं, कहाँ गए कौन जाने?"

"सारे लोहरी?"

"हाँ।"

"आप बन्दूक क्यों लिये जा रहे हैं?"

"डर लगता है। इतने लोग हैं! कहाँ छिपे हैं, अगर आ जाएँ?"

"इसीलिए?"

"न।"

"तब?"

"रिलीफ जब पहुँचती है, तो चोरी होती है। पहले चार-पाँच बोरे चोरी होते थे। कुछेक बरसों से दो-तीन बोरा चोरी होते हैं। जगह भी बहुत खराब है। पता नहीं, धरती में क्या है? कुछ होता ही नहीं। हमारे भतीजे ने भी एक बार खेती करने की चेष्टा की। कुछ नहीं हुआ। न धान, न जुआर, न मड़ुआ, न भुट्टा। हल चलाने पर नीचे मानो लोहा हो। जैसे एक शाप-लगी जमीन है। देखते ही पता चलता है।"

"अभी भी चोरी होती है?"

"हाँ, सभी कहते, छोटे-छोटे लड़के-लड़कियाँ झुटपुटे में आकर चोरी करते हैं। मैंने सोच लिया, रिलीफ का माल तो रिलीफ बाँटनेवाले लोग चोरी करते रहते हैं। चोरी करते हैं, किसी को बेच देते हैं। गौरमेंट को कुछ पता नहीं। जाड़ा-गर्मी में रिलीफ भेजेंगे कम्बल, कपड़ा-लत्ता। जाली लोग क्या करेगा धारीवाला कम्बल और अच्छा कपड़ा और चीनी देकर? सब तो वे भी बेच देंगे, और महाजन-बनिया टार्च-बत्ती, दियासलाई या आईना देकर सब खरीद लेंगे। वह जानता है, इसीलिए रिलीफ बाँटनेवाले आदमी सब बेच देते हैं इसमें मैं कोई दोष नहीं समझता।"

"लेकिन यह तो ठीक नहीं है।"

"ऐसा बेठीक काम तो होता ही है। देखिए न, उस बाँगला देश के युद्ध के टाइम में गौरमेंट ने कलकत्ता से जितनी रिलीफ भेजी, तमाम दुनिया से कपड़े-लत्ते-कम्बल-मसहरी-बरतन-स्टोव, जूता—सब हमने राँची बाजार में खरीदे न!"

"वह भी है।"

"उसे छोड़ो! मैंने सोचा, खुद रिलीफ चोरी करें और गप उड़ाते हैं कि बच्चा लोग चोरी करता। सो मैं उस बार खुद गया। साथ में बीस हजार रुपयों का माल था, सिपाही भी माँग लिया। कैम्प होगा लोहरी में। सब आएँगे, लेंगे, किन्तु रात भी खूब काली थी माथा के बालों-सी। गरम भी खूब था। मैं बाहर लेटा था। अचानक कैसी आवाज! उठकर देखता हूँ कि बोरा लिये छोटे-छोटे आदमी, बच्चे ही होंगे, भाग रहे हैं।"

"आपने क्या किया?"

"आसमान में बन्दूक छोड़ी। क्या करता! बच्चों को मारता? किन्तु सब लोग भाग गए। नंगे थे, बच्चे! गोली मारता?"

"वह तो है।"

"और सोचा, रिलीफ का माल तो तमाम चोरी होता है, तमाम लोग मुनाफा करते हैं, बच्चों ही ने ले लिया।"

"ठीक बात।"

"लेकिन...।"

"क्या?"

बी.डी.ओ. भौंह सिकोड़कर कुछ देर अँधेरे की ओर देखते रहे। अँधेरा बहुत गरम और पिघला देनेवाला था। संसार के सब कोने-अँतरों को मानो अँधेरे ने भर दिया हो। जमीन से उठती धूल और भाप से हवा धुँधली थी। इसी से आकाश के तारे वैसे चमकते न थे। चाँद बड़ी रात को उठेगा।

बी.डी.ओ. बोले, "किसी ने बताया नहीं। किन्तु आप भले आदमी हैं। राज के मंत्री आपके मौसा लगते हैं, आपको आज जो बात बताऊँगा, वह अब तक किसी को नहीं बताई। किन्तु आपको बताऊँगा, उस बिपद की आसानी भी दे दूँगा।"

"क्या बात?"

"पता है मिस्टर सिंह, वह जगह बदनाम है? असुर-बोंङा-भूत हैं, सब कहते हैं। मैंने देखा था, जो बच्चे बोरे लेकर भाग रहे थे, वे आदमी के बच्चों-से नहीं थे।"

"क्या कहा?"

"हाथ-पाँव सब दूसरी तरह के-से थे।"

"कैसे?"

"वह बता न सकूँगा। कैसे लम्बे बाल, और कैसे हँसते हुए चले गए!"

"मुझे डर लग रहा है।"

"आपको कोई डर नहीं है। यह बात बतानी थी, इसलिए आज लौटकर टाहाड़ नहीं गया। रुक गया। आपके मौसा राज्यमंत्री हैं, आपकी जान की जिम्मेदारी मुझ पर है। मैं यह महावीर जी का प्रसाद लाया हूँ। पाकिट में रख लीजिए। यह जिसके पास रहेगा उसे कोई डर नहीं।"

"बन्दूक नहीं है?"

"उससे क्या? साथ में आदमी रहेगा।"

"बन्दूक-सिपाही या पुलिस...!"

"अब तो माँगने का कोई उपाय नहीं है। ठीक है। आप तो कल जा रहे हैं, इसके बाद जो जाएँगे, उनके साथ पुलिस भेजने की कोशिश करूँगा।"

"चलिए, खा लें।"

"पहले नहा लीजिए।"

कुएँ के ठंडे जल में स्नान हुआ। मौसा राज्यमंत्री हैं। उसका परिणाम हुआ कि मेज पर बढ़िया चावल का भात था। भात में मटर डाली गई थी। मांस, गुलाबजामुन और अचार था।

रात में बाहर खाट पड़ी। जमीन पर पानी छिड़का गया था। उससे मामूली-सी ठंडक आई।

लेकिन नींद कहाँ? सूर्य और एक बालक का युद्ध था। एक टीला था। अन्धकार में बलोया चमकने लगता। कई मृत शरीर थे। विधवा, ब्राह्मण की विधवा जिस तरह चावल में से कीड़े चुनती है उसी तरह पुलिस जंगल छानती है। रिलीफ। अन्धकार में

अलौकिक बच्चे चावल चोरी कर रहे हैं। एक के बाद एक तसवीर बदलती जा रही है। चेहरे पर गर्मी लगी तो रिलीफ अफसर ने समझा कि बहुत सोए। तानकर सोए। अब चेहरे पर सूरज की गर्मी लग रही है।

सवेरे रिलीफ अफसर रवाना हुए। बी.डी.ओ. टाहाड़ लौट गए। रिलीफ का सामान ट्रक में चला। साथ में तम्बू था।

कुछ दूर बाद ही रास्ता कच्चा था। गर्मियाँ थीं, इसलिए उस रास्ते जाया जाता था। बरसात में राह अगम्य थी। मिशन-हाउस में मिशनरियों ने रिलीफ सेंटर खोला था। झुंड-के-झुंड आदमी थे—काले-सूखे और चुपचाप।

जीप के ड्राइवर ने थूकते हुए कहा, "सारे जानवर हैं! अकाल होने पर बाल-बच्चों को मिशन के दरवाजे पर छोड़कर चले जाते हैं। कहते हैं, वे लोग फेंक नहीं देंगे। कुछ-न-कुछ देकर जान बचाएँगे। हमारे साथ रहने पर मर जाएँगे।"

"ये लोग इनसान नहीं हैं।"

"मिशन के साहब लोग इन्हें क्रिस्तान बनाते हैं—धरम नाश कर दिया। पर यह भी खचड़ा ही है। क्रिस्तान भी बनते हैं, अपने देवी-देवता भी पूजते हैं।"

"मिशनरी लोग नहीं जानते?"

"जानते हैं। फिर भी उनको दवाई देते हैं, देखभाल करते हैं। वह गोरी-गोरी मेमें जानवरों के बच्चों को गोद में बैठाएँगी। मुँह से मुँह लगाकर प्यार करेंगी।"

"राम! राम!"

"वह गाना सुनिए न। कोई अच्छा आदमी ऐसन टाइम में ऐसा गाना गाएगा?"

गाने के नाम पर लम्बा-सा प्रेत-विलाप इस समय सारे टीलों और जंगलों से गुजरती हुई जीप को ढकेल रहा था।

"क्यों गा रहे हैं?"

"ये ऐसे ही हैं। जो चल सकेंगे, वे फिर रिलीफ लेने आएँगे। जो चल न सकेंगे, जो बहुत बुड्ढे हैं, वे जमा होकर उसी तरह गाना गाएँगे। गाएँगे, गाएँगे, गाते-गाते मर जाएँगे। एक गाँव में गाना होगा तो दूसरे गाँव में मरने के वक्त बूढ़ियाँ, जवानों को रिलीफ लाने भेज देंगी। वे खुद गाना गाएँगी।"

रिलीफ अफसर का दिल बैठता जा रहा है। राँची में रोशनी की चमक—टैक्सी-मोटर, वहाँ जिन्दगी चल रही है। वे किस देश में जा रहे हैं? जहाँ अतिप्राकृत शिशु बन्दूक की आवाज के जवाब में प्रेत-हँसी हँस रिलीफ लेकर भाग जाते हैं! जिस देश में जाने पर केवल मटमैले पहाड़ और जंगल ही दिखाई पड़ते हैं लेकिन उनमें बैठकर बुढ़िया औरतें मौत पास देखकर जीने का प्रयत्न नहीं करतीं। प्रेतों के विलाप में गीत गाती हैं।

"बहुत-सी मर जाती हैं?"

"तमाम। देखिए न, कितने चील-गिद्ध उड़ रहे हैं! जिन्दा रहने पर भी गिद्ध बहुतों को खा जाते हैं। यह ताज्जुब देखो।"

"लोहरी कितनी दूर है?"

"अब घुस रहे हैं। देखिए न, गाछ-माटी-पहाड़ सब कैसे हैं! मानो ताँबे के बने हों, कैसे लाल-लाल हैं! यही है लोहरी। यहाँ की माटी विष है।"

दूर पर कई पहाड़ दिखाई पड़े। ड्राइवर बोला, "वहाँ आपका कैम्प पड़ेगा।"

कुछ देर बाद ड्राइवर फिर बोला, "एक बात है हुजूर, बुरा मत मानिएगा। लोहरी में क्या है पता नहीं, किन्तु मन में बड़ा डर भर जाता है। रात में हम थोड़ी दारू-आरू पिएँगे। कैम्प के पास ही। नहीं तो डर लगेगा। बहादुर तो पागल हो गया।"

"कौन बहादुर?"

"ड्राइवर? क्यों? उसकी बात अफसर साहब ने नहीं बताई?"

"नहीं।"

"यह ठीक नहीं किया।"

"बहादुर को क्या हुआ था?"

"वह अभी तक किसी को नहीं मालूम। उसके साथ जो लोग थे, वे कहते हैं। उस रात को सब सो रहे थे। बहादुर अचानक 'चोर! चोर!' कहकर जिनका पीछा करने भागा, वे अँधेरे में खो गए। जो उसे खोजने गए वे अँधेरे में किसी की हँसी सुनकर डर के मारे चले आते। दूसरे दिन सवेरे देखा कि बहादुर बेहोश पड़ा है। होश हुआ, लेकिन चेतन नहीं हुआ।"

"उसके बाद?"

"बौरा गया। अभी तक बौराया है। राँची में है। लीजिए, लोहरी पहुँच गए।"

कैम्प लगाने की जगह साफ की हुई थी। एक छोटी झोंपड़ी से तहसीलदार निकल आए। बोले, "चाय-वाय पी लीजिए हुजूर, पानी मौजूद है, नहा भी सकते हैं। पानी आधे मील से लाना पड़ता है।"

ड्राइवर बोला, "वही कुंडी?"

"वही।"

रिलीफ ऑफिसर की सवालिया निगाह के जवाब में तहसीलदार बोला, "कूमा ग्राम के बलोया के बाद टीला ब्लास्ट किया गया। उस ब्लास्ट में टीला उड़ गया, एक गहरा गड्ढा बन गया। उसमें पानी जमा होता है बरसात में, और साल-भर पानी रहता है। उसी का पानी है।"

चाय पीने के बाद तहसीलदार ने तम्बू तनवा दिया। रिलीफ के समान के बोरे गिनकर सजा दिये। बोला, "कुछ मत सोचिए। हर बरस मैं यही काम करता हूँ। गाँववार नाम की सूची भी मौजूद है। दस से चार तक रिलीफ बाँटिएगा। उसके बाद खेल खत्म।"

"कितने लोग आएँगे?"

"हजार, दो हजार, कुछ ठीक नहीं है।"

"मेडिकल यूनिट आ रही है।"

"यहाँ?"

"हाँ। तम्बू चाहिए। तम्बू लगवाइए।"

"अच्छा हुजूर! मेडिकल यूनिट तो कभी आई नहीं!"

"इसके पहले तो कभी जनता सरकार भी नहीं आई। और रिलीफ देने स्पेशल अफसर नहीं आया।"

तहसीलदार ने मन-ही-मन कहा, "सूअर का बच्चा" और मुँह से बोला, "जो कहिएगा, वही होगा।"

"सरडोहा मिशन से जो लोग आए हैं, वे भी काम करेंगे।"

"वह लोग भी?"

"हाँ, उनकी नर्सें हैं। डॉक्टर हैं।"

"बहुत अच्छा।"

"कैम्प में पानी लाने के लिए, कैम्प में सफाई रखने के लिए, खिचड़ी जिसमें चढ़ाई जाएगी उसका हंडा साफ करने के लिए आदमी चाहिए। गाँव के दस लड़के चुन लीजिए। नाम लिख लीजिए। वे सब काम करेंगे, खाना मिलेगा, रोजाना एक रुपया मजूरी भी मिलेगी।"

"वे तो बस खाना मिलने से ही सब काम करते हैं।"

"आप बात करने आए हैं, या सुनने? कैम्प मैं चलाऊँगा। आप रोज आएँगे।"

"कितने दिनों तक कैम्प खुला रहेगा?"

"अभी एक महीना। मैं यह कैम्प देखूँगा। बीस-बीस मील के अन्तर पर कैम्प पड़ रहे हैं। एक बात और है। स्टोर जहाँ रहेगा, मैं उसी तम्बू में रहूँगा। मेरी जिम्मेदारी है न!"

"यह बहुत ठीक बात है। मैं तो सौ रुपया देने पर भी स्टोर के तम्बू में न रहता।"

"क्यों?"

"चोरी होती है। और जो चोरी करते हैं वे आदमी नहीं हैं।"

"वह सब बातें छोड़िए। कॉलेज के लड़के भी वालंटियर बनकर आ रहे हैं। कह दीजिए, गाँव-गाँव में बूढ़े-बुढ़ियों को गान उठाने की दरकार नहीं है। गाँव में भी रिलीफ जाएगी। लड़के ले जाएँगे।"

तहसीलदार को ताज्जुब हो रहा था। वह हर साल रिलीफ में से चोरी करता और काम चलाता था। वह बहुत बदकार था, लेकिन बड़े काम का था। गाँव के दस आगरिया युवकों को अपने कैम्प की देखभाल और सफाई के काम में लगाया। चौकीदार ने दो को लेकर पेड़ के नीचे रिलीफ का माल लगा दिया। आज सूखा माल बाँटा गया। कल से खिचड़ी और बच्चों के लिए दूध बाँटा जाएगा।

रिलीफ अफसर से बोला, "स्टोर के तम्बू में ये लड़के पहरा देंगे। हममें से तो कोई नहीं रहेगा, आप अकेले रहेंगे।"

रिलीफ अफसर आश्वस्त हुए। बहुत जल्दी-जल्दी बड़े ढंग से कैम्प चालू हो गया। दूसरे दिन से पकी खिचड़ी दी गई। मेडिकल यूनिट ने कॉलरा और टाइफाइड के इंजेक्शन दिये। उस जगह चहल-पहल हो गई।

दूर-दूर से अब आदमी आते रहते। रात को भी दूर-दिगन्त पर चलती हुई रोशनी दिखाई पड़ती। मशाल जलाकर लोग आते रहते और दिन में भीषण गर्मी की तपन रहती, इसलिए रात में राह चलने में सुविधा होती। कुछ दिनों में तहसीलदार भी बोला, "न हुजूर, रिलीफ का काम कर आपने जानवरों के दिल में भी एक विश्वास ला दिया। पहले बुड्ढे समझते थे कि मर जाएँगे, गान उठाते थे। अब गाना भी बन्द। एक काम नहीं हो सकता है?"

"क्या?"

"गाँव में रिलीफ मत दीजिए। इस बार तो उन्हें ठीक से रिलीफ मिल रही है। वे ही बुड्ढा-बुड्ढी को उठाकर क्यों नहीं लाते?"

"न-न। लोग भूख से ममताहीन हो जाते हैं। जिनको नहीं लाएँगे वे तो मर जाएँगे। उठाकर लाएँगे कैसे? आते-आते सड़क पर गिरकर मर जाएँगे। ताकत भी नहीं है।"

रिलीफ अफसर इस ऋण देने के काम में बुरी तरह लग गए। उस जगह की जली धरती की तरह का स्वरूप नाटे और धूल से भरे और बिना पत्तों के पेड़ों के घने जंगल थे, लाल और भयानक पहाड़ों में भयावहता भी खो जाती थी। निरन्न, भूखे आदमियों को टॉप प्रायर्टी मिलती। डॉक्टर लड़के टीका देकर चले जाते। मिशन के डॉक्टरों और नर्सों के मन में भी वे विश्वास उत्पन्न करते और यद्यपि कॉलरा और टाइफाइड के इंजेक्शन देने का नियम था, वे प्रोटोकोल की परवाह न कर काफी एंटीबायोटिक, चोट की दवाइयाँ, बेबीफूड, न्यूट्रीनगेट आदि राँची से ले आते।

गाँव के बहुतरे आगरिया उन्हें घेरे रहते। वे उन्हें टीले को ब्लास्ट की हुई कुंडी पर नहीं ले जाते। वह उनके लिए टैबू थी। लोहरी नदी की छाती में छिपी हुई कुंडी उनके पानी का स्रोत थी, वहाँ उन्हें ले जाते। स्नान करते-करते वे उनसे सूर्य और ज्वालामुखी की लड़ाई की कहानी सुनते। एक आगरिया लड़का ज्वालामुखी उनका हीरो था। उसके कारण ही आगरिया गरीब थे। और उसके अभिशाप से ही पूर्ण चन्द्रमा की रात के सिवाय सूर्य अपनी पत्नी से मिलने नहीं आ सकते थे। लोहासुर, अगियासुर और कोयलासुर—इन तीन असुरों का आशीर्वाद नहीं मिला, इसीलिए आज आगरिया लोगों को कष्ट मिल रहा है। स्नान कर जब लौटे तो रात हो गई थी।

रात में स्टोर के तम्बू के सामने खाट डालकर लेट गए और सोचने लगे, रिलीफ दोनों हाथों से चोरी करते थे, इसीलिए प्रेतों की चोरी करने की बात सबने उड़ा दी। लोहरी के इन आगरिया लोगों का भाग्य बदला जा सकता है या नहीं, यह बात भी सोची। ईमानदार और मेहरबान अफसर की जरूरत है। उस तरह के लोग इनकी खेती के काम को बदल सकते हैं। राँची पहुँचते ही नोट देना होगा। हर

बरस रिलीफ देकर इतने लोगों को जिन्दा रखना सम्भव नहीं है। ये बातें सोचते-सोचते सो गए। निश्चिन्त नींद। आगरिया युवक तम्बू के चारों ओर सो रहे थे। उन लोगों ने उन्हें 'देउता' कहा था। उससे लगता था कि उनकी बड़ी जीत हुई थी। जो अपने को छोड़ किसी पर विश्वास नहीं करते, उनके मुँह से 'देउता' सुनना बड़ी भारी जीत ही तो है।

युवक दस थे, लेकिन सोए नहीं। जागकर कान लगाए रहे। इस बार कैम्प बहुत बड़ा था। शोरगुल बहुत ज्यादा था, क्या इसीलिए?

एक दिन उन्होंने मिले हुए पैरों की आवाजें सुनीं। चौकन्ने जंगली जानवर कई जोड़े पाँव बढ़ा रहे थे। दबी सीटी-सी थी। जवाब में सीटी। मानो किसी ने तम्बू की डोरी खोल दी हो। उसके बाद बहुत जल्दी और खामोश ऐक्टिविटी। युवक उठे और तम्बू का परदा उठाया। गहरी रात में कृष्ण पक्ष का चन्द्रमा था। चावलों का बोरा उतरा, माइलो का बोरा भी। कई छोटे-छोटे हाथ थे।

रिलीफ अफसर की नींद पल-भर में टूटी। टॉर्च लेकर उठते ही उन्होंने देखा, आगरिया युवक नहीं हैं। तेज पाँवों से तम्बू के उस पार गए। युवक डोरी खींचकर खूँटे से बाँध रहे थे। क्यों? तम्बू का परदा खुला क्यों था? विमूढ़ और आहत, विश्वासघात से आहत अफसर ने उनकी ओर देखा। अनजान, अपरिचित चेहरे थे। वे ही थे। किन्तु उनके साथ उनके मन के व्याकुल प्रश्न का कोई भी संचार नहीं हुआ। क्रूर और विजयी हँसी हँसकर युवक पल-भर में अँधेरे वन में गायब हो गए। भागकर अफसर ने तम्बू का चक्कर लगाया और अन्दर घुसे। दो बोरे नहीं थे।

बाहर आए और भागे। छोटे-छोटे पैरों की आवाजें थीं। वन के बीच से जल्दी-जल्दी बोरे चले जा रहे थे। प्रेत नहीं, आदमी थे। इतने छोटे-छोटे कि बच्चे ही कहा जा सकता था। निश्चय ही बालक-बालिकाएँ थीं। इधर रिलीफ लेते थे, उधर आठ-दस बरस के बच्चों से चोरी कराते थे। लोहरी के आगरिया चोरी-राहजनी-लूटखसोट नहीं जानते। कभी झूठ नहीं बोलते। उन्होंने तो उनका भला करना चाहा था। युवकों ने उन्हें 'देउता' कहा था। सब धोखा था? लगता है कि कोई उन्हें धोखे से सब लूटकर चला गया हो। रिलीफ अफसर परेशान हो उठे। वे अच्छे आदमी हैं, ईमानदार हैं, घूसखोर नहीं हैं। आदिवासियों के लिए ममता है। इन तमाम कारणों से अपने चुनाव की मर्यादा उन्होंने रखी थी। जान देकर रिलीफ का काम किया। इन लोगों को रिलीफ से बरस में एक बार जिन्दा न रहनेवालों को पक्के तौर पर जिन्दा रखने की बात सोची थी। उसके बदले में यह व्यवहार? छोटों को भेजकर रिलीफ चोरी करवाना? वे उनको पकड़ेंगे। चोरी का फैसला करके रहेंगे।

जिद में आकर वे दौड़ते रहे। वे लोग भी भागे। जंगल तंग होता गया। छितरी घास के जंगल थे। सूखे मैदान। यही वह मैदान है जहाँ सूर्य और ज्वालामुखी ने युद्ध किया था। यहाँ पहुँचकर लड़कों ने माइलो और चावल के बोरे उतारे।

अवश्य ही वे थक गए थे। रिलीफ अफसर पास गए, बोरों के पास। बोरो को घेरकर वे खड़े हैं। खड़े होने का ढंग सिकुड़े हुए जानवर की तरह था। उनके ढंग से लग रहा था, चोट करेंगे, मानो उछल पड़ेंगे। एकटक, मौन नजर उन पर रखी। कृष्णपक्ष की चाँदनी में सब अस्पष्ट था।

अचानक वे लोग उनके पास बढ़ आए। लड़के नहीं, औरतें भी हैं। अचानक कलेजे में डर समा गया। डर, भयानक डर। बढ़ते-बढ़ते उन्होंने उन्हें घेर लिया। रुक क्यों गए?

वह उन्हें देख रहे थे, वे थोड़ा और आगे आए, फिर रुक गए। रिलीफ अफसर ने गरदन घुमाकर देखा। घेरा पूरा था। भागने की राह नहीं थी। भागेंगे नहीं। भागें क्यों? यह तो इनसान हैं, इनसान के बाल-बच्चे। प्रेत नहीं हैं। प्रेत चावल और माइलो नहीं चुराते हैं। 'यह एक अभिशप्त भूमि है'—किसने कहा था? 'थोड़ी दारू-आरू पिऊँगा'—किसने कहा था? रिलीफ अफसर ने अपने चोट खाए, आहत कलेजे को काबू में किया। वे बढ़े।

डर, भयानक डर। भयानक, भयानक भय था। वे बहुत डर रहे थे। चुपचाप क्यों बढ़ रहे थे? बोल क्यों नहीं रहे थे? उनके बदन साफ दिखाई दिये। वे यह क्या देख रहे हैं? न, यह क्यों? सिर पर बाल इतने बड़े-बड़े क्यों हैं? बच्चे, बच्चे, अगर इनका लड़कपन है तो इनके सिर के बाल सफेद क्यों हैं? औरतों की, लड़कियों की छातियों में लटके हुए स्तन सूखे क्यों हैं? वे आगे क्यों बढ़ रहे हैं, जिनके बाल सफेद हैं? पास मत आना। उनका आर्त चीत्कार मौन रहता है, उसे शब्द-रूप मिलता है, 'और मत आओ!' जिनके बाल पके हैं, वे पास आकर उन्हें क्या दिखा रहे हैं? वीभत्स, वीभत्स दृश्य है, अपने पुरुषांग दिखा रहे हैं, सूखे, सिकुड़े-लटकते हुए।

शिशु नहीं, एडल्ट—वयस्क हैं। रिलीफ अफसर के मुँह से आवाज नहीं निकल रही है। लेकिन उपलब्धि के आघात से मस्तिष्क हिरोशिमा-नागासाकी बना जा रहा है।

वृद्ध समझे कि वे समझ गए हैं। वे हँसते रहते हैं। खी-खी-खी वह हँसी अमानवी थी। हँसी बिखर गई। अफसर को घेरकर सब हँस रहे थे। हँसते-हँसते उन्होंने शून्य में छलाँग लगाई, कोई-कोई सिकुड़कर बैठा था। अफसर क्या करें?

"हम लड़के नहीं हैं। हम कूमा गाँव के आगरिया हैं। कू—मा। मालूम है?"

"न! न! न!" अफसर आँखें बन्द करना चाहते हैं। हाथ नहीं उठ रहा है। तेज चोट से दिमाग फट गया है। दिमाग हाथ को उठाने का आदेश नहीं देता है। 'पाकिट में महावीर जी का परसाद'—किसने कहा था?

"हम अपने पूजा के टीले का मान रखने के लिए तुम्हें काटकर वनवासी हो गए। कोई हमें पकड़ नहीं सकता। तमाम पुलिस, सिपाही, कोई नहीं पकड़ सकता।"

वृद्ध हँसा। सब हँसने लगे। 'खी-खी-खी।'—प्रेतों की हँसी बिखर गई।

"न! न! न!"

"आगरिया जिन्दा रह गए। भाग-भागकर रहते, बिना खाए सब मर गए!"

"न! न!"

घेरा छोटा हुआ। वे लोग और समीप आए।

"पास मत आओ।"

"क्यों न आएँ? इतना चावल, इतना माइलो, दो बोरों के पीछे तू क्यों आया? जब आया है तो अच्छी तरह देख। हे, तुम दिखा दो!"

मर्द पुरुषांग दिखाने लगे, औरतें स्तन।

बुड्ढा अब बहुत पास आ गया। अफसर के शरीर में पुरुषांग छू रहा था। साँप की सूखी केंचुल-सा। सूखा और गन्दा।

"मरते-मरते हम यह चौदह जने बचे हैं। खाने को मिलता नहीं, इसी से शरीर सूखकर छोटा हो गया। मर्द बस मूतते हैं, रात का काम नहीं कर पाते। औरतों के पेट में बच्चा नहीं आता। इसी से हम रिलीफ चुराते हैं। खा-खाकर फिर से बड़ा होना होगा कि नहीं, बता?"

"न! न! न!"

"आगरिया हमें मदद देते हैं। कूमा के बलोया से हमारा यही हाल है। कूमा का बलोया।"

"न! न! यह नहीं हो सकता।"

अगर यह सच है तो सब झूठ है। कोपर्निकस की संसार की रचना, विज्ञान, यह शताब्दी, यह स्वाधीनता, यह प्लानों के बाद प्लान, योजनाओं-पर-योजना। इसी से रिलीफ अफसर कहते रहे, "न! न!"

'न' कह देने से 'न' हो जाएगा? तब यह कैसे हुआ? यह गड़बड़ देखकर नहीं समझता, हम लड़के-बच्चे नहीं हैं?

वे पैशाचिक आनन्द से, प्रतिहिंसा के उल्लास से खी-खी कर हँस रहे हैं। उसके बाद वे उन्हें घेरकर दौड़ने लगे, हँसते-हँसते बीच-बीच में उनके शरीर पर रगड़कर पुरुषांग दिखाते, समझा देते कि वे पूर्ण वयस्क भारतीय मर्द हैं।

आकाश में चाँद है। कैसा विवश चाँद का चेहरा है! कैसी निर्वीर्य उसका प्रकाश है! सूर्य और ज्वालामुखी के युद्ध की आग में जले मैदान में कई बालक-बालिकाओं के-से पूर्ण वयस्कों का भयानक उल्लास है। शत्रु का सिर बलोया के फल से उतारने का उल्लास, प्रतिहिंसा, प्रतिशोध है।

किसके विरुद्ध?

उनके नाचते शरीरों पर लम्बी पड़ती हुई उनकी छायाएँ हैं। छायाएँ बता रही हैं वे किसके विरुद्ध हैं।

उनकी पाँच फीट नौ इंच की ऊँचाई के विरुद्ध।

रिलीफ अफसर के दिमाग में तरकीबों की बातों के मोटर रेस करते चल रहे हैं। कहना चाह रहे हैं, यह बदला किसलिए? मैं एक सामान्य भारतीय हूँ। रूसी-कनाडियन-अमरीकनों की तरह हमारे शरीर की वृद्धि नहीं है, लम्बाई-चौड़ाई नहीं है। हम जीवन में वह खाना नहीं खाते जिसकी कैलोरियाँ मानव-शरीर की वृद्धि के लिए आवश्यक हैं। वर्ल्ड हेल्थ ऑर्गनाइजेशन की राय में जिस खाने को न खाना अपराध है।

कुछ बोल नहीं पाते। चाँद के नीचे खड़े उनके देखते-देखते, उनकी हँसी सुनते-सुनते, उनके पुरुषांगों की रगड़ को सहते-सहते भारत के सामान्य मनुष्य की अपुष्ट देह और हास्योत्पादक दीर्घता से लगता कि यह सभ्यता का जघन्यतम अपराध हो, अपने को प्राणदंड का असामी महसूस करते हुए और उनकी बौनी आकृति के कारण रिलीफ अफसर ने खुद ही अपने को प्राणदंड दे दिया और चाँद की ओर गला उठाकर मुँह फाड़ दिया। वे नाच रहे थे, हँस रहे थे, उनके शरीर से रुखड़े और सूखे पुरुषांग को रगड़ रहे थे, पागल कुत्तों के-से मैदान फाड़नेवाले आर्तनाद करते हुए। पागल हुए बिना उनकी मुक्ति नहीं है। लेकिन मस्तिष्क गले को आर्तनाद में फट पड़ने का आदेश क्यों नहीं दे रहा है? उनकी आँखों से आँसू बहने लगे।

नमक

"हाथ से नहीं, रोटी से नहीं, निमक से मारेगा"—उत्तमचन्द बनिये ने कहा था। वह बनिया है, महाजन है और कई पीढ़ियों से उसके वंश ने ही झुझार बेल्ट को अधिकार में रखा है। स्थानीय उराँव और कोल किसी दिन उसकी बात पर 'न' कहेंगे, यह उसने नहीं सोचा था।

वही अशोचनीय घटना हो गई, इस सरकार के राज में। इसके पहले सरकारें आईं, सरकारें गईं, ऐसा कभी नहीं हुआ।

पलामू अभय वन के पास आदिवासी गाँव झुझार है। गाँव के निवासी जंगल में गाय, बकरी, भैंस चराते, गिरे हुए काठ से ईंधन जमा कर सकते थे। घर छाने के लिए पत्ते भी ले सकते थे, इसके सिवाय वे बाँस के अंकुर, कन्द और इमली के पत्ते भी चुराते थे। जंगल-विभाग आँखें मूँदे रहता। साही, खरगोश और चिड़ियों को भी मारते। इन सारे जंगली प्राणियों और पक्षियों की मर्दुमशुमारी सही-सही और बिलकुल ठीक न थी। इसी से वन-विभाग इस मामले में भी आँखें बन्द किये रहता। पर शिकार करने से इनको मांस कम ही मिलता था, क्योंकि जंगल के प्राणी भी होशियार हो गए थे। वे आसानी से फँसते नहीं थे।

अभय वन के पास गाँव था। कोइल नदी से लगती हुई साधारण-सी नदी थी। लेकिन जमीन उत्तमचन्द की थी। 1831 ई. के कोल-विद्रोह के बाद इस अंचल में हिन्दू बनिये नये सिरे से आए। उत्तमचन्द के पुरखे उनमें से ही थे। जंगल में आबादी वाली आदिवासियों की जमीनों को उन्होंने खुले हाथों मोल लिया था। जमीन खरीदकर आदिवासियों को उखाड़ फेंकना उन दिनों बहुत सहज था, आजकल की ही तरह। उन दिनों के आदिवासी भी हिसाब-दस्तावेज-पट्टा-कानून—सबसे डरते थे। आजकल के ही आदिवासियों की तरह। उसके परिणामस्वरूप अब झुझार के आदिवासी जानते भी नहीं कि कभी उनकी अपनी जमीन थी। कभी वे मेहनत की फसल को अपने घरों में रखते थे।

इसी उत्तमचन्द के पास बेगारी की डंडाबेड़ी में सारा गाँव बँधा था कई पीढ़ियों से। पुरखों का अलिखित ऋण चुकाने ये लोग हर बरस फसल के समय बारह मील

पैदल चलकर उत्तमचन्द के गाँव टाहाड़ जाते, खुराकी और मामूली-सी फसल के बदले में बेगारी दे आते। जो फसल मिलती वह भी कर्ज के खाते में जुड़ जाती। बेगारी गैरकानूनी है—इस बात को भी वे नहीं जानते थे। इसका पता चला था आदिवासी दफ्तर के इंस्पेक्टर के सौजन्य से। जानकर भी उन्होंने बेगारी बन्द नहीं की, क्योंकि बेगारी लेनेवाले उत्तमचन्द के विरुद्ध अदालत में नालिश करना उनसे हो नहीं सकता था, इसे वे जानते थे। इसके लिए क्या डाल्टनगंज जाना सम्भव था? वकील कहाँ है? उनको समझकर सलाह देनेवाले कहाँ थे? आदिवासी कल्याण दफ्तर भी उनकी पहुँच के बाहर था। दफ्तर शहर में था। वे गाँव में थे। रेल या बस-मार्ग पर पड़नेवाला गाँव नहीं था। केवल सत्रह परिवारों के छिहत्तर लोगों के आदमियों का गाँव था। स्वतंत्रता के बाद तीसरे चुनाव तक तो उसके अस्तित्व का ही सरकार को पता न था। वे चौथे चुनाव से वोट दे रहे थे। चुनाव का समय अच्छा रहता। उत्तमचन्द कहता, "जंगल के लिए वह वोट दे आएगा। जाओ, एक-एक रुपया कर ले जाओ, सब बाप-माँ लोगो। मैं ही वोट दे दूँगा।"

चौथे चुनाव से यही व्यवस्था चल रही थी। इस सतहत्तर में सब उलट गया। झुझार गाँव में निकटतम प्राइमरी स्कूल का एक मास्टर बालकिशन सिंह आता रहा। उसी ने उन्हें समझा-बुझाकर गाँव से तीन लड़कों को स्कूल में ले लिया। उसी ने समझाया कि छठा चुनाव बहुत महत्त्वपूर्ण है। वे खुद वोट दे आएँ। हर एक का रुपया? उससे कहीं ज्यादा रुपयों का काम बालकिशन की मेहनत से हुआ। झुझार गाँव में पंचायती कुआँ बना। अच्छा-सा कुआँ था, बहुत पानी था। अब तक नदी से पानी लेना पड़ता था, और गर्मियों में पानी लाने में जान निकल जाती थी।

उत्तमचन्द पहले वोट के मामले में बिगड़ा।

चुनाव के बाद नया मंत्रिमंडल बना। पुराने दफ्तर और पुराने अफसरों को नई भूमिका में आना पड़ा। झुझार गाँव तक पैदल रास्ता छोड़कर कोई रास्ता ही न था। उसी राह से संगठित युवकों का दल आया, और झुझार का कौन-सा परिवार क्या ऋण चुकाने के लिए बेगार देता है, उसने यह लिख दिया। पूर्ति मुंडा गाँव का सबसे अधिक बोलनेवाला व्यक्ति और व्यक्तित्व था। गाँव-भर में वही एक आदमी था जिसने राँची और डाल्टनगंज देखा था और धनबाद में कुलीगीरी कर आया था। सब जगह उसकी आर्थिक अवस्था एक-सी ही रही, इसलिए वह बाहरी दुनिया पर थूककर झुझार लौट आया।

वह बोला, "हमसे पूछने से क्या फायदा? उत्तमचन्द के खाते में सब लिखा है। तुम लोग उससे पूछो।"

"बेगार गैरकानूनी है, यह मालूम है?"

"हमारे मालूम होने से क्या फायदा? बेगार न करने से महाजन उधार न देगा।"

"अबकी महाजन को पता चलेगा।"

"तुम लोग देखो।"

"तुम हमारे साथ चलो।"

"चलो।"

पूर्ति मुंडा के सामने उत्तमचन्द से लड़कों ने कहा, "इस साल से इस अंचल में कोई आदिवासी बेगारी न देगा। अगर किसी को दबाया गया तो उसे कानून के मारफत कैसे छुटकारा मिले, वह हम देखेंगे।"

"वही होगा।"

उत्तमचन्द बोला, और काम में भी यह अनुशासन मानने पर लाचार हुआ। उसकी जमीन जोतने से भी झुझारवासियों को रोका नहीं गया। युवकों का दल कह गया, "बारह बरस से ज्यादा समय से यह जमीन जोत रहे हैं। आधे हिस्से का उनका हक है।"

"आधा भाग मेरा है।"

"फसल खड़ी होने पर आपके सामने हमारी समिति फसल का भाग कर देगी।"

"वही होगा।"

पूर्ति मुंडा लड़कों से कह बैठा, "दो रुपये दो। ताड़ी पीकर घर जाऊँ। यह कैसा दिन रहा? किसका मुँह देखकर उठा था?"

युवक बोले, "नहीं। नशा करना छोड़ो। इस नशे से हम आदिवासियों का सर्वनाश हो गया है।"

पूर्ति मुंडा ने लौटने के वक्त टेंट में से आठ आने की ताड़ी पी और हँड़िया में हाथ डालकर बोला, "सर्वनाश! बाबू लोग क्या समझें? तुझसे हम पेट की आग भूले रहते हैं!"

उत्तमचन्द हार मानकर भी कमर कसकर तैयार हो गया। बोला, "उनको नोन से मारूँगा।"

उनकी ऐसी उद्धत घोषणा उसको ठीक ही थी, क्योंकि झुझार के लोग बाजार करने पलानी या मुरू आते। दोनों हाटों में परचून सौदे की दुकानें उत्तमचन्द की ही थीं।

उत्तमचन्द बोला, "नोन बिना घाटो खाने में कैसा लगता है, देखो? इतने दिनों तक हमारा खा-पहिन कर ऐसी निमकहरामी!"

हाट में नमक न मिलने की बात को पहले तो पूर्ति ने महत्त्व नहीं दिया। जब दिया, तब वे डाल्टनगंज भागे। युवकदल के ऑफिस में। ऑफिस में बैठा एक युवक ट्रांजिस्टर सुन रहा था। उसने सब कुछ सुनकर कहा, "यह हमारे अख्तियार में नहीं आता। जिसकी दुकान है वह न बेचे तो बताओ, हम क्या कर सकते हैं?" अब चारों ओर भागना पड़ा। और भी बहुत बड़ी समस्या लेकर।

पूर्ति और बाबू लोगों के स्वभाव में कोई संवाद न था, हो भी नहीं सकता। पूर्ति किसी तरह समझा न सका कि नोन के बिना उनका जीवन बेकार है। नोन का सहारा लेकर ही वे घाटो खाते हैं।

जोश में उन्होंने बस का किराया बचाकर दस किलो नमक खरीदा। फिर अठारह मील पैदल चलकर गाँव लौटे। गाँव में घर-घर नमक बाँटकर कहा, "बचा-बचाकर खाना।"

किन्तु दस किलो नमक अजर-अमर तो होता नहीं। अबकी पूर्ति ने वन-विभाग के ठेकेदार को पकड़ा। "हमें काम दो। पैसा मत देना, नोन देना।"

"नोन दूँगा?"

अब भी इतना दाम बढ़ने पर भी चूँकि नमक ही आज भी भारत में सबसे सस्ती चीज है, इसलिए नमक की मजूरी पर काम करने के प्रस्ताव पर ठेकेदार को चक्कर आ गया। तभी उसे लगा कि इन लोगों के बारे में जानना जरूरी है। उत्तमचन्द की जमीन जोतते हैं, इसलिए ठेकेदार उत्तमचन्द के पास ही गया। जाकर जो सुना उससे लगा कि ये लोग बिलकुल खचड़े हैं। शहर के झगड़ालू लड़कों के साथ होकर सदा के जाने हुए बनिये से झगड़े का फैसला कर बैठे हैं। इन्हें काम देने से ठेकेदार जरूर फँस जाएगा। इसलिए ठेकेदार ने पूर्ति आदि को भगा दिया और काले-काले आदमी सिर झुकाए सफेद बालू पार कर चले गए।

इसके बाद इन्होंने फसल के वक्त फसल से नमक खरीदने की कोशिश की। नतीजा हुआ कि फसल बीत गई, नमक मामूली-सा ही मिला। अब पूर्ति को सभी ने दोषी बताया और कहा, "महाजन के पास उनके कहने से तुम गए। अब हमें नमक दिलाने की व्यवस्था करो। उस समय तो अपने को मरद मानकर बहुत भरोसा दिलाने गए थे! लीडर बनने चले थे!"

"बिना गए बेगारी बन्द होती?"

"नहीं होती तो देते।"

"फसल में हक होता?"

"नहीं होता तो उपवास करते।"

झुझार गाँववालों को अब बेगार देने के फसल न मिलने के दिन बहुत सुख के दिन लगते थे। उन्होंने मन-ही-मन डंडी और पल्ले का हिसाब लगाया। काला-काला-सा ढेला नमक ही वजन में भारी पड़ा। उनके लिए बेगार के बन्द होने और फसल में हिस्से का अधिकार हलका पड़ गया।

गाँव के बूढ़े बोले, "नहीं, अलोना घाटो खाया। लेकिन कलेजे में हँफनी क्यों होती है? हाथ-पाँव हिलना नहीं चाहते।"

सबको ही लगता कि इसका कारण नमक है, असल में देवी-देवता रूठे हैं। गाँव के बुड्ढे साँस छोड़कर कहते, "सबका ही हो रहा है। अबकी हरम् देउ के धान पर पूजा देनी होगी। मेरी घर पली दो मुर्गियाँ हैं, फॉरस गाड के पास बेचकर नोन ले आ, पूर्ति! किसी दिन हमें नोन का तो स्वाद मिले।"

फॉरेस्ट गार्ड ऐसे आश्चर्यजनक प्रस्ताव से बहुत खुश हुआ। बोला, "स्टोर से नोन ला दूँगा, ठहरो।"

"दो मुर्गी सस्ती भी खरीदने से आठ रुपये से कम में नहीं मिलेंगी।"

"वह तो है।"

"आठ रुपये का कितना नोन होता है?"

"सोलह किलो।"

"वही लाओ।"

बहुत ही काला समुद्री नमक था।

"इतना काला?"

"हाथी खाते हैं, हिरन खाते हैं, वे सफेद को काला समझते हैं?"

"नोन खाते हैं? नोन?"

"हाँ रे बेटा! उनके लिए नोनीमाटी देनी होती है।"

"नहीं तो क्या हो?"

"सूख जाएँगे।"

"कहाँ देते हो?"

"जगह है।"

पूर्ति सोचते-सोचते नमक लेकर गाँव लौटा। हाथी और हिरन साल्ट-लिक से नमक खाते हैं। इस खबर से वह बहुत परेशान होने से समझ नहीं पा रहा था, पीठ पर के बोरे के नमक का वजन किसी तरह भी सोलह किलो नहीं है। पूजा के दिन खसी काटकर खूब खाना-पीना हुआ। बाद में पूर्ति आकर नदी के किनारे बैठ गया। अकेले में वह शराब पीते-पीते जंगल की ओर ताकता है। बड़े सवेरे और शाम को हाथी खाते-फिरते नदी की बालू पर घूमते हैं। दिन में वे नहीं दिखाई देते। नोनमाटी वे कब खाते हैं और कहाँ? जंगल बहुत बड़ा है। पूर्ति जंगल को चीर-चीर कर देखेगा, नमक कहाँ मिलेगा?

हाट की दुकान उनको नमक नहीं बेचती। इस खबर को संगठित युवकदल ने एकदम छोड़ नहीं दिया। उनके मन में यह बात कहीं लगी रह गई और एक ने किसी मेडिकल रिप्रेजेंटेटिव को पकड़कर पूछा, "मानवदेह में लवण कितना ओम्निपोटेंट है?" मेडिकल रिप्रेजेंटेटिव हाल ही में काम में लगा था और जो सारा इल्म सीखा था उसे उद्धरण का कोई मौका नहीं मिल रहा था। उसने जो कुछ कहा, उसे सुनकर युवक को चक्कर आ गया।

वक्तव्य इस प्रकार था : नमक और पानी शरीर के इनार्गेनिक या मिनरल उपादान हैं। जीने के लिए ये अनिवार्य हैं और शरीरकोष के फंक्शन में यह विशेष भूमिका का पालन करते रहते हैं। प्रमुख लवण हैं क्लोराइड, कार्बोनेट, बाइकार्बोनेट, सल्फेट और फास्फेट। यह सोडियम पोटाशियम, कैल्सियम, मैग्नेशियम, क्लोराइड के साथ लोहा, सी. ओ. टू, सल्फर और फास्फोरस के यौगिक हैं। साधारण रूप से कहा जाता है कि लवण पूरे जीव-शरीर में ये सब काम करते हैं—(1) शरीर की आस्रवण

अवस्था को देखभाल कर ठीक रखना। (2) देह में जल का सन्तुलन और रक्त का वॉल्यूम ठीक रखना। (3) शरीर का एसिड—बेस भार—साम्य ठीक बनाए रखना। (4) शारीरिक चुस्ती के लिए आवश्यक सामग्रियों को जुटाना, विशेष रूप से अस्थि और दाँतों को। मांसपेशी और नर्वसेल की प्रॉपर इरिटेबिलिटी के रख-रखाव के लिए भी लवण आवश्यक है। आवश्यक है रक्त तंचन या कोआगुलेशन के क्षेत्र में। (5) लवण कई एंजाइम सिस्टम, श्वास-प्रश्वास के पिगमेंट और हार्मोन की आवश्यक सामग्री है। (6) लवण जीव-देह में सेल-मेम्ब्रेन और कैपिलरी पर्मियेबिलिटी नियंत्रण में रखता है और उनको चलाता है।

इतनी कठिन बातें जानकर युवक और भी चक्कर खा गया और बोला, "क्या यार, मैंने क्या इम्तहान के लिए पूछा था?"

"तब क्यों पूछा?"

"नमक न खाने से क्या-क्या नुकसान हो सकते हैं?"

"नुकसान क्या होगा? हाई कैलोरी मिला खाना मत खाओ, मामूली नमक से ही काम बन जाएगा।"

"अरे, ऐसे लोग भी तो हैं, जो किसी भी कैलोरी के पास नहीं फटकते!"

"हाँ-हाँ, भारतीय लोगों की फूड हैबिट ठीक नहीं है।"

"अरे, मैं जिनकी बात कह रहा हूँ...।"

युवक समझ गया कि वह छाया के साथ कुश्ती लड़कर मन के शरीर में दर्द पैदा कर रहा है। डाल्टनगंज की चाय की दुकान, झुझार गाँव से कोई लाखों योजन की दूरी पर नहीं है। लेकिन ये दो जगहें महान विश्व के या नक्षत्रों पर स्थापित हैं, और किसे नहीं मालूम, आकाश के तारों पर तमाम कविताएँ और गीत क्यों न लिखे गए हों, यह करोड़ों सूर्यों से भी विशिष्ट ताप हैं और उनका मध्यवर्ती काला आकाश वास्तव में करोड़ों मील के व्यवधान पर उक्त क्रुद्ध और घूमते हुए नक्षत्रों में अन्तर रखा है। डाल्टनगंज गरम है, लकड़ी के रोजगार की गर्मी से। झुझार गरम है, अभागे और आधुनिक भारत से निर्वासित कुछ आदिवासियों की वंचना के उत्ताप से। पूर्ति मुंडा की समस्या इस टेरीक्लॉथ और पाउडर से शोभित चटक-मटक वाले लड़के को समझाना छायाचित्रों की-सी एक बेकार कोशिश है।

"किसकी बात कर रहे हो?"

"वे लोग खाते हैं केवल घाटो या मडुवा या उबाले भुट्टे। तरकारी या फल या मछली या मांस...।"

"वे नमक नहीं खाते? क्यों?"

"मिलता नहीं।"

"गप है। नमक सबसे सस्ती चीज है।"

"उन्हें नमक नहीं बेचते...।"

"झूठ।"

"जो लोग लो कैलोरी के सिरियल खाते हैं, उनको नमक न मिले तो क्या होगा?"

"किन्हें? नई फिल्म देखी थी?"

"नहीं। बताओ न।"

"अरे, अनाड़ी को समझाऊँ कैसे?"

"नहीं तो तुम पंडित क्यों हुए?"

"लवण शरीर के फ्लुइड को कंट्रोल करता है, रक्त को भी। लवण न मिलने से खून का कोआगुलेशन—खून का जमना—बहुत गाढ़ा हो जाएगा। हार्ट को गाढ़ा रक्त पम्प करने में कष्ट होगा, साँस में दबाव आएगा। मसिल में—स्नायुओं में—क्रैम्प यानी ऐंठन होगी। शरीर चलाने में भी बहुत स्ट्रेन पड़ेगा। शरीर के हाड़ और दाँतों का क्षय तो होगा ही। बॉडी में जनरल डिके—सब तरह का क्षय—होगा। छोड़ो फिजूल बात। चलो फिल्म देख आएँ।"

फिल्म में दुर्धर्ष गनमैन, बन्दूकबाजी, उत्तुंग यौवना टाँगेवाली और अमिताभ बच्चन थे। किन्तु अमजद खाँ के कानून के हाथों सजा पाकर बनारसी पान खाकर घर लौटने के बाद भी युवक झुझार की समस्या को उसके दिमाग से अलग न कर सका। दूसरे दिन वह टाहाड़ में उत्तमचन्द के घर गया।

उसकी शिकायत सुनकर उत्तमचन्द बोला, "आदिवासी पहले झूठी बातें नहीं कहते थे। अब बहुत खचड़े हो गए हैं।"

"क्यों?"

"मैं गन्दे लोगों को नमक नहीं बेचता।"

"नहीं।"

"अरे मैं किसी को नमक नहीं बेचता। नमक में कुछ भी मुनाफा नहीं है। मैं पिछली हाट से हाट में नमक नहीं ले जाता। इसके पहले उन्हें नमक नहीं बेचा? कैसी अजीब बात है! थोड़ा नमक नहीं बेचा? क्या अजीब बात है! थोड़ा नमक, शायद दुकान से उठ गया।"

"नमक नहीं बेचते? क्यों?"

"नफा नहीं है।"

"यह क्या ठीक हो रहा है?"

"मैं जब उत्तमचन्द हूँ, बनिया, जब पहले कांग्रेस को मदद दी थी, तब तो मेरी सब बात ही खराब है, सब काम ही गलत है।"

"उलटा समझ रहे हो।"

"नहीं बाबू साहब! कांग्रेस को मदद दी, जब जो सरकार चलाए, उसे मदद न देने से हमारी तरह गरीब गाँव का बनिया जिन्दा नहीं रह सकता। आप लोगों ने कहा, मैंने बेगार बन्द कर दी, फसल में हक भी छोड़ दिया। कांग्रेस के लड़कों ने ये सब

बातें नहीं कही थीं। कहते तो तब भी देता। पर अब जो कह रहे हैं, सो कैसे करूँ? जिस चीज में नफा नहीं, उसे बेचने को कहना तो जबरदस्ती है।"

"वे उधार लेने आते हैं?"

"न, न, उधार वे क्यों लेंगे? फसल मिल रही है। और हमें तो झाड़-पोंछकर जरा-सा दिया।"

"उस जमीन में क्या होता है, बताइए?"

"न होता हो तो क्या करूँ? जमीन कम पैदावार की हो तो वह भी क्या मेरा दोष है? और जानते हैं? वह उधार चाहें भी तो मैं उधार न दूँगा।"

"क्यों?"

"यही देखिए! उधार देने पर उधार चुकाया जाता है, और वह आपकी सरकार में गैरकानूनी है। देखिए, ज्यादा नाचने से गणेश पूजा नहीं होती। यह आईन—कानून—पहले भी था। कांग्रेसी सरकार आँखें बन्द किये रहती थी, क्योंकि कांग्रेसी सरकार आदमी का दुख समझती थी। वे लोग जानते थे कि महाजन उधार न दे तो आदिवासी जंगली लोग भूखे मर जाएँगे। आप लोग तो समझते नहीं। अच्छा है! जो कर रहे हैं वह अच्छे के लिए ही कर रहे हैं। अन्त भला तो सब भला। उन्हें उधार नहीं दूँगा।"

युवक हार मानकर लौट आया और शुभ संकल्प किया कि पहला मौका मिलने पर झुझार बेल्ट में जनता-दुकान खुलवाने की व्यवस्था करेगा। संकल्प कुछ दिनों मन में रहा। उसके बाद शराब की गैरकानूनी दुकान के लिए गड़बड़ दूर करने वह दूसरी जगह चला गया और झुझार की बात भूल गया।

युवकों की सारी शुभेच्छा रहने पर भी पूर्ति आदि अलोने अँधियारे में पड़े रहे। पूर्ति अवश्य ही नहीं रहता था। रोजाना वह चुपचाप जंगल छानता था। हिरनों का साल्टलिक जंगल-ऑफिस के आसपास था। इसके बाद उसने एक दिन खरगोश का पीछा करने जाकर हाथियों का साल्टलिक खोज लिया। दृश्य बहुत ही व्यंजक था। प्राणों के भय से पूर्ति पेड़ की डाल पर था। थोड़ी ही दूर पर हाथियों का गोल नोनहरी मिट्टी चाट रहा था। पथरीला नमक। पत्थर के ऊपर मामूली-सा मिट्टी मिलाकर फैलाया हुआ था।

"नमक का खेत बना दिया है।"

पूर्ति ने मन-ही-मन कहा। उसके बाद अँधेरा घना होने पर हाथी वह जगह छोड़ देते। बेतला के हाथी 'शो बिजनेस' समझते हैं। शाम के वक्त जीप पर चढ़कर टूरिस्ट जीव-जन्तु देखने निकलते। वे बाँस के पेड़ों को कुतरने में लगे हाथियों के झुंड को देखने के अभ्यस्त थे। हाथी उस ओर जाते।

सारे हाथियों के चले जाने पर एक दाँत वाला बुड्ढा हाथी आता। उसके चलने-फिरने से गिरस्त ढंग नहीं लगता था, यद्यपि हाथी बहुत ही घरेलू जानवर है। 'अकेला!'

पूर्ति ने मन-ही-मन कहा, और डर के मारे पेड़ पर चिपका रहा। कोई युवक हाथी किसी दल से निकाला जाकर यूथपति बन जाए ऐसे हाथी को 'अकेला' कहते हैं और 'अकेला' सबके लिए ही अवॉयडेबल—दूर रहनेवाला—होता है। 'अकेला' क्या करे, इसका पता नहीं। यूथपतित्व और दल से निर्वासन के कारण इसका व्यवहार भी और आचरण भी इर्रेसपांसिबल—गैर-जिम्मेदारी का होता है।

'अकेला' साल्टलिक को मूत से भिगोकर चला गया। पूर्ति समझा कि वह अपनी समझ के मुताबिक खचड़ई करके चला गया।

हाथी का पेशाब बचाकर नोनीमाटी को पल्ले में बाँधकर वह घर लौटा। पानी गरम कर उसमें नोनीमाटी छोड़ दी। पत्नी से बोला, "कल देखना होगा, मिट्टी नीचे थिर जाने पर कितना निमक रहता है?"

"पानी में निमक?"

"हाँ।"

सवेरे देखा गया कि मिट्टी और नमक एक साथ नीचे पड़े हैं। पूर्ति ने ठंडी साँस लेकर कहा, "फिर भी नमक तो है! साले अब हाट में नमक बेचते ही नहीं।"

उस नोनखरे गन्दे पानी को ही कपड़े से छानकर पूर्ति पीता, औरों को खबर दी, और 'अकेला' हाथी के बारे में सबको सावधान किया। अब गाँववाले बूढ़ों ने कहा, "बहुत सावधान! उस बार क्या हुआ?"

सबको ही याद आया। हर बरस सारांडा फॉरेस्ट में हाथियों का एक झुंड बेतला आता और लौट जाता। कई बरस पहले किसी नासमझ आदिवासी युवक ने तीर मारकर एक बच्चा हाथी मार डाला। उससे हाथी खफा हो गए और मरे बच्चे को घेरकर आदमी की समझ में आनेवाली प्रतिज्ञा में चलते रहे।

उसके बाद वे प्रतिहिंसा की लड़ाई में उतर पड़े। झुझार और कोलना गाँव के रहनेवाले भाग गए। पहले बरस गाँव को उलट-पलटकर वे चले गए।

दूसरे बरस सारांडा से आकर उन्होंने काम में लगे जंगल के कुलियों में से दो आदमियों को मार डाला।

तीसरे बरस बेतला के जंगल-बँगले के नीचे एक बस और गाड़ी को उन्होंने तोड़-ताड़कर उलट दिया।

तीन बरस में आदमियों से बदला लेने की इच्छा को तृप्त कर तभी वे शान्त हुए। उनको बदमाश घोषित कर मारा न जा सका। क्योंकि वे हमेशा झुंड में घूमते और वयस्क हाथी रिट्रीब्यूशन—प्रतिशोध—का काम करते। आजकल बेतला में सब जगह काँटेदार तारों का घेरा है। हाथियों को बुद्धि बहुत होती है और इन काँटेदार तारों का निषेध उन्होंने समझा और मान लिया।

गाँव के बूढ़े बोले, "और जो भी करना, हाथी को गुस्सा मत कराना। और वह भी 'अकेले' को। वे भूलते नहीं।"

युवक लोग अवसन्न शरीर से और सहन न कर पा रहे थे। वे सूखे मुँह से बोले, "सावधानी से ही जाएँगे। पूजा देकर भी कुछ नहीं हुआ। दम निकल जाता है। बोझा खींचने में हाथ-पाँव दुखने लगते हैं।"

वे लोग सावधानी से ही गए। सावधानी से नोनी मिट्टी चोरी की। 'गाछ से पहले न उतरना, देख लेना कि सब हाथी चले गए हैं या नहीं।' पूर्ति की बात याद रखी।

उसके बाद, सम्भवत: 'अकेले' के कारण ही साल्टलिक शिफ्ट की गई। दो-तीन जगह साल्टलिकें बनाई गईं। बहुत दूर पर अकेला, झुझार के आदिवासी साल्टलिक—इन कठिन अंकों के उत्तर लेने के बाद वन-विभाग की हालत बड़ी होशियारी की थी।

अकेले या झुंड में, एलीफेंट पॉपुलेशन की जिम्मेदारी वन-विभाग की थी। यह 'अकेला' खचड़ा था। यह साल्टलिक से नोनी मिट्टी चाटने के बाद मूतकर चला जाता। जगह-जगह साल्टलिक बनाने पर वन-विभाग को आशा थी कि अकेला एक जगह जाएगा तो दूसरी जगह हाथियों का झुंड होगा।

'अकेले' ने बड़े हिसाब से गड़बड़ की थी। एक बार यहाँ, तो दूसरी बार वहाँ जाता था। झुंड में न रहने से उसके समय का ज्ञान भी बदल गया था। संध्या या सवेरे के सिवाय वह बेटाइम भी साल्टलिक पर चला जाता था। स्वभाव बदल गया था। शायद वह सोच रहा था कि नोनी मिट्टी चोरी हो रही है। बीच-बीच में सड़क पर आकर खड़ा हो जाता। जीप की रोशनी पड़ने पर भी न हिलता। जीप लौटा देनी पड़ती। वह क्या आदमियों पर सन्देह कर रहा था? सूँड़ के राडार हिलाकर क्या वह आदमी की गन्ध खोज रहा था?

वन-विभाग में हाथियों के बारे में एक टेंशन बन और बढ़ रहा था। क्या इस तरह 'अकेला' अचानक बिगड़ैल आचरण कर सकता है? वन-विभाग की मुसीबत थी कि 'मैन-किलर या रोग' कहकर प्रसिद्ध हुए बिना, उस बारे में प्रमाण मिले बिना, संरक्षित हाथी को मारा नहीं जाता था।

मन-ही-मन सभी इस तनावपूर्ण स्थिति के फलस्वरूप किसी विस्फोट के होने की अपेक्षा कर रहे थे। वन-विभाग में कुली कह रहे थे, 'अकेले' के होने पर उन्हें काम पर जाने में डर लगता है। उन्होंने देखा कि 'अकेला' दूर खड़ा उनको लक्ष्य कर रहा है और वे काम छोड़कर भाग आए। 'अकेले' के मन में सन्देह घुस गया था। साल्टलिक पर जो नमक रखने आते, उनके मन में भी शक था। नोनीमाटी खुरच-खुरचकर खतम कर दी गई है, ऐसी बात उन्होंने कभी नहीं देखी थी। नोनीमाटी जैसी चीज कोई चोरी करेगा? न। उन्होंने रिपोर्ट नहीं की। रिपोर्ट के लायक महत्त्वपूर्ण घटना-सी लगी नहीं। नमक जैसी चीज? स्टोर में बहुत-सा है।

एलिफैंट पॉपुलेशन भी संशय में था और असन्तुष्ट था। साल्टलिक है, नोनी मिट्टी नहीं रहती है, इसे वे भी कुछ नहीं समझ पा रहे थे। सब ही अजीब गड़बड़ था।

इसका कारण, इस सारी हालत का कारण, पूर्ति और दूसरे दो युवक थे।

पहले वे सावधान रहे, बहुत ही सावधान। शाम से पेड़ से चिमटकर चुपचाप फुनगी पर रहते। हाथियों के झुंड और 'अकेले' के चले जाने पर नोनी मिट्टी लेते। सम्भवतः इस नमक के जमा करने से उनकी मांसपेशियाँ तेज और स्वाभाविक गति में समर्थ हो गई थीं, शरीर की ऑस्मोसिस—स्थितावस्था—लौटाकर, खून में पानी की बढ़ती होने से हृद-यंत्र अधिक दबाव न डालकर स्वाभाविक चाव से ही शरीर में रक्त भेजेगा और शरीर की इलेक्ट्रोलाइट अवस्था ठीक हो जाएगी।

सम्भवतः! इसके फौरन बाद आदमी की धूर्त बुद्धि फिर दिमाग में भर गई। वे सतर्कता भूल गए। शाम को हाथियों के आने के पहले ही नोनी मिट्टी लेकर चले जाते। वे जान भी न पाए कि 'अकेला' उन्हें देख रहा है।

अचानक जंगल में 'अकेले' को कम देखा जाता। पता लगा कि शाम के शुरू होने पर नदी की सफेद बालू पर खड़े-खड़े जैसे दूर पर कुछ देख रहा हो।

"क्या देख रहा है?"

"नदी पार कर आदिवासी जा रहे हैं।"

यह समाचार कुछ अच्छा नहीं था। किन्तु 'अकेले' ने अपने मनोयोग का टार्गेट बदल दिया है, इससे ही वन-विभाग का तनाव ढीला पड़ गया। पर कहा गया कि हाथी क्या करेगा, यह जान पाने पर ही जानना होता है।

कुछ दिन बाद फिर कत्थे के पेड़ों का काम छोड़ देना पड़ा। 'खैर' के पेड़ों का जंगल, प्राचीन पलामू किले की राह में जंगल के बिलकुल भीतर स्थित है। पता लगा कि प्राचीन पलामू किले के पास 'अकेला' घूमता-फिरता है।

यह प्राचीन पलामू का किला किसी समय पलामू के स्वाधीन राजाओं का दुर्ग था। बेतला के घने जंगल में इस विशाल, पहाड़-से ऊँचे पत्थरों और ईंटों के टूटे किले का दृश्य बहुत ही डरावना था। प्रकृति के उत्पन्न किये वनस्पतियों के जंगल में, ऊँचे-से-ऊँचे साल के पेड़ों से भी बहुत ऊँचा था। मनुष्य के बनाए इतने बड़े स्ट्रक्चर के लिए आँखें तैयार नहीं रहतीं। नहीं रहतीं, इसीलिए किले को देखकर डर लगता है।

जंगल के कुली देखते हैं कि बाघ से भी अधिक निःशब्द-से, सूखे पत्तों को बचाता हुआ 'अकेला' किले के पास से चला जा रहा है और सूँड़ बढ़ाकर कुछ खोज रहा है। देखते ही वे लोग चले आए।

पूर्ति मुंडा को स्वभावतः ही ये सारी बातें जानने का मौका नहीं था, क्योंकि वन-विभाग के लोगों का आभास पाते ही वे जंगल में छिपने जा रहे थे। वन-विभाग के लोगों के लिए यह नमक कुछ भी नहीं था। लेकिन इस नमक के लिए ही पूर्ति सोच रहा था कि कभी भी दिखाई न पड़ें। देखते ही वन-विभाग के लोग उनको 'नोन चोर' कहकर पकड़ लेंगे। यह सब गलत अन्दाज हो रहा था और 'अकेला' अपने चाटने के और मूत कर बहाने के नमक से वंचित होकर अपराधी तय करने पर

उतर आया था—उसने ठीक ही समझा था, साल्टलिक और झुझार में एक बन्धन-सूत्र है। इसी से वह सफेद बालू पर खड़े-खड़े झुझार की ओर देखता रहता। दृश्य बहुत ही लाक्षणिक था। नदी, बालू, आकाश, रात, पलामू किले की पृष्ठभूमि, खामोश हाथी। बहुत ही प्रशान्त और चिरकालीन। केवल अन्तर था कि इस हाथी के दिमाग में जो इरादे हो रहे थे, वे सफेद कबूतर उड़ाने की तरह नहीं थे।

इसी तरह कई दिन बीत गए। उसके बाद एक रात को किसी को बिना गवाह बनाए हाथी पानी और बालू को पार करता झुझार चला गया और कुएँ के पास खड़ा रहा। सवेरे सब लोग दरवाजा खोलकर प्रात:कालीन नित्यक्रिया के लिए अलग-अलग गए और कुएँ के पास खड़े 'अकेले' के पीछे से सूर्य को निकलते देख उन्होंने अपने-अपने दरवाजे बन्द कर लिये और डर के मारे पत्थर-से चुपचाप बैठे रहे। खिड़की की झिरझिरी से उसे पूर्ति मुंडा ने देखा और मन-ही-मन रटने लगा, "हेई आबा! कोई तीर न मार दे, हेई आबा!"

किसी ने तीर नहीं मारा और हाथी मानो किसी सन्देह का जवाब पाकर गाँव छोड़ नदी-पार चला गया। उसके जंगल में गायब होने पर ही सब लोग घरों से निकले और गाँव के बुजुर्ग ने कहा, "जो कहा था वही हुआ न? जरूर तुम लोग असावधानी से गए थे। उसने देख लिया। नहीं तो क्यों आया?"

"देखा नहीं। देखता तो हमें पता चलता न, और हम उसे देखते न? हाथी क्या खरगोश होता है?"

"हाथी चींटी होता है—हाथी तितली होता है—हाथी हवा होता है। इतना बड़ा शरीर, जब चाहे तब अलखा बन आकर सिर-पैर रख सकता है, तुझे पता न चलेगा। अरे बुद्धू! अरे गू के कीड़े! तूने उसे देखा नहीं, उसने तुमको देख लिया है। नहीं तो आया क्यों?"

"जो हो गया हो गया, अब इलाज बताओ।"

"पूर्ति, तुझे कौन-सी सजा देने से मन भरेगा, पता नहीं। गैर-आदिवासी कोयले के काम में, कुली के काम में जो शहर जाता है, वह वहीं रह जाता है। तू नहीं रहा। लात खाकर चला आया। सोचा, बड़ा ज्ञानी बनकर आ गया है। उससे उत्तमचन्द से विवाद किया। वह बाघ है। उसके बाद हाथी बुलाकर गाँव में घुसा दिया।"

"इलाज बताओ।"

"कोई नोन लेने न जाएगा। अपने-अपने छप्पर में बैठो। हाथी दिखाई पड़े तो भागो।"

पूर्ति बोला, "काँटेदार झाड़ी काटकर बाड़ा बना लें? जंगल में लगाते हैं। उससे हाथी डरता है।"

"हा-हा, पथरीला धरती का गाँव है! कहाँ बेड़ा लगाएगा? किधर से अटकाएगा?"

"तब?"

"नोन लेने मत जा। उससे शायद वह भूल जाए।"

पूर्ति ने गाँव के बुजुर्ग की बातें सुनीं। फिर वे नमक लेने न गए। एक दिन पूर्ति ने जंगल के बीट अफसर से कहा, "अकेला उस दिन गाँव गया था। हम बहुत डर गए।"

"हमें भी डर लगा था। अब साला कहीं दिखाई नहीं पड़ता। लगता है, चला गया।"

सबको ही लगा कि वह चला गया। मानो हरे जंगल में वह धूसर प्राणी गायब हो गया। जलाशय के पास जानवर के पैरों के छाप देखे गए, जीव-जन्तुओं की संगणना बनी। जलाशय या कमलताल देखकर या बिना देखे ही वन-विभाग ने कहा दिया कि 'अकेला' गायब हो गया।

अकेला ने नदी के मोड़ पर जहाँ कि बाँसों का जंगल झुका पड़ा था, वहाँ से सब देखा था और समझने की कोशिश की थी। साल्टलिक पर अब किसी का हाथ न पड़े, आसपास आदमी की अपवित्र गन्ध न रहे। यह क्या कोई नया आक्रमण-कौशल है? उसे मानो पता था कि आदमी बेसिकली इर्रैशनल प्राणी है। 'अकेला' को खफा कर नोनी मिट्टी लेना इर्रैशनल काम था। न लेना रैशनल था। लेकिन आदमी बहुत दिनों तक अकल से काम नहीं कर सकता है। पूर्ति आदि भी नहीं कर सकेंगे, इसे जैसे 'अकेला' जानता था।

पूर्ति ने वही इर्रैशनल काम किया। सबसे बड़ी आश्चर्य की घटना हुई कि जब किया, तो उसके एक सप्ताह पहले से 'एनफ इज एनफ' स्थिर कर उत्तमचन्द ने हाट में काफी नमक बेचना शुरू किया था। पूर्ति को यह पता था या नहीं, यह भी मालूम नहीं हुआ। शायद पता न था। अगर जानता, फिर भी विश्वास नहीं करता कि उत्तमचन्द उसे नमक बेचेगा। हो सकता है कि 'अकेला' की नाक के सिरे से या 'अकेला' को धोखा देकर उन लोगों की नोनीमाटी चोरी करने की तबीयत हुई हो। वे भी मर्द और काम करनेवाले हैं, इसे प्रमाणित करने के लिए वही काम करना उनके लिए बड़ी बहादुरी का काम लगा था। शायद! या वन-विभाग को छकाने की इच्छा हुई थी। पूर्ति के मन में क्या आया था, उसका पता नहीं चला। पर बहुत जिरह करने के बाद पता चला कि भोर रात में पूर्ति और दो युवक बोरा लेकर निकले। कह गए, "बहू, सावधान, सावधान, चिल्लाना मत। सावधानी से ही जाएँगे और आएँगे। सूरज निकलने पर हाथी चले जाएँगे, तब जाएँगे।"

वे भी गए और 'अकेला' भी बढ़ा। हाथी विशालकाय भूमिचर प्राणी होता है। लेकिन खफा हाथी जब आदमी के साथ अक्ल की लड़ाई में उतरता है, तो चाहे तो चींटी से भी नि:शब्द चल सकता है। हर सूखे पत्ते को हटाकर होशियारी से कदम रखता है, अविश्वसनीय सतर्कता के साथ। इसलिए गरदन घुमाते ही पूर्ति आदि को लगा था कि शायद प्राचीन पलामू का किला ही बढ़ आया है। हाथी जितना बड़ा होता है बहुत पास से उससे भी बड़ा दिखाई देता है।

हाथी ने बिना कोई आवाज किये सूँड़ और पैर चलाए थे, लेकिन तीन आदमी जोरों से, बड़े जोरों से चीखने लगे। उनके आर्तनाद से दूर-दूर के हाथियों के झुंड भी चंचल हो गए, हिरन उछलकर भाग निकले। इनसान का आर्तनाद झटपट निकलकर चुप हो जाता है। उसके बाद हाथी प्रायः मानुषी उल्लास में तेज चीत्कार से आकाश फाड़ते हुए जंगल को रौंदता हुआ चला जाता है।

"ऐसा क्यों हुआ, इसका ठीक से पता नहीं चला," पूर्ति का कहना था। दलित और पिसे मानव-शरीर कोई गवाही या इजहार नहीं दे सकते।

नोनीमाटी चुराने आकर मरे? नोनामाटी?

सबके मन में यही बात उठती और पूर्ति आदि का सारा आचरण बहुत दुर्बोध लगा। अन्त में दारोगा ने कहा, "जरूर शराब के नशे में मतवाला रहा होगा।"

सवेरे शराब पीकर आदिवासियों का मतवाले रहने का समय होता है या नहीं, इस बात को उठाकर, किसी ने मामले को उलझाया नहीं। यह नोनीमाटी की चोरी का मामला है, यह समझना मुश्किल है। नोन ऐसी सस्ती चीज है! शराब पीकर मतवाले हुए बिना ऐसा इर्रैशनल—नासमझी का—काम पूर्ति आदि क्यों करते?

हाथी की नोनीमाटी चोरी करने जाकर मरे! दारोगा की कुछ बातें पूर्ति आदि की एपिटाफ बन गईं और झुझारवासी किसी भी तरह विश्वास योग्य नहीं हैं, यह प्रमाणित हो गया। तृणभोजी जीवों को नमक की जरूरत होती है, और उस नमक को भी आदमी चुरा ले! मनुष्य के हाथों वन्य-प्राणियों का संरक्षण कितना कठिन होता है, वह जैसे पूर्ति आदि के अस्वाभाविक काम से फिर याद हो आया।

'अकेला' की जानकारी के बिना वह 'रोग' (बदमाश) डिक्लेयर कर दिया गया और इसलिए उसके मरने से हाथियों का झुंड खफा न होगा। वह अकेला है, इसलिए कुछ कमीशंड शिकारी लोगों ने उसे गोली से मार डाला। घटना अखबार में छोटा-सा समाचार बनी और मृत 'अकेला' को देखने झुझारवासी भी आए। गाँव के बुजुर्गों को हाथी देखकर बुरा लगा कि यह ठीक नहीं हुआ। प्रत्यक्ष सत्य था कि हाथी ने पूर्ति आदि को मार डाला, जिसके परिणामस्वरूप वह मरा। परोक्ष सत्य मानो कुछ और था। नमक के लिए इतना कुछ! उन्हें नमक नहीं मिलता। नमक खरीद सकते तो तीन आदमी और एक हाथी न मरते। इसके लिए कोई और जिम्मेदार है, कोई और। जिसने नमक नहीं बेचा वह, या कोई और नियम? कोई और व्यवस्था? जिस नियम और व्यवस्था के अन्तर्गत रहने पर नमक न बेचने पर उत्तमचन्द का कोई अपराध नहीं? उसका विचार गन्दा है और बातों के लिए शब्द-भंडार बहुत सीमित होने से किसी को कुछ समझाया नहीं जा सकता।

"यह काम ठीक नहीं हुआ जी!" बाबुओं के लिए इतनी-सी बात कहते हुए वे गाँववालों को लेकर चले गए और कतार बाँधकर सफेद बालू पार कर सिर हिलाते-हिलाते झुझार लौट गए। नमक जान लड़ा देनेवाली समस्या हो सकती है, इसे बाबू

लोग कभी न समझ सकेंगे और यह मामला उनके निकट अवास्तविक रह जाएगा, इसे वे जानते हैं। जानते हैं, इसीलिए एक बार भी पीछे घूमकर नहीं देखा। बालू की छाती पर उनकी शकलें क्रमशः छोटी होती गईं। वे जल्दी-जल्दी चल रहे थे। अपने जीवन में लौटकर ही उनको चैन मिलेगा। जिस जीवन में अविश्वास नहीं है, पूर्ति आदि की मृत्यु की सहज व्याख्या नहीं, सहज व्याख्या देकर अपने अस्तित्व के वास्तविक सत्य को अस्वीकार नहीं करना है—उसी जीवन की ओर।

बीज

कुरुडा और हेसारी गाँव के उत्तर में जमीन लहरदार है, बिलकुल सूखी, धूप में जली हुई। बरसात होने के बाद भी यहाँ घास नहीं पैदा होती। बीच-बीच में नागफनी के जंगल फन उठाए रहते। कुछ नीम के पेड़ भी थे। यह जला और नीचा-ऊँचा मैदान जहाँ कि भेड़ें चरती नहीं दिखाई पड़तीं उन्हीं के बीचोबीच एक डोंगे की शकल की नीची जमीन थी। जमीन आधा बीघा होगी। ऊँचे किनारे पर चढ़ने पर ही जमीन नजर आती और हरियाली की छटा देखकर सब भुतहा-सा लगता।

और भी अधिक भुतहा लगता था जमीन के बीच में लकड़ी के खम्भों पर मचान और छाया हुआ घर देखकर। इस जमीन पर मकान बहुत अशुभ था। देखनेवालों की नजरों में, क्योंकि ऐसा मकान खेती का पहरा देने के लिए होता है। इस जमीन में सिर्फ अनन्नास के-से काँटेदार बिखरे पौधे थे जिन्हें भेड़ें भी नहीं खाती थीं। इन पौधों के रेशों से दुनिया में सबसे मजबूत रस्सी बनती है। भारत में ये पौधे जंगली झाड़ी माने जाते हैं।

सबसे भुतहा दृश्य संध्या के समय देखा जाता है। कुरुडा गाँव की ओर से लम्बे-लम्बे डग भरता हुआ एक आदमी इस ओर आ रहा है। पास आने पर देखा गया कि वह बूढ़ा है, उसकी खाल झुर्रियों से भरी, कमर में लँगोटी है जिसमें एक पैबन्ददार बटुआ लटक रहा था। उसके हाथ में लाठी और उन झाड़ियों में लाठी। पौधों की डालियों से बनी बहुत ही लपलपी सीढ़ी को पकड़कर वह ऊपर चढ़ता है। चकमक ठोंककर बीड़ी सुलगाता है और मचान पर बैठा रहता। हर रोज। अँधेरा घना होने पर किसी समय वह सो जाता। हर रोज।

हर रोज कुरुडा गाँव में दूलन गंजू की बुढ़िया पत्नी उसे उस समय गालियाँ देती। अपने अधिकार से, क्योंकि बुड्ढे का नाम था दूलन गंजू। यह गालियाँ देने का मामला उनके लड़के-बहू-नाती-नातिन को अच्छा नहीं लगता था। लेकिन उनके कुछ करने का भी नहीं था। कुछ कहने पर बुढ़िया उन्हें भी गाली देती। और धतुआ की मैया की गाली देने की, झगड़ा करने की सामर्थ्य बस्ती-भर में सबको मालूम

थी। झगड़ा करने पर उसकी दक्षता और पेशेवर झगड़ालू सामर्थ्य को आह्वान देना होता था। वह जाकर विरोधियों की पिछली सात पीढ़ियों में से पहली पीढ़ी के पुरखों से गाली देना शुरू करती। सामान्यत: उसके तीसरी पीढ़ी तक पहुँचते ही विरोधी मैदान छोड़ भाग खड़े होते।

सभी उसका मान करते थे। आपतकाल में जब तामाड़ी में शोर हुआ, तो इस गाँव में भी पूछताछ करने पुलिस आई थी। धतुआ की माँ ने आग बरसाते हुए पुलिस को गाली देकर गाँव से बाहर कर दिया। पुलिस जिनकी तलाश में आई थी उनमें से एक गोठ के मचान में छिपा हुआ था। धतुआ की माँ "आ, सारा घर देख, आ मुर्दाखोर" कहकर ऐसा चीखी कि उस चीख से ही साबित हो गया कि गाँव बिलकुल निरापद है।

वह उस पर भी शान्त न हुई। बोली, "देखो, अभी तुम्हें गाँव में मिलेगी बुढ़िया और बच्चे। उन्हें देखोगे? उन्हें पकड़ोगे?"

पुलिस के चले जाने के बाद धतुआ की माँ ने भगोड़े लड़के को बातों के बाण से बींध दिया। "रतनी, सदा से तेरी उलटी अकल रही है। एक बूढ़ी बकरी में तुझसे अधिक बुद्धि होती है। उस राजपूत महाजन के पैर में कुल्हाड़ी मार दी, अच्छा किया। गले में मारता तो पापी विदा हो जाता। सो जंगल में भागेगा न? जंगल में भागकर रहेगा न? गाँव को कौन मूरख लौटेगा? जा, जंगल को जा।"

धतुआ की क्षमता भी न थी, उसने और लटुआ ने माँ से कहा, "बाप को गाली मत दो।"

उस पर माँ भभक उठी, "बूढ़ा अब बेटों का बड़ा प्यारा बन गया! माँ तो बूढ़ी बकरी है, निकम्मी। बाप का हाल बच्चे समझेंगे? माँ को पता है।"

चार बरस की उमर में माँ का ब्याह हुआ था। चौदह होने पर माँ 'गौने' में गृहस्थी चलाने आई। माँ का पोर-पोर उस बुड्ढे का स्वभाव जानता है। काँटेदार जमीन के जमींदार के राज्य में जो अकेला पहरा दे, उसे साँप काटने या बाघ खाने पर कौन विधवा होगा? धतुआ या लटुआ? बुड्ढे के मरने पर घर कौन चलाएगा? लटुआ या धतुआ? उनकी मुराद है कि वह बंजर जमीन दिखाकर हर बरस बीज ले आना और सरकारी खाद बेच देना। पहान के हल के बैल को दिखाकर हर बरस हल के बैल के लिए रुपये लेना।

लड़के चुप हो गए। माँ जल्दी-जल्दी हुक्के में दम लगाने लगी और बोली, "मेरे मरे बिना तुम मेरी कीमत नहीं समझोगे", असगुन की ऐसी कोई बात कहकर लेट जाती। बहुएँ फुसफुसाकर लड़कों से कहतीं, "चलो, एक दिन बीत गया।"

माँ अँधेरे में से कहती कि वह किसी दिन वहाँ मरी पड़ी रहेगी। देखने को भी न मिलेगी।

लड़के जानते थे कि सूने जंगल का पहरा देने के लिए मचान पर रात को रहना बहुत ही मुश्किल है, स्वाभाविक नहीं है। लेकिन पिता को उन्होंने स्वाभाविक आदमी

नहीं माना। पिता बहुत ही उलझे हुए, गहरी आदत के, दुर्बोध्य थे। गंजू का काम था मरे पशुओं की खाल छीलना। पिता ने कभी के बड़े जोरदार राजपूत, महाजन और दस बन्दूकों के मालिक लछमन सिंह की कई भेड़ों को संखया देकर मार डाला। वह लछमन सिंह के तामाड़ी गाँव में रहता था। लछमन सिंह ने स्वभावत: ही अपने भागीदार भाई दैतारी सिंह पर शक किया, जिसका नतीजा हुआ कि घरेलू झगड़ा शुरू हो गया। वह अभी तक पूरी तरह से खतम नहीं हुआ है।

उसके बाद भी पिता टिके हुए हैं। इससे प्रमाणित हुआ कि पिता दूसरे ढंग के आदमी हैं। जिन्दा रहने का कौशल सोचते रहने में पिता को किसी दिन लड़कों या नाती के साथ बात करने का समय न मिला।

माँ भी कम नहीं थी। माँ के पोढ़े शरीर में मेहनत करने की सामर्थ्य इतनी अधिक थी, साहस, जिद, गुस्सा ऐसा ज्यादा था कि माँ भी मामूली ढंग के इनसानों से अलग थीं।

पिता और माँ को उन्होंने जिन्दगी-भर में कभी बैठकर बातें करते नहीं देखा। लेकिन पिता जब कभी कोई महत्त्वपूर्ण काम करते, तो माँ को बुलाकर आँगन में बैठा लेते। हुक्का सुलगा लेते, कहते, "ए धतुआ की माँ! एक सलाह दे। तेरी सलाह गाँव में सभी लेते हैं, पुलिस तुझसे डरती है।"

"क्या खचड़ा बात सोचते हो? बोलो, किसे क्या धोखा देना है?"

माँ का स्वर ऊँचा था, पर उसमें उस समय गर्मी न थी। दोनों धीमी आवाज में सलाह-मशविरा कर रहे थे। इस तरह की घटना बरस-डेढ़ बरस में एक बार हुआ करती थी।

दूसरे समय पिता माँ के साथ भी बातें न करते थे। माँ कहा करती, "इससे अच्छा है कि मैं बाप के घर चली जाऊँ।"

पिता धूर्त हँसी हँसकर धीरे-से हवा में कहते, "हाँ, टूरा गाँव में तेरे बाबा का बड़ा मकान है!"

माँ के बाप-माँ-भाई कोई नहीं था। माँ यह जानती थी। फिर भी कहती और पिता को धूर्त हँसी हँसकर चुटकी लेने का मौका देती रहती।

इस तरह पिता और माँ, धतुआ और लटुआ को कुछ करने को न था। पहाड़ पच्छिम में क्यों है, कुरुडा नदी क्यों बहती रहती है, यह लेकर भी जैसे कुछ करने को नहीं है। सनीचरी कहती, "तेरे माँ और बाबा दोनों ही पगले हैं। तेरा बाबा पूरा पागल है। पागल न होता तो जब से जमीन मिली है, पहरा देता रहता है, और धान नहीं बोता।"

बात चौदह आना ठीक थी। वह जमीन मिली हुई जमीन थी, लेकिन उससे चौदह पैसों का फायदा भी नहीं होता था।

वह जमीन लछमन सिंह की थी। कुछ बरस पहले सर्वोदय कार्यकर्ता उस क्षेत्र में जमीनों के मालिकों के दरवाजों का चक्कर लगाते थे। उनके वक्त भी सनीचरी का

कहना था, "ये बाबू लोग पागल हैं। जमीन-मालिकों के दिलों को यह अफसोस में डाल देंगे। जमीन के मालिक कहेंगे, ओह! हमारी इतनी जमीन है, और इनके पास बिलकुल जमीन नहीं है! तब वे जमीन दे देंगे। जिस दिन देंगे उस दिन मैं चौकी पर बैठूँगा, मट्ठा-मक्खन खाऊँगा, दोनों बेला भात राँधूँगा।"

किन्तु जमीन के मालिक तब अपने वर्ग के जमीन के मालिकों को भुलावा देने के लिए थोड़ी-थोड़ी बेकार-पथरीली-बंजर जमीन देते रहे। पाँच सौ, सात सौ, हजार-दो हजार बीघा खेती के योग्य जमीन सभी के पास है। धान-मकई-गेहूँ-मड़ुआ-सरसों-अरहर की खेती सभी करते हैं। चीनाबदाम की खेती आजकल बड़े फायदे की है। लेकिन परती जमीन दे देने से कुछ आता-जाता नहीं।

जमीन देने का काम सर्वार्थसाधक था। जमीन दे दी गई। सर्वोदयी नेता और कार्यकर्ता भारत में उपहासास्पद बन गए। उनकी बात पूरी हुई। कुरुडा बेल्ट के राजपूत-कायस्थ जमींदार-महाजनों ने क्या जमीनें नहीं दीं? तो उससे उनका हृदय-परिवर्तन हो गया? निश्चय ही। बस, सर्वोदयी मिशन सार्थक हो गया। उसके बाद ही वे मध्य प्रदेश में डाकुओं का हृदय-परिवर्तन करने गए। जमीनों के मालिक और डाकू—इन दो वर्गों के हृदयों में पश्चाताप न होने तक उनका मिशन पूरा होने को न था।

जमीन देने का काम सर्वार्थसाधक था। बंजर जमीन निकल गई। लेनेवालों को खरीद लिया गया। सरकार में अपना खूँटा और मजबूत हुआ। अन्त में रसगुल्ले की तरह सबसे बढ़कर रह गया अपने को करुणामय जानने का सुख।

उस समय दूलन और गंजू को वह जमीन मिली। जमीन को वे खुद नहीं चाहते थे। किन्तु लछमन सिंह का प्रताप बहुत अधिक था। वह आँखें लाल कर बोला, "इसी को कहते हैं छोटा आदमी। आज मेरे मन में भला भाव आया है, दे रहा हूँ। साले, कल क्या फिर भला बना रहूँगा?"

दूलन बोला, "हुजूर माई-बाप हैं।"

"तब? नीची जमीन है, बरसात में पानी हरहराकर भर जाता है। जो बोएगा वही होगा।"

बरसात में किनारों का बहा हुआ लाल पानी आता और जमा हो जाता। लेकिन चारों ओर बाँझ पत्थर थे। सो किस मुलुक में जाकर कौन-सी जमीन में खेती करें? उपजाऊ जमीन होने पर लछमन सिंह यों ही डाले रखता? दूलन गया था रुपया उधार लेने। जमीन का मालिक बनकर लौटा।

गाँव में सबने कहा, "बड़े आदमी बदनीयत होते हैं। घी के पराँठे खा-खाकर उनका दिमाग गरम हो गया है। कल भूल जाएँगे।"

"अगर न भूलें?"

"अरे, छोड़े रखेंगे। आरा-छपरा में, सर्वोदयी लोगों की बातों पर ऐसी जमीनें ही सब लोगों ने दी हैं। जिन्होंने ली हैं, उन्होंने फिर महाजन को बेच दीं, गिरवी रख दीं। तुम भी रख दोगे।"

"वह जमीन लेगा कौन? महाजन तो अपना नाम खरीद रहा है, उसे गरदन से उतार रहा है।"

दूलन और भी बातें कहता। पहान ने उसे बड़ा धमकाया। उनकी बड़ी समस्याएँ हैं। दूलन की गरदन पर वह रद्दी जमीन थोपने की समस्या उसके लिए कुछ नहीं है।

दूलन बड़बड़ाने लगा।

उसकी बहू बोली, "ओह:! जमीन से फायदा कैसे उठाएगा, वही सोच रहा है। बोल तो बड़े हैं। कभी किसी को उसका पता नहीं चला।"

इस जमीन से—और फायदा?

सनीचरी ने दूसरे दिन सब सुन-सुनाकर कहा, "क्यों? ए धतुआ की अम्माँ! जमीन पाकर धतुआ का बाप चला जाएगा तोहरी! बिड्डी ऑफिस।[1] जमीन जोतने का खरच, बीज—स—ब सरकार देगी!"

यह बात सुनकर दूलन के चेहरे पर मुस्कान छा गई। उसकी आँखें सपना देखने में धूमिल हो गईं।

किसी-किसी परीकथा में गाय गाभिन हुए बिना भी दूध देती है। दूलन का-सा आदमी भी नहीं समझता कि बंजर जमीन किस तरह से उसकी गृहस्थी चलाने में सहायक होगी?

एक दिन जमीन का पट्टा-अट्टा उसके हाथों में आ गया। गंजूपाड़ा में दो उठी हुई कोठरियों में एक दालान के निकट थी। उसी कोठरी में रहना, खाना पकाना—सब कुछ होता था। यही उसकी दुनिया थी। दालान के एक ओर ओट लगाकर पति-पत्नी सोते थे। वह जैसे बेसहारा लोगों की टूटी कमर हो। उसके चारों ओर राजपूत, जमींदार और महाजन थे। टाहाड़ के हनुमान मिश्र ब्राह्मण थे। वे इस अंचल के विशेष प्रतापी व्यक्ति थे। ऐसी जगह रहकर, हमेशा ऊँची जाति के शासन में रहकर, दूलन की कमर का टूटना ही स्वाभाविक था।

लेकिन जिन्दा रहने के लिए वह, जबरदस्ती नहीं, जानकर हमेशा हर परिस्थिति से फायदा उठा लेता। कहता कुछ नहीं, होशियारी और चालाकी से उसे सारे शक्तिशाली विरोधियों को बेवकूफ बनाकर चलना पड़ता, इसलिए चालाकी उसके पोर-पोर में थी।

धतुआ की माँ बोली, "ओ धतुआ! बहुत बड़ी जमीन है, बहुत उपजाऊ जमीन है। उपज को रखने के लिए बाप से खलिहान बनाने को कह। लटुआ रे, तेरा बाप जमींदार बन गइल, जमींदार।"

यह सारी बातें कहीं तो, लेकिन गाँव के लोग और वह दोनों ही आसरा देखते रहे। दूलन क्या करेगा, इसलिए।

दूलन की अकेली और होशियारी की लड़ाई को गाँव के लोग बड़ी तारीफ की आँखों से देखते रहे। लछमन सिंह की भैंसों का मामला सब जानते थे, किसी

1. बी. डी. ओ. का दफ्तर।

ने कहा नहीं। दैतारी सिंह के घर उसने एक बार दैतारी की बहू को कुम्हड़ा बेचा, फिर दैतारी की माँ से दाम वसूल किये। लछमन सिंह के घर से, जब छठ परब था, केला-मूली-सब्जी-फल बैलगाड़ी पर लादकर कुरुडा नदी के पार लाना हुआ, और पास जाकर खुद-ब-खुद साथ में चलने लगा और काल्पनिक चिड़ियों को चिल्ला-चिल्लाकर उड़ाया और बराबर थोड़ा-थोड़ा खिसकाता रहा। उसने जिन्दगी-भर गाँववालों को कुछ न दिया। फिर भी गाँववाले उसकी खातिर करते थे। वे जो न कर सकते, उसे वह कर देता।

जमीन मिलते ही दूलन ने लछमन सिंह के घुटने छूकर कहा, "गरीब-परवर! जमीन तो दी पर खेती कैसे करूँगा? बी.डी. ऑफिस से कुछ मिलेगा नहीं। आ हा हा, ऐसी जमीन, मिलकर भी काम में न आएगी।"

"क्यों? बी.डी. ऑफिस तुझे सब देगा।"

"न हुजूर! छोटी जात हूँ।"

"छोटी जात तो है ही। तेरे मन में यह रहता है, उसी से तो जूते और डंडे खाता है। वह तो है ही। लेकिन मैं जिसे जमीन दे रहा हूँ, उसे मदद नहीं देगा? कौन है बी.डी. बाबू?"

"कायस्थ हुजूर! कहता है, राजपूत गँवार हैं, मूर्ख। खूब रेडियो सुनते हैं और बाएँ हाथ से पानी पीते हैं, चाय पीते हैं।"

"राम, राम! छी-छी-छी!"

"देख आया, हुजूर!"

"मैं लिखे दे रहा हूँ।"

लछमन सिंह लिखाई-पढ़ाई में महापंडित थे। वे वकील रखते थे। वकील ने दूलन को हल-बैल खरीदने के लिए किस्तों में कर्ज, खाद और बीज पाने के कायदों के बारे में कैथी हिन्दी में एक बहुत जबरदस्त अर्जी लिख दी। बी.डी.ओ. तोहरी में रहते थे—तोहरी लछमन सिंह के गाँव तामाड़ी से दूर तो था, लेकिन उनके धड़ पर एक सिर था। लछमन के साथ और हनुमान मिश्र के साथ कोई झगड़ा न करने को स्वयं एस.डी.ओ. ने उनसे कहा था।

तभी उन्होंने सब मान लिया। लँगोटी पहने हुए दूलन को बड़ी मुलायमियत से उन्होंने समझाया कि दूलन को बीज मिलेंगे, खाद भी मिलेगी। हल-बैल के रुपये एक बार में न मिलेंगे। थोड़ा रुपया पेशगी लेकर हल-बैल लाकर दिखाने पर बाकी रुपये मिलेंगे।

दूलन ने गाँव में आकर पहान से कहा, "सरकार कानून करती है, लेकिन समझती कुछ नहीं है। लोग हल-बैल रुपये लेकर खरीदते हैं। किस्तों में रुपये लेकर कौन बेचता है? अपना हल-बैल दो।"

वही हल-बैल दिखाकर दूलन ने रुपये लिये। एक-एक बरस के अन्तर पर। जिस बार रुपये लेता, उसी बार कहता, "मर गया, हुजूर!"

वह रुपये लेता। खाद लेकर तोहरी में बेच आता। बिजावन का बोरा कन्धे पर उठाकर लाता।

बिजावन वह खा डालता।

बिजावन का धान सिझाकर चावल बनाना छोटी बात नहीं। वही वह करता था। पहली ही बार बहू ने कहा, "इतना बिजावन! तुम्हारे पास कितनी जमीन है?"

"वह जमीन नापने से नापी नहीं जा सकती।"

"ऐसी क्या है?"

"हमारा पेट। भूख की क्या माप होती है? पेट की जमीन बढ़ती रहती है। उस भुतही जमीन पर जाकर धान बोऊँगा? तू पागल है!"

"क्या करोगे?"

"सिझा—कूटकर खाएँगे।"

"बिजावन खाकर मरना है?"

"इतनी चीजों से नहीं मरे। अकाल में कितने चूहे खाए। बिजावन खाकर मर जाएँगे? मरने पर पता तो चलेगा कि धान का भात खाकर मरे। स्वर्ग जाएँगे।"

एक बार बिजावन का भात खाने पर ही धतुआ की माँ की समझ में आया कि इससे अधिक मीठी चीज उसने जिन्दगी में नहीं खाई।

अच्छे भोजन की बात वह गर्व के साथ गाँव में कहती फिरी। गाँव में ऐसी कौन-सी सधवा है जो कह सके कि उसके मरद के पास इतनी अकल है कि ऐसी होशियारी से गौरमेन को बुद्धू बनाकर बिजावन का भात परिवार को खिलाए?

गाँव के सब लोग बहुत खुश हुए। गौरमेन ने उनकी किसी दिन कोई देखभाल नहीं की। गौरमेन के बी.डी.ओ. ने उनको कभी खेती में मदद नहीं दी। गौरमेन के बुनियादी स्कूल में उनके बच्चे कभी घुस नहीं पाते। लछमन सिंह या दैतारी सिंह उनकी ओर बन्दूक तानकर खुराकी पर या चार आना रोज पर फसल कटा लेते। इसको लेकर बड़ा तनाव चल रहा है, क्योंकि पास के ब्लॉक के गंजू-दुसाध-धोबी लोगों को लात और भात दोनों मिलते हैं। आठ आना रोज। पच्चीस पैसे बढ़ाने के लिए गाँववाले बहुत यत्नशील हैं। सब जानकर भी शोर करने पर एस.डी.ओ. पुलिस लेकर आने पर जानवरों को ही पकड़ ले जाते। लछमन सिंह या दैतारी से कुछ न कहते।

गौरमेन लछमन सिंह की थी। गौरमेन लछमन सिंह, दैतारी सिंह, हनुमान मिश्र की थी। ऐसी गौरमेन को जो बुद्धू बनाता है वह अगर दूलन गंजू है तो गाँव के लोग उसकी तारीफ करेंगे ही।

धरती कामधेनु की तरह दूलन को साल में छह सौ रुपये देती। लेकिन फिर भी दूलन घर में ही सोता रहता, बरामदे के कोने में, मचान पर, धतुआ की माँ के पास। धतुआ की माँ को खाँसी और हँफनी थी। मचान के नीचे बड़ी-सी बकरी बाँधकर सोती। दोनों कोठरियों में दो लड़के रहते। बहू बाल-बच्चों को लेकर रहती। गेहूँ,

मक्का, मड़ुआ के बोरे, हँड़िया और घड़े, ईंधन—सब दोनों कोठरियों में रहता। मगर उस जमीन की आमदनी से हमेशा तो काम नहीं चलता था। तब बाप और दोनों बेटे मेहनत करते, आलू की खोज में जंगल जाते, तोहरी जाकर माल ढोते, मिश्र जी के फलों के बगीचे में जाते, औरों की ही तरह।

इसी बीच तामाड़ी का करण दुसाध चला आया। वह बहुत ही शानदार आदमी था। लछमन के खेत में मजूरी करता था। गरीब-परवर से मजूरी की लड़ाई करके जेल चला गया। जेल में, हजारीबाग जेल में उसे और बिहार के बहुतेरे कैदियों का साथ मिला।

वे 'दुसाध' होने के कारण उससे घृणा नहीं करते थे। लड़ाकू होने से उसका सम्मान करते थे। उसे ताज्जुब के साथ पता चला कि किसी संगठन की कोई मदद नहीं। दूर-दूर तक घूमकर उन दो सौ किसानों ने अत्यन्त प्रबल लछमन सिंह के पके गेहूँ जला दिये थे। उन्होंने उसे समझाया कि इस तरह लड़ाई करना सबसे जरूरी है। लड़ाई के लिए लड़ाई करना। इसके लिए अपने केन्द्र-बिन्दु पर रहकर लड़ाई करनी चाहिए।

जो कहते उनको सजाएँ मिलतीं, वे बीच-बीच में अनशन करते। तब अधिकारी वर्ग उनकी पिटाई करता। पीटते-पीटते कितनों ही को मार डाला जाता। फिर भी, उसके बाद भी वे करण से कहते, "लड़ाकू, तुमने ठीक काम किया, लड़ना कभी मत भूलना।"

इसका परिणाम हुआ कि करण दुसाध के मन का स्तर-भेद काफी टूट गया था। जिस करण ने लछमन सिंह की हालत मुर्दे की-सी कर दी थी उसी करण ने लड़ाई की बात सोची थी, बाहर आने के बाद सबको बताया कि लड़ाई की परिस्थिति आज भी है। वह हालत को संगीन बना देगा।

'गुस्से में आ जाऊँगा, तब गोली खाऊँगा, फिर जेल क्यों जाऊँगा? पहले से ही संगठन करूँगा। उससे सब कुछ कह-सुन लूँगा। फसल काटने के समय पुलिस को मौजूद रहने को कहूँगा। हमारी माँग तो बहुत ही मामूली है। हम हरिजन और आदिवासी हैं। इस जंगली जगह में हमें अच्छी मजूरी नहीं मिलेगी। आठ आने की लड़ाई करूँगा। आदमी, औरत, छोटे-छोटे लड़के-लड़कियाँ—सबको आठ-आठ आने दो। वह चार आना दे रहा है। चार आने ज्यादा पाने के लिए यह हमारी 'पच्चीस पैसों की लड़ाई' है।'

खबर सुनते ही दूलन ने करण को कुरुडा बुलाया। उसका मन शक्की था। अपनी उसी जमीन के किनारे बैठकर लोगों से बात करता। करण दुसाध उम्र में अधेड़, बीमार-सा, छोटा-मोटा आदमी था। हजारीबाग में कैदियों के साथ दो बरस रहने से उसका व्यक्तित्व नया हो गया था।

"जात-पाँत सब झूठी बातें हैं। छूतछात बरामन और बड़े आदमियों की बनाई हुई होती है।"

यह बात कहकर वह दूलन को घबराहट में डाल देता है। दूलन पलक झपकते मन-ही-मन घबरा जाता है। यों तो वह घाघ आदमी है। कहता है, "वह तो लिखे-पढ़े बाबू लोग कहते ही रहते हैं। अब काम की बात सुनो। लछमन सिंह, बी.डी.ओ., एस.डी.ओ. और दारोगा—चारों गिलास के यार हैं। पहले तू तोहरी के आदिवासी दफ्तर और हरिजन सेवा संघ में जा। उन्हें बता दे। वे भी तेरे साथ थाना—एस.डी.ओ. करें।"

"क्यों? हम क्या कमजोर हैं?"

"बहुत कमजोर, करण! गलती मत करना। सभी सरकारी आदमी लछमन की मदद करेंगे। उसके बन्दूक छोड़ने पर नहीं देखेंगे, तेरे लाठी उठाने पर पकड़ लेंगे। हरिजन सेवा संघ में मदनलाल जी हैं। सच्चा आदमी है। सबको पहचानता है। साथ में रखना।"

करण ने बात मान ली। मदनलाल का वोटों का पुल बहुत ही जोरदार था। इसलिए एस.डी.ओ. और दारोगा ने पहले लछमन के साथ गुप्त बैठक की। बाद में मदनलाल की बात पर राजी हुए।

बड़े ही निर्विघ्न रूप से भुट्टे काटना और उठाना सम्पन्न हुआ। आठ आना मजूरी मिली। करण दुसाध हीरो बन गया। परियों की कहानी सच हुई।

उसके बाद लछमन ने अचानक दूलन से कहा, "कल जमीन पर रहना। किसी को अगर पता चलेगा कि मैंने यह बात कही, तो तेरी लाश गिरा दूँगा।"

जब रात बीती और नया दिन निकला तो एस.डी.ओ. राँची चले गए और दारोगा डाकुओं को पकड़ने दूर बुरुडिहा निकल गए।

तीसरा पहर बीतते-न-बीतने, अस्त होते सूर्य की आभा में लछमन सिंह ने दूसरे राजपूत भाइयों को लेकर तामाडी के दुसाधपाड़ा पर हमला कर दिया।

आग जलने लगी, उसमें आदमी जल गए, घर ढह गए।

रात में दूलन के सामने नवोदित चन्द्रमा ने एक अपार्थिव नीरव चलचित्र उपस्थित किया। घोड़े की पीठ पर लछमन सिंह था। दो घोड़े आसपास लिये, उनकी पीठों पर, मचान पर कई लाशें थीं। लछमन के बहुत-से नौकर थे।

करण और उसके निरीह भाई बुलाकी की लाशें, लछमन की बन्दूक के आतंक से दूलन जमीन में गाड़ता है। डर के मारे सिर नीचा किये हुए कुदाल से गहरा गड्ढा खोदता है। लछमन मेड़ पर खड़ा देखता और पान चबाता रहता है। उसके बाद कहता है, "एक भी बात कहीं मुँह से निकाली तो कुत्ते, करण दुसाध बना दूँगा। सियारों-लकड़बग्घों का ठीक नहीं, लाश निकाल लें। कल ही यहाँ चबूतरा बना देना। रात में रहना। करण ने आग लगाई थी न, मैं राजपूत का बच्चा हूँ, अब से लाशें गिरेंगी।" दूलन सिर हिलाता है। जिन्दा रहने के लिए कहता है, जैसा वह चाहें वैसा ही होगा।

दूसरे दिन पुलिस आई। बहुत शोक हुआ। अन्त में पता चला कि घटना के समय करण वहाँ न था। रिपोर्टर लोग किसी तरह 'ए ट्रू हरिजन स्टोरी' लिखने में समर्थ न

हुए। लछमन के विरुद्ध किसी ने कोई बात नहीं कहीं। आग लगाने के अपराध में लछमन के एक नौकर को कुछ दिनों के लिए जेल की सजा हो गई। बेघर परिवारों को सरकार से गृह-निर्माण के लिए थोड़ी-बहुत आर्थिक सहायता मिली।

तभी से दूलन उस जमीन पर रहता है। पहले यह पागलपन समझा गया और लड़कों ने उसे रोकने की कोशिश की। इस अवस्था में कोई बात दूलन के कानों में नहीं गई। 'क्या हुआ?' पूछने पर वह ओठ दबाकर लाल-लाल आँखों से देखता। उसके बाद सिर हिलाकर हाथ का डंडा उठाकर कहता, "बात न कर, धतुआ! तेरा सिर फोड़ दूँगा।"

उसके मन में बड़ा भारी विस्फोट हुआ, वह धँस गया, स्तर बदल गया। सीधा, लछमन के निकट ऐसा सीधा था? दूलन जानता था कि इनसान के लिए और आचार-नियमों की तरह ही मृत्यु भी है। किन्तु लछमन सिंह ने यह प्रमाणित कर दिया कि यह सब पुरानी और चली आ रही रीति-नीति कैसी निकम्मी चीजें हैं! कैसी सीधी बात है! घोड़े की पीठ पर दो लाशें और निश्चय ही तामाड़ी के दुसाधों की ऐन नाक के नीचे, बड़े अक्खड़पन से लाशें आई हैं। लछमन को मालूम है कि लाशों को लाने के मामले को छिपाने की जरूरत नहीं है। जिन्होंने देखा है, वे कुछ न कहेंगे। उन्होंने लछमन की खामोश और तीखी नजरों में यह परवाना पढ़ा था—जो मुँह खोलेगा वह भी लाश बनेगा। ऐसा पहले भी हुआ था। फिर होगा। आसमान में आर्त और मरते हुओं का चीत्कार भरकर बीच-बीच में हरिजन और अछूतों को सरकारी कानून समझा दिया जाता था—अफसरों की तैनाती और सरकारी घोषणा कुछ नहीं होतीं। राजपूत राजपूत ही रहेगा, ब्राह्मण ब्राह्मण ही रहेगा। दुसाध-चमार-गंजू-धोबी—ये ब्राह्मण, कायस्थ, राजपूत, भुइँहार, कुर्मियों के नीचे हैं। राजपूत या ब्राह्मण या कायस्थ या भुइँहार या यादव या कुर्मी स्थान-विशेष से हरिजनों की ही तरह हैं, हरिजन से भी गरीब हो सकते हैं। किन्तु जाति के कारण उन्हें जलती आग में फेंका नहीं जाता। खांडव वन के जलने में कुछ अरण्यवासी शस्य कृष्णांग के भक्षण से अग्निदेव अछूतों के नर-मांस पर आज भी आसक्त हैं।

सारी बातों ने दूलन के मन में उथल-पुथल मचा दी। इसके पहले उसमें ऊपरी धूर्तता थी। जिन्दा रहने के लिए। अब उसे मन के नीचे दो लाशें छिपाकर रखनी पड़तीं। लाशें मन के नीचे सड़ती रहतीं। जमीन में मिट्टी के नीचे गड़े करण और बुलाकी के मांस का भार हलका पड़कर क्रमशः भार रहित हो गया, लेकिन दूलन के मन के संसार का वजन बढ़ने लगा। दूलन का चेहरा विवर्ण हो गया, मुँह से बोली और भी कम हो गई। वह किसी से बात न कर पाता। बराबर मन पर एक बड़ा भार ढोता रहता। बाँधकर मार खानी पड़ती। मुँह खोलने पर कुरुडा की दुसाधपट्टी में भी आग लगेगी, हवा में राख उड़ेगी, जलते मांस की दुर्गन्ध फैलेगी।

धीरे-धीरे दिन बीतते गए। करण और बुलाकी गायब हो गए, और सब लाचारी में उन्हें भूल गए। तोहरी से इधर बुरुडिहा, उधर फूलझर तक रेल-पथ बैठाया गया।

आदिवासी और हरिजनों पर अत्याचार कम हुए—इस बारे में तभी जाँच और इन्तजाम करने के लिए, केस तैयारी कर अदालत में पेश करने के लिए थाने और एस.डी.ओ. को अंचल का ध्यान रखकर विशेष क्षमता दी गई। ढाई गाँव पर पंचायती कुआँ खोदा गया। ढाई नीच जात और आदिवासी गाँव था। इस प्रकार उस अंचल ने लँगड़े पैरों से आधुनिक समय के निकट आने का प्रयत्न किया।

उसका परिणाम हुआ कि लछमन सिंह का प्रताप और भी अधिक हो गया। सरकारी आदेश उड़ाकर वह खेत-मजूरों को चालीस पैसे मजूरी देता था। उसने हनुमान मिश्र के मन्दिर में शिव के मस्तक पर सोने का गोखरू साँप बनवा दिया। बी.डी.ओ. को स्कूटर, दारोगा को ट्रांजिस्टर खरीद दिया और करण और बुलाकी की निजी जमीन पुराने कर्ज के बदले में दखल कर ली।

इस व्यवस्था से सभी सन्तुष्ट थे। लेकिन अचानक खेत-मजूरों के बारे में सरकारी सर्कुलर आया और कई नये एस.डी.ओ. आए। ये वामपन्थी अभियुक्त कहे जाते थे और इन्हें अन्तिम दंड के रूप में सस्पेंड करने की प्रशासन की जैसी शुभेच्छा थी, उसके मुताबिक फसल कटने से डेढ़ महीना पहले इनकी बदली तोहरी कर दी गई।

तोहरी अंचल के खेत-मजूर वर्ग हरिजन और आदिवासी थे। जमीन के मालिक, जमींदार और महाजन ऊँची जाति के थे। अंचल की विशेष समस्या थी—मालिकों पर खेत-मजूरों का गहरा अविश्वास। उसी कारण से खेती में मनचाही उन्नति नहीं हो रही थी और प्रति व्यक्ति आय बढ़ नहीं रही थी। आय-व्यय-स्वास्थ्य-शिक्षा-सामाजिक चेतना—सभी सब-नार्मल स्तर पर रुकी हुई थीं। यहाँ वस्तुत: आवश्यकता थी प्रतिभावान, सहानुभूतिपरक और मानवीय अफसर की।

एस.डी.ओ. समझ गए कि इस प्रकार उन्हें दंड दिया गया है। उन्होंने ससुर से कहा, "आपकी जीत हुई। बैंक का काम देखिए। एग्रो-इकोनॉमिक्स के छात्र हैं, मिल जाए तो जा सकते हैं। नहीं तो जहाँ भेज रहे हैं, वहाँ रहने पर आपकी एकमात्र लड़की अवश्य विधवा हो जाएगी।"

दूसरे काम का ठिकाना कर आने पर एस.डी.ओ. ने खेत-मजूरों से कहा कि तुम पाँच रुपये अस्सी पैसे मजूरी पाने के अधिकारी हो। इस बात को उन्होंने जमींदारों को भी बताया। लछमन सिंह की जमीनें, उपज और खेत-मजूर विस्तृत तामाड़ी-बुरुडिहा-कुरुडा-हेसाड़ी-चामा-ढाई—सारे गाँवों में थे। अशरफी महतो नाम का बुरुडिहा के गाँव के मुखिया का लड़का था। करण की बात उसे याद थी। तीन बरस में भी भूला न था। लेकिन एस.डी.ओ. अब भला आदमी था। तब वह क्यों चालीस पैसा पेट-भत्ता पर फसल काटें? पाँच रुपया अस्सी पैसा? पेट-भत्ता नहीं चाहिए। पाँच रुपया चालीस पैसा पूरी मजूरी दे।

कभी जिस तरह करण को बड़ी कोशिश से समझाया था, उसी तरह आज दूलन

अशरफी को भी समझाने लगा। बोला, "करण शोर बहुत मचाता था। उससे तामाड़ी की दुसाधपट्टी जल गई।"

"करण कहाँ है? बुलाकी कहाँ है?"

"पता नहीं।"

"जिन्दा नहीं हैं?"

"ऐसी बातें क्यों कह रहा है?"

"मारकर जंगल में गड्ढे में फेंक दिया है?"

"पता नहीं। पर हाकिम को सामने समझकर काम करना।"

"करूँगा।"

"जिससे हाकिम बाद में मदद दे। उस बार मजूरी दी। बाद में आग लगा दी।"

"कहूँगा।"

हर अंचल में हर संघर्ष उस अंचल की विशेषता के अनुसार होता है। लछमन सिंह कहता है, "इतना नहीं दूँगा। दो रुपया लो, जलपान लो।"

"मजूरी दीजिए, गरीब-परवर, हुजूर!"

"दूँगा।"

लछमन सिंह की आँखें बहुत कोमल और दयालु हो गईं। वह बोला, "सोच लूँ! तुम भी सोचो! जो उचित है, वह तो गधा भी समझता है। पर जानते हो? तुम तो एस.डी.ओ. की बात कहते हो? उनसे कहना, इस अंचल में मक्खन सिंह, दैतारी सिंह, रामलगन सिंह, हुजूरी प्रसाद महतो कोई नहीं देता। मैं अकेला मार खाऊँ?" अशरफी डरते हुए पर जिद में हँसकर बोला, "मार खाएँगे, हुजूर? आटे की चक्की आपकी है, आपका मकान कितनी दूर से दिखाई देता है। आप मार खाएँगे?"

हँसने को लछमन सिंह ने शोख हेकड़ी समझा और बोला, "जो दो रुपये बताए सो आखिरी हैं। जमीन रखकर हम सरकार की नजरों में जैसे चोर बन गए हैं। तुम लोगों में जिसकी जितनी जमीन है, उसके लिए सरकारी मदद मिलती है। मैंने अपनी जमीन दूलन को दी। वह हरामी खेती नहीं करता, और हर बरस बिजावन ले लेता है। जानवर! बिजावन खा जाता है। उसे छोड़ो। हमें कोई मदद मिलती है? खाद-बिजावन, फसल के कीड़ों को मारने की दवा—सब कुछ मोल लेना पड़ता है। हमारी बात एस.डी.ओ. से कहो।"

अशरफी ने दूलन से कहा, "होशियार! चाचा, उस हरामी को पता है कि तुम खेती नहीं करते हो, फसल नहीं काटते हो।"

दूलन के दिल पर लाशों का भार और भी भारी हो गया। लछमन सिंह ने उससे कहा है कि उस जमीन पर बीज बोकर कई बरस दूलन ने खेती नहीं की है।

दूलन ने बड़े अफसोस में अशरफी से चिन्ता के साथ कहा, "उस पर विश्वास मत करना, बेटा! तोहार बाबा हमनी के धतुआ-लटुआ को जनम-काम का था।"

"नहीं चाचा!"

अशरफी एस.डी.ओ. और लछमन सिंह के बीच बहुत चक्कर लगाता रहा। दूलन और भी उदास हो गया और किसी मुसीबत की आशंका से लड़के से चिढ़कर बोला, "छोटे आदमी का लड़का छोटा ही रहता है। जमीन से बूढ़ा बाप जो कुछ लाता है वही खाता है। कोई और लड़का होता तो आसपास की कोलियरी में चला जाता। क्यों जमीन के पीछे मरा जा रहा है?"

धतुआ धुँधली-धुँधली शान्त आँखें उठाकर ताज्जुब से बोला, "बाबा, इस बार हमें डबल मजूरी मिलेगी।"

दूलन और कुछ न बोला। तोहरी ब्लॉक ऑफिस चला गया। बोला, "इस बार रबी की खेती करूँगा। मदद चाहिए।"

बी.डी.ओ. ने शायद जिस जमीन पर खेती नहीं होती उसके लिए बीज देते रहने का पक्का कारण जान लिया है। वे भी इस षड्यंत्र में लछमन और दूलन के दल में चले आए और जोरों से हँसकर बोले, "देखूँगा।"

दूलन ने देखा कि उनके घर में एक ऊँचा-सा पपीते का पेड़ है। इतना ऊँचा पपीते का पेड़ देखने में नहीं आता।

वह बोला, "जे पपीता का गाछ इत्ता ऊँचा कैसे हुआ? हाँ बाबू?"

बी.डी.ओ. अपनी गहरी खुशी में हँसे नहीं। बोले, "यह जगह बाद में ऑफिस के कम्पाउन्ड में मिली है। गर्मी के दिनों में पागल कुत्ता मारकर गड्ढे में डालते थे। सड़े हाड़-मांस की खाद मिली है तो पेड़ बड़ा नहीं होगा!"

"वह खाद अच्छी होती है!"

"बहुत अच्छी। गरीब मुसलमान लोगों की कच्ची कब्रों पर फूल के पौधे कितने घने होते हैं!"

बातों ने दूलन के मन के लाशों के बोझ को कुछ हलका कर दिया। गाँव लौटकर दूलन भरी दुपहरी में जमीन को देखने गया। हाँ, सच ही तो है। तो करण और बुलाकी पूटुस की झाड़ी और पेड़ हैं। उसकी आँखों से आँसू बहने लगे। "करण, तू मरकर भी नहीं मरा। लेकिन यह पूटुस के पेड़ तो किसी के काम नहीं आते। भेड़-बकरी भी नहीं खातीं। हम लोगों के हक के लिए लड़ने गए। गेहूँ बनकर, मड़ुआ बनकर क्यों नहीं रहे? नहीं तो चीनाघास ही होते। चीनाघास का दाना उबालकर घाटो खाते।"

बड़े अफसोस के साथ वह तामाड़ी गया और लछमन सिंह के सब्जी के बगीचे में किसी को न देखकर मैदान की ओर का बेड़ा उखाड़कर फेंक दिया। हुर-हुर-हुर करके कई भेड़ों को खेत में घुसा दिया। उसके बाद घुमाव की राह से आकर सदर डेवढ़ी से जाकर लछमन सिंह से कहा, "गरीब-परवर! एक खत लिख दीजिए। अस्पताल में भर्ती होऊँगा। खाँसी और छाती में दरद है।"

"फसल कटाई हो जाने पर खत दे दूँगा।"

"बहुत अच्छा, गरीब-परवर!"

फिर दूलन की छाती पर लाशों का बोझ बढ़ गया। अपने मन की गहराई को चिन्ता की खन्ती से खोदते हुए लौटा। करण और बुलाकी से वह जगह छोड़ देने को कहा।

क्या फसल कट जाने पर करण और बुलाकी का साथी बनकर कोई आएगा?

धान की कटाई चलने लगी। बहुत बहस के बाद ढाई रुपया रोज और जलपान ठीक हुआ। घोड़े पर चढ़कर लछमन खुद देखभाल करता था। कायदे के मुताबिक पुलिस देख गई कि धान शान्तिपूर्वक काटे जा रहे हैं। सात दिनों पर सबको मजदूरी मिली।

चैन की साँस लेकर एस.डी.ओ. पुलिस लेकर लौट गए।

आठ दिनों के बाद आँधी आई। बाहर के मजूरों को लेकर लछमन सिंह धान कटवा रहा था। अशरफी और दूसरे लोग दसट, डर और जिद में मन-ही-मन खफा थे।

"आप यह नहीं कर सकते।"

"कौन कहता है, नहीं कर सकता? कर तो रहा हूँ। कुत्ते के बच्चो, देख लो, कर रहा हूँ।"

"लेकिन..."

"फसल काटने दी, मजूरी दी। बस—खेल खतम!"

मारने को तैयार अशरफी आदि को देखकर बाहरी मजदूरों ने हँसुए रोक दिये और वे एक जगह इकट्ठा हो गए। गोली की आवाज हुई। बाहरी मजदूर भाग खड़े हुए। फिर गोली की आवाज हुई।

गोली से कितनी लाशें गिरीं, उसका हिसाब न था। दूलन के हिसाब से ग्यारह थीं। लछमन सिंह और पुलिस के अनुसार सात थीं। अशरफी का बाप बिलकुल निपूता हो गया। दो बेटे—मोहर और अशरफी, दोनों गायब थे। चामा गाँव के महुअन कैरी और बुरुडिहा के परस धोबी का पता नहीं चला। घर-घर रोना मच गया। एस.डी.ओ. के आने पर उनके पैरों पर मरे और लापता लोगों के बाप-माँ-पत्नी-लड़के-लड़कियाँ लोटने लगे। एस.डी.ओ. का चेहरा पत्थर-सा कठोर था। लछमन सिंह के खिलाफ पुलिस केस करेंगे—ऐसा गाँववालों से कहा। रिपोर्टरों से सब बता रहे थे, घूम-घूमकर दिखा रहे थे। वारंट न आने तक लछमन सिंह इज नॉट टु लीव होम।

और चाँदनी रात में, ठंडी हवा में, मधुमय परिवेश में लछमन सिंह आता है। इस अंचल में सभी पैटर्निस्टिक—पितृभक्त—हैं, और बड़ा पशु चौपाया घोड़ा है। चार घोड़े चार लाशें लाते हैं। इस बार दूलन के साथ लछमन के नौकरों ने भी हाथ लगाए। बहुत गहरे गड्ढे की जरूरत है। जमीन बरसात के पानी और शरत के पाले से मुलायम है। चार लाशें झपाझप डाल दी गईं। दूलन के कलेजे का भारी बोझ और भी भारी हो गया।

दूलन और भी अजीब आदमी बन गया। बी.डी. ऑफिस से झगड़ा कर और भी बीज ले आया। हल-बैल के रुपये लाया। उसके बाद एक महीना बीतते-न-बीतते कई

टेढ़े-मेढ़े पेड़ों को देखकर सान्त्वना मिली। बहुत चटकीले, बहुत हरे कई पेड़ भारत की आपातकालीन स्थिति में दक्षिण-पूर्व बिहार के एक उपेक्षित, मानहीन अंचल में खेत-मजूर के काम में हरिजनों के नीरव दस्तावेज बनकर प्रतिदिन सूर्य को प्रणाम करते। लछमन बेकसूर छूट गया। आपात स्थिति थी। खेत-मजूरों को भड़काने और उत्तेजित करने के लिए एस.डी.ओ. डिमोट—पदच्युत—हुए। लछमन और दूसरे जमींदार-महाजनों ने हनुमान मिश्र के मन्दिर में बहुत ही धूमधाम से पूजा की। चाँदी के एक सौ आठ बिल्व-पत्र चढ़ाए और घोषणा की कि जो रुपया-रुपया मजूरी पर, बिना जलपान के फसल काटें वही कुत्तों और कुत्तियों के बच्चे आएँ। नहीं तो बाहरी किसान आएँगे। आपातकाल से सब जगह हाय-हाय मची हुई थी। कांग्रेसी गुंडों ने बाहरी किसान ले आने का ठेका ले लिया है। इस बार खेल और भी बड़े मजे का है। हर एक की मजदूरी में से इस ठेकेदार को चार आना प्रतिदिन देना होगा। फिर वे ठेकेदार के आदमी हों या न हों। इन गुंडों ने कहा है कि बन्दूक लेकर वे फसल काट लेंगे और जो कोई टें-पें करेगा उसकी देह पर पेट्रोल छिड़क आग लगाकर इस अंचल में बदमाशी हमेशा के लिए खतम हो जाएगी।

दूलन कलेजे पर पत्थर रखे घूमता-फिरता और धतुआ-लटुआ के चेहरों की ओर देखकर सोचता कि लड़कों को लेकर भाग जाए! लेकिन जाएगा कहाँ? दक्खिन-पूरब बिहार में दूलन गंजू कहाँ सुरक्षित है? बाहर जाने पर कहाँ लछमन सिंह नहीं हैं?

होली के दिन उसने कान लगाकर गाना भी नहीं सुना। लेकिन अचानक होली का कोई बढ़िया गाना सुनकर होली का शोर रुक गया। महुआ पीकर नशे में धतुआ टुइला बजा आँखें बन्द कर गा रहा था :

कहाँ गइल करण?
और बुलाकी कहाँ?
कोई उनके पता देत काहे नहीं?
ओह पुलिस का खातो माँ हेराय गयन।
कहाँ अशरफी हज्जाम?
ओकर भाई मोहर कहाँ?
महुबन और पारस कहाँ?
कोई उनके पता देत काहे नहीं?
ओह पुलिस का खाता माँ हेराय गयन।
करण लड़ेला पच्चीस पइसा क लड़ाई।
अशरफी लड़ेला पाँच रुपैया चालिस पैसा क लड़ाई
बुलाकी औ' मोहर
दादा लोगन के साथ बढ़ गयल

महुबन जानत नसा महुआ बनाय के
पारस जानत होली के दिन नाचै,
ओ' सब पुलिस का खाता माँ हेराय गयन।

गाना समाप्त हुआ। सब खामोश थे। होली का रंग बिगड़ गया। होली का नशा उतर गया। दूलन उठ खड़ा हुआ।

"किसने यह गाना बनाया?"

"बाबा, मैंने।"

दूलन अचानक फूट-फूट कर रो पड़ा। बोला, "यह गाना भूल जा। तू भी पुलिस के खाते में खो जाएगा।"

दूलन अपनी जमीन पर चला आया। जमीन के बीच जाकर बहुत धीमी आवाज में फुसफुसाकर बोला, "तुम लोग गीत बन गए। सुना? गीत बन गए। मेरे लड़के धतुआ के बनाए गीत में आ गए। गान बन गए। गान बन गए, धान नहीं बने, बने नहीं चीना घास—अब हमारे कलेजे से उतर जा रे, अब मुझसे नहीं हो सकता।"

होल पूर्णिमा—होली—के चाँद के आलोक में पेड़ के चटक पत्ते और पूटुस फूलों के गुच्छे हँस-हँसकर लोटपोट हो गए। ऐसी मजेदार बात उन्होंने कभी नहीं सुनी थी। दूलन के कलेजे के नीचे धतुआ के लिए अज्ञात भय था। मचान पर चढ़ते ही उसने धतुआ का गाना सुना। अब सब लोग गा रहे थे। लेकिन वे पुलिस के खाते में खो नहीं गए। दूलन किसी दिन सारी बातें नहीं बता सकेगा। लछमन सिंह का पंजा जो था।

एक दिन आपातकाल समाप्त हुआ।

एक दिन भारत के मुक्ति-सूर्य मजा लेने के लिए गद्दी से नीचे उतरे और कुछ देर साँस लेकर फिर गद्दी पर चढ़ने के लिए भाग-दौड़ करने लगे। एक दिन फिर लछमन की फसल पककर खड़ी हुई।

दो बरस अकाल-सूखा के कारण खेती न होने के बाद इस बरस धान निकले। दूर-दूर तक धान के खेतों में मचान लग गए। पखेरू रात-दिन पके धानों पर आकर पड़ते।

दो बरस पहले जो कांग्रेसी और गुंडे और खेत-मजूर जमा करनेवाले ठेकेदार थे—वे ही इस बार नाम से 'कांग्रेसी और गुंडे' दो डॉक्टरेट हटाकर खेत-मजूर देनेवाले ठेकेदार बनकर दिखाई पड़े। उनके साथ उनकी ही तरह टेरीक्लॉथ-शोभित, काला चश्मा लगाए, बन्दूक लिये चार साथी थे। अमिताभ बच्चन की आवाज में इन भाड़े के टट्टे लोगों ने लछमन से कहा कि "अब आपके दिन खतम हो गए। स्ट्राइक तोड़ना, खेत-मजूर इकट्ठा करना और फसल कटाना—सारा कुछ पेशेवर लोगों के हाथों में चला गया है। दक्षिण-पूर्व बिहार में हम पैसे पर काम करते हैं—मर्सिनरी सेवा। आप न चाहें तो भी हम सेवा देंगे। पाँच हजार रुपये पेशगी पर।"

"पाँच हजार?"

"नहीं तो सरकारी मजदूरी दीजिए।"

"न, न।"

"सरकारी मजदूरी न देकर नफा कमाएँगे अस्सी हजार! और पाँच हजार नहीं देंगे?"

"दूँगा।"

"बस। गाँव के नाम, मजदूरों के नाम बताइए। कोई हंगामा करने वाला है?"

"न।"

"ठीक है। हमें मक्खन सिंह और रामलगन सिंह को भी सर्विस देना होगा। मैं ठीक वक्त पर चला आऊँगा। और हाँ, उन्हें मजूरी देंगे सवा रुपया। हमारा बट्टा होगा चार आना।"

"रुपया, रुपया!"

"सवा रुपया! मैं, अमरनाथ मिश्र, ज्यादा बात नहीं करता हूँ।"

"टाहाड़ के मिश्र जी के आप कौन लगते हैं?"

"भतीजा। मेरी सर्विस की पहली पूँजी चाचा जी ने ही दी थी।" इसी तरह सब बात हो गई। बाद में हनुमान मिश्र ने लछमन सिंह से कहा, "हाँ, हाँ, मेरा ही भतीजा है। लड़के को सर्फेस कोलियरी खरीद दी थी, कहा कि तुझे भी दूँ? बड़ा इलमदार लड़का है। उसकी सर्विस इलेक्शन के कैंडिडेट लेते हैं, हड़ताली कारखाने के मालिक लेते हैं, वह सर्फेस कोलियरी में लेबर जुटाता है। बड़ा इलमदार है। तीन शादियाँ की हैं। तीन टाउन में तीन को रखा है। सबको मकान दे दिया है। पिछली सरकार में उसकी बड़ी कदर थी। मेरा एक भी लड़का उसकी तरह इलमदार न हुआ।"

लछमन सिंह बहुत ही अक्खड़ राजपूत था। अपने राज्य में संजय था। लेकिन लछमन भी समझता था कि भाड़े के मर्सिनरी जब अपनी सर्विस थोपें तो उन्हें भी मान लेना होगा। नहीं तो लछमन मक्खन और रामलगन के आगे बेवकूफ बनेगा।

धानों की कटाई शुरू हुई। बाहरी मजूर नहीं, धतुआ आदि खुद ही काट रहे थे। सवा रुपया रोज के ऊपर जलपान के लिए मकई का सत्तू-मिर्चा-नमक। धतुआ की माँ दोनों लड़कों के लिए जंगली करौंदों का अचार साथ में दे देती थी।

दूलन मचान पर बैठा रहता था। बैठा रहता था किसी की प्रतीक्षा में। धान कटाई चल रही थी। औरतें गीत गाते हुए धान काट रही थीं। दूर से उनका गाना लोरी के गीत-सा एकरस सुनाई पड़ता। लेकिन दूलन को नींद न आती।

के छीन लिहिस दूलन क नींद?
नींद पुलिस क खाता माँ खोइ गयल।

धतुआ और लटुआ लौटानी तक दूलन के घर रहते। उसके बाद जमीन पर आए। बरसात में मेड़ पर से बहा पानी पाकर और शरद् के पाले से भीगकर नम

मिट्टी में जंगली पेड़ और भी भरभराकर निकल पड़े। पूटुस फूल से पेड़ फटा पड़ रहा था। लेकिन दूलन की आँखों में नींद नहीं थी।

मजूरी चुकानेवाले दिन अपेक्षित गड़बड़ी हुई। अमरनाथ ने उस दिन अपने हिस्से की माँग की। लछमन बोला, "कोई खूनखराबी न करना। मेरे साथ बट्टा काट लेने की बात नहीं है। उनसे फैसला कर लो।"

"कितने लोगों के साथ? अमरनाथ लकड़बग्घे की तरह हँसा, "आप दे दीजिए।"

सबसे अधिक बिगड़ उठा धतुआ—दूलन का लड़का। लछमन सिंह बट्टे के मामले में पड़ना नहीं चाहता था। वह अछूतों को बन्दूक उठाकर ही काबू में लाना जानता था। इस एक आदमी को वह गोली नहीं मारना चाहता था। दूलन उसके लिए काम का था।

अमरनाथ बोला, "कुत्तों से मैं बात करूँ? पाँच सौ आदमियों के सवा रुपये से रोजाना चवन्नी के हिसाब से पन्द्रह दिनों में होते हैं अठारह सौ पचहत्तर रुपये। दे दीजिए।"

"न हुजूर! हम नहीं देंगे।" धतुआ चिल्ला पड़ा। लछमन ने गहरी साँस ली। उसे फिर पैटर्निस्टिक—पिता के समान—बनना पड़ेगा। फिर बन्दूक उठानी पड़ेगी। करण गया, अशरफी आया, अशरफी गया, अब धतुआ।

"पन्द्रह दिन के पन्द्रह रुपये लेकर घर जाऊँगा? अठारह रुपये बारह आने नहीं मिलेंगे? ऐसी बात तो नहीं हुई थी। हमने ज्यादा दिन तो नहीं लगाए?"

"धतुआ, समझकर बात कर।"

लछमन सिंह ने अमरनाथ को रुपये दिये। उसके बाद बोला, "बात मत कर, धतुआ! चला जा।"

करण हक जतानेवाला आदमी था, अशरफी अक्खड़ था। धतुआ को कभी यह पता न था कि उनकी मजूरी काटकर अमरनाथ को बट्टा देने के मामले में इस तरह जिद के साथ हक बता सकेगा। बाहर निकलकर वह बोला, "तुम जाओ! मैं फैसला करके आऊँगा।"

वह फिर लछमन सिंह के सामने आया। बोला, "उन पच्चीस पैसों का हिसाब चुकाए बिना हम कल से धान नहीं काटेंगे। अच्छे खेत रह गए हैं। हम खुद नहीं काटेंगे और औरों को काटने नहीं देंगे।"

"पुलिस अपना हिस्सा लेने आई थी। इसलिए उस वक्त बच गया, धतुआ!"

"पुलिस से आप डरते हैं?"

धतुआ चला गया, लेकिन उसकी आखिरी बात लछमन को बुरी लग गई। फिर भी धतुआ दूलन का बेटा था और दूलन लछमन के बहुत ही छिपाने लायक काम में मददगार था, इसलिए लछमन छोटे लोगों के लिए एक दिन टाल गया।

दूसरे दिन सब लोग आए और किसी ने काम न किया। लछमन बेकार ही गुस्से में फुफकारता रहा। किराये के लोगों का पता न था। वे मक्खन सिंह और रामलगन सिंह को मदद देने गए थे। फौरन बाहर की लेबर का मिलना भी आसान न था। शाम को अँधेरा होने पर लछमन ने अपने साथियों को जरूरी निर्देश दिये। धमकाने से अगर काम हो सकता है तो गोली मत चलाओ। पके धानों में से होकर लछमन के नौकर घोड़े पर सवार होकर चले। चम्बल के डाकुओं का सिनेमा देख-देखकर वे भी खाकी यूनीफार्म पहने हुए थे। वे आगे बढ़कर आए। ये लोग उठ खड़े हुए और राह देखने लगे।

"कुत्ते के बच्चो और कुत्तिया के बच्चो, सुनो!"

"तू है कुत्ता का बच्चा।"

कौन चिल्लाकर बोला! उन्होंने बन्दूकें उठाईं। वे आश्चर्यजनक फुर्ती से खेत में घुस गए। धानों की ओट में छिप गए। कुछ देर तक बातों के मिसाइल—अस्त्र—चलते रहे। उसके बाद गोली अनिवार्य हो गई। कई बार। धान खाना छोड़कर चिड़ियों के झुंड आसमान में उड़ गए। खेत में किसी के गरारे की-सी आवाज हुई। पहचानी आवाज थी।

उसके बाद धारदार हँसुए और दराँती घोड़ों के पैरों पर लगे। घोड़े सवार लिये-दिये भागे। वे निकलकर भागे। लटुआ और परम तोहरी की ओर भागे।

दूलन बहुत ही अधिक कष्टकर प्रतीक्षा करता रहा। शाम बीत जाने पर, रात होने पर लटुआ आया।

"धतुआ कहाँ है?"

"मैंने तो नहीं देखा। दादा आए नहीं? मैं तो थाने गया था।"

"धतुआ कहाँ है?"

"हम पुलिस ले आए हैं। पुलिस यहाँ भी आएगी। वही एस.डी.ओ. है, बाबा! वह फिर आ गया है। वह भी आएगा।"

"धतुआ!"

दूलन के कलेजे के भीतर लाशें क्यों हिल रही हैं? किसके लिए जगह बना रही हैं? किसके लिए? दूलन सब समझता है और उठ खड़ा होता है।

"कहाँ जा रहे हो?"

"जमीन पर।"

"लड़का आया नहीं, तुम, तुम पागल हो या पिसाच?"

"चुप रह, हरामजादी!"

दूलन निकला, भागता चला। धतुआ का गीत, धतुआ का गीत।

कहाँ गयल करण?
बुलाकी कहाँ?
ओह पुलिस का खाता माँ खोय गयल।

भीगी-भीगी आँखें। हाथों में जरूल था। तू मत खो जइयो धतुआ, मत खो जइयो। छितरे पेड़ पूटुस गाछ, तुम आज रात मत हँसना।

धतुआ है। धतुआ है।

लछमन सिंह है। एक और आदमी है। आदमी का चेहरा और आँखें खून से भरी हैं। लछमन उसे मार रहा है। लाठी मार रहा है। आदमी गिर पड़ता है।

वे दो हैं, घोड़े तीन हैं।

लछमन उनकी ओर देखता है। पास आता है, कहता है :

"दूलन?"

"धतुआ?"

"अफसोस, अफसोस दूलन! मना किया तो भी इस जानवर ने गोली चला दी।"

लछमन फिर उस आदमी को लाठी मारता है। कहता है, "गोली चलानेवाले गुंडे!"

"धतुआ?"

"जमीन में।"

"कौन डाला?"

"वही जानवर।"

"ओ?"

"हाँ, किन्तु जबान मत खोलना, दूलन! नहीं तो तेरी बहू, बेटा, बेटे की बहू, नाती—कोई नहीं बचेगा। और, और रुपये ले जाना। तेरे लड़के ने पुलिस बुलाई है। पुलिस को मैं खरीद लूँगा। लेकिन पता है, तेरा लड़का होने से ही लटुआ को छोड़ दिया है। अपनी बन्दूक की एक गोली भी तो आज नहीं खरच की। लटुआ को एक गोली से ढेर कर सकता था। किया नहीं।"

वे लोग चले गए। सात लाशें लेकर दूलन और न खड़ा रह सका। मेड़ पर गिर पड़ा। जमीन पर लोट गया। जंगली और नुकीले पत्तों के काँटों से घायल होते-होते लुढ़कते-लुढ़कते रुक गया।

इस बार हमेशा की तरह जाँच खतम नहीं हुई। एस.डी.ओ. ने हस्तक्षेप किया। गोली चलानेवाले अमरनाथ और गुंडे जेल गए।

धतुआ फिर न लौटा।

दूलन सोचता-ही-सोचता रहता। अन्त में उसने पूरी तरह से पागल होने का फ़ैसला किया। वैशाखी वर्षा पड़ते ही जमीन से एलो और पूटुस के पेड़ों का नाम-निशान मिटाने में लग गया।

"कहाँ गया? भरी दुपहरी में?" उसकी पत्नी खोज रही है। लटुआ की बहू बताती है, "हँसुआ और खन्ती लेकर ससुर जमीन पर गए हैं।"

"मना नहीं किया?"

"मैं बात करती?"

सारा रंज भूलकर पत्नी भागी। मेड़ पर चढ़कर चिल्लाने लगी, "हाँ, तुम पागल हो गए हो? वह जंगल साफ करने चले हो?"

"घर जा।"

"घर क्या जाऊँ?"

"घर जा।"

बहू रोते-रोते मुखिया के पास गई। मुखिया ने आकर कहा, "धतुआ आएगा, दूलन! लड़के के शोक में पागलपन मत कर। गरम लगेगा!"

दूलन बोला, "घर जाओ, पहान! तुम्हारा बेटा गायब हो गया है या मेरा?"

"तेरा।"

"यह जमीन तुम्हारी है या मेरी?"

"तेरी।"

"तब? पागल हुआ तो हुआ, नहीं हुआ तो हुआ। साली जमीन को मैं देखूँगा।"

"तो लटुआ को बुला ले।"

"न। मैं अकेले सब करूँगा।"

खेती का काम किया नहीं था। लेकिन करने में उसका हाथ बहुत अच्छा था। यह मुखिया को याद आया। मुखिया ने दूलन की बहू से कहा, "चल, घर चल। उसके मन में जो आए सो करे। तुझे तो तोहरी जाना होगा।"

दूलन की पत्नी लटुआ के साथ बार-बार तोहरी जाती और थाने पर धतुआ की तलाश के बारे में खबर लेती।

दूलन कई दिन जंगल साफ करने में लगा रहा। जमीन तैयार करता रहा। उसके बाद बिजावन लाकर बोला, "इस बिजावन का भात नहीं बनेगा, जमीन में बोऊँगा।"

"उस जमीन में?"

"हाँ।"

बिजावन छींटते-छींटते दूलन मंत्र की तरह कहता जाता था, "तुमको एलो और पूटुस बनाए नहीं रहूँगा। धान बना दूँगा। धतुआ! धान बना दूँगा।"

पौध जब तैयार हुई तो सब झुंड बनाकर देखने आए। कहाँ रही लछमन, मक्खन और रामलगन की सुधारी जमीन की पौध? यह पौध जैसी तेज थी वैसी ही पुष्ट।

"जली धरती, नई पौध।" सभी ने कहा। दूलन बहुत परेशान हुआ। सबको भगा दिया। वह अकेला खेती करेगा, अकेला बोएगा, अकेला पौध की हरियाली की शोभा देखेगा।

पहान बोला, "लछमन सिंह देखता तो कुढ़कर मर जाता।"

"कौन?" दूलन निस्पृह था।

"लछमन सिंह।"

"वह कहाँ है?"

"गया जाकर बैठा है। ससुराल में।"

"ओ!"

उसके बाद धान के पौधे बड़े हुए। ऊँचे, मजबूत, खड़े पौधे। गुच्छे-गुच्छे धान हुए। धान पके। अब दूलन के पागलपन की हद हो गई।

वह बोला, "धान काटूँगा नहीं।"

"काटेगा नहीं! यह बरसात बीत गई। कितनी तकलीफ उठा मेड़ काटकर इकट्ठा पानी निकाला, रात-दिन वहीं रहा, घर से घाटो और पानी ला-लाकर मैं मर गई, धान काटेगा नहीं?"

"न। और तुम भी कोई जमीन पर नहीं आओगे। मेरा काम है।"

"क्या काम है? बैठे रहना?"

"हाँ, बैठे रहना।"

जिस लिए बैठे रहना था, वह हो गया। फसल काटने के समय लछमन लौटा। दूलन की धान की खेती की बात उसके कानों में पड़ी। धतुआ के खून के बाद एक बरस बीत गया था। फिर लछमन अपने में डूब गया।

लछमन दूलन के पास आया। दूलन जानता था कि वह आएगा। दूलन को मालूम था।

"दूलन!"

"गरीब-परवर!"

"उठकर इधर आ।"

"यह क्या, आज अकेले?"

"बेकार बात छोड़। यह क्या है?"

"क्या?"

"जमीन पर धान क्यों?"

"खेती की है।"

"क्या बात थी?"

"आप बताइए।"

"कुत्ते के पिल्ले, यही बात तय हुई थी कि तुम जमीन पर खेती करोगे? झाड़-झंखाड़ रहेगा...।"

दूलन नीचे और लछमन घोड़े की पीठ पर था। दूलन ने अचानक लछमन का पैर पकड़कर जोरों से खींचा। लछमन गिर पड़ा। बन्दूक छिटक गई। दूलन के हाथ में बन्दूक आ गई। लछमन सिंह कुछ समझ पाता कि उसके पहले ही उसके सिर पर बन्दूक का कुन्दा पड़ा। लछमन चीख पड़ा। दूलन ने बन्दूक का कुन्दा लछमन के गले की हड्डी पर मारा। तड़ाक् की आवाज हुई।

"कुत्ते का पिल्ला, जानवर!" लछमन ने डरते हुए देखा कि दूलन के आगे वह रो रहा है। दर्द और डर के मारे उसकी आँखों में आँसू थे। वह, लछमन सिंह,

जमीन पर पड़ा था और दूलन गंजू खड़ा था। वह दूलन का पैर पकड़ने चला। वह सुबकने लगा। दूलन ने उसके हाथ पर भारी पत्थर मारा। लछमन समझ गया कि उसका दाहिना हाथ बहुत दिनों के लिए बेकार हो गया है।

"जानवर, कुत्ते!"

"क्या बात थी, मालिक? खेती नहीं करूँगा। क्यों नहीं करूँगा? तुम लासें गाड़ोगे, मैं बनूँगा लासों का जिम्मेदार। क्यों बनूँ? नहीं तो तुम गाँव जला दोगे, मुझे निर्वंश कर दोगे। बहुत अच्छा है। लेकिन मालिक, सात-सात बेटे। उनकी कब्रों पर सिर्फ जंगली झाड़ियाँ और काँटेदार पेड़ होंगे? इसीलिए धान बोए हैं, समझे? सभी लोग कहते हैं, मैं पागल ही हो गया हूँ। आज तुमको जाने न दूँगा मालिक, फिर फसल कटाने न दूँगा। अब तुम्हें गोली चलाने, घर जलाने और आदमियों को जलाने न दूँगा। बहुत फसलें तुमने काटी हैं।"

"तुझे पुलिस छोड़ देगी?"

"न छोड़े तो न सही। तुम्हारे आदमी हैं। वे भी शायद मारें। कब नहीं मारा, मालिक? या पुलिस ने ही कब नहीं मारा? फिर मारेंगे तो इस बार मरना हुआ तो मर जाऊँगा। कभी तो सभी मरेंगे। धतुआ क्या अपनी मौत से पहले मरा था?"

इस वक्त अपने को बिलकुल बेबस समझकर लछमन के मन में मौत का डर समाया। मौत का डर होने पर भी राजपूत कभी दक्षिण-पूर्व बिहार की नीची जाति के आदमी के आगे झुक नहीं सकता। शायद अगर झुकता तब भी नीची जाति हमेशा राजपूत को प्राणदान नहीं कर सकती। दूलन प्राणदान न कर सका।

लछमन पूरे जोर से उठा और चिल्लाने लगा। वह बाएँ हाथ से पत्थर उठाने लगा। दूलन बोला, "क्या, अफसोस है मालिक? गंजू के हाथों मरने का?"

वह पत्थर से लछमन का सिर फोड़ने लगा। मारता रहा। लछमन हत्या करने का आदी था, गोली की कीमत जानता था, हत्या उसके मन को विचलित नहीं करती थी। वह होता तो एक गोली से दूलन को मार देता।

दूलन हत्या करने का अभ्यस्त न था, पत्थर की कोई कीमत न थी, यह हत्या उसके बहुत दिनों के अन्त:संघर्ष का परिणाम थी। वह पत्थर पटकता रहा।

अब और पत्थर मारने की जरूरत न रही। दूलन उठ खड़ा हुआ। एक-एक कर काम निबटाना होगा। घोड़े की लगाम पकड़कर हाँका और पिछाड़ी पर लाठी मारकर उसने घोड़े को भगा दिया। जहाँ चाहे जाए। उसके बाद बन्दूक सहित लछमन को रस्सी से बाँधकर खींचते-खींचते बहुत दूर ले गया। उसको एक गड्ढे में फेंक दिया। उसके बाद पत्थरों-पर-पत्थर के ढेर लगाने लगा। पत्थर-पर-पत्थर। अन्दर से हँसी निकल रही थी। घृणा ओराँव-मुंडा बन गई। गरीब-परवर! पत्थर से दबकर पत्थर की समाधि बन गया।

पत्थरों की मेड़ पर कंकरीली जमीन पर कोई निशान रहने का सवाल ही नहीं।

लेकिन पूटुस पेड़ की पत्तों सहित डाल तोड़कर उसने हाथापाई की जगह पर झाड़ू लगाई। उसके बाद मचान पर चढ़ गया।

लछमन की तलाश कई दिनों तक होती रही। जिस कारण से वह किसी से बात करने के पक्ष में न था, उसी कारण से उसने दूलन के पास आने की बात किसी से नहीं कही थी। न कहना ही स्वाभाविक था, क्योंकि वह जिस लिए दूलन पर निर्भर करता था वह छिपाकर रखने की बात थी। उसके शागिर्दों में जिन-जिन को मालूम था वे भी चुप रह गए। गरीब-परवर जब खुद गायब हो गए, घोड़ा जब दैतारी के धान के खेतों में चर रहा था तब खोंचा मारकर चोट लगाने से क्या फायदा? लछमन का नौकर बोला, "हर रोज की तरह दूध-मिसरी पीकर घोड़े पर घूमने गए थे। कहाँ गए, यह कैसे बताऊँ?"

बहुत ही ताज्जुब की बात हुई। लकड़बग्घों का शोरगुल सुनकर लोगों में सुगबुग हुई। वह भी पाँच दिन बाद। पाँच दिन तक मांस-भक्षी पशु पत्थरों की दरार से मांस की गन्ध पाकर चिल्लाते थे और बड़ी कोशिश के बाद कुछ पत्थरों को हटाकर वे केवल सिर खा पाए थे। मृत-देह को छिपाने की चालाक तरकीब और धान के खेत में घोड़ा इत्यादि कारणों से दैतारी सिंह पर शक हुआ। लछमन के लड़के ने उसमें मदद दी और पुराने झगड़े का इतिहास रहने से दैतारी कुछ दिनों तक परेशान रहा। सबूत न रहने से पुलिस हट गई और दैतारी और लछमन का बेटा पुराने झगड़े का इतिहास लिये चले। किसी भी तरह दूलन पर शक न हुआ। रहना स्वाभाविक न था। किसी भी हालत में दूलन लछमन को मारेगा, यह सोचा भी नहीं जा सकता था।

उधर लछमन को लेकर खोज-खबर चलती रही। इधर मचान से एक प्रसन्न, नया दूलन उतरा। उसने मुखिया से कुछ कहा। उसके परिणामस्वरूप एक दिन शाम को पहान के आँगन में कुरुडा के सारे लोग जमा हुए। दूलन बोला, "किसी दिन किसी को उठाकर कुछ नहीं दिया।"

सब ताज्जुब में पड़ गए।

दूलन बोला, "मेरा धान देखकर तुम सब लोगों ने अच्छा कहा। वही धान नहीं काटा तो सबने कहा मैं पागल हूँ। खेती करते समय भी ऐसा ही कहा था। पागल को पागल कहा था, सो अब पागल की बात मानो।"

"कहो।"

लछमन की मौत से सबको एक तरह से चैन मिल रहा है। उसका बेटा बाप के ढंग पर चलेगा या नहीं, वह सोचने की तबीयत अब आज नहीं हो रही है।

"हमारा धान तुम्हारे लिए बिजावन है। यह बीज लो।"

"दिये दे रहे हो?"

"हाँ लो। काट लो। ऐसा क्यों हुआ, वह लम्बी बातें हैं।"

"खाद दी थी?"

"हाँ, खाद, बहुत दामी खाद थी।" दूलन की आवाज जैसे कटी पतंग के सूत की तरह खो गई। उसके बाद खखारकर दूलन बोला, "तुम काट लो, मुझे भी थोड़ा-सा दे देना। फिर बोऊँगा, फिर।"

समय आने पर वे खेत में उतरेंगे, धान काटेंगे, यह वचन लेकर दूलन अपनी जमीन की ओर लौटा। आज कलेजा बड़ा हलका हो रहा था। मेड़ पर खड़े होकर फसल को देखने लगा।

करण, अशरफी, मोहर, बुलाकी, महुबन, पारस और धतुआ के मांस-मज्जा की खाद से पुष्ट पके धान बड़े साफ थे। बीज होंगे। बिजावन माने जिन्दा रहना। दूलन धीरे-धीरे मचान पर चढ़ा। रह-रहकर मन में एक सुर उठ रहा था। बार-बार उठ रहा था। धतुआ ने गीत बनाया था। 'धतुआ' कहने में दूलन की आवाज काँप उठी। "धतुआ, हमने तेरा बिजावन बना दिया!"

धौली

बस शाम को राँची से चलती और रात के आठ बजे टाहाड़ पहुँचती। पारसनाथ की परचून के साथ चाय की दुकान के सामने मुसाफिर उतरते और अपने-अपने घर चले जाते। यही पारसनाथ की दुकान, चाय की दुकान, टाहाड़ का माल या चौरंगी थी। उसके पास पोस्ट-ऑफिस था। यहीं चौड़ा रास्ता और बाहरी दुनिया समाप्त होते थे। बाहरी दुनिया और टाहाड़ को जोड़नेवाली रोहतगी कम्पनी की बस थी। राँची-हजारीबाग, राँची-रामगढ़ और राँची-पटना रूट पर रोहतगी कम्पनी की बीस के करीब बसें अप जाती थीं, बीस के करीब बसें डाउन जाती थीं। टाहाड़ या पलानी या बुरुडिहा-सी लज्झड़ गरीब जगहों के लिए उनकी कई लज्झड़ और गरीब बसें थीं। सोम-बुध-शुक्र के बाजारों के दिन बसों में भीड़ होती थी। आदिवासी ठुँस-ठुँस कर बैठते। मंगल-बृहस्पति-शनि और इतवार को बसें खाली रहतीं। खाली चलाने पर बसों को फायदा न होता। बरसात में कच्चे रास्ते पर बसें न चलतीं, बन्द रहतीं। बरसात के कई महीने टाहाड़ विशाल संसार से कट जाता।

इस बार जून के शुरू से ही लग रहा था कि बरसात होगी। धौली पारसनाथ की दुकान के आगे खड़ी थी। दुकान की रोशनी में उसका चेहरा और शरीर दिखाई नहीं पड़ रहा था।

पारसनाथ ने दुकान बन्द की। उसके बाद बोला, "क्यों रे, घर जाएगी?"

धौली मुँह फेरे खड़ी रही।

"क्या रोजगार है!" वृद्ध पारसनाथ बड़बड़ाया। वह घूमकर दुकान के पीछे अपने मकान में घुसा। उसकी पत्नी बैठी बीड़ी पी रही थी। पारसनाथ बोला :

"लड़की आज भी खड़ी है।"

"मरेगी।"

"देउता के जानने के बाद...।"

"मरेगी।"

उसके बाद पारसनाथ की पत्नी बोली, "मिश्रीलाल को गए तो कितने दिन हो गए?"

"चार महीने होंगे।"

"धौली ने क्या सोचा है? दोसाध की लड़की, अछूत, घर-मकान बना लेगी?"

"धरम जाने। लेकिन अभी तो वह मरेगी।"

"क्यों?"

"कंट्रैक्टर हैं। कुली लाइन है।"

"मरे तो मरे! रात को अकेली जाएगी...जवान लड़की...डर नहीं लगता?"

"भेड़िया निकला है कल से।"

सचमुच भेड़िया निकला है। लेकिन धौली को वह बात याद नहीं रहती। कलेजे के नीचे असह्य वेदना है। व्यथा कलेजे के नीचे रहती है। उसके बाद नीचे की ओर उतरती है। धौली सोच नहीं पाती कि क्या करे?

अँधेरे में ही वह घर लौटी। ढिबरी की रोशनी थी। कोठरी के एक ओर मचान था। उन लोगों की खाट। मचान के नीचे तीन बकरियाँ थीं। माँ बिस्तर पर लेटी हुई थी। लड़की को देखकर कुछ न बोली।

धौली ने घड़ा हिलाकर देखा, पानी था। उसने पानी पिया। फिर दरवाजा बन्द कर ढिबरी को फूँक मारकर बुझा दिया। उसके बाद माँ के पास लेट गई। उसकी आँखों से आँसू बहने लगे। बेचैनी, निराशा, वेदना की रुलाई। माँ सुन रही है और जानती है। धौली रोती रही। रात चढ़ रही थी, बीच में माँ बोली, "गाँव से निकाल देंगे।"

"निकालें तो निकाल दें।"

"तेरी उमर हो गई। मैं कहाँ जाऊँगी?"

"तू रहेगी।"

"तू चली जाएगी?"

"चली जाऊँगी।"

"कहाँ?"

"यम के दरवाजे पर।"

"ऐसा सीधा नहीं है। उन्नीस बरस की उमर में आदमी यम के दरवाजे पर नहीं जाता है।"

"मैं जाऊँगी।"

"सनीचरी के पास गई थी?"

"न।" धौली चीख पड़ी। बोली, "उसके पास क्यों जाऊँ? पेट में काँटा मारूँ? कभी नहीं।"

"तो क्या मिसरों के घर जाएगी? कहेगी, तुम्हारे लड़के ने मुझे माँ बनाया। बच्चे के पालने-पोसने के लिए पैसे दो।"

"कैसे? मेरी बात कौन मानेगा?"

"मानना पड़ेगा।"

"उसके आने पर सब ठीक हो जाता।"

"क्या ठीक होता? वह तुझे देखता?"

"देखने को कहा था।"

"उसे मालूम था कि बच्चा होगा?"

"हाँ।"

"बच्चे को पालता-पोसता?"

"करने को कहा था।"

"वह लोग तो ऐसा कहते ही हैं रे! तू कोई पहली दुसाध की बेटी तो नहीं है जिसे उन मिसिर लोगों ने खराब किया है। दुसाध, गंजू, धोबी—गाँव में किसे छोड़ा है?"

"वह उस तरह का नहीं है।"

"नहीं? बाँभन का लड़का। गाँव की हालत अच्छी तरह जानता है। उसने तेरे साथ बेईमानी क्यों की?"

"मुझसे प्यार किया।"

"प्यार! इसी से चार महीने से धनबाद में जाकर बैठा है। घर नहीं आता है?"

"माँ-बाप से डरता है।"

"एक चिट्ठी भी नहीं भेजी?"

"मुझे क्या पढ़ना आता है?"

"तेरा तो प्यार हुआ। इधर मेरा बकरी चराने का काम भी छीन लिया? भेड़िया पट्ठे बच्चे को उठा ले गया। उन लोगों ने कह दिया हमने चुरा लिया। यह क्या धरम की बात हुई?"

"मैं क्या करूँ?"

"तोहरी बात से गुस्सा होके यह दंड दिया।"

"मुझे निकाल दे।"

"निकाल दूँगी। अभी सो जा।"

"भगा देगी? तूने 'हाँ' कहा? मेरे सिवा तेरा कौन है?"

इसी पर दोनों में रोज झगड़ा होता। बाहर से चौकीदार की आवाज सुनाई पड़ी, "अरे धौली की माँ, दिन-भर तेरा चिल्लाना सुनूँ, रात में भी? दुसाध-पट्टी में तो और लोग भी हैं। उन्हें मालूम है कि दिन चिल्लाने के लिए और रात सोने के लिए होती है। अकेली तू ही इस सच्ची बात को नहीं जानती।"

"जाओ, जाओ, चुप हुए जा रही हूँ।"

"क्या घर में कुली-उली घुसा लिया है?"

"तेरे घर में कुली घुसता होगा।"

"राम-राम! यह क्या बात है?"

चौकीदार चला गया। माँ बोली, "मैं क्या टाहाड़ का हाल जानती नहीं हूँ? सब देख रहे हैं कि बच्चा होने पर मिश्रीलाल तेरी देखभाल करेगा या नहीं। करने पर कोई तेरे ऊपर हाथ नहीं उठाएगा। नहीं तो तुझे नोच खाएँगे।"

"तेरी गलती है। मरद मर जाने पर ससुराल में छोड़ देती, जो होना होता, होता।"

"क्या उन्होंने रखा? तू भी चली आई।"

"जेठ धरम न रहने देता।"

"मिसरीलाल ने रहने दिया?"

धौली के कलेजे में तीर चुभ गया। उसने फिर कुछ न कहा। रोते-रोते आँखों की पलकों की नमी सूख गई। उसने दोनों पलकें पकड़कर आँखें बन्द कर लीं।

जिस दिन से मिश्रीलाल चला गया, नींद नहीं आती थी। चोरों की तरह कुछ न कहकर सवेरे की बस से भाग गया। उस दिन से धौली की आँखों में नींद नहीं है। भुट्टे के कीड़े का जहर खाने से तो धौली सदा के लिए सो जाती, लेकिन एक बार उस बेईमान का मुँह देखे बिना धौली मरे तो कैसे मरे!

बेईमान? नहीं, नहीं। माँ-बाप ने इतना डाँटा, इसी से तो वह टाहाड़ छोड़कर चला गया। बाप-माँ क्या ऐसे दुलारे बेटे को डाँटते? मिश्र-परिवार के बड़े, बुरुडिहा के हनुमान मिश्र ने डाँटा, इसलिए ही तो माँ-बाप डाँटते गए! नहीं तो क्या मिश्रीलाल धौली को छोड़ जाता? जाना होगा, इसलिए कितना रोया था! सोचकर कलेजा फट जाता है, अभी भी फटा जा रहा है।

माँ ने कहा, "सनीचरी से दवा ले आ। पेट के काँटे को दूर कर।"

कैसे करे? यह क्या मिश्रीलाल के बड़े भाई कुन्दन और गंजू बहू झालो की सन्तान है? जिसका जन्म लालच और शेखी में हुआ?

बाँभन देउता को धौली ने बगीचे में झाड़ू लगाते हुए कभी आँख उठाकर नहीं देखा। दोपहर को जंगल में बकरी चराकर झरने में नहा रही थी। तभी मिश्रीलाल ने पत्ते सहित पेड़ की डाल उसके ऊपर फेंकी। मिश्रीलाल हँसा नहीं, कोई उजड्डपन नहीं किया, बोला, "तेरे लिए मैं पागल हो गया हूँ। तू एक बार मेरी ओर देखती क्यों नहीं?"

"देउता! ऐसी बात मत करो।"

"कैसे देउता? मैं तो तेरा गुलाम हूँ।"

"ऐसा मत कहो, मत कहो, देउता!" डर के मारे मुँह फेरकर धौली खड़ी रही।

"आज मत सुन। किसी दिन सुनना ही पड़ेगा।"

सोचने पर बाद में भी मन में बन की बतास बहने लगती, पत्तों की झर-झर, सरसर आवाज सुनाई पड़ती, सुनाई देती झरने की आवाज। मिश्रीलाल चला गया था। कलेजे में कैसा डर, कैसा डर था! मिश्रीलाल का गोरा रंग था। घुँघराले बाल थे। सुकुमार सुन्दर चेहरा। देखकर कह देना पड़ता, देउता। धौली क्या थी? दुसाध की लड़की। विधवा। जनम की दुखी। संसार में उसके न बाप था, न भाई, इसी से

कुन्दन ने माँ को फिर जमीन पर खेती नहीं करने दी। माँ ने कहा था, "सरकार, मैं लगान दूँगी। दूसरे दुसाध लोग जमीन जोत देंगे। जो लें, लेंगे, जमीन दे दीजिए। नहीं तो भूखों मर जाऊँगी।"

"नहीं, नहीं।"

कुन्दन की माँ के आगे जाकर धौली की माँ जमीन पर लोट गई। "दया करो, माता जी! नहीं तो लड़की के साथ बिन खाए मर जाऊँगी।"

माँ ने लड़के से कहा, "उसका आदमी जब तक जिन्दा था, उसने जमीन जोती, बेगारी दी, अब वह राँड़ हो गई, भूखों मर जाएगी।"

"बताओ, क्या करूँ? वह जमीन मैंने झूमन दुसाध को दे दी है।"

"तो वे बकरियाँ चराएँगी। बगीचे में झाड़ू लगाएँगी। पैसे दूँगी। मडुआ दे दूँगी।"

"जैसा कहो।"

दिन बीतने पर मडुआ के घाटों के लिए जिनके चरणों का आसरा हो उनका बेटा धौली से ऐसी बातें क्यों कह गया? धौली को तो पता था कि उसकी भीरु आँखें, पतली कमर, खिले कमल-सी छाती, सभी उसके दुश्मन थे। मोटे-झोटे कपड़े से बदन ढककर वह बगीचे में झाड़ू लगाने जाती थी। किसी दिन आँख उठाकर नहीं देखा कि बगीचे में कितने फल हैं? चिड़ियाँ और चमगादड़ जो अमरूद और शरीफे फेंक जाते, वही बटोर लाती। वह भी कुन्दन की माँ की अनुमति से।

घर आकर धौली ने पीतल की थाली माँजकर सोने की तरह चमका ली थी। उसमें माँ से छिपाकर अपना चेहरा देखा। विधवा, राँड़ होने पर उसे शीशे में मुँह देखना मना था। मुँह देखना मना था, लाख की चूड़ियाँ पहनना मना था। सिन्दूर की बिन्दी नहीं लगानी थी, और जस्ते की पायल भी। चेहरा सुन्दर है तो राँड़ के सुन्दर चेहरे का क्या होगा? फिर ब्याह तो होगा नहीं। किसी का ब्याह होता तो उसे औरतें 'ससुराल चली सीता मैया' गाएँगी नहीं, ब्याह के घर दीवार पर बेल-फूल-पक्षी बनाने के लिए बुलाएँगी नहीं। लेकिन देउता के घर का छोटा लड़का बोला, उसका गुलाम बना रहगा। कलेजे में डर लग रहा है, बेचैनी है।

धौली ने माँ से कहा, "माँ, तू बगीचे में झाड़ू दे। मैं बकरियाँ चराऊँगी।"

"क्यों?"

"माँ! झाड़ू लगाने पर भी पत्ते-उत्ते उड़ते हैं, मैं हवा के साथ भाग नहीं सकती।"

"किसी ने कुछ कहा है?"

"कौन क्या कहेगा?"

"बकरियाँ लेकर जंगल के ज्यादा अन्दर मत जाना, धौली! भेड़िया और तेन्दुए हैं।"

"नाहीं मैया! हमरा का खयाल नाहीं है?"

बकरी चराते-चराते पिछले दिनों की तमाम बातें याद आतीं। छुटपन में पिता के कन्धों पर चढ़कर मेला देखने जाना। दुकानों पर लाखों रुपये के सौदे देखकर एक

पैसे के तिलवा लेकर घर लौटना। ससुर के घर से चले आने के पहले ससुराल नाम की पुरानी-धुरानी दो कोठरियाँ, महाजन के खलिहान में काम, दिन बीते सास मकई पकाती। मर्दों के खा लेने पर वे खाने बैठतीं।

धौली को ब्याह की याद न थी। उस वक्त वह बहुत ही छोटी थी। शरीर में फूल खिलने पर गौना हुआ। उसके ही ब्याह और गौने में पिता ने मिश्र से कर्ज लिया। उस उधारी को चुकाने में बेगारी देते-देते पिता मर गए।

दूल्हा अच्छा न था। धौली को मारता था। वह बुखार में मर गया। सास बोली, "माँ के पास भी खाएगी, काम करेगी। मेरे पास भी वैसा ही है।"

धौली को भी पता था कि जिन्दगी उसी तरह है। मोटा-झोटा, काला, बिना किनारी का कपड़ा पहनकर महाजन के खलिहान में, जमींदार के खेत में या सड़क कूटने के काम में सवेरे से शाम तक मेहनत करती। दिन बीते जो जुट पाता सो खाकर सास के पास लुढ़क जाती। लेकिन भालातोड़ से जेठ आ गया। उस पर नजर डाली। तब सास को खतरा लगा और धौली चली आई। मन में बड़ा अफसोस रह गया। चली आई, इसलिए नौटंकी न देख सकी। गाँव में नौटंकीवाले आने को थे। महाजन ने उन्हें बयाना दिया हुआ था।

टाहाड़ आकर उसने किसी दूसरे दुसाध लड़के पर भी ध्यान न दिया। वही गरीबी और भूख थी। वही हाड़तोड़ मेहनत। उस पर गोद में बाल-बच्चा रहे। न, धौली को वैसी जिन्दगी नहीं चाहिए।

जंगल में बकरियाँ चराते-चराते धौली कितनी ही बातें सोचती। उसके बाद आँचल बिछाकर अधलेटी आराम करती। भेड़िए या तेन्दुए से धौली नहीं डरती थी। आदमी अगर जानवर से डरता है तो जानवर भी आदमी से डरते हैं। बन में बड़ी शान्ति थी। मिश्रीलाल की अप्रत्याशित बातों से मन में अशान्ति हुई थी, वह खतम हो रही थी। बड़ी शान्ति थी।

लेकिन झुझार में मेला था। मेले से लौटने में धौली अपने दल से छूट गई। डर के मारे तेजी से चलती गाँव लौट रही थी। लड़कियों को पकड़कर जो लोग रोजगार करते हैं ऐसे लोग भी इस तरह के गाँव के मेलों में आते हैं। वे लड़कियों को पकड़कर ले जाते हैं।

वहीं मिश्रीलाल उसके सम्पर्क में आया। बोला, "तुझे सुनाई नहीं देता?"

"क्या सुनूँ?"

"तुझे पुकार रहा था।"

"क्यों?"

"तुझे मालूम नहीं, क्यों?"

"ना देउता! ऐसन बात मत कह। हम दुसाध, तुम देउता हौ।"

"मैं तुझे प्यार करता हूँ।"

"नाहीं देउता! एकरा के प्यार नाहीं कहल जाला। तुम बराँभन जवान हौ। सादी होई, दुलहन आई...।"

"तोके हम...दुसाध, तू प्यार नाहीं समझत है?"

"नाहीं देउता! देउता सन गंजू-दुसाध को औलाद होत, सो तो होत है। लेकिन...।"

"मैं तेरे सिवाय कुछ सोच नहीं सकता।"

"अइसन गरीब के साथ ई खेला जिन करा, सरकार!"

"खेला?"

"हाँ देउता! तुम खेल खेलत भाग जाबे। हमनी के का होई। झालो का का हाल भयल? सनीचरी का? ना सरकार।"

"अगर तुझे न जाने दूँ तो?"

"हमनी के का? जो है सो मान लेब। देउता के खाहिस जो माँगी सो होई। आव, ले ले हमनी के, धरम नास करा।"

"ना-ना, धौली ना! तू हमें माफ कर दे। माफ।"

मिश्रीलाल भाग गया था। धौली बड़े ताज्जुब में पड़ गई। फिर लौट आई।

उसके बाद जिस दिन उसने सुना कि मिश्रीलाल बहुत बीमार है, जैसे दीवाना हो, तो उसके दिल को बड़ी चोट लगी। उसे मिश्रीलाल कभी भी पा सकता था, मिश्र लोग ऐसा करते ही रहते हैं, उसमें धौली कुछ नहीं कर सकती थी। लेकिन यह कैसी बात थी?

वह खुद भी बहुत बेचैन हो गई। उसके बाद उसे लड़कियों ने कुएँ पर पकड़ा।

"राँड़, तेरा भाग्य खुल गया।"

"राँड़ का भाग्य कभी खुलता है?"

"देउता का छोटा बेटा तेरे लिए पागल है।"

"झूठ बात।"

"सब लोगों को पता है।"

"झूठ मत बोलो।"

"झूठ कहाँ? सबको मालूम है।"

"नहीं, नहीं।"

घबराकर धौली पानी लेकर चली आई और बकरियाँ लेकर जंगल चली गई। अब उसका क्या होगा?

गाँव में नाम फैल गया। सबके मुँह पर उसकी चर्चा थी। देउता की मति ऐसी खराब कैसे हुई?

डर के मारे वह मिश्री के मकान के आसपास भी न फटकती। माँ से सुना, बीमारी चल रही है। भालातोड़ से डॉक्टर आया है। उसकी समझ में नहीं आया। कुएँ

की जगत् पर जुटनेवाली औरतों को जो मालूम है, माँ को उसका पता है या नहीं? एक दिन वह बोली, "चल माँ, भालातोड़ चलें। वहाँ कुली का काम कर लेंगे।"

"पागल हो गई है?"

उसके बाद एक दिन सुना कि मिश्रीलाल चंगा हो गया है। उसकी शादी होगी। सुन्दर लड़की की खोज हो रही है। बड़े भाई कुन्दन की बहू के समय रूप की खोज नहीं हुई। इस बार रूप की तलाश हो रही है।

वह बहुत निश्चिन्त हो गई। लेकिन कलेजे में व्यथा भी थी। साथ ही विजय का उल्लास था। उसने, धौली ने, एक दुसाध की लड़की ने, देउता के बेटे को पागल बना दिया!

बड़ी बेफिक्री के साथ वह जंगल चली गई और वहाँ झरने में स्नान किया। पत्थर पर धोती फैलाकर आधी सुखाई, फिर पहन ली। धोती फट गई थी। इस बार माँ रुपये पाए तो धौली दूसरी धोती खरीदेगी। अधगीली धोती और भीगी कुर्ती देखकर माँ मारने उठेगी। कहेगी, तू विधवा है या सहर-बजार की रंडी है? बदन दिखा रही है?

तभी मिश्रीलाल आ खड़ा हुआ और बोला, "मैं सादी नहीं चाहता, धौली, मैं तुझे चाहता हूँ।"

दोपहर में गाँव से लगा जंगल बहुत सूना, बड़ा सन्नाटा लगता था। धौली का मन और शरीर बिलकुल बेबस था। मिश्रीलाल की आँखों में बेबस भीख थी, आवाज में वेदना और निराशा थी। धौली उसे रोक न सकी।

उसके बाद से दो महीने एक आश्चर्यजनक नशे में बीत गए। जंगल उनके मिलने का स्थान था, और दोपहर उनके मिलन का समय। दोनों की समझ खतम हो गई थी। उन्नीस और तेईस। हर रोज धौली डर के मारे काँपती थी कि क्या होगा?

"किसका क्या होगा?"

"तुम्हारा ब्याह होगा?"

"तेरे साथ।"

"ऐसा न कहो, देउता!"

"मै जात-पाँत, छुआछूत नहीं मानता। और टाहाड़ ही दुनिया की एक जगह नहीं है। सरकारी कानून में भी हमारे ब्याह की मंजूरी है।"

"ऐसा न कहो, सरकार! तुम लड़कपन कर रहे हो। देउता, हनुमान जी का कहेंगे? हमको गाँउ से निकाल देंगे।"

"ऐसा सीधा नहीं है।"

"हमारे लिए नहीं।"

"तू नहीं जानती।"

जंगल के निर्जन गोपनीय स्थान में मिश्रीलाल यह दु:साहसिक बातें करता और वे बातें परियों की कहानी के साथ मिलकर व्यर्थ हो जातीं।

इस तरह दिन बीतते रहे। लेकिन ज्यादा न चले। धौली को पता चला कि वह माँ बननेवाली है।

ताज्जुब है, मिश्रीलाल बहुत खुश हुआ था। 'मुझे भी लिखना-पढ़ना नहीं आता, तुझे भी नहीं। मुझे इतने बाग-बगीचे, खेती-जमीन की जरूरत नहीं। चले जाएँगे भालातोड़ से धनबाद, उसके बाद पटना। दुकान करके दिन बिताएँगे।'

लेकिन हनुमान मिश्र जिस दिन टाहाड़ आए तो उनके सामने मिश्रीलाल इतनी बातों में एक भी न कह सका।

कुन्दन ने कहा, "माँ-बेटी को मारकर लाशें गायब कर देंगे।"

"न!"

हनुमान मिश्र बोले, "घर का जंजाल साफ करो। बाहर का जंजाल चला जाएगा।"

"जान से मार दें।"

"बेवकूफ!"

"माँ हरामजादी ने शोर मचा दिया, भेड़िया पट्ठा उठा ले गया। उसके घर तीन बकरियाँ कहाँ से आईं? दो ही थीं न?"

मिश्र जी बहुत बिगड़कर बोले, "उल्लू के पट्ठे, तेरी बहू से बात कर सकता हूँ। तुझसे बात नहीं कर सकता।"

"माफ कीजिए।"

"दोनों को जान से मत मारो, रोटी से मारो। काम छुड़ा दो। और तुम्हारे भाई ने जो नाम किया है, उससे सबका मुँह काला हुआ है। पहले इज्जत बचाओ। एक बकरी की बात है, उसके चले जाने से क्या हुआ? तू जो खुद एक बड़ा बकरा है। देख, पहले भाई को यहाँ से हटा।"

मिश्रीलाल बोला, "मैं नहीं जाऊँगा।"

"जिन्दा न जाओ, तो तुम्हारी लाश जाएगी। तुम-सा लड़का कुल के लिए कलंक है।"

बाद में मिश्रीलाल ने माँ से कहा, हताश होकर कहा, "माँ! धौली के पेट में मेरा बच्चा है।"

"उससे क्या हुआ? दुसाध-गंजू औरतों के पेट में इस कुल के मर्दों के बच्चे पहले भी हुए। तेरी उम्र की गर्मी है। झालो के घर कुन्दन के तीन बच्चे हैं कि नहीं आखिर?"

"वह क्या करेगी?"

"पाप किया, डंड भुगते। भूखी मरेगी। माँ मरेगी, बेटी भी मरेगी।"

"धौली का क्या कसूर है, माँ?"

"कसूर सारा औरतों का ही होता है। ब्राह्मण देवता का घर नाश किया। उस दोष की वह दोषी है।"

"माँ, तुम तो मुझे प्यार करती हो।"

"तू मेरा लड़ैता बेटा है रे!"

"मुझे छुओ।"

"क्यों?"

"छुओ!"

"छू लिया।"

"मैं तुम्हारी बात मानूँगा। चला जाऊँगा। लेकिन तुम वचन दो कि वे भूखे न मरें। यह देखोगी।"

"वचन...दिया।"

"कोई उसे तंग न करे।"

"देखूँगी।"

"बात न रखोगी माँ, तो तुम मुझे जानती हो, देउता के आगे बात नहीं कह सकता, लेकिन मैं बड़ा जिद्दी हूँ। तुम्हारे बात न रखने पर मैं गाँव नहीं लौटूँगा, न ही शादी करूँगा।"

"न, न, ऐसी बात मत कह। मैं उस...दुसाधिन को खाने को दूँगी...उसकी देखभाल भी करूँगी।"

धौली को सब पता चला। उसने विरोध दिखाने की बात भी न सोची। दुसाध लड़की को ब्राह्मण के बेटे ने क्या यह पहली बार ही बिगाड़ा है? गाँववालों के खयाल से सारा कुसूर धौली का था। इसमें प्रेम का मामला रहने से धौली अपने समाज के निकट भी पतित थी। अपने समाज के लड़कों की उसने उपेक्षा की। करे उपेक्षा। मिश्रीलाल उसे जबरदस्ती खराब करता तो दुसाध उसे न छोड़ते। मिश्र-घराने की जारज सन्तानें दुसाध, गंजू, धोबी टोली में बहुतेरी थीं। इस मामले में धौली अपनी इच्छा से आगे बढ़ी थी। बड़ा अपराध था। दुसाध-गंजू लड़के, ठेकेदार के कुली देखते थे कि बात किधर जा रही है। कभी मिश्र लोग जारज सन्तानों की माँ को काम या मड़ुआ या पैसे देकर उनकी रक्षा करते थे। उस तरह की माँओं की ओर उनकी अवैध सन्तानों की गाँव का समाज भी खातिर करता था। नहीं तो मिश्र लोग बिगड़ जाते। और मिश्रों के खफा होने से किसी की खैरियत न थी। सभी सोच रहे थे कि धौली को मिश्र लोग बचाएँगे तो वे भी चुप हो जाएँगे। नहीं तो विधवा, राँड़ धौली को वेश्या बना डालेंगे।

धौली सब समझती-बूझती थी। डर के मारे और दुख से वह बेचैन हो गई। अचानक जंगल अपना सौन्दर्य खो बैठा, पेड़ ऐसे लगते मानो पहरेदार प्रेत हों। ज्यों पत्थर भी उसकी ओर आँखें निकालकर देख रहे हों। झरने के किनारे प्रतीक्षा बेकार होती। मिश्रीलाल न आता।

मिश्रीलाल आया। धौली को राह देखते-देखते थकाकर और अवसन्न कर मिश्रीलाल आया। धौली ने उसका चेहरा देखते ही अपनी मौत की सजा समझ ली।

मिश्रीलाल की छाती पर सिर रखकर वह फूट-फूटकर रोने लगी। मिश्रीलाल उसके सिर के बालों में मुँह डालकर खुद भी रोता रहा। उनमें साबुन की खुशबू आ रही थी। मिश्रीलाल ही उसे साबुन और खुशबूदार तेल लाकर देता था। दो धोतियाँ भी दी थीं। छींट की कुर्ती दी थी जिसे धौली ने नहीं पहना। मिश्रीलाल के भीरु हृदय में बड़ी विवशता थी। "धौली, तू दुसाधिन क्यों हुई?"

"बोलो मत देउता! और धौली मत कहो, मुझसे सहा नहीं जाता है।"

"सुन! अब क्या रोने से चलेगा?"

"जीउ भर रोना रह गयल।"

"अब तो मुझे जाना ही पड़ेगा, और यह लोग जो कह रहे हैं, सब कुछ मानकर जा रहा हूँ।"

"ऐसी प्यार की बातें क्यों कीं?"

"अब भी कर रहा हूँ।"

"क्यों सरकार? अब तुम्हारी धौली मुर्दा हो गई।"

"सुन पगली!"

मिश्रीलाल ने उसे जबरदस्ती पत्थर पर बैठाया। दोनों हाथों से उसका मुँह थामकर बोला, "महीने-भर चुप रहूँगा। शादी के लिए जबरदस्ती करेंगे तो नहीं मानूँगा। यह कह दिया है। वे लोग भी मान गए हैं।"

"बाद में भूल जाओगे।"

"न, न, सुनो। मैं महीना-भर बाद ही लौट आऊँगा। महीने-भर में कहाँ जाऊँगा, क्या करूँगा, सब ठीक कर लूँगा। मैं लिखा-पढ़ा तो हूँ नहीं। बड़ी नौकरी चाहिए नहीं। बड़ा भाई भी नहीं हूँ जो खेत-खलिहान चाहूँ। कहीं चला जाऊँगा। दुकान कर लूँगा। इन्तजाम तो करना पड़ेगा।"

"मैं क्या करूँ?"

"यहाँ रहना।"

"क्या खाऊँगी? माँ को चोरी लगाकर तुम्हारे भाई ने भगा दिया है।"

"माँ ने मुझे छूकर वचन दिया है कि तुझे खाना देंगी, देखभाल करेंगी और...।"

धौली के आँचल की खूँट में मिश्रीलाल ने दस-दस रुपये के पाँच नोट बाँध दिये। बोला, "धौली, महीने-भर तू मन ठीक रखना।"

मिश्रीलाल चला गया। धौली को दुलारकर भरोसा दिलाया। धौली और कुछ देर बाद घर लौटी। माँ-बेटी में बातें हुईं और रुपये एक डिब्बे में रखकर जमीन में गाड़ दिये।

मिश्रीलाल चला गया। दो दिन बाद धौली की माँ मिश्र की बहू के आगे जा खड़ी हुई। उन्होंने बिना कुछ कहे उसके आँचल में छुए बिना किलो-भर मडुआ उड़ेल दिया। बोली, "तीन दिन बाद फिर आना।"

तीन दिन बाद मडुआ कम होकर आधा किलो हो गया और समय तीन दिन

रहा। उसके बाद वह जिस दिन आई उस दिन मिश्र की बहू मुँह लम्बा कर बोलीं, "तू उस दिन आई थी, उसके बाद से मेरा दूध का लोटा नहीं मिल रहा है।"

"नहीं मैया, हम तो...।"

"न, न, लड़का कह रहा था, बड़ा लड़का। कह रहा था, तुझे घर में न घुसने दूँ। दरवाजे के बारह से पुकार लिया कर।"

धौली की माँ बराँभन मैया की यह बात मानकर चली गई। लेकिन जिस रोज दरवाजे के बाहर से पुकारा, उस दिन सुना कि मैया बुरुडिहा चली गई हैं। हनुमान मिश्र के घर। धौली की माँ मन-ही-मन जलते हुए घर लौटी और धौली को बेरहमी से मारा। धौली मुँह बन्द किये मार खाती रही। उसके बाद माँ ने मारना छोड़ा तो वह दाब[1] ले आई। बोली, "इससे मार। हाथ में दर्द होगा। और इसके मारने पर फिर न मारना होगा। सान दी हुई है।"

अब माँ-बेटी गले-से-गले लगकर रोने लगीं। उसके बाद माँ बोली, "तुझे अच्छी बात बता रही हूँ। सनीचरी से दवा ले आ। पेट का काँटा दूर कर दे।"

"ना माँ!"

"वह नहीं आएगा रे! लड़के का लड़कपन है। अच्छा समझकर अच्छी बात कही थी। लेकिन वह बात रख न सकेगा। कब्भी नहीं।"

"तो मैं जहर खा लूँगी।"

"खाएगी?"

"खाऊँगी।"

माँ कुछ देर चुप रही। उसके बाद गहरी साँस लेकर बोली, "वह ठेकेदार है न, जंगल का ठेकेदार, उसके पास जा रही हूँ। मुझसे खाना पका देने को कहा था।"

"मैं जाऊँगी।"

"न, न, मेरी उमर हो गई है, मैं ही जाऊँगी। रुपये दे, न दे, खाना देगा। और खाना घर ले आऊँगी।"

"तू जा।"

"तू बकरियाँ चरा।"

वही समझौता रहा। धौली की माँ को पकाने का काम तो मिला नहीं, लेकिन खाने का इन्तजाम हो गया। जिस दिन जो भात-रोटी मिलता, घर ले आती। उसकी बिरादरी के लोग माँ-बेटी पर नजर रखते। ठेकेदार के कुली भी नजर रखते थे। पेड़ काटने का काम था। पैसे नकद मिलते थे। कुन्दन के भाई की रखवाली थी, यही असुविधा थी। अन्न में क्या होता है, इसमें वे भी उत्सुक रहते। लकड़ी काटने और चीरने का काम बहुत दिनों चलेगा। राह देखने में कोई असुविधा न थी। उलटे उत्तेजना ही थी। ब्राह्मण के बेटे के साथ गड़बड़ हुई थी, इसलिए धौली का आकर्षण मन में अधिक हो गया था।

1. लोहे का धारदार औजार।

महीना-दो महीना कर चार महीने बीत गए। धौली आदत के मुताबिक बस के आसरे खड़े-खड़े लौट आती। आज मचान पर लेटे-लेटे धौली ने सारी बातें फिर मन-ही-मन सोचीं। सा—री बातें। उसके बाद आँखें बन्द कीं। पेट पर हाथ फेरा। पेट में बच्चा हिल रहा था। बहुत अजीब-सा लगा। मिश्रीलाल ने कहा था, लड़का होगा तो नाम रखेगा मुरारी। लेकिन मिश्रीलाल, उसका प्यार—सब कुछ जैसे परियों की कहानी-सा उड़ता जा रहा था।

दो

आश्विन के अन्त में धौली के लड़का हुआ। सनीचरी ने ही प्रसव कराया। नाल काटा। बोली, "धौली का बेटा है, इसी से इतना गोरा हुआ है।"

धोली की माँ से पहले ही सनीचरी की बात हो गई थी कि दवा देकर धौली की माँ बनने की क्षमता नष्ट कर देनी होगी। सनीचरी ने दवा दी। धौली से बोली, "खाने में बहुत खराब है, लेकिन शरीर ठीक हो जाएगा।"

धौली की माँ बोली, "मर तो नहीं जाएगी?"

"न, न। कुन्दन मिश्र की बहू को नहीं दी क्या? वह क्या मर गई?"

"शरीर में घाव तो नहीं हो जाएगा?"

"न।"

"न हो तभी अच्छा है।"

"अब क्या करेगी?"

"जो भगवान करें।"

"मिश्रीलाल की तो सादी हो रही है।"

"चुप-चुप। धौली सुन लेगी।"

"उसके बाद?"

"जो नसीब में है वही होगा।"

"तेरे दरवाजे पर ढेले बरसेंगे।"

"मालूम है।"

"मिसरीलाल को सादी के बाद वे धनबाद में ही रखेंगे। साइकिल की दुकान करा दी है।"

"धौली से बताया था।"

"मैंने तो तुझसे कहा था कि धौली की देखभाल देउता न करें तो मैं जंगल के ओवरसियर बाबू से भेंट करा दूँगी।"

"अभी वह बातें रहने दो।"

सनीचरी गाँव की मन्थरा थी और दवा-दारू जानती थी, इसलिए मिश्र लोग भी

उसे तंग नहीं करते थे। धौली को देखकर सनीचरी के दिल में कहीं कुछ लगा और वह अपनी आदत के मुताबिक धौली के पक्ष में जनमत बनाने का प्रयत्न करने लगी।

मिश्र की पत्नी को वात-दर्द की दवा के लिए फूँका हुआ तेल देने जाकर बोली, "धौली के लड़का हुआ है।"

"होने दे।"

"तुम्हारे बेटे से मिलता है।"

"कौन कहता है? झूठ है।"

"ऐसन न कहौ, मैया! तुम्हारे बेटे के साथ धौली के प्रेम-प्यार की बातें सब जानते हैं। तुम लोगों के कितने ही बेटा-बेटी हम लोगों के यहाँ हुए, कभी हनुमान जी फैसला करने आए?"

"तूने जो बात चलाई तो कहती हूँ...।"

"क्या?"

"उन लोगों को हटा सकती है?"

"कहाँ?"

"जहाँ भी हो। जहाँ मिश्रीलाल की शादी हो रही है, वह लड़की भी अमीर है, घर भी नामी है। यह सब सुनकर वे खफा हो जाएँगे।"

"रुपये दे दो, चले जाएँगे।"

"कितना रुपया?"

"हजार रुपये दो।"

"देखें, बड़े बेटे से कहूँगी।"

"तुमने देखभाल नहीं की, खाने को भी नहीं दिया, इस पर भी तुम लोगों का नाम लग गया। किसी दिन गंजू के घर तुम्हारे बड़े बेटे और पति ने गड़बड़ नहीं की? हमेशा खाने को दिया। अबकी क्या हुआ कि तुमने भगवती बनकर मुँह फेर लिया?"

"धौली की माँ ने लोटा चुराया था...।"

"ऐसा मत कहो, मैया!"

"क्या करूँ, वही बता?"

सनीचरी उनके वृद्ध और धोबन के यहाँ जानेवाले पति को काबू में रखने की दवा देती थी, इसलिए मिश्र-पत्नी ने उसके मुँह से इतनी बातें सह लीं।

"कुछ तो करो।"

"बड़े बेटे से कहूँ।"

बड़ा लड़का कुन्दन बोला, "ये बेकार की बातें छोड़ो। आज लड़का हुआ है, कल घर में ग्राहक घुसाएगी खचड़ी औरत। मैं इन्तजाम कर रहा हूँ, शादी होने के बाद भी मिश्रीलाल यहाँ नहीं आएगा।"

मिसिर की पत्नी बहुत निश्चिन्त हो गई और धौली की बात भूल गई।

लेकिन हनुमान जी बोले, "यह न होगा। शादी होगी, बहू घर में आएगी, उसके बाद दोनों धनबाद जाएँगे। गाँव क्यों नहीं आएँगे? उस दुसाधिन के डर से? वह क्या करेगी?"

धौली को सब पता चला। जानकर लड़के को लेकर सोचने लगी। माँ का काम छूटने को हो रहा था। बेटे को माँ के सिर पर लिये बैठी थी। बकरियाँ एक-एक कर बिक गई थीं। उससे क्या पूरा पड़ता है? कब तक चलेगा उससे? उसके बाद? उसके बाद?

मिश्रीलाल का नाम सोचते ही उसका दिल बैठने लगा। इतना प्यार, इतनी बातें क्या सब धोखा थीं? न, न, ऐसा नहीं हो सकता। जंगल और झरने की कितनी कहावतें हैं, कितनी कहानियाँ हैं। चाँदनी रात में उस झरने में परी उतरती है और परी को देखकर बहुत तेज दरोगा मक्खन सिंह पागल हो गया था। वह कहानी झूठी, बिलकुल झूठी लगती है। गंजू लड़की झुलनी अपने देवर के प्रेम में फँस गई। और पंचायत के दंड से दोनों ने उस जंगल में जाकर जहरीले फूल के बीज खाकर आत्महत्या कर ली। दोनों धौली की जान-पहचान के थे, फिर भी लगता था कि किस्सा झूठा या किंवदन्ती था। उसी जंगल में उसी झरने के पार, कभी एक दुसाधिन से किसी युवक ब्राह्मण देवता ने कहा था, "तू मेरी कोयल है, मेरी साँवली दुलहनिया!" वातास में झरे बहुत-से लाल फूलों के बिछौने पर दोनों एक-दूसरे के शरीर में लीन हो जाते। दुसाधिन के पाँव में काँटा गड़ने पर देवता ने उस पाँव का काँटा निकालकर पाँव को चूम लिया था। यह सब कब नहीं हुआ? अब तो सब विश्वास न करने लायक किस्से थे। बस, गोद में लेटा यह बच्चा सत्य था।

मिश्रीलाल वचन देकर भी उसे पूरा न कर सकता था, न उसने पूरा किया। लेकिन धौली के पास कहने को कुछ नहीं था। अब क्या होगा? लड़के को देखकर क्या मिश्रीलाल को दया आएगी? थोड़ी-सी खेती दे देगा?

मिश्र लोगों ने इसके पहले तो ऐसा किया था।

धौली का मन कह उठा—नहीं, नहीं।

धौली कुएँ से कैसे पानी भरने जाएगी? सब औरतें मिश्रीलाल की शादी और बरात की बातें करेंगी। बरात के गाँव में घुसने पर, अलग रहकर दुसाधिनें भी नाचती और गाती थीं। मिश्रों के घर जाकर चिउड़ा-लड्डू-सत्तू और पैसे पातीं। धौली कैसे नाचने जाएगी? कैसे गाएगी? "मैं नाचत मैं गावत बरात आयल रे।"

धौली क्या करे?

सनीचरी मिश्र की पत्नी को दो बातें सुनाकर दुसाध टोली चली गई। बोली, "देउता के लड़के ने धौली को खराब किया, तुमने भी मुँह मोड़ लिया। तुम ही बताओ, लड़की कहाँ जाए?"

"धौली को किसी ने खराब नहीं किया। वह प्यार करने लगी थी, और जात-पाँत के लड़कों के मुँह पर लात मारी थी। उसके भले-बुरे में हम नहीं हैं। जो चाहे सो करे।"

"क्या करेगी?"

"देखा जाएगा। उसके प्यार का देउता क्या करता है, कितनी देखभाल करता है!"

मिश्रीलाल ने कुछ न किया। सिर झुकाए हुए बरात की शोभा बनकर गाँव में आया। धौली के घर बत्ती न जली। दुसाध, गंजू और धोबी टोली में घर-घर शराब-सत्तू-लड्डू और नये कपड़े बाँटे गए। ऐसी धूमधाम का ब्याह इस अंचल में कभी नहीं हुआ था। झरने के किनारे बैठे-बैठे धौली ने आसरा देखा। राह देखती रही। मिश्रीलाल नहीं आया।

धौली सनीचरी के पैरों पर गिर पड़ी।

सनीचरी मिश्रों के घर से लौटकर बोली, "वह बहुत गुस्सा है।"

"क्यों?"

"उसकी माँ ने तेरी देखभाल के लिए जो बन्दोबस्त किया उसे तुम लोगों ने नहीं लिया।"

"यह बात कही?"

"हाँ!"

"तो तू उसे बुला ला। कह देना कि न आया तो मैं लड़के को लेकर नई बहू के पास जाऊँगी। मुझे मारेंगे तो बड़े देउता जान से मार देंगे। फिर भी जाऊँगी।"

मिश्रीलाल आया। कुछ बोला नहीं। आँखों में समझ में न आने योग्य प्रश्न था। धौली समझ गई। उसका आकर्षण आज भी मिश्रीलाल के हृदय को खींचता था। खुश हुआ। कोई-कोई खुशी मन को स्वार्थ-बोध से अलग कर देती है और सच बात निकल आती है।

"तुमने सनीचरी से कहा था कि तुम्हारी माँ की दी हुई भीख हमने नहीं ली?"

"मैया ने यही कहा।"

"थू! झूठे पर थे! तुम्हारी मैया ने कुल मिलाकर दो किलो मड़ुआ दिया था, वह भी दस दिन में। उसके बाद मेरी माँ को चोर कहकर भगा गया।"

"मुझे तो यह नहीं मालूम था।"

"तुमने मेरा सत्यानास क्यों किया?"

"मैं तुझसे प्यार...।"

"थू! तुम्हारे प्यार पर थू! अगर जबरदस्ती से धरम नास करते तो एक बीघा जमीन तो मिलती। तुम नामरद हो। तुम्हारा भाई मरदबच्चा है। उसने झालो को बच्चा दिया, और घर-मकान-खेती भी दी। तूने क्या किया?"

"जो कुछ किया वह अपनी इच्छा से नहीं किया।"

"दूसरों की इच्छा से सादी कर सकते हो, दुकान ले सकते हो, अपनी इच्छा से बस गरीब को जान से मार सकते हो? तुम्हारे लिए हमारी गाँव की बिरादरी भी खफा हो गई।"

"तुझे मैं...।"
"रुपये दूँगा? कितने रुपये? तुम्हारे बेटे को आदमी बनाऊँ, उतना रुपया दो।"
"दुकान से भेजूँगा।"
"तुम तो झूठी बातें करते हो।"
"सच, भेजूँगा।"
"देखा जाएगा।"
"अभी...।"
"लाओ।"

धौली ने सौ रुपये के नोट आँचल में बाँध लिये। उसके बाद बोली, "अब टाहाड़ में भी सौ रुपये से ज्यादा दिन नहीं चलते। जब तुम्हारे साथ सम्बन्ध हुआ, मैं तो तभी मर गई। अगर रुपया नहीं भेजोगे तो धनबाद जाऊँगी और तुम्हारे बेटे को तुम्हारी गोद में डालकर चली आऊँगी।"

"बता! तू जो कहे वही मुझे मानना पड़ेगा।"

"जिनगी पर खाक डाल दी देउता, दो बातें सुनकर ऐसा बुरा लगा? या पैसा होने पर चमड़ा ऐसा मुलायम हो जाता है?"

धौली चली आई। माँ से बोली, "तू बात कर ले। भालातोड़ में मौसी के यहाँ और उसमें इज्जत भी देनी होगी, दूँगी।"

"ऐसा गुस्सा?"
"हाँ, इज्जत गँवानी होगी तो वहाँ गँवाऊँगी। यहाँ नहीं।"
"वहाँ ज्यादा पैसा है?"
"मुझे पता है?"

दूसरे दिन मिश्रीलाल गाँव छोड़कर बहू के साथ धनबाद लौट गया। बस में बैठते वक्त उसका साला बोला, "वह लड़की कौन है?"

"कहाँ?"
"वही जो गोद में बच्चा लिये है?"
"एक दुसाधिन है।"
"ऐसी सुन्दर?"
"होगी, मैंने देखा नहीं।"
बस चल पड़ी।

तीन

किसी-किसी के जीवन में बहुत उम्मीदें पूरी हो जाती हैं। धौली के जीवन में आशाएँ न थीं, आशाओं का पूरा होना भी न था। धौली की मौसी ने कोई खुशी न दिखाई। मिश्रीलाल

के दिये सौ रुपये भुनाकर खाते-खाते रुपये खतम हो गए। मिश्रीलाल ने कोई खबर न भेजी, और न कोई रुपया। रुपयों के मामले में एक बात का और पता चला। एक बार मिश्रीलाल ने ड्राइवर के हाथों बीस रुपये भेजे, उन्हें ड्राइवर मार गया। धौली की माँ की एक बकरी चोरी हो गई। अन्त में बाकी दो को भी बेच देना पड़ा, और अगर बेचनेवाले को बहुत गरज हो तो जो होता है वही हुआ। उन्हें कुछ कीमत न मिली।

धौली समझती थी कि गाँववाले, मिश्र-परिवार और ठेकेदार के कुली उसकी बड़ी उत्सुकता से देखभाल करेंगे। वे देख रहे थे कि धौली का बेटा मडुआ का माड़ पीकर बड़ा हो रहा है। देखा कि धौली की माँ जंगल में जाकर कन्द-मूल खोजती है। देखा कि सनीचरी बीच-बीच में पल्लू में मकई की खीलें लेकर उसके घर जाती थी। देखकर उन्होंने समझ लिया कि मिश्रीलाल ने अन्त में उन्हें बिलकुल छोड़ दिया है।

एक दिन धौली के घर पर पत्थर बरसे।

"जो भी हो, मैं फरसा लेकर सोती हूँ।" धौली चीखी। किसी ने सीटी बजाई और चला गया।

फिर ढेला आया। धौली चुपचाप रही। फिर ढेला।

"अपनी माँ-बहिन के पास जाए," धौली चिल्लाई।

माँ बड़बड़ाकर बोली, "कितने दिन तक भगाएगी?"

"जितने दिन भगा सकूँगी।"

"तू कर सकती है। मुझसे न होगा।"

"मैं भी नहीं कर सकती हूँ, माँ!"

"तो बता क्या करेगी?"

"माँ, सहर जाकर भिखमंगी बन जाऊँगी।"

"भीख कौन देगा? तुझे देखकर लोग पीछे न लग जाएँगे?"

"माँ, क्या मेरी ऐसी सूरत है कि लोग पीछे लग जाएँ?"

"नहीं तो ढेले बरसते?"

"उस लड़के के लिए...।"

"मुझसे और सहा नहीं जाता। तू और तेरा बेटा! नहीं तो मैं कब की सनीचरी के घर चली जाती।"

"कल मैं ठीक कर लूँगी।"

"क्या करेगी?"

"खेत गोड़ूँगी।"

"तमाम लोग दिन-भर खेत गोड़ते हैं। मिलता क्या है? कुछ नहीं!"

"देखूँ, क्या करूँगी?"

धौली सवेरे उठकर पारसनाथ की दुकान पर गई। बोली, "न हो तो अपनी दुकान में झाड़ू लगाने का काम दो। बिना खाए मर गई।"

पारसनाथ बोला, "यह अढ़ैया-भर मड़ुआ ले जा, धौली! काम कहाँ है? काम कुछ नाहीं हौ, और तोहरा के काम देय माँ बड़ा देउता गुस्सा होवे।"

"काहे? हम उनका का किहा?"

"भाई का वास्ते।"

मड़ुआ को आँचल में बाँधकर धौली पेड़ के नीचे बैठ गई। कुन्दन मिश्र ने उसे हाथ से नहीं, भात से मारा। भाई को प्यार करने की सजा मिली। यह मड़ुआ कितने दिन चलेगा? पानी की तरह घाटो बनेगा?

माँ उस मड़ुए को देखकर उस समय कुछ न बोली। खाने के वक्त बरतन को रखकर बोली, "तू और तेरा दुलारा खाय! मैं तो चली जहाँ सींग समाएँ। पेट सुखाकर तो मर न पाऊँगी।"

"खाएगी नहीं?"

"न। अभागिन, और कुछ नहीं कर सकती है तो मर तो सकती है।"

"तो मरूँगी।"

धौली मरने गई। उसी झरने के पानी में। उसके मरने पर माँ की देखभाल गाँववाले करेंगे। बच्चा? धौली के मरने पर माँ से हो सका तो उसे बचा लेगी, नहीं तो वह भी मर जाएगा।

लेकिन उससे मरा नहीं गया। छपी लुंगी और शर्ट पहने एक आदमी, हेड कुली ने उसका हाथ पकड़ लिया। बोला, "कहाँ है, तेरा फरसा कहाँ है?"

धौली ने उसकी आँखों में आँखें डालीं। उसकी आँखों में कोई डर न था।

"हाथ छोड़।"

उसने हाथ छोड़ दिया।

"तूने ढेले मारे थे?"

"हाँ।"

उस आदमी ने इशारा किया। धौली समझ गई कि उसके भाग्य में यही है। जरा रुककर साँस लेकर बोली, "ठीक है।"

"दरवाजा खोल देगी?"

"हाँ। और...।"

"क्या?"

"रुपये ले आना।"

"रुपये!"

"रुपये लाएगा। पक्की लाएगा। दुकान खोलूँगी तो दाम नहीं लूँगी?"

धौली घर लौट आई। माँ ने कहा, "अब से लड़के को लेकर सनीचरी के यहाँ चली जाना।"

"क्यों?"

"ढेले पड़ेंगे। दरवाजा खोल दूँगी।"

धौली की माँ शायद रोती, किन्तु धौली तेज होकर बोली, "शोर न मचाना, भोर के पहले चली आना।"

मिश्रीलाल की दी हुई छपी दो साड़ियों में से आज एक निकली। सनीचरी से तेल उधार लेकर धौली ने बालों में लगाया। नहाई और बाल बाँधे। और क्या करना होगा? और भी कुछ करना है।

रात को ढेला पड़ा। आदमी मकई, नमक, दाल और एक रुपया लाया था। धौली ने पाई-पैसा तक अपने शरीर से चुकता कर दिया। बोली, "कभी खाली हाथ मत आना।"

"और किसी को मत आने देना।"

"जो पैसे देगा वह आएगा।"

बहुतों ने पैसे दिये। बहुतेरे आते रहे। धौली और माँ ने अच्छे कपड़े पहने। दोनों वक्त भरपेट खाया। धौली को आजकल खरीदार चले जाते ही शरीर छोड़कर नींद आ जाती। कितने सहज भाव से बिना प्रेम के शरीर का बेचना था। मड़ुआ, मकई, नमक के रूप में कीमत चुकाई जाती। सब कुछ इतना आसान है, यह पहले समझती तो पहले ही जान बचती। लड़का भी खा-पीकर तन्दुरुस्त होता। धौली को लगा कि वह बहुत बेवकूफ थी।

एक आदमी और भी सब देख रहा था। वह था कुन्दन। कुन्दन समझता था कि जो सबसे काबिल होता है वही जीवित रहता है। धौली ने जिन्दा रहने की राह पहचान ली, अपनी प्रतिहिंसा को खो दिया। कुन्दन जल-भुनकर मरा जा रहा था। अब वह बड़ी मोहक दुसाधिन थी।

एक दिन कुएँ के पास धौली को पानी लेते देखकर कुन्दन ने सनीचरी से कहा, "उसका छुआ पानी तू पीती है?"

"किसका?"

"उस धौली का?"

"उससे तुम्हें क्या, देउता? उसके यहाँ आजकल सब जात वाले जाते हैं। हम लोगों ने मान लिया।"

"क्यों?"

"उसने कोई दोस किया है?"

"रंडी बन गई है।"

"बेवा राँड़ तो थी ही। तुम्हारे भाई ने उसे बेस्वा-रंडी बना दिया। वह न बनती तो तुम्हारे भाई का बेटा जिन्दा रहता? अब तो सब खुश हैं। तुम्हारा दोस्त और ठेकेदार भी। उसके कुली लोग अब इधर-उधर मजा लेने नहीं जाते।"

"तेरा मुँह बहुत बड़ा हो गया है।"

"जाओ, जाओ। यह सनीचरी न होती तो तुम्हारी मैया और बहू जिन्दा न रहतीं।"

कुन्दन समझ गया कि वह हार गया। और कुछ न कहकर वह घर लौट गया। सनीचरी की जरूरत तो इस गाँव के घर-घर में थी। उसकी दवा के बिना गाँव चल नहीं सकता था।

कुन्दन धनबाद जाकर छोटे को बहुत धमका आया। बोला, "चाहता है तो उसे जमीन दे, चाहे रुपये। गाँव में तेरे लिए बिगाड़नेवाले घुस आए हैं।"

"क्यों?"

मिश्रीलाल का चेहरा सफेद पड़ गया। कुन्दन के दिल में ईर्ष्या की खुशी थी। कसकी के लिए भाई के दिल में अभी तक प्यार है। और उसी प्यार पर कुन्दन ने चोट मारी थी। शा—बाश! लड़का नामरद है। ब्राह्मण आजाद होता है—कोई घमंड भी नहीं। मरद मरद-सा होता है। कुन्दन अगर छोटे भाई की जगह होता, तो अपनी रखैल को क्या हनुमान मिश्र के कहने से राह पर छोड़ देता? इस लड़के ने नामर्दी का काम किया है। उसे मर्द बनना चाहिए। अछूत को पैरों तले रखना होगा। कभी दया-माया भी दिखानी होगी, लेकिन मरद बनना पड़ेगा। नहीं तो कुन्दन अकेले कैसे कर सकेगा? इतनी खेती, इतने बाग-बगीचे, इतनी उर्वरा अछूत रमणियाँ, इतना सूद का साम्राज्य—सब कुछ सँभालना होगा।

"क्यों? तेरी प्यारी दुसाधिन थी, थू! बराँभन से प्यार कर बेटे की माँ बनी। अब, (गन्दा इशारा कर कुन्दन ने कहा) जिस दरवाजे से शेर घुसा था उस दरवाजे में सूअर, छछूँदर, चूहे—सभी घुस रहे हैं।"

"नहीं, कभी नहीं।"

"हाँ, बिलकुल हाँ। वे सब बराँभन की हँसी उड़ा रहे हैं।"

"कभी नहीं।"

"एक सौ बार हाँ। नामरद! डरपोक! तूने हनुमान जी के मुँह पर क्यों कहा कि मैं उसे रखूँगा? झालो मेरी रखैल है, उसे घर-जमीन देने में हनुमान जी ने ना नहीं की थी क्या? मैंने सुना? थू! तेरे प्यार पर थू! दुसाधिन से प्यार। जाओ, मजा लूटो। पैजार से—जूत से पंचायत करो। नामरद! नामरद! तूने बराँभन के नाम पर थूक दिया।"

"मैं अपनी आँख से देखूँगा और तब मानूँगा। झूठ हुआ तो...।"

कुन्दन चालाक था, विजयी की हँसी हँसा। बोला, "हमको मार देना। तेरा तो बन्दूक का लाइसेंस है न?"

आग में और साँप के जहर में जलते-जलते मिश्रीलाल टाहाड़ आया। बस-स्टॉप पर कोई धौली राह न देख रही थी।

रात होते ही उसने धौली के दरवाजे पर कंकड़ी मारी, और हरी चूड़ियाँ, लाल साड़ी पहने, बालों में तेल लगाए, बेणी बाँधे धौली ने उसके लिए दरवाजा खोल दिया।

मिश्रीलाल को देखकर वह पहले तो बहुत सूख गई, फिर अपने को सँभालकर कठोर चेहरे और कठोर स्वर में बोली, "देउता! सरकार! क्या अन्दर आइएगा?"

मिश्रीलाल अन्दर गया। ढिबरी नहीं, लालटेन जल रही थी। माचे पर अच्छी-सी दरी और तकिया था। उसके नीचे मड़ुआ का बोरा और तेल का टीन था।

"तू रंडी बन गई है?"

"हाँ।"

"क्यों बनी?"

"तुम मजा लूटकर भाग निकले। उसके बाद मैंने सोचा कि मैं क्यों मरूँ? तुम सादी करो, दुकान चलाओ, दुल्हनिया को लेकर सिनेमा दिखाओ। मैं मरूँ? क्यों? क्यों? क्यों?"

"अब मैं तुझे मार दूँगा।"

"मारो।"

"बराँभन के बेटे को पालेंगे अछूत। सारे अछूत मिलकर। मैं तुझे मार डालूँगा।"

"न, तुम नामरद हो।"

"नामरद मत कह, धौली—जो बड़े भाई ने कहा—सो तू मत कह। तुझको दिखा दूँगा कि मैं मरद और बराँभन का बच्चा हूँ।"

मिश्रीलाल और कुन्दन और हनुमान जी ने कुछ ही दिनों में पंचायत बुलाई। पंचायत में लोगों की राय नहीं ली गई। हनुमान जी बोले, "धौली गाँव में रहकर वेश्या का कारबार नहीं चला सकेगी। उसे शहर जाकर, राँची जाकर नाम लिखाना पड़ेगा। नहीं तो धौली का घर जला दिया जाएगा, माँ-लड़की-बच्चा जल मरेंगे। गाँव की छाती पर बैठकर इतना बड़ा अधर्म न चलेगा। अभी भी गाँव में ब्राह्मण रहते हैं। उनके घर में रोज शिव और नारायण की पूजा भी होती है।"

धौली ने कहा था, "बराँभन के लड़के को पालने-पोसने के लिए बराँभन ने खरच क्यों नहीं दिया?"

"चुप रह, रंडी!" कहकर उन्होंने उसे जूता फेंककर मारा।

मिश्रीलाल बोला, "अब पता चला, मैं हूँ मरद और बराँभन का बच्चा हूँ!"

दुसाध-गंजू-धोबी आदि ने यह फैसला मान लिया। कहाँ था राँची शहर, कहाँ जाएगी धौली?

कुन्दन बोला, "मेरा ठेकेदार उसे ले जाएगा। कल ही।"

सवेरे की बस में धौली और ठेकेदार बैठे। धौली के हाथों में पोटली थी। आँखें सूखी हुई और बहुत बड़े आघात से खोई-खोई थीं। लग रहा था, मानो उसका दिमाग काम न कर रहा हो। चलना-फिरना सब यंत्रचालित-सा हो रहा था। जैसे वह खिलौना हो और लोगों के चलाने से चल रही हो।

बस के पास खड़ी बच्चों को गोद में लिये उसकी माँ फूट-फूटकर रो रही थी।

लेकिन बच्चे ने हाथ बढ़ाया। धौली धीरे-से बोली, "रात के लिए उसके वास्ते थोड़ा-सा गुड़ रख लेना। रोने पर खिला देना।"

माँ बिखरकर रोने लगी, "इससे अच्छा जेठ के साथ क्यों न रही?"

धौली के चेहरे पर एक दुर्बोध्य करुणा की मुस्कराहट फूट पड़ी। वैसा होने पर वह एक व्यक्ति की रंडी होती। अब तो वेश्या-रंडी बनने जा रही है। उस तरह रंडी अकेले आदमी की होती। अब जो वह रंडी बनेगी वह एक समाज की सदस्य होगी। व्यक्ति से समाज की शक्ति बहुत अधिक होती है, और जिन्होंने उसे रंडी बना दिया वे ही सारे समाज को चलाते हैं। वे ही सबसे अधिक शक्तिशाली हैं। माँ इतनी बातें नहीं समझ सकती। धौली समझती है। इसीलिए वह मुस्करा सकी। वह कह सकी, "माँ, गुड़ रख लेना। घर में बत्ती भी रखना, अँधेरे में वह डरेगा।"

रोहतगी कम्पनी का ड्राइवर धौली की ओर देख नहीं पा रहा था। उसने हॉर्न बजाकर बस चला दी। धौली ने एक बार भी मुड़कर न देखा, क्योंकि देखने से मिश्रों के मन्दिर का पीतल का त्रिशूल दिखाई पड़ता।

कुन्दन का ठेकेदार भी धौली की ओर देख न पा रहा था। उसने बिना देखे ही कहा, "जरा आराम कर ले। राँची बहुत दूर है।"

बस ने स्पीड बढ़ाई। राँची और धौली के बीच की दूरी कम होती जा रही थी। धूप चढ़ रही थी। हर सुबह की तरह ही आकाश नीला था, पेड़ भी हरे थे। उसे पता नहीं चला कि रोजाना के हिसाब से प्रकृति में कोई परिवर्तन नहीं हुआ है, अपने आघात की पीड़ा से उसकी आँखों से आँसू बहे चले जा रहे थे। आज से सब कुछ बदल जाने की बात थी! स—ब! धौली के रंडी बनने के दिन! क्या प्रकृति ने भी धौली के रंडी बनने की बात मान ली है, उस प्रकृति ने जो मिश्र-परिवार की सिरजी हुई नहीं है? यह वृक्ष-आकाश-धरती—ये भी मिश्रों के हाथों बिक गए हैं?

रुदाली

टाहाड़ गाँव में गंजू और दुसाध लोगों की संख्या अधिक है। सनीचरी जात की गंजू है। गाँव के और सारे लोगों की तरह सनीचरी का जीवन भी बेहद गरीबी में बीता है। वह शनिवार को पैदा हुई थी, इसीलिए भाग्य में इतना दुख था, यह बात उसकी सास ने कही थी। जब यह कहा था उन दिनों सनीचरी बहू थी। जबान खुली न थी। सास जब मर गई तब भी सनीचरी बहू ही रही। सास को जवाब न दे सकी। अब बीच-बीच में उसकी बात याद आती। अकेले में अपने ही दिल में वो कहती, ओह! शनिवार को पैदा होने से सनीचरी नाम पड़ा, बहू अमंगल—मनहूस हो गई। तुम तो सोमरी थीं, किस सुख में जीवन बिताया? सोमरी, बुधनी, मँगरी, बिसरी—किसका जीवन सुख से बीता?

सास के मरने पर सनीचरी रोई नहीं। उसके पति और जेठ दोनों को मालिक-महाजन रामावतार सिंह ने हवालात में बन्द करवा दिया था। एक ढेरी गेहूँ चोरी हो जाने पर रामावतार इतना खफा हो गया कि टाहाड़ के सारे दुसाधों, सरे गंजू मर्दों को जेल में भरवा दिया। सास शोथ-ज्वर में भोग-भोगकर 'खाने को दे—खाना दे' कहते-कहते, 'हाय अन्न—अरे अन्न' कहते-कहते हग-मूत कर मर गई। बरसात की बूँदा-बाँदीवाली रात थी। सनीचरी और उसकी जिठानी ने मिलकर बुढ़िया को जमीन पर उतारा था। रात बीतने पर दोष लग जाएगा, घर में एक डब्बा अनाज न था, प्रायश्चित के लिए कौड़ी कहाँ से मिले? रात का मुर्दा रात में ही निकल जाए, इसके लिए सनीचरी ही उस बरसात की रात में पड़ोसियों को बुलाने के लिए निकली थी। हाथ-पाँव जोड़कर सबको लाने के लिए, बुढ़िया का दाह कराने का प्रबन्ध करने में सनीचारी ऐसी परेशान थी कि रोने का मौका ही न मिला। नहीं मिला तो न सही। बूढ़ी इर तरह कुढ़ा-कुढ़ाकर मरी कि रोने पर भी तो सनीचरी का आँचल न भीगता।

जिन्दा होते हुए बुढ़िया अकेली न रह पाती थी। मरकर भी अकेली न रह सकी। तीन बरस बीतते-न-बीतते जेठ-जेठानी—सब साफ हो गए। रामावतार सिंह उस समय गाँव से दुसाधों, गंजुओं को भगाने में लगा हुआ था। रामावतार भगा देगा, इसी डर

से सनीचरी उस समय काँटा बनकर रही। जेठ और जिठानी के मरने पर भी रोना न हुआ। लाश जलाए या सस्ते में श्राद्ध निबटाने की बात सोचे? इस गाँव में सभी आदमी दुखी थे। पड़ोसियों का दुख समझते थे। इसीलिए खट्टा दही, बूरा और धान का चिउड़ा पाकर खुश हो गए। सनीचरी और उसका आदमी जो नहीं रोए, उस पर भी सारे लोगों ने कहा, "अब क्या रोया जाएगा? तीन बरस में तीन मर गए। आँसू कलेजे में पत्थर बनकर जम गए हैं।"—सनीचरी ने मन-ही-मन में चैन की साँस ली। मालिक-हुजूर का खेत मँझाकर जो मोटा-झोटा मिल जाता वही इतने जीवों का सहारा था। दो मर गए, अच्छा हुआ। अब खुद पेट भरकर खाएँगे।

पति के मरने पर न रोएगी, यह तो सनीचरी ने सोचा नहीं था। फिर उसके ऐसे करम कि वही हुआ। उस समय उसका इकलौता लड़का बुधुआ छह बरस का था। सनीचरी लड़के को घर पर छोड़ बड़ी मेहनत से घर चलाने के लिए मालिक के घर चली गई। फटाफट लकड़ी काटकर चैले कर दिये, जानवरों के लिए घास ले आई, फसल के दिनों में खेतों पर जाकर फसल काटा करती थी। जेठ को उसके ससुर की दी हुई जमीन से दोनों घर चलाते। सनीचरी ने दीवारों पर तसवीरें बनाई थीं। आँगन में बुधुआ का बाप बाड़ उठाएगा। आँगन में मिर्चा, बैंगन उगाएगा। सनीचरी हुजूराइन से बछड़ा-बछिया लेगी—सब ठीक था। सनीचरी का पति बोला, "चल, तोहरी में बैसाखी मेला देख आएँ। शिवजी की पूजा भी चढ़ाएँगे। सात रुपये तो जमा हो गए हैं।"

मेला खूब जोरों पर था। बड़े-बड़े रईस लोग शिवजी के ऊपर घड़ों दूध चढ़ा रहे थे। वही दूध कई दिन से मिट्टी के चहबच्चे में जमा हो रहा था। दूध से खटास की दुर्गन्ध आ रही थी, मक्खियाँ भिनभिना रही थीं। पंडों को रुपया देकर उस गिलास का दूध पीकर तमाम लोगों को हैजा हो गया, बहुतेरे मर गए। बुधुआ का बाप भी हैज़े में मरा था। उन दिनों अंग्रेजों का राज था। गौरमेंट के आदमी हैजे के सारे रोगियों को उठा-उठाकर अस्पताल के तम्बू में ले गए। केवल पाँच तम्बू थे। रोगी साठ-सत्तर थे। तम्बे के चारों ओर कँटीदार तारों का घेरा था। सनीचरी और बुधुआ घेरे के इस पार बैठे थे। बैठे-बैठे ही सनीचरी को पता लग गया कि बुधुआ का बाप मर गया। गौरमेंट के आदमियों ने रोने का मौका न दिया। लाशों को उन्होंने ही जलाया। सनीचरी और बुधुआ को घसीट ले जाकर हाथ में कॉलरा की सूई लगा दी। उससे ही जो दर्द हुआ उसी दर्द से माँ-बेटे रोने लगे। रोते-रोते सनीचरी ने कुरुडा नदी के जल में स्नान कर माँग का सिन्दूर पोंछ डाला, हाथों की चूड़ियाँ फोड़कर गाँव लौटी। लाख की चूड़ियाँ नहीं थीं। मेले में जाकर पहनी थीं। तोहरी के एक पंडे ने कहा, "यहाँ रहकर पहला पिंड देती जा। विदेशी भूमि में आकर बुधुआ का बाप मरा है।" उसकी बात मानकर सवा रुपया दक्षिणा देकर बालू और सत्तू का पिंड सनीचरी ने दिया। लेकिन उस पर क्या गाँव में कम तूफान उठा था? रामावतार की स्थापित मूर्ति के सेवक

मोहनलाल ने कहा था, "ओः! बालू का पिंड और नदी के जल से! बुधुआ मानो रामचन्द्र हो। बालू से दशरथ का पिंड दिया था।"

"बराँभन ने कहा था न?"

"तोहरी के ब्राह्मण को टाहाड़ के आदमियों के किरियाकरम के नियम पता हैं? उसके कहने से पिंड देने से तू मेरा सिर नीचा कर आई है।"

मोहनलाल को सन्तुष्ट करने, रामावतार से 'पाँच बरस खेत पर बेगारी मेहनत कर पचास रुपये चुका दूँगी' लिखे पर अँगूठा लगा बीस रुपये लेकर उन रुपयों से बुधुआ के बाप का श्राद्ध पूरा कर, नन्हे बच्चे को 'हाय-भात! दे भात!' करते सनीचरी ऐसी परेशान रही कि बुधुआ के बाप के लिए रोने की फुरसत ही न मिली। एक दिन घोर गर्मी में जलते-जलते, रामावतार के खेत में खर-पतवार निकालते-निकालते सनीचरी अचानक खर-पतवार फेंककर एक पीपल के पेड़ की छाया के नीचे जाकर बैठ गई। उसने दूसरे मजदूरों से कह दिया, "आज मैं बुधुआ के बाप के लिए रोऊँगी, कलेजा फाड़कर रोऊँगी।"

दूलन गंजू ने पूछा, "आज ही क्यों रोएगी?"

"तुम लोग मज़ूरी लेकर घर जाओगे। मैं पुर्जा लिखकर बैठी हूँ। मैं जाऊँगी चार भुट्टों का सत्तू लेकर। इसी से रोऊँगी। मुझे रोना नहीं आता?"

"उसी दुख से रोएगी?"

"लटुआ का बापू, तू बहुत खचड़ा है।"

"हिसाब करके देखा है? एक बरस हो गया।"

"एक साल!"

"हाँ रे।"

"एक साल नहीं हुआ?"

"पेट की आग में समय बीत जाता है।"

"मैं मर जाती तो!"

"बुधुआ कहाँ जाएगा? पागलपन मत कर। सुन, पुर्जा जो लिखा सो लिखा। अब देख, मैं काम करता हूँ आराम के साथ—आराम लेकर। जितने दिनों काम है, उतने दिनों मजूरी है। तू जान देकर उस हरामी का काम क्यों करती है? आराम कर ले। जितने दिन काम है उतने दिन खाना है।"

उस दिन सनीचरी का रोना नहीं हुआ।

गाँव के लोगों में सारी बातें सबकी आँखों के आगे आती हैं। सनीचरी जो रोई नहीं, उस पर बहुत बातें हुईं। सनीचरी ने उन बातों पर ध्यान ही नहीं दिया। रामावतार सिंह के पुर्जे का रुपया चुक नहीं रहा था, लगता था कि चुकनेवाला भी न था। लेकिन सनीचरी उन दिनों एक काले बछड़े की देखभाल करती थी। अशरफी की माँ उसकी हिफाजत में बछड़े को छोड़कर गयाजी गई थी। तभी रामावतार का

चाचा मर गया, उसके मरते समय उस बछड़े की पूँछ बुड्ढे को पकड़ा दी गई। वह वैतरणी से पार होने का अचूक इलाज था। सनीचरी ने देखा कि घर में बहुत-से आदमी थे। सब रामावतार के कुटुम-कबीलेवाले थे। सनीचरी के दिमाग में शरारत सूझी। उसने दरवाजे के बाहर खड़े हो चिल्लाकर कहा, "गोड़ लागी, माई-बाप! गरीब सनीचरी आप लोगन की सेवा में आज लगी है। सो एक अर्जी है। उस पुर्जे का रुपया चुकती लिख दें।"

चाचा मरने के माने पचास बीघा उपजाऊ जमीन और हत्थे चढ़ना। पता नहीं क्यों, रामावतार ने सनीचरी की बात मान ली! उसके लिए बाद में रामावतार को बहुत बातें सुननी पड़ीं। दूसरे जमींदार-महाजनों ने कहा, "पुर्जे का रुपया चुक गया जब मान लिया, तब से अछूतों का शोर बढ़ गया है। रुपयों की कोई बात नहीं। नागरा जूते की धूल से भी कम दाम का है। लेकिन पुर्जा वह जुआ है जिसे कन्धे पर लेकर बैल मेहनत करता है।"

रामावतार बोला, "चला मरे, मन में दुख था, बड़ा उदास लग रहा था, भाई! लगता था, जो भी जो कुछ चाहता है उसे वह देकर संन्यासी बनकर चला जाऊँ।"

रामावतार के लड़के लछमन का जब ब्याह हुआ तो रामावतार ने सनीचरी से ब्याह के गाजे-बाजे का खर्च लिया था।

यही सब सोचते-सोचते और पेट का धन्धा करते-करते सनीचरी रोना भूलती जा रही थी। बुधुआ बड़ा हो गया था। बाप की ही तरह गरीबी का जुआ उसने अपने कन्धों पर रख लिया। बचपन में ही ब्याह हो गया था। बहू गृहस्थी करने आई। बुधुआ का एक बेटा हुआ। पत्नी डाइन-सी थी। हाट के लोगों से मिल-जुलकर, पता नहीं, क्या पी आती थी! दिनोंदिन वह फूलकर कुप्पा हो गई। रामावतार के बेटे लछमन के गेहूँ के बोरे ढोते-ढोते बुधुआ को जाने-पहचाने रोग ने पकड़ लिया—खाँसी ने। यक्ष्मा था। रात को बुखार रहता, सवेरे पसीना आकर उतर जाता। खाँसी के साथ खून आता था। आँखों के नीचे कालिख थी। यह देख-देखकर सनीचरी की छाती में जो हवा चिता की आग से उड़कर आसमान में फैल जाती, वही आकर लगती। बुधुआ की ओर देखते ही सनीचरी समझ गई। बुधुआ को चिपटाकर घर बसाने की उसकी इच्छा पूरी न होगी। उसकी छोटी-सी इच्छा भी पूरी न हुई। लकड़ी की एक कंघी खरीदेगी, लेकिन उसका खरीदना नहीं हुआ। लाख की चूड़ियाँ एक बरस पहनेगी, न पहन सकी। समय के साथ-साथ इच्छाओं का स्वरूप भी बदल गया। लड़का-बहू काम करेंगे। उनकी कमाई का अन्न सनीचरी खाएगी। जाड़ों की धूप में बैठकर नाती के साथ एक बरतन में सत्तू और गुड़ खाएगी। वह इच्छा क्या बहुत बड़े आकार की हो गई थी? उसी से क्या बुधुआ तिल-तिलकर खतम होता जा रहा है?

बहू की ओर देख-देखकर उसे दोष देने की बात सोचकर भी सनीचरी वैसा नहीं कर सकती थी। बुधुआ की बहू। नाती की माँ से कैसी रूखी बातें सनीचरी

कहती थी? बुधुआ सब कुछ समझता था। वह एक दिन बोला, "माँ, इससे कुछ मत कहा करो।"

"किससे?"

"अपनी बहू से।"

"यह बात क्यों कही?"

बुधुआ फीकी और सूखी हँसी हँसा था। उसने कहा था, "माँ, वह हाट को सब्जी बेचने जाती है तो पैसे चुराती है। अंट-संट चीज खरीदकर खाती है, सब तो मुझे मालूम है। भूख के मारे करती है, माँ!"

"मैं उसे क्या खाने को नहीं देती हूँ?"

"उसकी भूख बड़ी है।"

"आदमी कितनी बातें कहते हैं!"

"पता है, माँ! क्यों कहते हैं यह भी मालूम है। लेकिन मुझे इसके लिए कुछ कहना अच्छा नहीं लगता। उसे क्या पता माँ, कि तू और मैं कितनी तकलीफ उठाकर घर...!"

बुधुआ ने खाँसना शुरू किया। सनीचरी उसकी छाती पर हाथ फेरते-फेरते बोली, "अब भगवान को नहीं पुकारती रे, भगवान होते तो तेरी बीमारी मुझे लग जाती।"

"नहीं माँ, तू जिन्दा रहेगी तो मेरा बेटा रहेगा।"

"मैं अपने बेटे को बचाना चाहती हूँ न?"

सनीचरी अपना सिर ठोंककर उठ गई। बुधुआ ने आँगन में उजाला कर दिया था। भिंडी, बैंगन, मूली, मिर्चा, कुम्हड़ा—तरह-तरह की सब्जियाँ थीं जो लछमन के बगीचे से पौध लाकर, बीज लाकर बुधुआ ने यह खेत तैयार किया था। उसकी बहू अभी छोकड़ी थी। बहू की भूख बहुत थी। उसका बड़ा झुकाव था कि वह भी लछमन के खेत में काम करने जाएगी। उसका पेट भरना चाहता ही न था। अपने खाने का इन्तजाम वह खुद ही करेगी। बुधुआ ने सारी बातें सुनीं। बोला, "लड़का हो जाए, उसके बाद जो कहेगी उसका इन्तजाम कर दूँगा।"

बुधुआ ने बहुत मेहनत की थी। आँगन को काँटेदार झाड़ियों से घेर दिया था। लछमन के खेत से चुराकर खाद ले आता। गर्मियों में बहँगी में नदी से पानी ले आता। कुछ ही महीनों में आँगन हरा-भरा हो गया था। सनीचरी हँसकर बोली, "बुधुआ, तेरे बाप ने भी इस तरह का सब्जी का खेत बनाना चाहा था रे!"

नाती हुआ। नाती की डेढ़ महीना उम्र होते ही बहू ने जिद करना शुरू किया कि वह काम करने जाएगी। बुधुआ बोला, "जाएगी। हाट के दिन सब्जी बेचने जाना। मालिक के खेत में नहीं जाने दूँगा। मालिक के खेतों पर काम करने पर जवान औरतें घर नहीं लौटतीं।"

"इस्, कहाँ जाएगी?"

"पहले अच्छे घरों में, उसके बाद रंडी टोली में। इसको लेकर और बातें कहने पर सिर धड़ से उतार दूँगा।"

बहू हाट गई थी।

सनीचरी बोली, "हाट भेज दिया, बुधुआ? अच्छा था वह घर पर रहती, मैं चली जाती।"

"न माँ! तू और मैं खेतों में काम करते, तो वह घर रहती। किसी दिन देखा कि उसने राँध पकाकर रखा, पानी लाकर रखा, घर-द्वार पर झाड़ू लगाई?"

"ना।"

सनीचरी और बुधुआ दोनों ने समझ लिया कि बहू का दिल रोगी पति में और दुख-भरी गृहस्थी में न लगेगा। सनीचरी ने बहू से कहा, "वह अब कितने दिन का है? आँखों पर और चेहरे पर स्याही छा गई है। जितने दिनों है, जरा समझकर चल।"

बहू ने उस बात का एक-एक अक्षर माना। बुधुआ 'जितने दिनों' रहा, वह भी उतने दिनों रही। उस समय बच्चे की उम्र छह महीने थी। बुधुआ को उस दिन, उसी दिन क्यों, कई दिनों से बढ़ती ही होती जा रही थी। वैद्य की दवा से भी काम न चला। सनीचरी ने बहू से बुधुआ के पास रहने को कहा था। खुद भागी-भागी वैद्य के पास दूसरी दवा लेने गई थी। दवाई से अब कुछ न होगा, यह जानकर भी दवा लेने गई थी। वैद्य का मकान लगभग एक मील की दूरी पर था। माँ रे! सोचने पर कैसा लगता है, इतना रास्ता वह किस तरह भागकर गई थी? लेकिन वैद्य घर पर न थे, हाट गए थे। घर लौटते ही सनीचरी ने "दवा दो, दवा दो" कहकर सिर पीटा था। चिढ़कर वैद्य ने कहा, "छोटी जात वालों में धीरज नहीं रहता। लड़के की हालत अगर ऐसी ही खराब होगी, तो बहू हाट की ओर क्यों भागी है? जरूर तेरे बेटे की हालत अच्छी है।"

घर लौटकर सनीचरी ने बुधुआ को जिन्दा न पाया, बहू को घर पर न पाया। बच्चा अपनी कोठरी में रो रहा था।

बहू फिर न लौटी। बच्चे को गोद में लेकर बुधुआ के दाह का प्रबन्ध करना, बहू के भाग जाने के किस्से को दबाकर भाग-दौड़ करना—इस सबमें बुधुआ के लिए भी रोना न हुआ। सनीचरी रो नहीं सकी। अजीब-सा पागलपन सवार था। उसके बाद आँखें बन्द कर लेट जाती। गाँव के लोग निजी रिश्तों के काम में मतवाले रहते थे। बुधुआ की मौत के बाद सनीचरी ने दूसरी ही हालत देखी। बुधुआ के बेटे हरुआ को लेकर वह परेशान रहती। बुधुआ नहीं रहा, इस बात को भी जैसे सनीचरी भूल गई। कभी बुधुआ नहीं था, वही उसे याद न रहता। जिस वक्त की बात, जितने दिनों की बात याद पड़ती, उतने दिनों ही जैसे बुधुआ उसके साथ था। सनीचरी अब मालिक-महाजन के खेतों पर काम करती थी, बुधुआ नदी से पानी लाकर घर-द्वार साफ कर रखता। खेत से बीने, मिट्टी मिले गेहूँ या मक्का नदी के पानी से धो लाता। वह शान्त, समझदार माँ का बेटा था। बुधुआ हमेशा मौजूद रहता। सनीचरी

कैसे मान ले कि उसे रात में पानी गरम कर बुधुआ को पिलाना न पड़ेगा? बुधुआ का लड़का पड़े-पड़े रोता रहता।

एक दिन दूलन की पत्नी, धतुआ और लटुआ की माँ, जो इस मुहल्ले की प्रसिद्ध झगड़ालू औरत थी, आ खड़ी हुई। लड़के को उठाकर उसने कलेजे से लगा लिया।

"ओ धतुआ की माँ! क्या कर रही है?"

"हरुआ को लिये जा रही हूँ।"

"क्यों?"

"धतुआ की बहू की गोद में बच्चा है। उसका दूध पिएगा।"

"क्यों? मेरा नाती है, मैं उसे पालूँगी।"

"सभी अपने नातियों को पालते हैं, तू भी पालेगी। लेकिन धतुआ के बाप ने कहा है कि एक काम पकड़ा है।"

"कहाँ?"

"गौरमेन रेल लाइन की मरम्मत करेगी। ठेकेदार के पास धतुआ के बाप ने पेसगी लिया है, बीस मजूर देगा।"

"तू नहीं जाएगी?"

"गैया गाभिन है। उसे छोड़, मालिक के घर पूजा है। जंगल की सफाई, रसोई के लिए लकड़ी चीरना—बेगार के काम भी हैं।"

"दूलन गंजू! बहुत बड़ा खचड़ा बुड्ढा है। काम में पगलाकर मुझे...।"

"सो जैसा समझ।"

धतुआ की बहू का दूध पीकर हरुआ की जान बच गई। जितने दिनों तक ठेकेदारी का काम चला सनीचरी के घर चूल्हा नहीं जला। दूलन की बहू सनीचरी की रोटी और अचार दूलन के साथ ही दे देती। जितना आटा लगता, सब बाद में सनीचरी ने चुका दिया। लेकिन क्या सारे ऋण चुकाए जा सकते हैं?

दूलन आदि ने देखा था, परमू गंजू ने कहा था, बिलकुल अकेली हो गई है। सम्बन्ध में जिठानी बन जाओ, नहीं तो तुम्हारे घर के दरवाजे-खिड़की-छाजन लाकर अपने आँगन में कोठरी डाल दूँ।

नटुआ दुसाध सनीचरी के आँगन की सब्जियाँ हाट में बेच लाता। उस समय गाँव के लोग इस तरह न खड़े हो जाते तो क्या सनीचरी जिन्दा रहती? बुधुआ की कस्बी पत्नी की बात किसी ने नहीं उठाई। पर सनीचरी को पता लग गया था। हाट में जो लोग एक रुपये में चार तरह की दवाइयाँ बेचते हैं उनमें से एक ने बहू को समझाया था। बहू को गया-आरा-भागलपुर दिखाएगा, नौटंकी-सिनेमा-सर्कस दिखाएगा, रोज पूरी-कचौड़ी खिलाएगा। उसी आदमी के साथ बहू चली गई।

'बच्चे को क्यों नहीं ले गई?'

सनीचरी को बचपन में देखी हुई मोती की माँ की बात याद आती। मोती को मालिक ने लेना चाहा था, मोती की माँ ने उसे नहीं दिया। मोती लाइन के कुलियों को इकट्ठा करनेवाले ठेकेदार के साथ पल गया। मोती की माँ सनीचरी की माँ के जाँते में गेहूँ पीसने आती थी और कहती थी, "मालिक के हाथ में लड़की देने से मुँह तो देखने को मिल जाता है।"

सनीचरी ऐसा न कहती। जब वह चली गई, तो मानो खो गई। वही अच्छा है। नहीं तो वह मालिक के घर रानी बनकर रहती। सनीचरी और हरुआ बाहर गुलाम बनकर मेहनत करते, वह बहुत अपमान की बात होती। उसके सिवाय, सनीचरी को पहले की जानकारी से पता था। बहू के वैसा काम करने पर गाँव के आदमी नाम से न सही, काम से निकाल देते। वैसा होने पर गाँव में रहना न होता। भूखे और घोर गरीब का काम होता है दूसरे भूखे, घोर दरिद्रों की सहायता करना। वह मदद न रहे तो मालिक के दिये दूध-घी खाकर भी गाँव में रहना न होता।

धीरे-धीरे सनीचरी सहज और स्वाभाविक हो गई। अपने सामर्थ्य-भर हरुआ को पाला- पोसा। गाँव के बूढ़े-बूढ़ियाँ, बड़े-बूढ़े, सभी हरुआ से कहते, "तेरी दादी ने बड़ा दुख सहा है। उसको दुख मत दिया कर, हरुआ!"

हरुआ सिर झुकाए सुनता रहता। उसकी चौदह बरस की उमर होने पर सनीचरी उसे ले गई थी। रामावतार का बेटा लछमन सिंह अब मालिक-महाजन था। हजार गरीब-परवर हो, लेकिन अब जमाना और था। मालिक भी नये जमाने में नये ढंग का था। लछमन सिंह खेत के मजूरों, किसानों को वश में रखने के लिए अब गुंडे रखता था। घुड़सवार, बन्दूकवाले गुंडे। रामावतार लाठी मारता था, जूते लगाता था, लेकिन मिजाज ठीक रहने पर उनसे बातें करता था। लछमन सिंह बाप की उन बातों को कमजोरी समझता था। वह काफी दूरी रखता था।

सनीचरी उसके ही पास गई। बोली, "मालिक, सब कुछ तो जानते हो। सनीचरी से बड़ी अभागिन कभी नहीं जन्मी। यह लड़का मेरा नाती है। इसे कुछ काम दो। नहीं तो इसकी जान नहीं बचेगी।"

लगता है, उस वक्त लछमन सिंह का मिजाज ठीक था। उसने कहा, "हाट में मेरी दुकान में माल ढोएगा। झाड़ू-पानी करेगा। हर महीने दो रुपये और खुराकी मिलेगी।"

"हुजूर की किरपा है।"

सनीचरी नाती को ले, उठकर चली आई थी। मोहनलाल से देवता की प्रसादी लाकर तावीज में रख दी और उस तावीज को गले में बाँधकर हरुआ को हाट भेज दिया। उससे उसने बहुत कुछ कहा था।

"हाट में तमाम लोग गाय-भैंस लेकर आते हैं। हरुआ, तू वहाँ मत जाना। भैंसा लात मारेगा तो मर जाएगा।"

"नहीं, दादी!"

"किसी बुरे आदमी की बातों में मत आना।"

"नहीं, दादी!"

शुरू के कई महीने हरुआ ने बहुत मन लगाकर काम किया। महीने के रुपये दादी को दे देता था। जलपान को मिले सत्तू, गुड़ बाँध-बाँधकर ले आता। खा-पीकर धीरे-धीरे शकल निकल आई। धीरे-धीरे मन बहका। एक बार रुपये नहीं दिये, एक रंगीन बनियान खरीद ली। फिर एक बार प्लास्टिक का माउथ-अर्गन खरीद लिया। उस बार सनीचरी ने बहुत डराया-धमकाया था। उसके बाद लछमन ने जब खुद कहा कि हरुआ दुकान पर नहीं रहता, हमेशा मैजिकवाले के पीछे-पीछे घूमता-फिरता है तो सनीचरी ने हरुआ को बहुत मारा था। बोली, "कुचाल चलेगा, तो तेरी टाँगें काट डालूँगी। घर बिठाकर खिलाऊँगी, पर कुपथ न जाने दूँगी।"

उसके बाद हरुआ ने कुछ दिनों मन लगाकर काम किया। उसके बाद भाग गया। नाटुआ ने आकर बताया कि हरुआ मैजिक वालों के साथ चला गया है।

"जाने दे।"

"जाने दे" कहने पर भी सनीचरी घर न बैठी रह सकी। एक हाट से दूसरी हाट, एक मेले से दूसरे मेले में बहुत खोजा। नाती के लिए रोने की बात उसके मन में नहीं उठी। मन में यही आया था कि ऐसा ही होगा। तभी जबकि हरुआ के लौटने की आस नहीं थी कि अचानक उसे बिखनी के साथ देखा। बिखनी उसके साथ छुटपन से खेला करती थी। वह काले कम्बल का घाघरा पहनती थी, इसलिए सब लोग उसे 'काली कमली बिखनी' कहते थे। बिखनी कन्धे पर एक पोटली लादे जल्दी-जल्दी चल रही थी, चलते-चलते उसने असावधानी में सनीचरी को धक्का दे दिया।

"तू कौन है रे? दिखाई नहीं पड़ता है?"

"दिखाई तेरे बाप को नहीं देता।"

"क्या कहा?"

"जो तूने सुना।"

अजीब झगड़ा हुआ। सनीचरी को बड़ा अच्छा लग रहा था। जोरों का झगड़ा करने से मन का बहुत-सा मैल दूर हो जाता है, सब कुछ साफ हो जाता है। इसलिए धतुआ की माँ चील-कौओं के साथ भी झगड़ती रहती थी। झगड़ा करने से मन अच्छा रहता है, शरीर अच्छा रहता है, शरीर का खून बन्दूक की गोली की तरह दनादन चलता रहता है। लेकिन दोनों ने जब एक-दूसरे की ओर देखा तो बिखनी बोली, "यह क्या? तू सनीचरी है न?"

"तू, तू कौन है?"

"बिखनी, काली कमली बिखनी।"

"बिखनी?"

"हाँ रे!"

"तेरा तो लोहरदगा में ब्याह हुआ था।"

"मैं तो कब से जुजुभातू में हूँ।"

"जुजुभातू? और मैं रहती हूँ टाहाड़ में। एक वेला की तो राह है, और कभी भेंट नहीं होती?"

"चल, कहीं बैठें।"

दोनों एक पीपल के पेड़ की छाया में बैठीं। दोनों ही एक-दूसरे को आड़े-आड़े देख रही थीं। दोनों ही निश्चिन्त हुईं, यह जानकर कि किसी की हालत किसी से अच्छी नहीं है। बिखनी के भी हाथों में, गले में, माथे पर सनीचरी की ही तरह गहनों के गोदने के निशान थे और आदत के मुताबिक दोनों ही कानों के छेदों में सोला का डंठल ठूँसे हुए थी। सनीचरी और बिखनी ने बीड़ियाँ सुलगाईं। दोनों ही के बाल रूखे थे।

"सनीचरी, क्या हाट आई थी?"

"ना रे, नाती को खोजने आई थी।"

सनीचरी ने बहुत थोड़े में हरुआ की बातें, अपना हाल—सब कुछ बताया। बिखनी ने सब कुछ सुनकर कहा, "दुनिया से माया-ममता क्या चली गई है? या तेरे-मेरे भाग का दोस है?"

सनीचरी बड़े दुख के साथ मुस्कराई। बोली, "आदमी नहीं, बेटा नहीं, नाती जहाँ रहे भला रहे।"

बिखनी ने बताया, तीन लड़कियों पर एक लड़का हुआ। बेटे का बाप कब का मर गया, बिखनी ने ही लड़के को पाला-पोसा, दूसरे की बछिया पालने को लेकर धीरे-धीरे चार गाय, दो दुधारू बकरियाँ, सब कुछ किया। लड़के का ब्याह कर दिया। फिर लड़के के गौने के समय महाजन से उधारी लेकर गाँव को दही-चिउरा-गुड़ खिलाया था।

"उसके बाद?"

"महाजन ने अब उसी कर्ज के बदले घर-दुआर ले लिया। लड़का गया ससुराल।"

'ससुराल' कहकर बिखनी ने थूका। बोली, "ससुर के लड़का नहीं है। और दो जमाइयों की तरह लड़का भी उसका गुलाम बन जाएगा। मैंने कहा, गोरू बेचकर उधारी चुका देती हूँ। पर लड़का गाय-गोरू ससुराल छोड़ आया। मैं भी बिखनी हूँ। मैंने दो बकरियाँ इस बाजार में बेच दीं। लड़के को पता नहीं है। बस, टेंट में बीस रुपये लेकर चल दी हूँ।"

"अब कहाँ जाएगी?"

"पता नहीं। तेरे तो कहने को भी बेटा नहीं है। मेरा रहने पर भी नहीं-सा है। चली जाऊँगी डाल्टनगंज, या बोखारो, या गोमो। टेसन पर भीख माँग लूँगी।"

सनीचरी ने ठंडी साँस ली। बोली, "मेरे साथ चल। दो कोठरियाँ हैं, भाँय-भाँय कर रही हैं। कोठरियों में लेटने के लिए माचे हैं। बुधुआ ने बनाए थे। आज भी बाहर भिंडी-मिर्चा-बैंगन होते हैं।"

"मेरा रुपया खरच हो जाने के बाद?"

"तब देखा जाएगा। तेरा रुपया तेरे पास रहे। सनीचरी अभी भी अधपेटी कमा लेती है।"

"तो चल। हाँ रे, पानी का सुख है?"

"नदी है। पंचायती कुएँ का जल बड़ा तीता है।"

"जरा ठहर।"

बिखनी फिर हाट गई। थोड़ी देर बाद लौटकर आई। बोली, "जुएँ मारने की दवा मोल ले आई हूँ। मिट्टी के तेल के साथ सिर में लगाकर सिर धो डालूँगी। जितनी मन की ज्वाला है, वैसी क्या जुओं की ज्वाला होती है!"

राह चलते-चलते बिखनी बोली, "नतनी शायद रात में रोएगी। मेरे साथ लेटती थी।"

सनीचरी बोली, "थोड़े दिन के लिए। फिर भूल जाएगी।"

सनीचरी का घर देखकर बिखनी बहुत खुश हुई। फौरन पानी छिड़ककर घर-द्वार साफ किया। नदी देखने गई। एक गगरी जल लाई। बोली, "आज रात चूल्हा नहीं जलाऊँगी। रोटी और अचार लेकर चली थी।"

बिखनी घर-गृहस्थी वाली थी। दो दिनों में ही उसने सनीचरी का घर-आँगन लीप-पोत दिया। सोडा और साबुन से अपने और सनीचरी के कपड़े धोए। कथरी और चटाई को धूप दिखाई। अपनी गृहस्थी का कब्जा बहू के हाथ में चला जा रहा था, इसलिए उस समय वह किसी काम में दखल न देती थी। वह अभिमान में थी, पर बहू कहती कि उसकी सास कामचोर थी। गिरस्ती का नशा, बिखनी की समझ से, आदमी को, दुखी आदमी को निकम्मा बना देता है। यहाँ पता नहीं कब तक रहे! सनीचरी की गृहस्थी थी—बिखनी ने एक दिन कुदाल लेकर आँगन खोदना शुरू किया। बोली, "थोड़ी मेहनत से सब्जी बहुत होगी।"

जुओं की दवा से सनीचरी के सिर से भी शरणागत जीव निर्वंश हो गए। गहरी नींद में रात काटकर सनीचरी समझी कि जुओं के काटने से नींद नहीं आती थी, उसमें मन की जलन न थी। दिल में कितनी भी जलन हो, मेहनती शरीर को नींद आ जाती है।

बिखनी के रुपयों से दोनों ने कुछ दिनों खाया। उसके रुपये भी खर्च हो गए तो सनीचरी के सिर पर आसमान फट पड़ा। उसी दिन दूलन के एक बछड़े को भेड़िया उठाकर ले गया। भेड़िए को भगाने के जोश में जब सब लोग दीवाने हो रहे थे तभी खबर आई कि एक और स्थानीय जमींदार भैरव सिंह को कोई एक या कई आदमी मिलकर जमीन में काटकर डाल गए हैं। उस जमीन ने दस दीवानी मुकदमों को जन्म दिया था। भैरव की लाश को लेकर जमीन का फौजदारी में प्रमोशन हो गया। गाँव में हर एक को हर बात का पता लग जाता है। सभी को पता चल गया कि भैरव के बड़े बेटे ने ही खून किया है। सौतेले भाइयों के लिए बाप का बहुत अधिक स्नेह देखकर उसे अपनी जायदाद के लिए स्वाभाविक तौर पर फिक्र हो गई थी। भैरव

के बड़े बेटे ने, "पिता की हत्या के अपराध में भला भाइयों के नाम पर मुकदमा करेगा"—कहकर धमकाया। भले भाई बड़े भाई थे, खिलाफ मुकदमा करने के लिए लछमन सिंह की मदद लेने गए। लछमन बोला, "चलो मैं चल रहा हूँ।" जमीन पर उसको भी काफी लालच था।

बड़े नाटकीय ढंग से लछमन वारदात के स्थान पर गए। लड़कों को शर्मिन्दा करते हुए उन्होंने मर्मभेदी दुख से कहना शुरू किया, "हाय चाचा! तुम राजा थे, अपने घर में मरते। तुम आज जमीन में क्यों पड़े हो? तुमको किस बात का दुख है?"

लड़कों की ओर देखकर वे बोले, "तुम क्या आदमी हो? किसने मारा है, इससे क्या होगा? चाचा मर गए, यही मुख्य और अन्तिम बात है। हाय चाचा! तुम्हारे रहते छोटी जात ने कभी सिर न उठाया। दुसाध-गंजू के लड़के तुम्हारे डर से सरकारी स्कूल में पढ़ने नहीं जाते थे। आज उस सबकी देखभाल कौन करेगा?"

लड़कों की ओर देखकर आगे बोले, "अब असली काम है चाचा की सम्मान के साथ सद्गति करना। उन्हें घर ले चलो, पुलिस को खबर करो। लेकिन वहाँ किसी का नाम न लेना। लाश तोहरी नहीं जाएगी। चीर-फाड़ न होगी। जिस तरह से चाचा मरे, वह जो भी हो, वीर की मृत्यु है! लेकिन जिस तरह चाचा मरे, उस तरह तो मरने की बात नहीं थी! लोग बहुत बातें कहेंगे। इसलिए सद्गति और किरिया का काम उचित शोर के साथ करना। चाचा को बड़े पलँग पर सजाकर रखो और हमारे राजपूत समाज को खबर दो।"

उसके बाद लड़कों को अलग हटाकर बोले, "अपने झगड़े भूल जाओ। हमारे बाबा नहीं हैं। चाचा चले गए तो राज का पतन हो गया। अपने समाज के सब लोगों को बुलाओ। इस समय अपना झगड़ा उठाने का मौका नहीं है। मक्खन सिंह, दैतारि सिंह, उलझनें खड़ी कर देनेवाले लोग तो तमाम हैं।"

लछमन इस काम में पागल रहा, इसलिए सनीचरी को वह घर पर न मिला। घर आकर वह गाल पर हाथ रखकर बैठ गई। फिर बिखनी से बोली, "चल दूलन के पास चलें। चरकेबाज बुड्ढा, बहुत चंट आदमी है। लेकिन दिमाग बहुत साफ है। वह कोई ठीक राह बता देगा।"

सब कुछ सुनकर, दूलन बोला, "कमाने की राह होते उपास करके कौन मरता है?"

"कैसन कमाई?"

"बुधुआ की माँ! कमाई की क्या राह होती है? मालिक-महाजन की होती है, दुसाध-गंजू की होती है? राह बनाई जाती है। सहेली कितना रुपया लेकर आई थी?"

"बीस रुपया।"

बी—स रु—प—या?

"हाँ! अठारह रुपये खा बैठे।"

"मैं होता तो यह रुपया हाथों में रहते-रहते सपने में महावीर जी पा लेता।"

"का बोलते हो? हाँ लटुआ के बाप?"

"कहे? हमनी का बोली, समझत नाहीं?"

"क्या बोलते?"

"रुपया हाथ में रहते-रहते कुरुडा नदी के पाड़ से मैं एक अच्छा-सा पत्थर लाता। उस पर तेल-सिन्दूर पोतकर कहता, सपने में महावीर जी मिले हैं।"

"मैं तो खाक सपने नहीं देखती।"

"अरे, महावीर जी मिल जाने से देउता की पूँछ पकड़ सपना आप ही आता।"

"हाय बाबा!"

"तुझे सब पहचानते हैं। तुझसे ठीक न होता। तेरी सहेली नई है, उसके कहने से हम मान लेते। उसके बाद महावीर जी लेकर तोहरी की हाट में बैठती। प्रणामी मिलती।"

"देउता को लेकर खचड़ापन? ऐसे ही महावीर जी के चेलों के मारे पेड़ों में फल नहीं रहते।"

"खचड़ई समझो तो खचड़ई है। नहीं तो किस बात का खचड़ापन? तेरा तो महापापी मन है। उसी से खचड़ई समझती है।"

"कैसन? ऐं लटुआ के बाप?"

"कैसन? बुझा रहा हूँ।"

"बोल।"

"लछमन की बुढ़िया माँ को वात रोग है?"

"है।"

"उन्होंने हमको दस रुपये देकर कहा, चास से दैवी तेल ला दे। चास भी नहीं गया, घर से तेल भी दो दिन बाद दे आया, तब भी खचड़ई नहीं हुई, काहे कि हमारे मन में कोई खचड़ई नाहीं है। उसने कल तेल मला, आज ही बुढ़िया लोटा लेकर अरहरी के खेत माँ पायखाना करै गई। मन चंगा तो कठौती माँ गंगा। बुधुआ की माँ, देख, भगवान पेट से बड़ा नहीं है। पेट के लिए सब कुछ किया जाता है। यह रामजी महाराज की बात है।"

दूसरी ओर से दूलन की पत्नी बोली, "बुड्ढा अगर मालिक के खेत से कुम्हड़ा तोड़ लाता है, तब भी कहता है कि रामजी महाराज की बात है।"

बिखनी बोली, "हमारी मुसीबत है। वह कैसे आसान होगी? कुछ सलाह दो। हम दोनों बुढ़िया हैं।"

"बरोही गाँव का भैरव सिंह मर गया है?"

"हाँ, लड़के ने बाप को मार डाला है।"

"उससे तुम्हें क्या? जहाँ रुपये होते हैं वहाँ माँ बेटे को मारती है, बेटा माँ को मारता है। जिसे मरना था वह मर गया। हमारे घरों में कोई मरता है तो सगे-सम्बन्धी रोते हैं।

उनके नातेदार सन्दूक की कुंजी हटा देते हैं। रोने की बात भूल जाते हैं। हटाओ, हमारे मालिक ने जाकर जिम्मा ले लिया है। अब भैरव की लाश का दाह होगा। कल दोपहर को लाश निकलेगी। उन्हें रोनेवाली रुदाली की जरूरत है। दो राँड़ों को ले आए हैं। मालिक-महाजन के मरने पर रोने के लिए राँड़ें आती हैं। दो राँड़ें तो भैरव की ही थीं, अब सूखी कौआ हो गई हैं। वे काम की नहीं हैं। तुम जाओ, रोओगी, लाश के साथ जाओगी। रुपये मिलेंगे, चावल मिलेंगे। किरिया-करम के दिन कपड़ा और खाने को मिलेगा।"

सनीचरी के कलेजे में जैसे भूकम्प हुआ। वह बोली, "रोऊँगी? मैं? तुझे पता नहीं, मेरी आँखों में रोना नहीं आता? मेरी आँखें जल गई हैं।"

दूलन निस्पृह कठोर आवाज में बोला, "बुधुआ की माँ, जो रोना तू बुधुआ के लिए नहीं रोई, उस रोने को तुझसे नहीं कह रहा हूँ। यह है रोजी के लिए रोना। देखेगी कि जैसे गेहूँ काटती है, मिट्टी ढोती है, वैसे ही रो भी लेगी।"

"हमें मानेगा कौन?"

"दूलन काहे के लिए है? अच्छी रोनेवाली न मिलने से भैरव की इज्जत कैसे रहेगी? मालिक-महाजन को लाश बन जाने पर भी इज्जत चाहिए। भैरव का बाप रामावतार राँड़ें रखता था, उनकी देखभाल करता था। उसी ममता में राँड़ें उसके मरने पर आकर रो गईं। भैरव, दैतारि, मक्खन, लछमन—इनकी भी राँड़ें हैं। लेकिन खेत-मजूर और राँड़ों को यह लोग पैरों के नीचे रखते हैं। इसी से रुदाली नहीं मिलती हैं। सब खतरनाक खचड़े हैं। सबसे हरामी गम्भीर सिंह हैं। राँड़ रखी, वह घर की औरत बन गई। राँड़ रहती तो औरत को दूध-घी पर रखता। राँड़ के मरने पर औरत से बोला, तुझे अब न पालूँगा। राँड़ की लड़की राँड़, जाकर काम कर।"

"छी-छी!"

"वह लड़की तो तोहरी में रंडियों के बाजार में पड़ी है। पाँच रुपये की रंडी अब पाँच पैसे की रंडी है। अच्छी बात, बुधुआ की बहू भी तो तोहरी में है। वही हालत है।"

"उसकी बात कौन सुनना चाहता है?"

दूलन बोली, "काली धोती पहनना।"

"वही तो पहनती हूँ।"

दूलन ही उन्हें ले गया। चलते-चलते बिखनी बोली, "इस तरह का काम बीच-बीच में, उसके बाद मालिक की खेती का काम जुटे तो अच्छा है, नहीं तो पत्थर तोड़ने का काम हो—दो के पेट भर जाएँगे।"

सनीचरी बोली, "गाँव में यह बात न होगी।"

"होने पर होगी।"

भैरव सिंह का गुमाश्ता बच्चनलाल दूलन को पहचानता था। लछमन ने उसे शवयात्रा के साथ के सारे इन्तजाम का भार दिया था। सारा इन्तजाम करना मामूली बात न थी। बच्चन के अपने यहाँ दो कुदाल, एक अलगनी और पीतल की दो बटलोइयों

की जरूरत थी। इन्हें क्रिया-कर्म के काम में लगाना पड़ेगा, बड़ी मुसीबत है। सनीचरी को देखकर उसे सहारा मिला। बोला, "तीन-तीन रुपये मिलेंगे।"

दूलन बोला, "महाराज मरे और उनकी रोनेवालियों को तीन रुपये? पाँच रुपये, हुजूर!"

"क्यों?"

"ऐसा रोएँगी हुजूर, कि सुनकर आप बख्शीश देंगे। लछमन जी ने कहा था कि दस-बीस जो भी लगे रोनेवाले चाहिए। इसके लिए दो सौ रुपये मंजूर हैं।"

गुमाश्ते ने गहरी साँस ली। पता नहीं, दूलन को कहाँ से सारी बातें मालूम हो जाती हैं!

"पाँच ही रुपये दूँगा। जा, बाहर जाकर बैठ।"

"और पाव-भर चावल भी दोगे।"

"गेहूँ दूँगा।"

"चावल देना, हुजूर!"

"दूँगा।"

"अभी उनको पेट भरकर जलपान दीजिए। अच्छी तरह खाए बिना रोएँगी कैसे?"

"दूलन! सोच रहा हूँ कि कितने हरामी मरे होंगे जब तू पैदा हुआ होगा। जा, बाहर जा। जलपान दे रहा हूँ।"

भैरव सिंह की बड़ी भैरवी को बुला भेजा कि रोनेवालियों को भरपेट गुड़-चिउरा दो। प्रसाद के बाप किसी चीज की कमी नहीं छोड़ गए थे।

भरपेट चिउरा-गुड़ खाते-खाते सनीचरी समझ गई कि रोना बेचकर उसे खाना मिलेगा, इसीलिए आँखों में आँसू रह गए थे।

दोनों राँड़ों ने पहले तो हम देहाती बुढ़ियों पर ध्यान न दिया। पर सनीचरी और बिखनी ऐसे ऊँचे स्वर में रोईं, ऐसे बना-बनाकर भैरव सिंह के गुणों का बखान किया कि बाजारी राँड़ें भी चकरा गईं। रोते-रोते सनीचरी और बिखनी मरघट गईं। उस दिन एक-एक को नकद विदाई पाँच-पाँच रुपये और ढाई सेर चावल मिला। बच्चन ने कह दिया कि "किरिया के दिन फिर आना।"

"जरूर आएँगे, हुजूर!"

किरिया के दिन खाना और कपड़ा मिला। पूरी-कचौड़ी और बेसन के लड्डू। सनीचरी और बिखनी खाना घर बाँधकर ले गईं। सनीचरी दूलन की बहू को भी कुछ दे आई। दूलन ने सब पता लगाया। हरामी बच्चन को इसके लिए दो सौ रुपये मिले हैं। बीस रुपये में काम निकाल लिया।

"वह तो होगा ही, लटुआ के बाप!"

"अपनी सहेली से कह दे, नियम से हाट आए-जाए। हाट जाएगी, सारी दुकानों के मालिक-महाजन के यहाँ। दुकान-दुकान चक्कर लगाने से पता चलेगा कि मालिकों

के घर में कौन बीमार है, कौन मर गया? नहीं तो पता नहीं चलेगा। इसके बाद जहाँ भी जाएगी, वहाँ कह देगी, मैं उसके लिए रुदाली ला दूँगी।"

"कैसे?"

"तोहरी जाएगी। रंडी बाजार।"

"हाय भगवान!"

"तेरी सहेली जाएगी।"

बिखनी बोली, "जाऊँगी।"

दूलन बोला, "कहीं इतनी रंडियाँ थीं? यहाँ सारे राजपूत मालिक-महाजन चारों ओर हैं न? उन्हीं से रंडियाँ फैल गई हैं।"

दूलन की पत्नी बोली, "रंडियाँ हमेशा से रही हैं।"

"नहीं, हमेशा से यहाँ नहीं रही हैं। जितनी बुराइयाँ हैं, सब ये लोग लाए हैं। वे भी हमेशा से हैं।"

"न, पहले यह मुलुक था छोटा नागपुर के राजा के कब्जा में। तब यहाँ पहाड़, जंगल और आदिवासी लोगों का टोला था। तब, बहुत-बहुत पहले की बात है। उसी से तहसील में लोग बलोया मनाते हैं।"

दूलन ने जो किस्सा बताया वह बहुत ही व्यंजक था और किस तरह जबरदस्त राजपूत इन आदिवासी और घने बसे अंचल में घुसकर जमींदार से शुरू कर जमींदार-महाजन, मालिक-गरीब-परवर बन बैठे, उसे समझने में बहुत ही सहायक था। यह राजपूत लोग थे छोटानागपुर के राजा की सम्मिलित सेना के लोग। लगभग दो सौ बरस पहले इनके तरह-तरह के अत्याचारों से परेशान होकर कोल लोगों ने विद्रोह किया। कोल-विद्रोह मालूम पड़ते-न पड़ते राजा ने इन्हें उकसा दिया। कोल-विद्रोह का दमन करने के बाद भी इनका लड़ाई का जोश ठंडा न हुआ। यह लोग निरीह कोल लोगों को मारते ही रहे। शान्त गाँवों को जलाते रहे। हरदा और डोन्का मुंडा लोगों ने फिर तीर-कमान तेज करना शुरू किया। फिर कोल-विद्रोह का उपक्रम हुआ। तब राजा ने इन राजपूतों को छितरी बस्ती के टाहाड़ जंगल में उतार दिया। उनसे कह दिया, "सिर पर तलवार चला दो। जहाँ तक तलवार जाए उतनी दूर तक कब्जा कर लो। सूर्योदय से सूर्यास्त तक तलवार चलाते रहो। तुम सात सरदार हो, इस तरह जितनी जमीन मिले उतनी जमीन में खेतीबाड़ी करो।"

तभी राजपूत टाहाड़ में उतर पड़े और तभी से यहाँ उनकी जोत है। एक शताब्दी से दूसरी शताब्दी में इनकी जायदाद बढ़ गई, कम नहीं हुई। अब यह जमीन-जायदाद बढ़ा रहे हैं। वे पहले आपस में सम्बन्धी थे। अब सम्बन्ध-सूत्र क्षीण हो गया है। लेकिन पद-मर्यादा में सब बराबर रहना चाहते हैं।

पुराने खपरैलों की छाजनवाले मैले मिट्टी के घरों की टोली में अन्त्यज लोग रहते हैं। आदिवासियों की बस्ती की शकल भी गरीबों की-सी है। इनके बीच-बीच

में मालिकों के विशाल मकान हैं। मालिकों में मुकदमेबाजी और आपसी लाग-डाँट चलती रह सकती है, लेकिन मालिक लोग विशेष मामलों में एक होकर रहते हैं। नमक, मिट्टी का तेल, पोस्टकार्ड के सिवाय इनको कुछ मोल नहीं लेना पड़ता। हाथी, घोड़ा, भैंस चरागाह, उपपत्नी, जारज सन्तान, उपदंश या दूसरे यौन रोग—'जिसकी बन्दूक उसकी जमीन' यह विश्वास कमोबेश सभी में है। घरेलू झगड़े अनगिनत हैं। देवता इनके समर्थक हैं। इनमें सभी ने घरेलू झगड़ों के नाम से जमीनों को देवार्पण कर रखा है। दैतारि सिंह के पाँव में छह उँगलियाँ हैं। बनवारी सिंह की पत्नी को घेंघा है। नथुनी सिंह के घर में भुस-भरा बाघ है।

इनकी बातों की याद दिलाकर दूलन बोला, "इनकी इज्जत-आबरू रखने के लिए रुदाली—रोनेवाली औरतों—की जरूरत होती है। बस, लाइन दिखा दी, अब काम से लग जा।"

सनीचरी और बिखनी ने सिर हिलाया। उन्हें जिन्दगी में आसानी से कुछ नहीं मिलता था। मकई और नमक पाने के लिए जान निकल जाती थी। चाहे बच्चा पैदा हो, चाहे मालिक मरे, यह महाजन के पास लगी हुई थीं। अपने वर्ग में मान रखने के लिए ये लोग बुरी तरह खरच करते थे। उस पैसे में से कुछ सनीचरी के घर में भी आता था।

सनीचरी और बिखनी लड़ गईं। इस जीवन में सब लड़ते हैं। बिखनी इस गाँव की लड़की नहीं थी। लेकिन बड़ी आसानी से वह गाँव के जीवन में शामिल हो गई। फसल की बुआई और कटाई के वक्त लछमन के पास फुटकर मजूरी करती। दूसरे समय हाट-बाजार, बस-स्टॉप की दुकानों पर चली जाती। वहाँ से वह यह समाचार लाती कि मालिकों के मकान में कौन मरा है, किसका दम निकल रहा है? उसके बाद दोनों काला कपड़ा धोकर पहन लेतीं। आँचल में भुने आटे का चूर्ण बाँध लेतीं। उसी चूर्ण को खाते हुए दोनों बूढ़ियाँ मालिक के घर पहुँचतीं। सनीचरी मालिक के गुमाश्ते से बातें करती। इस बात के लिए विवरण भी बँधा हुआ था।

"हुजूर, ऐसा रोना रोऊँगी कि उसमें रामनाम सुनाई न देगा। पाँच-पाँच रुपये लेंगे, और चावल। किरिया-करम के दिन खाना लेंगे, कपड़ा लेंगे। दर में भाव-ताव न करें, वह काम न होगा। और रुदाली चाहिए तो ला दूँगी।"

गुमाश्ते ने भी सब मान लिया। न मानता तो चारा क्या था? भैरव सिंह की शवयात्रा में इनको देखकर सब इनको ही बुलाते। यह पेशेवर थीं। दुनियादारी अब शौक की चीज नहीं, पेशे की चीज बन गई थी। खेत के मजूरों के हिसाब में हेरफेर करना, चक्रवृद्धि सूद के अंक बढ़ाने में गुमाश्तों की होशियारी रहती थी। दस रुपये महीने में ही उनकी खेती-गृहस्थी, हल-बैल और चाहने पर एक से अधिक पत्नियाँ रहती थीं। अपनों से बाहर की मौत पर रोना भी पेशे का था। इस कारबार में बड़े-बड़े शहरों में पेशेवर लोग जबरदस्ती झगड़ पड़ते। सनीचरी इस अंचल में इस पेशे में

पड़ी थी। यह स्थान शहर न था। तोहरी में लोग भी अनगिनत न थे। इसी से सनीचरी जो कहे, वह मानना पड़ेगा।

केवल रोने का एक रेट।

रोते हुए लोटने का सवा पाँच रुपये।

रोते-लोटते हुए सिर पीटने का साढ़े पाँच रुपये।

रोते, छाती पीटते मरघट जाकर मरघट में लोटपोट होने के लिए छह रुपये देने होंगे।

किरिया में कपड़ा चाहिए। वह कपड़ा काला हो तो अच्छा है।

यह थे रेट। उसके बाद, "तुम राजा लोग हो, चावलों के साथ दाल-नमक-तेल नहीं मिलेगा? घर पर लछमी बाँध रखी है। थोड़े-से चावल-तेल से तुम्हें कुछ पता न चलेगा। लेकिन सनीचरी चारों ओर तुम्हारा नाम लेती फिरेगी।"

कारबार खूब चलने लगा। भैरव सिंह की शवयात्रा में जो रोए थे, उनको लाना जैसे इज्जत की बात बनकर रह गया। धीरे-धीरे लाला और साहू लोगों ने भी सनीचरी को बुलाना शुरू किया। गोकुल लाला के पिता के मरने पर गोकुल ने कहा था, "सनीचरी, किरिया तक रोज आना।"

गोकुल उसे रोज सत्तू और गुड़ देता था। कहता था कि तुझे देने से पुण्य होगा।

गोकुल ने अच्छा कपड़ा भी दिया। मालिक-महाजनों की तरह सबसे सस्ता जनता-कपड़ा नहीं ढूँढ़ता था। बिखनी ने उन दोनों कपड़ों को हाट में बेच दिया।

गोकुल के घर की मिली चीजों की बात सुनकर दूलन बोला, "यह अच्छी बात याद आई। इसके बाद जहाँ जाना, वहाँ किरिया तक आना-जाना रखना। रुदाली देखकर वे भी कुछ-न-कुछ देंगे। ऐसे वक्त कोई इतना मोल-तोल नहीं करता।"

"हाँ, वे भी देंगे।"

सनीचरी ने अवज्ञा दिखाने के लिए तम्बाकू का धुआँ छोड़ा। बोली, "किरिया के खर्च का हिसाब लगाकर अपने बाप-भाई के मरने पर आँखों में आँसू नहीं आए? गंगाधर सिंह के-से आदमी ने ताऊ के मरने पर मुर्दे को घी नहीं लगाया, डालडा मला था, यह मालूम है?"

"वे खुद रो लेते तो तुम लोगों का क्या होता?"

"थोड़ा तो रो सकता है।"

"जाने दे। काम की बात सुन।"

"बोल।"

"बड़े लोगों के हाल हैं। नथुनी सिंह की माँ मरनेवाली है। नथुनी का घर तो दूर है। नथुनी ने तुम लोगों का पता लगाने को कहा है।"

"मर रही है! मरी तो नहीं।"

"अरे, नथुरी की बात सुनेगी तो समझेगी कि इन लोगों के मन में कितना पाप

रहता है। नथुनी सिंह की सारी जमीन-जायदाद कुल ही तो उसकी माँ की जायदाद है। उसकी माँ की है, यह पता है?"

"न। तुम्हारी तरह इस जगह के तमाम लोगों की जनमपत्री किसको मालूम है, यही बताओ?"

"उसकी माँ पराक्रम सिंह की इकलौती बेटी है। पराक्रम सिंह का कैसा जुल्म था। जब छोटा था, तब देखा था कि लगान वसूली का जुल्म क्या होता है! उनकी प्रजा, बूढ़े हाँथीराम महतो को घोड़े से बाँध घोड़े को दौड़ा-दौड़ा कर मार डाला गया था।"

"मैंने भी सुना है।"

"पराक्रम की सारी जायदाद नथुनी की माँ को मिली। उसी माँ की दौलत से उसका ऐसा बोलबाला और इतना घमंड है। वही माँ आज बहुत दिनों से बुरी खाँसी भोग रही है। खाँसने में ताजा खून आता है। रोग है या छूत है।"

"न, न, बुधुआ को तो हुआ था।"

"बुधुआ भला आदमी था। नथुनी की माँ तो बुरी है।"

"उसे छोड़। क्या कह रही थी?"

नथुनी ऐसा भला लड़का था कि माँ को उस किनारे एक कोठरी बनाकर उसमें रख दिया था। खटिया के साथ एक बकरी बाँध दी थी, बस वहीं तक इलाज था। न हकीम का न वैद का इलाज, न डॉक्टरी सूई का इलाज। "अभी तक बुढ़िया जिन्दा है। नथुनी चन्दन और शाल की लकड़ी मँगा रहा है, बड़ी धूमधाम से माँ को जलाएगा। माँ के मरने पर किरिया में दान के लिए गाँठ-का-गाँठ कपड़ा आ रहा है। किरिया में ब्राह्मणों को खिलाने के लिए घी-चीनी, दाल-आटा लाएगा। बरतन भी देगा, बरतन मँगा रहा है।"

"हाय भगवान, अभी तो मरी नहीं!"

माँ दिन-रात हगती-मूतती पड़ी रही। शाम को एक बार मोती दुसाधन उसे साफ कर देती थी। "अब दुसाध के छूने पर माँ की जाति नहीं जा रही थी। एक दाई लगाई है। वह रात को बुढ़िया की कोठरी में सोती है। माँ जिन्दा है, उसे जिन्दा रखने के लिए एक रुपया खर्च नहीं करेगा। लेकिन माँ का दाह करने के लिए, माँ की किरिया करने के लिए नथुनी तीस हजार रुपये खर्च करेगा।"

"यह कहा है?"

"बहुत चिल्लाता है। तभी तो कहता हूँ कि उनका उलटा कायदा है। जिन्दा आदमी को देखेंगे नहीं। मर जाने पर धूमधाम से किरिया-करम कर इज्जत बढ़ाएँगे। बुढ़िया जल्दी मर जाए तो नथुनी को चैन आए। इनके मकान पर किरिया तक बराबर जाना।"

"कहीं जो कुछ न दे तो?"

"देगा रे, देगा। न देने पर नथुनी गोकुल लाला से नीचा हो जाएगा न? उसकी जात-बिरादरी में हेठी होगी।"

कहावत है कि माघ का जाड़ा बाघ का जाड़ा। माघ की शीत में ठंड लगने से नथुनी की माँ मर गई। सनीचरी किरिया तक आती-जाती रही। नथुनी की तीन पत्नियाँ थीं। बड़ी बहू मुँह फुलाकर रोज आटा और गुड़ दिया करती थी। कहा करती, "बुढ़िया होकर मरी, उसकी किरिया में इतना खरच क्यों?"

नथुनी की मँझली बहू बड़े अमीर जमींदार की इकलौती लड़की थी। धनी जमींदार ने इकलौती लड़की का ब्याह मातृधन से धनी होने के कारण नथुनी से किया था। उसने भी बराबरी का ब्याह करना चाहा था। तकदीर खोटी थी कि बड़ी बहू और छोटी बहू इकलौती न थीं। इकलौती अकेली मँझली बहू ही थी। वह पति के घर को गरीब का घर समझकर सौतों को टेढ़ी निगाहों से देखती थी। गुस्से का कारण था कि बड़ी और छोटी बहुएँ बेटे की माँ थीं, वह लड़की की माँ थी। इसलिए लोगों की नजरों में गिरी हुई थी। बड़ी बहू की बात सुनकर वह व्यंग्य से मुस्कराकर कहती, "किरिया में तीस हजार रुपये का एक रुपया होता है? सैकड़ों बरस मेरे बाप जिएँ, लेकिन उनके मरने पर दिखा दूँगी किरिया क्या होती है!"

बड़ी बहू कहती, "सो तो खर्च करना ही होगा। तेरी बुआ को कलंक लगा था न, वह कलंक ढाँकन नहीं होगा?"

"तुमने तो हँसा दिया, दीदी! मेरी बुआ को कलंक? मेरे फूफा का नाम गया शहर में सब जानते हैं। तुम्हारी बहन जो जेठ के घर बैठ गई और विधवा हो गई, वह बात तो कहतीं नहीं।"

इसी पर जोरों का झगड़ा हो गया। लेकिन मँझली बहू ने पुण्य किये थे। उसकी बात भगवान ने सुन ली और मँझली बहू के बाप चेचक से मर गए। मँझली बहू ने सनीचरी को बुलवा भेजा। बोली, "सनीचर और मंगल को लाश दूसरे को खोजती है, यह सच है। नहीं तो सास मरी और साथ-ही-साथ मेरे बाबा को चेचक क्यों हो गई? सुन सरीचरी, यह रुपया बख्शीश ले।"

"चेचक?"

"हाँ रे।"

सनीचरी बहुत भोली बनकर बोली, "मैंने तो आप लोगों से सुना है कि ऊँची जात वालों को चेचक नहीं होती। चेचक तो नीची जातवालों को ही होती है, हम लोगों के यहाँ। इसीलिए तो हम लोग गौरमेन से टीका लेते हैं और देउता की पूजा भी करते हैं।"

"गौरमेन का टीका गौ के खून का होता है।"

यह बात कहते ही नथुनी की मँझली बहू टीके की बात उड़ा गई और बोली, "तू तो उस वक्त थी? बड़ी बहू के साथ मेरी गरमा-गरमी हुई थी? सो मेरी जो बात है वैसा ही काम है। बाप के सिवाय मेरा कोई नहीं है। यहाँ तो दुसमनों में रहती हूँ। जो बेटों की माँ हैं, उनकी ही कदर है, मैं तो लड़की की माँ हूँ।"

"आपकी भी कदर है।"

"वह क्या मेरी कदर है? मेरे बाप मोहर सिंह के रुपयों की कदर है। बाप मेरा ब्याह दूर नहीं करना चाहते थे, इसी से तो सौतों का घर मिला है। नहीं तो हम चौहान राजपूत हैं, इस घर में ब्याह होता?"

"तकदीर में जो लिखा है वह तो होगा ही।"

"यह सच है रे, सुन, मैं बाप के यहाँ चली। तू और बिखनी तो जाएँगी ही, और भी बीस राँड़ें लेकर जाना होगा। उनको सौ रुपये और चावल दूँगी। तुम दोनों को पचास रुपये और चावल। किरिया तक वहीं रहना, खाना, पीना और किरिया में कपड़ा-लत्ता लेकर तब लौटना।"

"हुजूर, आपके बाबा तो मरे नहीं।"

"शरीर सड़ गया। बहुत जवान शरीर था, बहुत दूध-घी खाया शरीर। ऐसा शरीर छोड़कर प्राण निकलना चाहते हैं? मेरी सास के मरने पर तुम लोगों को मोटा चावल, खिसारी की दाल मिली थी।"

"और तेल, नमक, मिर्चा मिला था।"

"कितना मिला, वह क्या मुझे पता नहीं? मेरी बड़ी सौत का हाथ कितना बड़ा है, सो क्या मैं जानती नहीं? मैं दूँगी चावल, दाल, तेल, नमक, आलू और गुड़।"

"हुजूर गरीबों की माँ-बाप हैं।"

"पर हाँ, रोने-सा रोना होना चाहिए।"

"रोऊँगी, और जमीन पर लोट जाऊँगी।"

"जमीन पर लोटेगी?"

"जमीन पर लोटूँगी और सिर भी पीटूँगी।"

"सिर भी पीटेगी?"

"कपार फट जाएगा।"

"तुम दोनों को पाँच-पाँच रुपये और। रुपयों की कोई बात नहीं। सनीचरी, मेरे बाप का दाह और किरिया ऐसी होगी कि मुलुक में चर्चा रह जाएगी। उसे देखकर मेरा आदमी और सौतें जल-भुन मरेंगे। मैं अपने बाप की इकलौती बेटी हूँ। बाप जो छोड़े जा रहे हैं, उनकी इज्जत रखकर किरिया-दाह करके दिखा दूँगी। रोज चाँदी के गिलास में उसने दूध पिया, जवानी में रंडी रखी, बूढ़े होने पर रंडी रखी। विलायती के सिवाय सराब नहीं पीता था। नई बहू मुझे दुख देगी, इसीलिए माँ के मरने पर ब्याह नहीं किया।"

"कुछ रुपये दीजिए। बजारी राँडों को पेसगी देना होगा। वह लोग एक नम्बर की खचड़ी हैं?"

"ले।"

सारा काम जोरों का हुआ। मालिक-महाजन के घर आदमी के मरने पर दाह-किरिया में जो खर्च होता है, उसका मान क्षण-भर में फैल जाता है। रुदालियों की

कदर भी बढ़ जाती है। नतीजा होता है कि अन्दाज से बाहर जो खर्च होता है उसे मालिक लोग दुसाध, गंजू, धोबी, कोलों की गरदन तोड़कर निकाल लेते हैं। सब अर्थों में मोहर सिंह की अन्त्येष्टि नमूना बन गई और खर्च का अधिकांश ब्राह्मण ले गए। नथुनी की बहू फिर पति के घर न लौटी। जिसमें ससुर की जायदाद नथुनी को न मिले, इसलिए बेटी के ब्याह में बेतहाशा खर्च किया। यह जरूर था कि वह कई बरस बाद हुआ।

सनीचरी ने उसके सौभाग्य की बात दूलन से कही। दूलन भद्दी हँसी हँसकर बोला, "कलियारी में सब यूनाइन बनते हैं। सो रुदाली, और राँड़ों को लेकर तू भी एक यूनाइन बना ले। तू बन जा पिसिडेन!"

"हाय राम!"

"अब बजारू राँड़ों को खोज।"

"कैसन?"

बिखनी हुक्का छोड़कर बोली, "ला दूँगी राँड़ों को। मालिक-महाजन तमाम औरतों को खराब कर देते हैं। वे रंडी बन जाती हैं।"

"धत, वह दूसरी जात हैं।"

"न, न। तू नहीं जानती।"

"तोहरी में हाट के दिन जाने से रंडी मिलती हैं।"

दूलन को कुछ याद आया। बोला, "अरे सनीचरी, नवागढ़ के गम्भीर सिंह को जानती है?"

"बाप रे, उन्हें नहीं जानूँगी? हाथी पर सवार होकर वह दिवाली के मेले में घूमते हैं। इतनी बड़ी नाक और झुलाए फिरता है रंडी।"

"बहुत खराब काम किया है।"

"नया क्या किया है?"

"उसकी तो बँधी हुई रंडी मोतिया है। उसे बहू की इज्जत के साथ रखा था। मोतिया की बेटी गुलबदन को चाँदी की झाँझ पहनाकर गोदी में नचाता था। कहा था कि मोतिया के मरने पर गुलबदन की शादी कर देगा। आज देखते हैं कि वह गुलबदन तोहरी जाती है। रोते-रोते आँखें लाल हो गई हैं। बोली, पैदा करना जानता है, पालना-पोसना नहीं सीखा है। मुझे निकाल दिया। मैंने पूछा, क्यों? वह बोली, बुड्ढे का निकम्मा भतीजा बहुत दिनों तक जमा रहा। कहने गई तो आँखें निकालकर बोला, माँ को मरे तीन महीने हुए तू घर पकड़कर क्यों बैठी है? भतीजा जो कहता है वह मान ले, नहीं तो चली जा। रंडी की लड़की, तुझे खाने की कौन कमी है?"

"बड़ा हरामी है।"

दूलन खखारकर खाँसा। बोला, "मेरे दिल में दुख हुआ। गुलबदन बोली, उसके भतीजे के पास रहूँ तो अपनी लड़की से यह बात कह पाती? और अगर रहूँ तो मेरे

सन्तान न होगी? वह भी एक दिन लात खाकर निकाल दी जाएगी, तो यही ठीक है, बाजार जाऊँगी।"

सनीचरी ठंडी साँस लेकर बोली, "ऐसा रूप! उसे कोई सेठ ले जाएगा!"

बिखनी समझदार की तरह बोली, "अपनी माँ को देखा है, अब क्या वह बँधी रखैल बनेगी?"

बिखनी तोहरी गई। लौटकर बोली, "बाप रे, माई रे! रुपया देंगे यह सुनकर रंडियों की भीड़ लग गई।"

"उनको देखा?"

"देखा।"

"कैसे देखा?"

"सारी चौअन्नियाँ रंडियाँ हैं, बुढ़िया हो गई हैं। फिर भी सुरमा लगाए ढिबरी लेकर खड़ा रहना पड़ता है। बुड्ढा मर गया है, यह जानकर चली आएँगी। अच्छी बात है!"

"क्या?"

"बुधुआ की बहू। तेरे बेटे की बहू को भी देखा।"

"तोहरी में?"

"हाँ। तुझसे भी ज्यादा बुढ़िया हो गई है।"

"छोड़ उसकी बात।"

"उसने खुद ही बताया। आज दस बरस से वहाँ है। बेटे की बात पूछ रही थी।"

"तूने क्या कहा?"

"क्या कहती? क्यों कहती? मैंने बात ही नहीं की।"

"अच्छा किया।"

चचेंडे की तरकारी और आटे की लिट्टी खाते-खाते सनीचरी को बहू की बात याद आई। उसे बहुत भूख थी। कौन बरस बीता था? उस बरस लाइन पर हाथियों का झुंड आया था और एक खड़े इंजन को भी गिरा दिया था। बुधुआ के मरने के साल। वह आम का पेड़ इतना-सा था, अब वह फल दे रहा है। दस बरस तोहरी में हुए। अच्छा हुआ कि हरुआ कहीं भाग गया। माँ का नतीजा देखकर नहीं गया।

खाना खाने के बाद दोनों ने तम्बाकू पी। सनीचरी बोली, "उसकी कसम! बुधुआ के मरने पर भी मैं उसे न फेंकती।"

"न, न, उसे कभी फेंकतीं?"

"बहुत गरीबी देखी।"

"बहुत।"

सनीचरी को फिर कोई बात न सूझी।

उसके बाद मोहर सिंह मर गया।

बड़ी धूमधाम से किरिया हुई। राँड़ बूढ़ियों ने सनीचरी और बिखनी से नमस्कार कर कहा, "हुजूर, फिर जरूरत हो तो पता देना। आ जाएँगी।"

सनीचरी और बिखनी को कपड़ों के साथ चमचमाती पीतल की रकाबी और बाँस की छतरी भी मिली। बिखनी ने उसे हाट में बेच दिया। रुपये हाथ में रहते-रहते कीड़े लगा मक्का का बोरा खरीद लिया। बोली, "चक्की से पीसने पर आटा हो जाएगा। कूटने से दलिया बनेगा, समझी?"

धीरे-धीरे जीवन व्यवस्थित हो गया। किसी के मरने पर बँधा रोजगार था। नहीं तो बाकी समय आधा या चौथाई पेट खाओ। न जुटे तो? कोई परवाह नहीं। बरस में एक-दो से अधिक मरने का भाग्य न होता। सबकी तरह खेत-मजूर की मेहनत करो, नहीं तो मालिक का खेत गोड़ो, जंगल में जाकर सबकी तरह मूल-कन्द ढूँढ़ो।

बिखनी ने सबको ताज्जुब में डाल दिया। लड़के को एक बार भी देखने नहीं गईं, सनीचरी के आँगन में मिर्चों के पौधे उगाकर हाट में मिर्चें बेचीं। उसके बाद बोली, "लहसुन लगाकर देखें। लहसुन अच्छा बिकता है।"

धीरे-धीरे उनकी शोहरत बढ़ गई। सनीचरी को सब बुलाते थे। हाँ, पैसा लेती। लेकिन सचमुच सिर पीटती, सचमुच जमीन पर लेटती। और मरे हुओं की तरह-तरह से बड़ाई करके बिलपती। उसे सुनकर मृतकों के सगों के भी दिलों में होता कि जो मर गया वह पक्का बदजात था, उससे बड़ा शैतान दूसरा नहीं। वह स्वर्ग का देवता था, छलने के लिए धरती पर आया था।

सब कुछ आश्चर्यजनक ढंग से चल रहा था। दो बरस बहुत मन्दे निकले। नथुनी की बड़ी बहू का भाई शोथ रोग से मरने बैठा था। अस्पताल में चंगा हो आया। सनीचरी के महाजन लछमन की विमाता का ढंग और भी बुरा था। वातज्वर में मौत निश्चित थी, किन्तु कहीं से एक सत्यानासी वैद्य ने आकर उसे जिला दिया।

सनीचरी ने ठंडी साँस लेकर कहा, "नसीब है।"

पारसनाथ नाऊ भी बहुत खफा हुआ। बोला, "यह धरम की बात नहीं है।"

"कैसन?"

"देख न तू, बुधुआ की माँ! पहले आदमी को हारी-बीमारी होने से वह मर जाता था। जनम के साथ-साथ मरन भी चलना चाहिए। नहीं तो धरती का काम कैसे चलेगा? रोग होने पर बूढ़ा आदमी मरेगा। यह नहीं, डॉक्टर, वैद्य, हकीम सभी बूढ़ों को जिला देते हैं यह तो ठीक काम नहीं है, बुधुआ की माँ!"

सनीचरी साँस छोड़कर बोली, "तुम्हें क्या कहें, बताओ? जनम में, ब्याह में, मरने में तुम रहते हो। ब्याह की बात उठाने में भी तुम्हारी जरूरत होती है। लेकिन बताओ तो हमारी क्या हालत हुई है?"

लेकिन बिखनी निराश नहीं हुई। बोली, "अभी समय नहीं हुआ, इसी से मरना नहीं हुआ। काल आने पर क्या कोई बचेगा?"

दूलन बोला, "यह कुछ नहीं रे! पहले से ज्यादा खाने लगी है। इसी से थोड़ी इधर-उधर की फिकर करती है। मालिक-महाजन को नहीं देखा? लछमन सिंह की भली माँ तो गेहूँ की बिक्री का रुपया देखकर रोने बैठ जाती थी। इस बरस गेहूँ हुए, बेचकर रुपये मिले। अगले साल अगर वैसे गेहूँ न हुए तो?"

सनीचरी बोली, "सब बातों में क्या मजाक ठीक है?"

उसके बाद सनीचरी का भाग्य खुला, इसी बरस। बिखनी ने हँसते-हँसते आकर कहा, "बड़ी अच्छी खबर है।"

"क्या?"

"वह बैठकर बताने की है।"

"खबर क्या है?"

"गुस्सा होती है?"

"बता तो, खबर क्या है?"

"गम्भीर सिंह मर रहा है।"

"किसने कहा?"

बिखनी ने सब खोलकर कहा। खबर दी पारस नाई ने। नाई की दी खबर झूठ नहीं होती। नथुनी की माँ को खाँसी की बीमारी हुई थी। सनीचरी को अच्छी तरह याद है।

"हाँ-हाँ, याद है। बोल न, बिखनी!"

"नथुनी ने अपनी माँ को जिस तरह रखा था, वह कायदा अब हर घर में चल रहा है। खाँसी माने तपेदिक। शिव का असाध्य रोग। इस रोग ने जिसे पकड़ा, उसका इलाज करना शिवजी का अपमान करना होता है। गम्भीर सिंह का अपना कहने को कोई नहीं है। सब भतीजे को मिलेगा। बुड्ढे को खाँसी रोग होते ही भतीजे ने झटपट पूरा घर सँभाल लिया। गम्भीर सिंह को वहाँ रख दिया। बकरी लाकर कमरे में बाँध दी। बकरी देखकर गम्भीर सिंह ने कहा, कमरे में इसे बाँधने से तो कोई जिन्दा नहीं रहता। मैं क्या नहीं बचूँगा? जिन्दा न रहने पर ऐसी किरिया करना कि देखकर सब ताज्जुब करें। सब यह सोचें कि हाँ, कोई मरा था।"

"उसके बाद क्या हुआ?"

"मरेगा तो। भतीजे के करने से कुछ नहीं होगा। बुड्ढे ने वकील को बुलाकर किरिया के लिए लाख रुपया खरच करने को कहा है।"

"क्यों?"

"कहता है, रुपया सारा खतम कर जाएगा। भतीजा जमीन-जायदाद-खेती का जो मिले सो करे, मेरे बाल-बच्चे नहीं हैं। इस बज्जात के लिए नकद रुपया नहीं छोड़ जाऊँगा।"

"तब फिर?"

"आज नहीं तो कल बुड्ढा मरेगा।"

"तब तक?"

"मैं एक बार चक्कर लगा आऊँ।"

"कहाँ जाएगी?"

"राँची।"

"राँची? क्यों?"

"पूछ रही है क्यों? हाट में मेरे देवर के लड़के से भेंट हुई थी। उसने कहा, चाची, जरा चल। उसकी लड़की की शादी है।"

"लड़की की शादी?"

बिखनी गहरी साँस लेकर बोली, "कहता है कि उस ब्याह में वह अभागा भी आएगा। मेरा बेटा। तू कहती है कि बेटे को देखना चाहती है तो घर के पास उसकी ससुराल जा। सो मैं जाऊँगी नहीं। देवर के बेटे के घर जाकर एक बार देख आने पर कोई कुछ कह न सकेगा। उसे भी यह नहीं मालूम होगा कि उसे देखने आई हूँ।"

सनीचरी बोली, "यह बात करने से मैं कुछ न कहूँगी। कहती है कि बेटे को देखेगी, तो झटपट आएगी न? या वहीं रह जाएगी?"

"सो कभी रही हूँ? घर छोड़कर निकली थी, राह में तुझसे भेंट हो गई। उस दिन तू न होती तो मैं क्या करती?"

"गम्भीर सिंह की बात याद रखना।"

"अरे, मैं चार दिन में लौट आऊँगी।"

तीन मील पैदल चलकर बस की सड़क मिलती थी। सनीचरी ने वह रास्ता तय कर बिखनी को बस में बिठा दिया। बोली, "सीट पर बैठने के आठ रुपये होते हैं। नीचे बैठकर चली जा, दो रुपये दे देना।"

गाँव लौटते हुए सनीचरी समझी कि ऐसी उत्तेजना की घटना उसकी जिन्दगी में नहीं आई। बिखनी उसकी ही सहेली है, जो पैदल रास्ता छोड़कर दूसरा रास्ता नहीं जानती, और वह बस पर बैठकर राँची चली गई! देवर के बेटे की लड़की का ब्याह देखने के लिए! आदमी का देवर का बेटा मौके पर काम आता है। राँची-से बड़े शहर में रहता है!

सनीचरी ने सबसे बातें कीं। सभी ने कहा, सनीचरी की जिन्दगी में बड़ा दुख रहा। लेकिन बिखनी का मिल जाना उसे आशीर्वाद रहा। बुढ़िया कैसी मेहनत करती है! अब तो सनीचरी के घर की शकल ही बदल गई है। इसी को कहते हैं भाग्य का खेल। कहाँ घर, कहाँ का कौन, वही अपना हो गया। जैसे किसी पेड़ की छाल किसी और पेड़ में लग गई हो।

घर लौटकर सनीचरी का मन नहीं लग रहा था। अन्त में वह जंगल में ईंधन जमा करने चली गई। थोड़े-से सूखे पत्ते, टहनियाँ ले आई। बिखनी कभी खाली हाथों नहीं लौटती थी। और नहीं तो कुछ सूखी डालें, या राह में पड़ी रस्सी, या कुछ गोबर,

या कुछ-न-कुछ लेकर घर में घुसती थी। अब उसके दिमाग में आया कि किसी की बछिया मिले तो पाल ले। सनीचरी यह नहीं सोच सकती थी कि इस बुढ़ापे की उम्र में इतनी माया क्यों?

कुछ दिन इसी तरह बीते। गम्भीर सिंह की हालत प्रत्याशित रूप से बिगड़ती गई। सनीचरी एक दिन वहाँ गई। बातचीत से पता चला कि अब खाँसी की बीमारी है। लेकिन गम्भीर सिंह मर रहे थे, दूसरे रोग से। बेशुमार औरतों का साथ करने से देह में बुरी बीमारी हो गई थी। शरीर सड़-सड़कर गला जा रहा था। इसीलिए इतना याग-यज्ञ का शोर-शराबा था। बीमारी के कष्ट से दवा-दारू न खाकर गम्भीर सिंह मृत्यु को समीप बुला रहा था।

गुमाश्ता बोला, "शुक्ल पक्ष में मरना चाहता है।"

"कैसन?" सनीचरी को ताज्जुब हुआ। 'मालिक-महाजन सब कर सकते हैं। सो तबीयत है तो शुक्ल पक्ष में ही मरेंगे।'

"कौन जाने?" गुमाश्ता निर्लिप्त दार्शनिक भाव से बोला। "शुक्ल पक्ष में मरने पर सीधे बैकुंठ जाते हैं। कृष्ण पक्ष में मरने से युधिष्ठिर की तरह पहले नरक के दर्शन होते हैं, उसके बाद स्वर्गवास होता है।"

पुराणों के पात्रों के बारे में सनीचरी को कोई गम्भीर ज्ञान नहीं है। फिर भी उनके महत्त्व के बारे में उसका विश्वास है। कैलेंडर में युधिष्ठिर की तसवीर देखने से उसके मन में त्रिलोक कपूर और युधिष्ठिर, अभि भट्टाचार्य और श्रीकृष्ण इत्यादि एकाकार हैं। इसी से सनीचरी ताज्जुब से बोली, "कैसन? हाँ हजूर, मालिक परवर का जुधिष्ठिर हैं?"

गुमाश्ते ने इस अज्ञ व्यक्ति को शान्त स्वर में समझा दिया। मालिक-महाजन जो कहते हैं वही होता है। पाप और पुण्य देखने की गलती है। बुरे लोग कहते हैं कि गरीब-परवर ने बाप के जिन्दा रहते अंग्रेजी राज में डाके डाले, और स्वतंत्र भारत में बहुत-सी लाशें गिराईं, लछमन के बाप का घोड़ा चुराया, अपने हाथों दुसाध टोली जला दी, बहुत-से लड़के-लड़कियों को नष्ट किया, वह महापापी है। मालिक उस पर ध्यान नहीं देते। इसीलिए क्या महापाप से उसे बीमारी हो गई है, उसे जानने के लिए घर में ज्योतिषियों का मेला लगा है।

"कुछ पता लगा?"

"क्या पता?"

"पाप का?"

"जरूर। बचपन में मालिक ने एक गाभिन गाय को डंडा फेंककर मारा था। यही एक पाप है।"

"फिर भी कहती हूँ कि चाहने पर मालिक शुक्ल पक्ष में मरेंगे।"

"जरूर। अब तक देखा नहीं, मालिक ने जो चाहा वह नहीं हुआ। पर यह भी

कहे दे रहा हूँ कि मालिक जो कर रहे हैं, वह बहुत अच्छा कर रहे हैं। उस भतीजे के हाथ में जायदाद पड़ने से तीन-पाँच हो जाएगी।"

"क्यों?"

"मालिक ने जो कुछ किया, अछूत होने पर भी सब हिन्दू घरों में किया। कोई औरत गैर-हिन्दू नहीं है। भतीजे की रंडी तो मुसलमान है।"

"हाय राम!"

"तैयार रहना बच्चू! इतने दिन नौकरी की। किरिया हो जाने के बाद यहाँ नहीं रहना है। किरिया हुई और मैं गया। मालिक ने कहा है कि मोहर सिंह का दाह और किरिया लोग भूल जाएँ, ऐसा काम करना होगा।"

"जान लड़ा देंगे, हुजूर!"

सनीचरी लौटकर चली आई।

दुर्भावना लेकर वह घर लौटी। एक-एक दिन कर छह दिन हो गए। बिखनी का क्या हुआ? उसका गाँव भी घोर गाँव था। बाहरी दुनिया के साथ कोई सम्पर्क न था। बसों पर बैठकर कोई कहीं न जाता था। राँची से बिखनी का हाल लाकर कौन दे? ठंडी साँस लेकर सनीचरी ने कथरी-बिस्तर धूप में डाल दिये। चार भुट्टों को चक्की में पीसा। उसके बाद पंचायती झोंपड़ी की मरम्मत के लिए गई। इस काम में मेहनत करना आवश्यक रहता है। हमेशा देखभाल न करने से मिट्टी के घर में दीमक लगकर वह खोखला पड़ जाता है। उस काम को निबटाकर कुछ डालें और पत्ते सिर पर लाद घर आने पर उस आदमी को देखा।

अनजान आदमी, सिर मुँड़ा हुआ, खाली पैर।

"बिखनी मर गई।"

सनीचरी पल-भर में सब समझ गई, और पूछा, "तुम उसके देवर के लड़के हो?"

"जी।"

सनीचरी का कलेजा बैठ गया। लेकिन तमाम मौतों, बहुत वंचनाओं, बहुत अन्यायों से भरा उसका धैर्य और संयम था। उसने आगन्तुक से बैठने को कहा। खुद भी बैठी, बहुत देर तक चुप रही। उसके बाद धीरे-से बोली, "कितने दिन हुए?"

"चार दिन हुए।"

सनीचरी ने उँगलियों पर गिनकर कहा, "उस दिन मैं गम्भीर सिंह के घर थी। क्या हुआ था?"

"साँस से कलेजे में कफ जकड़ गया था।"

"यहाँ से जाते-जाते ही?"

"राह में ठंडा सरबत पिया था।"

"उसके बाद?"

याद आया कि रंगीन शरबत, हाजमे की गोली, बेल का मुरब्बा—यह सब मोल लेकर खाने का बिखनी को बड़ा लालच था।

"उसके बाद हँफनी हुई। मेरा साला अस्पताल में काम करता है। डॉक्टर को दिखाया, सूई का इलाज कराया।"

"मैंने वह कभी नहीं किया।"

बनिये की दुकान पर झाड़ू मारकर सनीचरी तिलचट्टों को घायल कर देती थी। मिट्टी की हँड़िया में तिलचट्टों को उबालकर उस पानी को पिला देती और बिखनी की साँस कम हो जाती।

"वह बेटे से मिली थी?"

"वह कहाँ आया? अब उसे भी खबर दे जाऊँगा। काकी क्या तुम लोगों के पास कुछ रख गई हैं?"

"कुछ नहीं! कहती थी, मरने पर भी तुम्हारे पास कुछ है, यह नहीं मालूम। राह-राह फिरती रही...।"

"मुझे भी पता नहीं। पता होता तो ले जाता।"

"अब जाओ, बेटा! बस से जाओगे, बस की सड़क भी दूर है।"

वह आदमी चला गया। अब सनीचरी अकेली बैठी अपनी हालत को समझने की कोशिश कर रही थी। मन में क्या हो रहा था? दुख? नहीं, दुख नहीं, डर। आदमी मर गया, बेटा मर गया, नाती चला गया। बहू भाग गई, सनीचरी की जिन्दगी में दुख कब न था? तब ऐसा सब पर छा जानेवाला दुख नहीं था। बिखनी के मर जाने से उसके पेशे पर चोट पड़ी है, खाने पर हाथ पड़ा है, इसी से डर लग रहा है। डर क्यों लग रहा है? उमर हो गई है, इसलिए। सनीचरी ऐसों का जीवन अन्तिम साँस तक मेहनत का जीवन है। उम्र माने बुढ़ापा। बुढ़ापा माने काम न कर पाना। काम न कर पाना माने मौत। सनीचरी की अपनी मौसी बुढ़िया हो गई थी, ऐसी बूढ़ी कि उसे गठरी की तरह उठाकर कोठरी में ले जाना पड़ता था। जाड़ों के दिनों में धूप सेंकने के लिए उसे बाहर बैठाकर सब काम पर चले गए थे। आकर देखा कि बुढ़िया मरकर काठ हो गई है।

सनीचरी ऐसी मौत नहीं चाहती। मरे क्यों? पति मरा, बेटा मरा, तो सनीचरी क्या अफसोस से मर गई? दुख से इनसान मरता नहीं। बहुत अधिक शोक के बाद भी आदमी रोज नहाता है, खाता है। मिर्चें चरे जा रही है, यह देखकर उसने उठकर बकरी को भगाया। आदमी सब कुछ करता है। लेकिन खाना न मिलने से मर जाता है। सनीचरी जब इतने अफसोस के बाद नहीं मरी, तो बिखनी के शोक से नहीं मरेगी। दुख तो बहुत है, पर सनीचरी रोएगी नहीं। पैसा, चावल, नया कपड़ा पाए बिना रोना विलासिता है।

सनीचरी दूलन के घर गई।

दूलन ने मामले की गम्भीरता समझी। बोला, "देख बुधुआ की माँ! जमीन का कब्जा नहीं छोड़ते हैं, सो तेरे लिए रोने का काम जमीन है। कब्जा छोड़ने से नहीं चलेगा। तू मजा नहीं देखती। एक-एक आदमी मरता है, तुम लोग जाती हो, वे लोग रोने-धोने की धूमधाम को लेकर इज्जत की लड़ाई लड़ रहे हैं। गम्भीर सिंह को ही देखो न! उसको जो बीमारी हुई उसका डॉक्टरी इलाज करने से आदमी चंगा हो जाता है। उसकी वह कोशिश ही नहीं करता। मरने पर धूमधाम की बात सोचता है।"

"उनकी किस बात में इज्जत है, किसमें लड़ाई है, वही जानें।"

"तुझे भी जानना होगा।"

"जानकर क्या करूँगी?"

"बुधुआ के बाप के मरने पर उसकी मजूरी का काम मालिक के खेत-खलिहान में नहीं किया?"

"जरूर किया।"

"बिखनी के मरने पर उसका काम भी करेगी।"

"कैसन?"

"खुद जाएगी," दूलन बिगड़कर चिल्लाया, "तेरे पेट का काम है। अपने-आप जाएगी।"

"तोहरी?"

"हाँ, तोहरी। जाएगी, रंडी जमा करेगी। नहीं तो गम्भीर सिंह का भतीजा और गुमाश्ता सब रुपया मार बैठेंगे।"

"मैं जाऊँगी।"

"जरूर जाना।"

"वहाँ...।"

"बुधुआ की बहू है। यही न?"

"तुमको मालूम है?"

"जरूर मालूम है। वह भी बरबाद रंडी है न, उसे भी बुलाएगी।"

"उसको भी?"

"बिलकुल, उसे भी खाना-पहनना होता है न? रंडियों को बुलाकर रोना मजेदार तमाशा है। मालिक-महाजन के रुपये पाप के रुपये होते हैं, उसका बहाव अटूट है। ले आना कुछ बाजारू रंडियाँ। उनमें से भी तो मालिक-महाजनों ने कितनों को रंडी बनाकर तमाम को ठोकर मारी है, मारते हैं न?"

"मारते हैं।"

कौन किस तरह रंडी बनी, यह सब बातें सनीचरी नहीं जानती। लेकिन याद आया, पेट की आग से बुधुआ की बहू ने घर छोड़ा था, गुलबदन ने गम्भीर सिंह के भतीजे को 'भाई' माना था। लेकिन गम्भीर सिंह ने उसे रंडी के सिवाय कुछ न

समझा। सब जैसे बहुत गड़बड़ हो। सनीचरी सब कुछ सोचकर कुछ तय नहीं कर पा रही थी। लेकिन दूलन क्या कह रहा था?

"इतना पाप-पुण्य देखने मत जा, बुधुआ की माँ! पाप-पुण्य मालिकों के काम की चीज है। वे ही उस हिसाब को अच्छी तरह समझते हैं। हम-तुम तो भूख का हिसाब समझते हैं।"

"सच बात है।"

"तब फिर क्या हुआ? चली जा।"

"गाँव में सब मुझे बुरा नहीं कहेंगे?"

दूलन बड़े अफसोस के साथ हँसा। बोला, "पेट के लिए कोई काम करने पर उसमें कौन बुराई देखता है?"

सनीचरी ने उसकी बात समझी।

गम्भीर सिंह सत्रह दिन बाद मरा। जब उसको साँस का दौरा उठा, तभी गुमाश्ते ने सनीचरी को खबर भेजी। सनीचरी ने कहला भेजा, "मैं आऊँगी, लोगों को लेने जा रही हूँ।"

सनीचरी ने काली धोती पहन ली और तोहरी चली गई। लोगों से पूछकर रंडीपट्टी का पता लगाने में उसे जरा भी शर्म न आई। पेट का मामला सबसे बड़ा मामला होता है। वह पुकारते-पुकारते उस पट्टी में घुसी, "रूपा, बुधनी, सोमरी, गंजू! कहाँ हो तुम सब? आओ, आओ। रुदाली का काम है।"

जान-पहचान की सारी वेश्याएँ एक-एक कर आ गईं। वहाँ पर भीड़ जमा हो गई। बहुत रंडियाँ थीं। पाँच रुपये से लेकर चौअन्नी तक की वेश्याएँ थीं।

"हुजूराइन आप?"

"बिखनी मर गई है न!"—सनीचरी हँसी। उसके बाद भीड़ में पहचानी हुई सूरत को देखकर बोली, "बुधुआ की बहू? बहू, तू भी आ। गुलबदन, तू भी चल। गम्भीर सिंह मर रहा है। रोकर रुपया लो और उसके मुँह में नोन मल दो। सरम क्या है? जो मिले वसूल कर ले। चल-चल। सबको पाँच-पाँच रुपये, सबको चावल मिलेंगे, किरिया में धोती।"

वेश्याओं में भाग-दौड़ मच गई। जवान वेश्याएँ बोलीं, "हम?"

"सब चलो। बूढ़ा होने पर यह काम तो करना पड़ेगा। अपने रहते-रहते तुम लोगों को शुरू करा जाऊँ।"

सबको बड़ा मजा आया। गंगू ने सनीचरी को मोढ़े पर बिठाया। रूपा चाय और बीड़ी मोल ले आई। बड़ा जोश था। उसके बाद सब नवागढ़ चलीं।

गम्भीर सिंह का भतीजा, गुमाश्ता—सब लोग देखकर ताज्जुब में पड़ गए। गुमाश्ता फुसफुसाकर बोला, "रंडी टोली को झाड़कर ले आई है। करीब सौ रंडियाँ हैं।"

सनीचरी बोली, "क्यों नहीं? मालिक ने कहा था कि ऐसा सोर मचाना कि

किस्सा बन जाए। सो क्या दस रंडियों में किस्सा होता है? हटो, हटो, हमारा काम हमको करने दो। अब मालिक हमारे हैं।"

गम्भीर की लाश में सड़े घाव की बदबू थी। उसकी पेट-फूली लाश को घेरकर रोनेवाली रंडियाँ सिर पीटकर रोने लगीं। गुमाश्ते की आँखों से आँसू बहने लगे। अब कुछ न बचेगा, सारे पैसे बँट जाएँगे। यह सिर पीटना सनीचरी की शरारत है। सिर पीटने से दूने रुपये। भतीजा और गुमाश्ता बेबस दर्शक बने खड़े रहे। सिर पीटते-पीटते, रोते-रोते गुलबदन सूखी आँखों से भद्देपन से मटककर भतीजे की ओर देखकर मुस्कराई। उसके बाद सनीचरी का रोना ध्यान से सुनकर उसे दुहराना शुरू किया।

डाइन

चैत के महीने में वर्षा नहीं होती है। वैशाख और जेठ तपते हुए आए और गए, अषाढ़ धूमावती बनकर आया। बादल दिखाई देते थे, छिप जाते थे। कुरुडा की दार्शनिक, निराशावादी बुधनी उराँव गम्भीर सन्तोष के साथ बोली, "ओह, इस बार सूखा तो पड़ा ही, अकाल भी हुआ।"

वे कुरुडा नदी का पानी भर रही थीं। सनीचरी बोली, "हाँ, लच्छन बहुत खराब हैं। आसमान में गिद्ध और चीलें मँडरा रही हैं, देखा है?"

मोती बोली, "अबकी सरकार अकाल में मरने नहीं देगी। पहले से ही खिचड़ी देगी।"

बुधनी बोली, "सुना है?"

"आदमी आया था। तोहरी को रिलीफ जाएगी। सड़क बनानी होगी। मजूरी देंगे, खिचड़ी, माइलो देंगे।"

बुधनी बोली, "तो अकाल गाँव में घुसेगा, तो जाऊँगी कैसे? पहले ही चली जाऊँगी। अकाल आकर सूने गाँव में रहे।"

इस बात पर उस समय किसी ने ध्यान नहीं दिया, लेकिन बहुत जल्दी बात नये ढंग से दिखाई पड़ी और सभी बोले, "अकाल आकर सूने गाँव में रहे, बात असगुन बुलाने जैसी हुई। कुरुडा इस समय असुभ और अमंगल को बुला रहा है। एक गिद्ध बातों को हवा में से झपट्टा मारकर उठा लेता है और डाइन को पहुँचा देता है।"

उस समय डाइन रहने की जगह खोज रही थी। अकाल के साथ जो कुछ हुआ सब डाइन के कारण।

बच्चे रिलीफ में दिया हुआ सोयाबीन का दूध पीकर गरदन उलटकर कै करते-करते मरे जा रहे हैं। गाय-भैंसें मर रही हैं। पेड़ों से चक्कर खाकर कौए मरे जा रहे हैं। डाइन के रहने से यह सब हो रहा है।

डाइन का कोई ठीक-ठिकाना नहीं है। रोज जिनके साथ उठते-बैठते हो, उन्हीं में डाइनें हो सकती हैं। डाइन के आसपास रहने से ऐसी बड़ी-बड़ी आश्चर्यजनक घटनाएँ हो सकती हैं जिन्हें न किसी ने देखा हो, न सुना हो।

मुरहाई में एक गंजू बुढ़िया चकमक पत्थर से आग निकालकर बीड़ी पीने चली। चकमक पत्थर से आग के बजाय खून निकला। कहीं अभी-अभी पैदा हुआ बच्चा अँगीठी को पैरों से ठेलता सड़क पर चला जा रहा है। कहीं मुंडा लोगों के कब्रिस्तान में दिखाई दिया कि मुर्दे समाधि का पत्थर हटाकर बैठे गाना गा रहे हैं।

यह सब क्यों होता है, कोई सोच नहीं सकता। टूरा मुंडा-गाँव था। वहाँ के प्रधान ने कहा कि उसकी जवान लड़की टाहाड़ से टूरा लौटने की राह में हवा में गायब हो गई।

चारों ओर उलट-फेर है। सब जगह आतंक फैला हुआ है। अन्त में सब टाहाड़ के हनुमान मिश्र के पास गए। वे हिन्दू, ब्राह्मण, शिव मन्दिर के पुजारी और उस क्षेत्र के एक मुख्य व्यक्ति थे। हनुमान जी उपवास कर हत्या दे रहे थे। उसके बाद बोले, देवता ने उन्हें एक भयंकर सपना दिखाया है। 'मैं अकाल हूँ' कहती एक भयानक औरत, नंगी, एक लाल रंग के बादल पर बैठकर उड़ गई। पंचांग में कहा है कि वह डाकिनी थी। इस डाकिनी को खोजकर भगाना होगा। उसे मारकर खून-खराबी करने से या जलाकर मारने से सब लोगों का सत्यानाश होगा।

डाइन क्या कुरुडा, मुरहाई, हेसाड़ी—इस तरह के सब गाँवों को केन्द्र बनाकर फिर रही है। इसका कारण है कि इन सारे गाँवों के और इसी तरह के गाँवों के रहनेवाले महापापी हैं।

हनुमान मिश्र ने इस पाप के मामले की इस तरह से व्याख्या की—वे महापापी हैं। नहीं तो नक्सल गड़बड़ी, जे.पी. आन्दोलन, आपातस्थिति—सबमें पुलिस ने इन्हीं सारे गाँवों में गड़बड़ क्यों की? ऊँची जातवालों को क्यों नहीं छुआ? वे महापापी हैं—सारे गंजू-दुसाध-धोबी-ओराँव-मुंडा। अन्त के दो दल तो पापियों-के-पापी हैं। आज अपने असभ्य देइ-देउता, कल मिशन के यीशु, परसों हिन्दुओं के देवता! पूजा का कोई विचार नहीं। उससे वे अकाल में, सूखे में, पुलिस के नंगे नाच में किसी देवता से रक्षा नहीं पाते।

—वे महापापी हैं। नहीं तो सूखे और अतिवृष्टि में वे क्यों मर गए? भीख माँगने में लज्जा नहीं आती। मेहनत से डरते हैं, कामचोर हैं, फिर कहते हैं कि काम नहीं मिलता।

डाइन को भी इन पापी बस्तियों में अनुकूल आबहवा मिलती है। लेकिन डाइन को तलाशकर भगा न पाने में उनका ही सत्यानाश है।

यह बातें कहकर हनुमान मिश्र ने डर का एक बड़ा-सा अशरीरी प्रेत हवा में छोड़ दिया। अज्ञात भय से सब सूखने लगे।

सब एक-दूसरे पर अविश्वास करने लगे। अपने प्रिय और जाने-पहचाने लोगों के कामों पर भी अविश्वास करने लगे।

मुरहाई का सोदन गंजू अपनी बुढ़िया माँ को रात में उठकर बाहर जाते देख, उसके पीछे लग गया। माँ हमेशा की तरह बाहर से निपटकर उठ आई। आकर दरवाजा बन्द करने पर अचानक सोदन को लगा कि कोठरी में आकर जो पुआल

के बिस्तर पर लेटी है वह उसकी माँ नहीं है। डर के मारे सोदन चिल्लाता हुआ निकल गया और पड़ोसियों को पुकारा। पड़ोसी लोग सोदन की माँ को बत्ती जला-जलाकर देखते हैं कि उसके पैर धरती पर पड़ रहे हैं या नहीं, जमीन पर छाया पड़ रही है कि नहीं? इसके बाद सोदन की माँ का हाथ सबके सामने नहन्नी से काटकर देखा गया कि खून लाल है या काला? उसके बाद बुढ़िया को मुक्ति मिली। लेकिन अपने बेटे ने उसे डाइन समझा, इस दुख के मारे सोदन की माँ हरम देउ के थान पर जा बैठी।

उसका संकल्प बिना खाए मर जाने का था, लेकिन उपवास की औंघाई में जो नींद आई, तो उसे मन-ही-मन लगा कि सोदन को डाइन ने पकड़ लिया है। तभी वह उठकर चीखने लगी, "सोदन, ओकर साथ मत जाइयो। ऊ डाइन है।" जाकर देखती है कि जो सोचा था वही है। सोदन एक मादा साही का पीछा कर रहा है। उसने सोदन को पत्थर मारकर लँगड़ा कर दिया और तब बच्चे को बचा सकी। साही रूपी डाइन निराश होकर भाग गई।

सारे पति-बाप-भाई-बेटे औरतों पर नजर रखने को लाचार हो गए। जमीन पर परछाईं पड़ रही है या नहीं, मैदान में मल-मूत्र त्याग करने के बाद जब वापस आते हैं तो साथ में सिर के ऊपर कहीं कौआ उड़ता हुआ आता है या नहीं, रात में बाहर निपटने के बाद कोठरी में आकर जो कुंडी लगाए वह आदमी है या नहीं? इन सब बातों पर कड़ी नजर रखी जाने लगी। डाइन को खोज निकालना आसान काम नहीं है। सब एक-दूसरे पर शक करने लगे जिससे कि बहुतेरी न होनेवाली घटनाएँ हो जाती हैं और हो गईं।

हर बरस अकाल में हेसाड़ी का दैतारि दुसाध अपनी माँ को टीन की एक कटोरी देकर बस-जंक्शन पर बैठा जाता था, इस बार भी उसने बैठा दिया। हर बार दैतारि की माँ एक-दो महीने भीख माँगती, रात में बरगद के नीचे सो जाती, बसों के क्लीनर लोगों के पास। क्लीनर भी घोर गर्मी में बरगद के नीचे ही पेड़ की छाया के बाहर पक्के चबूतरे पर लेटते थे। हर साल वे दैतारि की माँ को नींद में बड़बड़ाते सुनते थे। इस बार पहली रात के बाद ही उन लोगों ने शोर मचाया। बोले, "रात में वह किस पिशाच को बुला रही थी? 'आओ, आओ' कह रही थी।"

दैतारि की बुढ़िया माँ ने मामले की गम्भीरता को ठीक से नहीं समझा। वह पोपले मुँह से हँसकर बोली, "काली गौ को। नींद में सपना देखा कि वह खचड़ी गोठ में घुस नहीं रही है।" इसके बाद उसके खिलाफ केस को महत्त्व मिला। सपना, काली गौ! काला रंग अशुभ होता है, उसके लिए चीख-पुकार! क्लीनर बोले, "भाग यहाँ से! नहीं तो ढेले मारकर भगा देंगे।"

बड़े ताज्जुब की बात थी। बुढ़िया तीन मील पैदल चलते-चलते मुँह के बल गिरकर मर गई। अधैर्य और मरभुक्खे सियारों के झुंड की कृपा से बुढ़िया का संस्कार

भी दैतारि को न करना पड़ा। शीघ्र ही सबने निश्चय किया कि सियार नहीं, डाइन ही दैतारि की माँ को खा गई।

डर में रहते-रहते मानव का स्नायु-मंडल विद्रोह कर देता है। उस पर अगर अकाल का भी आतंक हो तो पापियों का दल उसका भार सहन नहीं कर सकेगा।

जो रिलीफ देते हैं उन्हीं रिलीफ अफसर, मिशन के कार्यकर्ता, सेवासंघ के साधु—सभी ने देखा कि पीड़ितों की आँखों में, चेहरे पर भयंकर क्रूरता और रूखापन है। उनकी आँखें चकरी की तरह घूमती रहती हैं, मानो कुछ ढूँढ़ रही हों। बड़े ताज्जुब की बात थी। इनके बारे में पहले यह मालूम था कि इस अंचल के आदिवासी, स्वभाव में अनुभवहीन थे। अकाल के दिनों यह लोग मिशन के दरवाजे पर बच्चों को छोड़कर चले जाते थे। आग लगने पर, गाँव राख हो जाने पर फौरन वहाँ नहीं लौटते थे। कारण पूछने पर कहते, हमारे पास बच्चे मर जाएँगे, मिशन उनकी जान बचा लेगा। घर जलने पर न लौटते, क्योंकि घर बनता है मिट्टी से, पेड़ों के पत्तों से। एक लोहे की कड़ाही और कमर का बलोया—फरसा छोड़कर घर में पैसे से खरीदी कोई चीज नहीं रहती। किस लालच से लौटें?

इन लोगों ने देखा कि यह आकर्षणहीन लोग अकाल के समय एकदम निर्लिप्त होकर बैठ जाते हैं। चेहरे पर और आँखों में किस तरह की दीवार खड़ी रहती है! उस रुकावट को हटाकर इनके मन में कोई मानवी कुतूहल नहीं उठाया जा सकता है। रिलीफ लेने में व्यस्त कंकाल मात्र जननी की गोद में कंकाल-से शिशुओं के आगे समाजसेवी महिलाओं ने "देखो बेबी, खिलौना देखो" कहकर झूम-झूमकर नाच दिखाकर भी पाया है कि बच्चे काँच की दीवार के उस पार से क्रूर उदासीनता में ताकते रहे।

इस बार इनकी आँखें और चेहरे बहुत सजीव थे। जाग्रत्, चंचल और क्रूर।

ग्राम-सेवी मंडली की रिपोर्ट और भी बुरी रिपोर्ट है।

जैसे—गाँव के बाहर से किसी लेंड़ी कुत्ते के आने पर पहले अन्य लेंड़ी कुत्ते ही उसे भगा देते।

अब आदमी उन्हें निर्दय क्रूरता से ढेले मारकर निकाल देते हैं।

रिलीफ लेने के बाद, इस गर्मी में भी सब आग जलाकर सोते हैं। सारे आदमी रात को पारी-पारी से जागकर पहरा देते हैं।

रिलीफ देने के साथ टीका और इंजेक्शन देना नियत था। हर साल महिला डॉक्टर या मिशनरी या डॉक्टरी की विद्यार्थिनियों ने भी टीका-इंजेक्शन दिये थे, उन लोगों ने ले लिये। इस बार बाहर से आई महिलाओं के हाथों से सूई लगवाने से उन्होंने इनकार कर दिया।

रिलीफ देने की इच्छुक कई धनी प्रौढ़ाएँ स्टेशन-वैगन में माइक लगा कृष्ण-चेतना के गीत बजाते हुए तोहरी जा रही थीं। राह में एक गाँव में पानी माँगने जाने

पर महिला को स्वयं और उनकी गोरी चमड़ी की संन्यासिनी को पानी नहीं मिला। उनके ऊपर ढेले बरसे। इससे मर्माहत होकर उन्होंने कहा, "जिनमें दुर्भिक्षरूपी कृष्ण मानव-चेतना नहीं जगा सके, उनको भूखों मौत मिले यही कृष्ण भगवान की इच्छा है।" वे तोहरी नहीं गईं। रिलीफ के रुपये-पैसे, चावल, दूध के डिब्बे, दवाइयाँ—सब कुछ लेकर पटना लौट गईं।

इन सब घटनाओं से गाँववाले बहुत घबराए थे। वे समझ गए कि गाँव-गाँव में किसी अघटनीय की आशा में आतंक की लहर फैल रही थी। समझ रहे थे कि लोगों के मानसिक संगठन में कुछ परिवर्तन हो रहा है।

इसका प्रतिकार कैसे होगा? वे सुन रहे थे कि इनके मन में पशुता के भार की प्रबलता कम कर देव-भार लाने के लिए हनुमान मिश्र ने सात दिन तक यज्ञादि जलाकर एक क्विंटल घी की आहुति देनी चाही थी और पटना के 'कृष्ण चैतन्य' आश्रम के सेक्रेटरी श्वेतांग भलेमानुस ने शर्त के साथ वह घी देना चाहा था। जब घी दिया जाएगा तो शिवस्तोत्र हलके से बोलना पड़ेगा, क्योंकि उस समय बाहर यह लोग स्टेशन वैगन में 'लॉर्ड कृष्णा व्हेयर आर यू' बजाएँगे। इस पर हनुमान मिश्र ढुलमुल हो रहे थे। कृष्ण-संगीत में उनको आपत्ति नहीं थी, क्योंकि जो हरि हैं वे ही हर हैं। उनकी आपत्ति घी पर थी। वह गाय का घी था, किन्तु आस्ट्रेलिया की गौओं के दूध से बना था। शिव जल्दी गुस्सा हो जानेवाले देवता हैं। आस्ट्रेलिया उनके इलाके के बाहर का होने से वे अगर बिगड़ जाएँ तो? हिन्दू देवता संसार के मालिक हैं, किन्तु जब उन्हें यह पद दिया गया था उस समय आस्ट्रेलिया का आविष्कार नहीं हुआ था। इसी से वे 'हाँ' नहीं कर पा रहे थे।

डाइन का मामला इन श्वेतांगों को मालूम था और मिश्र जी से उन्होंने अनुरोध किया था कि डाइन की हत्या न की जाए। असली भारतीय डाइन पाकर वे उसे अपने देश ले जाएँगे। उसने भी कहा था कि डाइन की तलाश करने में मोटे तौर पर हर एक को हर एक पर अविश्वास करना पहली आवश्यकता है। बताया था कि जरूरत पड़ने पर अपने पर भी अविश्वास करना पड़ेगा।

मिश्र जी के मन में बात बैठ गई थी। उन्होंने कहा था, "अरे अभागो! तमाम समय तो अकेले मैदान में या पहाड़ पर या जंगल में घूमते थे! अपनी छाया पड़ती है या नहीं, सिर के ऊपर कौआ या गिद्ध या चील उड़ रहे हैं या नहीं, यह देखना तेरा अपना ही काम है।"

खुद ही अपने ऊपर सन्देह करो, अपने पर नजर रखो—इस आदेश से डरे हुए लोगों के मनों में परिवर्तन और उत्साह आ गया। डाइन को खोज निकालना होगा, और उसे जान से मारना न होगा।

कुरुडा का पहान बोला, "कुछ समझ में नहीं आता। पहले तो ऐसी डाइन आती नहीं थी? उस बार सनीचरी की बुआ जब डाइन समझी गई...।"

वह चुप हो गया। उसकी ओर सुननेवालों की आँखों में शरारत झलकने लगी। उन लोगों ने बुढ़िया को पत्थर मारकर खतम कर दिया था और लकड़बग्घे के रात्रि-भोजन कर जाने से पुलिस उनको पकड़ नहीं सकी।

वह कहता है, "इस बार क्या हुआ? सब नया हो गया!"

सनीचरी का बेटा बोला, "पता नहीं, टाहाड़ के मिश्र जी ने ऐसा डर भर दिया था।"

सब नये ढंग का था। रिलीफ दी, रिलीफ गई। आकाश में देखो, फटे बादल चक्कर लगा रहे हैं। धान की पौध मानो मर गई है। पेड़ों के पत्तों में रस नहीं है, जैसे कि प्रसूता की जीभ हो। उस दिन बिसरा गंजू की बहू ने बच्चा जना। बच्चे के मुँह में एक दाँत था। भेड़िये-लगड़बग्घा-सियार दिन-दहाड़े रास्ते में घूमते थे।

लगता था कि फिर जंगल को आग लगेगी। आकाश आग बरसाएगा। सब कुछ जल जाएगा। उन दिनों क्या देवी-देवता थे? फिर नया संसार सिरजेगा?

यह सारी बातें सवेरे होतीं। रात में पहान की पत्नी ने सुना कि पहान रो रहा है और किसी को पुकार रहा है, "आ, आ, पास आ! पास आ रे!"

"किसे पुकार रहे हो?"

"परछाईं को। पेसाब करने गया था, परछाईं साथ में गई। कोठरी में लौटा तो छाया न थी।"

"छाया नहीं थी?"

"नहीं रे!"

"क्यों?"

"मैं समझा कि डाइन बन गया हूँ।"

इससे ही समझ में आता है कि पहान-पुरोहित के साथ देवता का सीधा आदान-प्रदान है। यह अकाट्य सत्य भी पहान को आतंक के ग्रास से नहीं बचा सकता। पहान की पत्नी पति से अधिक मनोबल वाली थी। उसने झटपट दो ढिबरियाँ जलाईं और पति से बोली, "वह रही छाया। डाइन पहान को पकड़ सकती है?"

इसके बाद बुधनी उराँव ने कुरुडा के जंगल में लकड़ी जमा करते-करते अचानक देखा कि कुंड के पानी में एक बालदार हाथ की छाया है। तभी उसने समझ लिया कि वह डाइन बन गई है। समझते ही वह लकड़ी फेंककर घुटनों के बल बड़े ध्यान से पानी में अपना रूपान्तर देखने लगी। फिर दूसरा बालों-भरा हाथ देखकर "मैं डाइन हूँ" कहकर ऐसी चिल्लाई कि भालू के-से खतरनाक जानवर भी घबराकर उसके ऊपर से उछलकर भाग गए। बुधनी को तब होश आया और वह लकड़ी फेंककर गाँव की ओर भागी।

बुरुडीह के बिसरा दुसाध ने एक दिन अपनी एकमात्र सम्पत्ति—काली बछिया को ही मार डाला। बछिया तो बछिया। लेकिन बिसरा महुआ पीकर बछिया को जवान लड़की समझकर उसे पुकारता रहता। काली बछिया की मौत बिसरा दुसाध के-से

आदमी के जीवन में भयंकर सर्वनाश ला सकती है, और वही हुआ। बिसरा कई दिन पागलों की तरह लाल आँखें किये धुत बना सूने गोठ में बैठा रहा। उसके बाद, बछिया के बिना अपने भविष्य को उसने सूना समझा। बछिया बड़ी न होगी, बछड़ा नहीं बियाएगी, दूध न देगी, बछिया खरीदने का कर्ज चुकती न होगा, जिन्दा रहने के लिए फिर उधार लेना पड़ेगा—ये सब बातें याद आते ही वह बछिया बाँधनेवाली रस्सी से रात में गोठ की शहतीर से झूल गया। शाम को उसने लड़के को एक लट्टू मोल ले दिया था। घर के छप्पर की मरम्मत की थी। पत्नी से कहा था, "अरे, बछिया डाइन नहीं थी। बेकार में बेजबान को मार बैठा।"

पत्नी ने समझा कि उस समय की परेशानी दूर कर पति फिर ठीक हो गया है।

बिसरा दुसाध उस जगह का सबसे होशियार, टोटकों की दवाइयों को जाननेवाला गुणी था। गाँव के लोगों के सुख-दुख में वही एकमात्र सहारा था। और वह पानी का पता जाननेवाला था। धरती के नीचे कहाँ जल है, उसे मालूम था। इस तरह के आदमी की मौत ने ग्राम-समाज की संरचना पर सीधे चोट की। वह सदा अँधेरे में रहनेवाले गाँवों के लिए काम का था। इस काम की जरूरत उसके जीवन में ऋणमुक्ति या स्वच्छन्दता तो नहीं ला सकी, हाँ, इसने उसे सम्मान दिया था। गरीबी या तंगी को बिसरा दुसाध-से लोग, आसमान की हवा की तरह ही अमोघ और सर्वव्यापी समझते हैं। स्वच्छन्दता नहीं होने से बिसरा के मन में अलग से कोई क्षोभ न था। स्वतंत्रता उसे नहीं थी तो औरों को भी नहीं थी। गरीबी के कम्यूनिज्म में दुसाध-गंजू-ओराँव-मुंडा—एक 'कामरेड' वर्ग में हैं।

"बिसरा के मरने की जड़ में भी डाइन का डर!" पहान ने जोरों से कहा, "आज बिसरा गया, कल अगर मुराई लोहार मर जाए? हम लोहे का काम नहीं कराएँगे? परसों भरत के मरने से हम लकड़ी का काम कराना छोड़ देंगे? डाइन को खोज निकालो। मैं हत्या दूँगा, उपवास करूँगा, तुमको कोई डर नहीं रहेगा, मुसीबत न होगी।"

डाइन के आतंक की बात ग्राम-सेवी संघ को भी मालूम हुई और उन्होंने आदिवासी कल्याण मंडल के कार्यकर्ताओं को बताई। कार्यकर्ताओं ने सरकारी आदमियों के हिसाब से यह समाचार पुलिस को दिया, क्योंकि डाइन को तलाश करने के नाम पर बुड्ढे-बुढ़ियों की हत्या होने पर वह दंडनीय अपराध होता। वहीं पर उनका कर्तव्य समाप्त हो गया। सरकारी कार्यकर्ता सत्ता को भूलकर इनसान के रूप में उस डर से थरथर काँपते और हनुमान मिश्र को इक्यावन रुपये दे एक तावीज पहन आते।

थाने के दारोगा ने कहा, "अभी तक डाइन को तलाश करने के काम में खून नहीं हुआ। और होगा भी तो मैं क्या कर सकता हूँ? मैं तो सरकारी नौकर हूँ। हरिजन की हत्या होने पर रिपोर्ट करूँगा। लेकिन ब्राह्मण नहीं, राजपूत नहीं, अगर आदिवासी या पिछड़ी जातिवाले अपनी जातिवालों को मारें? डाइन कहकर? तब मैं छुट्टी ले लूँगा।

डाइन के मामले में कुछ करने नहीं जाऊँगा। सरकार बनती है, सरकार बिगड़ती है। डाइन हमेशा की चीज है। मैं क्या डाइन के तीर से मरने जाऊँगा?"

इस तरह ही समस्त घटनाक्रम भूल-भुलैया में चक्कर काटता रहा। डाइन का अज्ञात आतंक और भूल-भुलैया समानार्थक होते हैं। उसमें अटका जा सकता है, निकला नहीं जा सकता। उसके बाद एक दिन मुरहाई गाँव में शोरगुल हुआ। आकाश में मशाल घूमती है, आकाश को चीरनेवाला वीभत्स आर्तनाद सुनाई पड़ता है, 'आँ—आँ—आँ।' डाइन की खोज चलने लगती है।

इस मुरहाई गाँव के साथ 'डाइन' नाम का सम्बन्ध बहुत पुराना है। गाँववाले सदा की तरह गंजू और दुसाध हैं। जो लोग इस अंचल के सम्बन्ध में सोचते हैं, उच्च वर्ग और निम्न वर्ग लेकर सारा भेदाभेद है, वे लोग ठीक से नहीं समझते।

जाति-वर्ण के मामले में भी अलिफलैला के किस्से की तरह पुड़िया के अन्दर पुड़िया, उसके अन्दर पुड़िया है। केंचुआ खोदने पर डायनासोर निकल पड़ता है।

हनुमान मिश्र भोला गंजू को कुएँ के पास नहीं आने देंगे, इस आचरण के न्यायसंगत होने को भोला भी समझता है और मान लेता है।

इधर भरत दुसाध भोला गंजू से उच्चवर्ण, लेकिन भरत और भोला दोनों ही रामरिख धोबी से ऊँची जात के हैं। तरह-तरह की समस्याएँ हैं। ये समस्या ओराँव और मुंडा लोगों के लिए मजाक हैं। वे इतनी जात-पाँत नहीं समझते। नहीं समझते इसलिए भरत, भोला और रामरिख—ये सभी उनको मूर्ख समझते थे।

प्राय: हर गाँव में ओराँव और मुंडा बस्तियाँ हैं। सबसे मजे की बात हुई, कि ओराँव या मुंडा लोगों के प्रमुख पुरोहित-पहानों की श्रेष्ठता को गैर-आदिवासी, गंजू, दुसाध और धोबी भी मानते थे।

मुरहाई गाँव दुरारोग्य, अनाहार-भूख-अकाल, सूखा-बेगार-महाजनों की शरारत इत्यादि भोगता था। जब रोग की ज्वाला कुछ कम होती तभी जात-पाँत की समस्या लेकर आपस में लठैती करते, आपसी झगड़ा मिटाते और इस तरह से ही जीवन को घटनाओं से भरा रखते थे।

हर जगह की अपनी विशिष्टता थी। हेसाडी के लड़के-लड़कियाँ खचड़ा थे। कुरुडा के ओराँव कामचोर थे। बुरुडा के आदमी गुस्सेवर थे। मुरहाई में बुड्ढे-बुढ़ियों में हर दस-पन्द्रह बरस में कोई-न-कोई डाइन बन जाता।

उस समय वे दूसरों की गाय-भैंस को बाण मारते, दूसरों की पत्नी को रात में बाहर बुलाते और कुत्ते का पिल्ला बनकर काट लेते, नहीं तो चूहा बनकर सब लोगों के मक्का के बोरों को दाँतों से कुतर डालते।

उस बार शिवरात्रि के बाद बच्चे धड़ाधड़ दूध की उलटी कर हाथ-पैर ऐंठकर मरने लगे। सरकारी डॉक्टर ने कहा, 'मिश्र जी के शिव मन्दिर में देवता के सिर पर

दूध चढ़ाया गया। दूध गन्दे चहबच्चे में फट गया। एक दिन का वही बासी दूध बच्चों को पिलाया गया तो वे मरते नहीं?"

किसी ने उनकी बात का विरोध नहीं किया। रामरिख की बीवी ने अपनी तीन वर्ष की लड़की को जमीन में गाड़कर कई जात-बिरादरीवालों को बुलाया। अँधेरे में उन्होंने सलाह की। उसके बाद मोहरी धोबिन के घर चले गए। मोहरी बुढ़िया लटकी खाल की मरभुक्खी थी। वह बहँगी में जो दूध लाई थी उसी को रामरिख की लड़की ने पिया था।

मोहरी के घर के छप्पर में आग लगाकर उन्होंने मोहरी को बाहर निकाला। अधजली हालत में उसे डाँटते हुए ले गए। डर और जलने की पीड़ा से मोहरी पत्थर पर मुँह के बल गिर पड़ी और मर गई।

यह हुआ मारने के उद्देश्य से मोहरी पर हमला करना। रामरिख और उसका चचेरा भाई आज भी जेल काट रहे हैं।

इसके लगभग दस बरस पहले रोतो मुंडा की विधवा बहू डाइन बन गई थी। खुशी की बात है कि नाक काटकर खून बहाने के बाद ही वह इनसान बन गई। उसे जान से नहीं मारना पड़ा।

इन सब बातों के कहने का मतलब हुआ कि मुरहाई स्थान डाइनों के लिए प्रिय था। वह जगह अभागी थी और उस अंचल में काँस के जंगल में हवा चलने से ऐसा लगता है कि कोई 'हाय-हाय-हाय' कर रो रहा हो।

ऐसे मुरहाई में डाइन पहले-पहल पकड़ी गई। इसका कारण था कि उक्त रामरिख धोबी के लड़के और बरम गंजू की विधवा बहन में जात-पाँत से असमर्थित अवैध प्रेम था।

अभागी जगह में अभागा प्यार। जात-पाँत की कठोरता में यहाँ अवैध प्रेम कभी भी पूर्णता नहीं पाता था। फिर भी बीच-बीच में प्रेम कूद पड़ता और जिन पर आक्रमण और अधिकार करता उन्हें बुरी तरह मारता।

रामरिख का लड़का परसाद और बरम की बहन मानी ने बचपन से एक-दूसरे को देखा था। परसाद की बहू मानी की सहेली थी। मानी का पति भी परसाद की जान-पहचान का था। गाँव के सम्बन्ध से मानी परसाद के लड़के की बुआ थी। अचानक करम-पूजा में नाचने जाकर दोनों एक-दूसरे के प्रेम में पड़ गए।

कई दिन दोनों एक-दूसरे को आँखों-ही-आँखों में खोजते रहे। कुछ ही दिनों में दोनों एक-दूसरे से मिलने के लिए हाट से लौटने की राह में जंगल से ईंधन ले घर लौटने का बहाना तलाश करते रहे। अन्त में दोनों पकड़े गए।

परसाद की बहू ने आकर मानी को गालियाँ दीं और घर लौटकर रोने बैठ गई।

बरम अपनी बहन को काट डालने के शुभ संकल्प की घोषणा कर परमिट पर किरासिन लेने गया।

रामरिख की माँ बुद्धिमती थी और बहुत कुछ देखे हुए थी। बरम के घर आकर आँगन में बैठ अपनी घृणा का स्पर्श बचाकर कुछ देर हुक्का पिया। उसके बाद बोली, "जो होना था सो हो गया। ज्यादा शोर करने से फायदा नहीं। मेरी बहू सूखी-साखी है। जवान लड़के का मन नहीं होता! मानी है बाँझ विधवा। शरीर का खून शरीर में दौड़ने से तेज हो जाता है। तुम अपना घर सँभालो।"

गाँव-समाज के कुछ लोगों ने रामरिख और बरम को बुलवा भेजा, कई बरस तक हमारे निरदोस रहने पर भी बाहर से पुलिस आकर हमारी जिन्दगी जला गई। वही सूखा, वही अकाल। वही अब डाइन का डर। इस समय जो वे निकम्मे जमा हुए हैं, उसके पीछे भी डाइन की माया है या नहीं, कौन कह सकता है? इसे लेकर अभी झगड़ा-बखेड़ा नहीं। अपना-अपना घर सँभालो। ज्यादा गड़बड़ करने से जूते मारकर सीधा कर दिया जाएगा।

यह कुछ बातें सोचने में बड़ी करुणापूर्ण और हृदय-विदारक थीं। इनका अर्थ भी था। कुछ बरस पहले होतीं तो महाजनी अत्याचार, अनशन, अकाल, सूखा इनका मनोबल तोड़ न देते। वे चीजें उनके जीवन का अभिन्न अंग थीं।

एक जमाने में कुरुडा नदी.न थी। कोयेल की धारा का रास्ता बदलने से दो सौ बरस पहले यह हो गया। इस बात को यह लोग नहीं समझते। नदी सदा से है, क्योंकि बाप-दादे के जमाने से वे नदी देखते आए हैं।

जीवन में कब महाजन-जमींदार नहीं थे, यह भी उनकी समझ से बाहर की बात है। यह लोग बाप-दादे के जमाने से महाजन-जमींदार का शोषण देखते आ रहे हैं। इसलिए यह अभिशाप चिरकालीन है।

लेकिन पुलिस का अत्याचार सदा से नहीं रहा है। नक्सल गड़बड़, जे.पी. आन्दोलन, आपातकालीन स्थिति और पुलिस उनकी जिन्दगी को तहस-नहस कर रही है। यह उनकी समझ में नहीं आता। लेकिन जीवन समाप्त हो गया है।

महाजनी जुलुम, अकाल, सूखा के बाद भी जात-पाँत के हिसाब से, ग्राम-समाज की नजरों में दंडनीय अपराध की ओर इनका ध्यान था। पुलिस के जुल्म ने इनके जीवन का प्राणरस सोख लिया है।

अब फिर परसाद और मानी को दंड देने का काम मन में नहीं रहा। गाँव की अर्थनीति में हर काम के योग्य युवक-युवती आवश्यक हैं। इन्हें भगा देना भी सम्भव नहीं है।

गाँव के बुजुर्ग हुमरू ने खखारकर गला साफ करते हुए कहा, "परसाद, मानी! हम तो जीते-जी मरे हैं। तुम नये सिरे से मत मारो! तुम लोगों को भगा दें? कहाँ जाओगे? क्या करोगे? परसाद के बहू-बच्चा कहाँ जाएँगे?"

परसाद और मानी ने—जूते खाएँगे, गाली खाएँगे, मार खाएँगे इत्यादि की आशा की थी। पर सब कुछ उलटा हो गया। उनके मन में उस समय पछतावा दिखाई

पड़ा। उन्होंने जमीन पर लेटकर किरिया खाई कि एक-दूसरे को भाई-बहिन की नजरों से देखेंगे।

लेकिन प्यार मुश्किल से दूर होनेवाली बीमारी होती है। मानी कुछ दिनों तक बहुत ही शान्त रही। बरम बोला, "फसल होने पर तेरी फिर शादी करा दूँगा। तेरा देवर अब जवान पट्ठा हो गया। उसकी तबीयत भी है।"

इस बात पर मानी की आँखों से आँसू बहने लगे। भाई की ममता समझ में आई। भाई की बात से कलेजे में बहुत चोट लगी। वह परसाद को प्यार करती थी। धीरे-से बोली, "वह देखा जाएगा। फसल तो उठे।"

"फसल! पानी का क्या हाल है?"

"पानी पड़ेगा।"

"पानी पड़ेगा? बादल मँडराते हैं, टिकते नहीं।"

पानी के न होने से भुट्टा, मड़ुआ की खेती बरबाद होने की फिकर में भाई-बहन क्षण-भर के लिए एक-दूसरे के निकट आ गए थे। बाप के मरने पर कामचोर पत्नी और बूढ़ी माँ को लेकर बरम खुशियाँ मनाता रहता था। मानी के आने के बाद भाई-बहन ने गृहस्थी सँभाल ली थी। फसल काटने-उठाने, चक्की में पिसाने, हाट ले जाने में मानी ही सर्वेसर्वा थी।

बरम बोला, "परसाद की बात भूल जा।"

"भूल जाऊँगी।"

"पड़ोसी का घर उजाड़ना ठीक नहीं।"

"नाहीं।"

मानी ने सारी बातें मान लीं। उसके बाद बोली, "घर छा डालो। पानी टपकता है।"

"रस्सी है?"

"है। और दो लच्छियाँ डोरी तुझे भूरा के यहाँ से मिल जाएँगी। पिछली बार ली थीं।"

"मैं ले लूँगा।"

घर की बात पर दोनों को एक साथ ध्यान आया कि परसाद बड़ा अच्छा घर छाता है। ढीले पत्तों को सुतली में वह ऐसा बाँध देता था कि छप्पर आसानी से टूटता नहीं था। ठंडी साँस लेकर मानी अपना दाब लेकर जंगल चली गई।

परसाद ने यह लक्ष्य किया। दो-चार दिन बाद वह जंगल में मानी से मिला।

मानी और परसाद जानते थे कि इस तरह मिलना-जुलना ठीक नहीं है। इस प्यार से उन्हें कुछ न मिलेगा। फिर भी हताश होकर एक-दूसरे में डूब गए।

जंगल में पत्तों का बिस्तर। बहुत निराशा में कुछ भी न छोड़ा जाएगा, यह जानकर भी एक-दूसरे से उनका मिलना होता। आँसू भरे मानी घर वापस आती। इन दोनों ने लगभग अँधेरे में देखा कि कुरुडा नदी पर पत्थर पर बैठी प्रायः नंगी, काली भयंकर युवती है। उसके शरीर का मध्य भाग फूला है और वह किसी पक्षी का कच्चा मांस

खा रही है। पक्षी जल के किनारे रहनेवाली टिटिहरी है। मांस तेल से खूब भरा हुआ है। उन्हें देखकर युवती बहुत गुस्से की नजर से देखने लगी। उसने दाँत निकाले, उसके बाद हिलते-हिलते चीख उठी, "आँ-आँ-आँ।" भैंस की तरह। भैंस को जलते लोहे से दागने पर वह इसी तरह चीखती है। महाजन गुलबदन की हजार भैंसें हैं। उनको लोहे से दागकर निशान लगाकर रखना पड़ता है। नहीं तो चोर चुराकर टाहाड़ के जानवरों के हाट में बेच देते।

"डाइन!" परसाद और मानी ने डरकर कहा। उसके बाद छिपकर मिलने की सावधानी को भूल गाँव की ओर भागे। अकाल में मुरहाई के लोगों ने गाँव नहीं छोड़ा था। पर कुरुडा और हिसाडी निर्जन हो रहे थे। सभी तोहरी चले गए थे।

यह खबर पाकर गाँव के बुजुर्ग ने नगाड़ा बजाया। नगाड़े की गम्भीर कर्कश आवाज से विपत्ति का संकेत निकल रहा था। इस नगाड़े की पुकार डाइन को लेकर है, यह भी सब लोग रक्त के संकेत से ही समझते थे। कुरुडा नदी में बाढ़ नहीं थी, पानी नहीं था। कहीं आग लगी नहीं है, गाँव के खेतों में जंगली हाथी घुसे नहीं हैं। जरूर यह डाइन होगी।

"डाइन?"

"डाइन।"

"कहाँ?"

"कुरुडा की छाती पर।"

"क्या कर रही है?"

"चिड़िया का कच्चा मांस खा रही है।"

"तब?"

"भगाना होगा।"

"कैसे भगाएँगे?"

"क्या करेंगे?"

"मारेंगे।"

"ना—आ।"

पहान बहुत जोरों से चीखकर बोला, "हनुमान मिश्र का रोकना वह नहीं मान सकता, क्योंकि वह हिन्दू नहीं है। फिर वह जानता है कि माने बिना कोई चारा नहीं। हनुमान मिश्र का प्रभाव और सम्मान इतना अधिक है, उनके पास इतने रुपये हैं कि पुलिस और सरकारी कर्मचारी, महाजन और जमींदार सभी उनके कदमों पर हैं, कि उनके रोकने पर डाइन को जलाकर मारने का आदिम अधिकार भूल जाना पड़ता है।"

पहान ने डर से काँपते-काँपते सूखे हाथों से नगाड़े पर चोट की। गाँववालों से कहा, "अब सब दूसरी तरह हो गया है। एक सूखा, ऐसा आसमान कभी नहीं देखा। डाइन भी दूसरी तरह की है।"

"दूसरी तरह की?"

"हाँ।"

पहान ने सतर्क और सन्दिग्ध पशु की तरह सूखी गरदन फेरी। "डाइन आँखों से खून पीती है, नन्हे बच्चों की जान ले लेती है।"

"जान ले लेती है!"

"इस डाइन के साँस लेने में मौत है। साँस से बादल उड़ते हैं, वे पेड़ों को फलहीन बना देते हैं, मडुआ के खेत को बाँझ कर देते हैं। यह दूसरी जात की डाइन है।"

बरम और परसाद ने अपना झगड़ा भूलकर एक-दूसरे की ओर देखा।

सब लोग हमको मार सकते हैं, हम डाइन को क्यों नहीं मार सकते?

"परसाद, मेरी बात मानेगा, या मैं तेरी बात मानूँ?"

"पता नहीं! मैं परसाद हूँ, तुम पहान हो। जो कहोगे, हम वही सुनेंगे किन्तु...।"

"क्या?"

परसाद ने गला साफ करते हुए कहा, "टाहाड़ के ठाकुर तो हमारे पाप की बात कह गए, हमने सुन ली। न कैसे सुनते! पाप किया, पापी कहा।"

"लेकिन क्यों कहा?"

"लेकिन पाप क्या अकेले मेरा है?"

"तो मेरा पाप है?"

सनीचरी अभी तक सिर की जूएँ बीन रही थी। वह बोली, "तुम गलत समझ रहे हो, पहान! तीज-त्योहार पर तुम हो! देउता के साथ तुम्हारी बात होती है। पूजा में कोई भूल हो तो वह तुम्हारी होगी। चूक हुए बिना पाप नहीं होते। अब अपने-आप अपने पाप की बात सोचोगे, या डाइन भगाओगे?"

पहान समझता है कि इस समय उसे आगे आना होगा। नहीं तो उसकी सर्वशक्ति-सम्पन्नता के बारे में लोगों के मन में सन्देह पैदा हो जाएगा।

उसने कहा, "लड़के आएँ। औरतें घर जाएँ। लड़के-लड़कियों को लेकर घर में कुंडी लगा लो। परसाद! तुम दल में आगे जाओ।"

"क्यों?"—मानी लाज-शरम भूल गई।

"उसने देखा है। राह दिखाएगा।"

शाम को रोशनी धीमी हो रही थी। पहान ने आग जला, हाथ जोड़कर फिर मंत्र पढ़े। उसी आग से युवक, प्रौढ़, वृद्ध लोगों ने मशालें जलाईं। टेंट में पत्थर रखे। उसके बाद पहान दोनों हाथ चिपटाकर चक्कर लगा दौड़ते हुए आग लेकर घूम आया। सिर पर और छाती में मिट्टी मल ली, आकाश की ओर हाथ उठाकर चीख उठा, "हा आबा हरमदेउ, तुम्हारी कृपा से मैं डाइन को भगाता हूँ।"

यह कहकर उसने कान पकड़कर सिर झुकाया। किसी अँधेरे मन की दुनिया में निकाले उसके आदिम और असमर्थ देवता ने उसकी पुकार सुनी और जवाब दिया।

पहान का मान एक उल्लू ने रखा। पहान के विकट चीत्कार से डरकर उल्लू नीम के पेड़ के कोटर से क्याँ कर चिल्लाता हुआ बेवक्त उड़ गया। तीसरे पहर और संध्या के ब्याह के वक्त उल्लू उड़ने का वक्त नहीं होता है।

पहान इससे बहुत खुश हुआ और सिर उठाकर बोला, "देउता ने सुन लिया।"

अब वे कतार बाँधकर चिल्लाते हुए प्राचीन युद्ध-नीति में भागते रहे। गाँव के बाद जंगलों में पगडंडी पकड़कर नदी पर। भागते-भागते पहान बोला, "सावधान! मशाल सावधान! वन जल जाने से सब पर जरीमाना, जेल। वन न जलना चाहिए।"

परसाद की जंगल जलाने की तबीयत हुई। जंगल विभाग और पुलिस से झगड़ा करने की साध हुई, अपने को निडर समझा। डाइन भगाने के काम ने उसमें दुःसाहस भर दिया था। अचानक मन में आया कि इस तरह भागने का मौका हमेशा नहीं मिलेगा, अभी मिल रहा है। जब मिल रहा है, तो इस भागने की गतिमयता रक्त में रहते ही वह मानी को लेकर भागे। दुःसाहसी बने बिना जात-पाँत की रोक तोड़ना असम्भव है। हमेशा रक्त में दुःसाहस नहीं रहता। इस समय रक्त दुःसाहसी है। वह कह रहा है, वह देखो।

सब लोग मशालें उठाकर खड़े रहे। मशाल की लाल शिखाएँ कुरुडा के काले पानी में काँप रही थीं। हर पत्थर से टकराकर काला जल फेनिल होकर बह रहा था। गाँववालों की डरी हुई आँखों में पानी का गोल चक्कर लग रहा था कि साँप की कुंडली खुल रही हो।

एक बड़ा-सा पत्थर था। उस पर एक भीषण काली युवती नंगी खड़ी थी। उसका शरीर विकृत था, पूरा दिखाई नहीं देता था। मुँह के चारों ओर पंख और खून लगा था। उन लोगों को देखकर युवती ने हाथ उठाया। हाथ में पक्षी का टूटा पंख था।

"डाइन।"—सब एक साथ बोल पड़े।

डाइन की आँखों में प्रत्याशा जल उठी। वह हिलने लगी और बिना आवाज किये हँसने लगी।

"हँस रही है।"

पहान सूखा शरीर और रुग्ण हाथ लिये बढ़ा। डर ने उसे क्रूर बना दिया। उसके साथी भी डर के मारे हिंस्र हो उठे।

पहान बोला, "हरमदेउ के नाम पर, सारे बोङाओं के नाम पर तुमको भगा दूँगा।"

डाइन भी अब आक्रामक हो उठी। वह भी दोनों हाथ उठा सिर को झटककर बालों को पीछे कर वन-नदी-आकाश फाड़ती हुई चीख उठी, "आँ—आँ—आँ।" पत्थरों पर पैर रखती हुई वह आगे बढ़ी, उसकी आँखें जल रही थीं।

"मारो पत्थर।"

पत्थरों की बौछार होने लगी। डाइन ने भी पत्थर उठाए। उसके शरीर पर पत्थर

पड़ रहे थे। तुम लोग खून न बहाना। खून से सैकड़ों डाइन पैदा हो जाएँगी। डाइन का खुला मुँह जरा-सी देर में बहुत बड़ा हो जाता है।

"पत्थर मारें?"

"मार पत्थर।"

डाइन जोर से पत्थर फेंकती। पहान के सिर पर लगा। पहान के गाल से खून बहने लगा।

"मार, मार। नहीं तो वह मारेगी।"

पत्थर बरसते रहे। परसाद अपनी मशाल शून्य में फेंककर उछल पड़ा। आकाश में एक के बाद एक मशाल थी। भयंकर चीत्कार हुआ। अँधेरे में पत्थरों की बौछार।

'आँ—आँ—आँ' की चीखों से आकाश फटा जा रहा था। डाइन पानी में उतरती है, और बिजली की तेजी से नदी के उस पार चढ़ती है।

इधर से लोग उसे भगाते हैं, पत्थर फेंकते हैं, चिल्लाते हैं।

डाइन किधर जा रही है, यह समझने के लिए 'आँ—आँ—आँ' शब्द सहायक होता है। भागते-भागते पहान ने कहा, "डाइन हेसाडी की ओर गई। सो जाए। हम बच गए।"

वह बार-बार माथे का खून पोंछता है और विजय के उल्लास में कहता है, "आज सभी थान पर जागेंगे। आज सोना नहीं है। नाचेंगे। आज महुआ पिएँगे।"

"कल क्या होगा, हे!"

"क्यों? पूजा होगी।"

पहान फिर हरमदेउ को पुकारता है और भागता है। डाइन की चीखें क्रमशः पूर्व दिशा के अन्धकार में विलीन हो गईं।

जिलाद के मैदान में गई।

जाए! जिलाद के मैदान में अब डाइन-पिशाचों की हवा घूमे। वहीं तो जाएगी।

सब लोग गाँव के किनारे पहुँचकर नदी के किनारे ठिठककर खड़े हो गए और उचक-उचककर डाइन की क्षीण आवाज सुनने लगे। आवाज अन्धकार में मिल गई। वे लोग फिर भी खड़े रहे। उसके बाद चारों ओर का सन्नाटा मानो पानी की तरह बिना आवाज किये बढ़ता आ रहा था। वे डूबते जा रहे थे, डूब गए।

पानी में डूबे आदमी की तरह वे फिर विवश होने लगे। डाइन भगाने के उन्माद ने इन निरन्न, आतुर, सरकार और प्रशासन से उपेक्षित मनुष्यों को कुछ देर के लिए भेड़िये की तरह हिंस्र बना दिया था।

हिंस्रता समाप्त होने पर वे फिर दीन हो गए। सहसा उन्हें डर लगने लगा।

वे एक-दूसरे की ओर देखने लगे।

पहान इस अँधेरे में ही मन का राडार चलाकर उनके मन के बदलाव को समझता था। इनका दिल बहुत फुसफुसा, बहुत पोला है। उसे दानेदार कर ग्रेनाइट-सा कठोर

बना डाइन की ओर उकसा देना होगा। किन्तु डाइन के चले जाने पर फिर नरम और फुसफुसा हो जाता है।

पहान के हृदय में अब स्नेह दिखाई पड़ा। वह इन आतुर रंक लोगों के प्रति बड़ा वात्सल्य अनुभव कर रहा था। उसे यह ध्यान नहीं रहा कि वह भी भूखा और रंक है। उसे लगता है कि वह राजा है।

बड़ी ममता के साथ वह बोला, "तुम डर क्यों रहे हो? ऐं? अँधेरे में चेहरे नहीं दिखाई देते, आवाजों से डर की साँसों को समझ रहा हूँ।"

"क्या डाइन चली गई?"

"गई, गई। हमारे माथे के खून से समझ में नहीं आ रहा है? लगता है कि शरीर में भी दर्द नहीं है।"

"डाइन गई?"

"हाँ। गई नहीं? हवा से समझ में नहीं आ रहा है?"

वे लोग गाँव की ओर लौटे। चलते-चलते सबके ही मन में आया कि शरीर में व्यथा का विष नहीं है। हवा अच्छी लग रही है। सनीचरी का नाती बोला, "अब कुरुडा में मछली मिलेंगी! ओं, मछलियाँ छिपा रखी थीं!"

"पानी बरसेगा, जुताई होगी।" गहरे विश्वास के साथ पहान बोला, "वे बादल रोक देती हैं, खेत की फसल छिपा देती हैं, वन में शिकार का फन्दा लगाने पर साही छिप जाती है।"

"पूजा होगी?"

"कल।"

"आज?"

"नाच-गान-महुआ। बरम छाती फाड़कर गाएगा, घर से ढोलक ले आ।"

"पेट में कपड़ा बाँधकर गुलबदन बनूँगा।"

"धुर! क्या होती है जो स्वाँग करेगा?"

"महुआ?"

"नीमचन्द देगा। मुझसे वादा है, मानती है, बच्चू ने दिया नहीं। जरूर देगा।"

बरम बोला, "नीमचाँद की भट्ठी हेसाडी की राह पर नहीं है। रात में जाने की जरूरत क्या? महुआ मैं दूँगा।"

पहान के थान पर आग जली। आज रात सोना निरापद नहीं है, यह मानते हुए पहान का यह आयोजन है। डाइन को मारना होगा, यह पहान जानता था। डाइन को भगाने की बात का पहली बार पता चला। अज्ञान के डर का कोई स्वरूप नहीं होता। डाइन लौटकर आ सकती है। इसी से रतजगा अच्छा है।

बरम ने कल ही नीमचाँद की भट्ठी से नीमचन्द की मदद से दस बोतल एक नम्बरी महुआ चुराया था। तीस रुपयों का माल था। हाट में बेचने पर नगद रुपये

मिलते। आधे उसके, आधे नौकर के होते। फूस के नीचे छिपाकर बोतलें लाने में उसे बड़ी होशियारी करनी पड़ी थी। आज इस संकट के कारण उस माल को निकालना पड़ा।

माल निकाला, अपनी जाति के लोगों की खातिर करने के लिए भी निकाला। वह जब दस बोतल महुआ दे रहा है, तो जातिवाले भी जिसके यहाँ जो ताड़ी है वह दें। औरों की खातिर के लिए जातिवाले ताड़ी लाएँ। वे अगर ताड़ी ला सकते हैं तो सभी ला सकते हैं। किसके घर में ताड़ी नहीं है, या नहीं रहती है?

सनीचरी दूसरी औरतों के साथ भुने चावल, भुनी मकई, प्याज और मिर्चा ले आई। पहान से बोली, "घर में बड़ा डर लग रहा है। हमने प्याज, मिर्चा दिया है। हम महुआ न पिएँगे?"

पहान का चेहरा हँसी से खिल उठा। वह बोला, "तू बड़ी चालाक है रे! मुझसे कबूल करा लिया। पी। तुझे मैं ताड़ी दूँगा।"

महुआ और ताड़ी। मकई भाजा की चाट। नगाड़े पर चोट। बरम ने अब गाना शुरू किया और सबने टेक पकड़ी। बहुत दिनों बाद गाँव में मानो उत्सव का वातावरण हो। महुआ के नशे में सबके कलेजे से पत्थर उतर गया। हनुमान मिश्र की घोषणा के बाद से सब लोग जैसे डाइन के आतंक की चक्की में बन्द हो गए थे।

जब सब लोग जरा नशे और गाने में मतवाले हो रहे थे, सनीचरी की टेढ़ी कमर का नाच देख हँसने में लगे थे तो परसाद और मानी ने आँखों-ही-आँखों में एक-दूसरे को देखा।

इस रात में और इस परिवेश में मानो कुछ था। परसाद ने सिर हिलाकर इशारा किया। दोनों थोड़ा-थोड़ा खिसकते-खिसकते पहान के घर के पिछवाड़े गए।

परसाद ने मानी का हाथ पकड़ा। इस रात में, इस परिवेश में मानो कुछ हो। मानी ने अपने को परसाद के हाथों में छोड़ दिया।

अब दोनों भाग चले। हेसाडी की ओर नहीं, तोहरी की ओर। बहुत अधिक बँधे हुए उनके जीवन में तोहरी बाहरी संसार का द्वार था। तोहरी से लकड़ी ढोनेवाले ट्रक पर राँची, हजारीबाग, धनबाद जाना होता है।

पहान की पत्नी ने उनको जाते देख लिया। वह कुछ न बोली। परसाद की पत्नी बाँझ कहकर उससे घृणा करती थी। उसके हाथों से प्रसाद के लड्डू नहीं लेती थी। पहानी ने उसका बदला अब लिया।

दूसरे दिन गाँव के लोगों से उसने अवश्य बताया। जिन्होंने डाइन को पहले देखा था उनकी क्या सामर्थ्य थी कि अन्याय और दुष्कर्म की पुकार पर उपेक्षा करते? इस प्रकार परसाद और मानी के भागने की घटना ने भी डाइन के किस्से के साथ गुँथकर विशाल परिप्रेक्ष्य पा लिया।

एक अमरीकी पत्रिका में कुरुडा बेल्ट में डाइन का हाल रंगीन तसवीरों के साथ एक चित्ताकर्षक रम्य रचना के रूप में बहुतों ने पढ़ा होगा। सबका पढ़ना तो सम्भव नहीं है, क्योंकि पत्रिका का मूल्य आजकल बारह रुपये है और पत्रिका खरीदकर पढ़ना आजकल शिक्षा का अंग कहा जाता है। जो लोग अपने देश के कल्याण के लिए अंग्रेजी उठाए दे रहे हैं, वे भी छिप-छिपकर तूफान की तेजी से एक मीटिंग से दूसरी मीटिंग का टूर करते-करते पत्रिका आदि पढ़ते हैं और सफाई के तौर पर कहते हैं कि प्रतिपक्ष क्या सोच रहा है, इसको तो जानना ही होगा! लेकिन बात यह है कि जो लोग पत्रिका चलाते हैं, उनको नहीं मालूम, मीटिंग में व्यस्त यह सारे बाबू लोग उनको 'प्रतिपक्ष' सोचते हैं। इस दुनिया में इस प्रकार मतलब की सारी चीजें अज्ञात रह जाती हैं और कवि का यह गीत सत्यता को प्राप्त होता है, 'जय, अजाना की जय।'

यह सारे बाबू लोग बहुत ही प्राचीन-प्रेमी हैं। वे अंग्रेजी हटा देते हैं और समझते हैं कि अंग्रेजी जल्दी ही एक संग्रहालय में प्रदर्शन के लिए रख दी जाएगी।

जिस कारण अंग्रेजी गायब हो जाएगी, या भारतवर्ष में मर जाएगी, उस कारण से वे अपने बाल-बच्चों को अंग्रेजी माध्यम के स्कूल में पढ़ाते हैं। बाबू लोगों की मानसिक प्रक्रिया बहुत ही जटिल और सरल होती है। एक ही मानसिकता के कारण वे ढोकरा कामा या पुरुलिया के मुखौटों के कलाकारों या पकी मिट्टी के घोड़ों के कुम्हारों की जाति की मौत जल्दी करते हैं और उनकी तैयार की हुई कलावस्तु में देखकर 'लोक कला' बताकर शोर मचाते हैं।

कुरुडा की डाइन की बात के अन्तरराष्ट्रीय बनने की खबर भी कम अस्थिर करनेवाली नहीं है। समाचार संग्रह कर जिन लोगों ने उसे लिखा वह पटना स्थित वही श्वेतांग कृष्णभक्त थे जिन्होंने हनुमान मिश्र को आस्ट्रेलिया की गाय का घी देना चाहा था।

एक श्वेतांग का नाम था पीटर भारती। भारत में यह बार-बार आए-गए और नाना रूपों में दिखाई पड़े थे। लोकभारती के पगले छात्रा-रूप में यह एक बार साल के जंगल की छाया में 'यह तो भला लगा था' गाते फिरते थे।

दूसरे रूप में यह स्वदेश लौट गए और लगभग बरस-भर बाद इतिहास-शोधार्थी के रूप में भारत लौटे और भारत-नेपाल बॉर्डर पर बैठे रहे। उस समय इतिहास छोड़कर वे नेपाल-भारत बॉर्डर का नक्शा खींचते थे। फिर वे स्वदेश को गायब हो गए।

अन्य रूप में वे पर्वत विशेषज्ञ, भूतात्विक के रूप में भारत लौटे और यह जानकर भी कि कलकत्ता में कोई पहाड़ नहीं है, कलकत्ता में बैठे रहे और स्वतंत्रता दशक के समय में तरह-तरह के आचरण करते रहे। कलकत्ता की दीवारों पर लिखे हुए की, भिखारियों की, कालीघाट में बलि दिये जानेवाले बकरों की, भरकर बिखरे हुए डस्टबिन की तसवीरें खींचने की-सी सरलता दिखाई। चड़क[1] के मेले में संन्यासियों

1. चैत्र संक्रान्ति का शैव मेला।

के साथ पद्मपूकुर में नाचे। ग्वालों के साथ तारकेश्वर में जल चढ़ाया। यह सब करते-करते सहसा एक दिन वे बहुत से रिपोर्टरों और फोटोग्राफरों के सामने ग्रांड होटल में बेहोश हो गए।

होश आने पर वे एक रूपान्तरित साहब हो गए। तब वे बोले, "सपने में एक विशालकाय संन्यासी ने उनसे कहा,अरे पागल! अब कब तक पारसमणि ढूँढ़ेगा?"

यह कहकर उन्होंने ताज्जुब से मुँह फाड़ा। उस फटे मुँह में पीटर ने युग-युग में अपना भारतीय रूप देखा। उसके बाद उसी खुले मुँह में पटना स्टेशन की तसवीर देखी। अतएव पटना ही उनके भाग्य का निर्दिष्ट स्थान था।

अन्तिम रूपान्तर में पीटर पटना आए। कृष्ण की कृपा से सब क्षण-भर में हो गया। कृष्ण-चेतना आश्रम, देशी-विदेशी सेवक-सेविकाएँ, कतार-के-कतार स्टेशन-वैगन, रुपयों का भी अन्त न था, क्योंकि बहुत से धनी लोग आकर साश्रुनयन ब्लैंक चेक पीटर के हाथों में देकर धन्य हुए। स्वामी आनन्द भारती पीटर को दीक्षा देकर पीटर भारती बना, उसके हाथों में आश्रम सौंप एयरोप्लेन से उड़कर हिमाचल चले गए।

पीटर भारती की भारत-प्रेम की कथा सुविदित है। एक जन्म से दूसरे जन्म में उसके सारे सूत्र बँधे हुए थे। उसका आश्रम लोकभारती का साल वन-प्रेमी पूर्वकालीन छात्र-छात्राओं का, नेपाल के हिप्पियों का था। आश्रम की हवा में छिपे हुए स्टीरियो पर सदा शान्ति-संगीत बजता रहता जिससे कि यहाँ घुसते ही आनन्द आ जाता।

हनुमान मिश्र के साथ मेलजोल होने से पीटर भारती को पहली बार डाइन का समाचार मिला और उसने समाचार में दिलचस्पी ली। जिस कारण से भारतीय देवताओं की पीटर भारती पर अपार कृपा थी, उसी लिए वह डाइन की खबर का अनुसरण करता रहा। उसे वह खुद न करता। तोहरी में उसे शरण माथुर मिल गया। माथुर स्कूल-अध्यापक था। पटना में उसके ससुर एक हिन्दी दैनिक के प्रधान संवाददाता थे, जिससे कि माथुर बीच-बीच में स्थानीय संवाद को छोटे लेख के रूप में लिख भेजता और छपे अक्षरों में अपना नाम देखकर स्वर्ग-सुख पाता।

तोहरी की तरह के बाजार के स्थान से पटना के अखबार में लिखा हुआ छपने से माथुर की स्थानीय प्रतिष्ठा काफी थी। माथुर बहुत धनी ठेकेदार का बेटा होकर भी बहुत भला, मेहनती और उच्चाकांक्षी था। वर्तमान में वह यहाँ के किसी प्राचीन कोल-विद्रोह के इतिहास को लिखने के लिए सामग्री खोज रहा था। यह उसकी डॉक्टरेट की थीसिस होगी।

तथ्यों के संग्रह के कारण वे गाँव में फिरते हैं, इसलिए कुरुडा नदी के बहाव का अंचल उनका परिचित है।

पीटर भारती के साथ माथुर का एक समझौता हुआ। पीटर ने कहा, "तुम पूरी खबर दोगे। अन्त में क्या होता है, यह देखोगे। मैं तुमको पाँच हजार रुपये दूँगा।"

माथुर यह बात सुनकर हँसा। बोला, "मेरे पिता इस क्षेत्र के सबसे बड़े लकड़ी के ठेकेदार हैं। उनके पास बहुत रुपये हैं। मैं मास्टरी करता हूँ। इसलिए वे खफा हैं। मैं रुपयों के लिए यह काम न करूँगा।"

"तो फिर?"

"मुझे इस डाइन के मामले में दूसरा सन्देह है। मैं तुमको रिपोर्ताज जरूर भेजूँगा। किन्तु जब लेख छपेगा, मेरा नाम तुम छापे में स्वीकार करोगे।"

"जरूर।"

"अपने रिसर्च के काम के लिए उन सारी जगहों पर जाना ही होता है, इसीलिए तुमको रुपये खर्च नहीं करने होंगे, नाम चाहिए।"

इस तरह बात हुई। अब उक्त अंग्रेजी पत्रिका के पाठक कह सकते हैं कि लेख में शरण माथुर का नाम तो था नहीं।

इसके जवाब में दो बातें हैं :

(1) नाम क्यों रहता? माथुर के साथ तो बात हुई थी पीटर भारती की। लेख प्रकाशित हुआ कुर्ट मूलर के नाम से। कुर्ट मूलर को माथुर का नाम स्वीकार करने की कोई विवशता न थी।

(2) माथुर की रिपोर्ट में अकाल-मुरहाई-हेसाडी, क्रम से विवरण था। छपा लेख जिस स्वरूप में प्रकाशित हुआ उसके साथ माथुर के विवरण का कोई मेल नहीं था।

कुर्ट मूलर ने असाध्य काम किया।

यूरोपीय डाइन को निकाल बाहर करना, नांसी और दूसरे स्वेच्छाचारी शासन में कम्युनिस्ट अथवा यहूदी लोगों का निर्यातन इत्यादि के साथ मिलकर डाइन की तलाश का लोमहर्षक विवरण उसके हाथों से एक फड़कती कहानी बन गया।

लेख में काफी तसवीरें थीं।

सेविका आइलीन भारती को काले रंग में डुबा डाइन बनाकर तसवीर खींची गई। चिड़ियाखाने में लगी डाइन के हाथों में मुर्गी का रोस्ट देखकर माथुर को ताज्जुब हुआ। कहानी के अन्त में डाइन के क्लोज-अप में मुख की अभिव्यक्ति ऐसी यथातथ्य हुई थी कि आइलीन भारती को उसी चेहरे के आधार पर उक्त कहानी पर बनी 'द विच" फिल्म में नायिका की भूमिका मिली। फिल्म अमरीका के आरिजोना में बनेगी, क्योंकि वहाँ की भूमि पलामू की भूमि के ही समान है। तसवीर की विशिष्टता होगी कि उसमें भारतीय भूमिका में श्वेतांग और श्वेतांगों की भूमिका में भारतीय अभिनय करेंगे।

माथुर ने इतनी घटनाओं की बहुलता की कल्पना भी न की थी। विश्वास के साथ वह अपनी साइकिल लेकर डाइन की कहानी के पीछे भागा।

डाइन का दूसरा पता चला हेसाडी में।

हेसाडी के लोगों को डाइन के मामले में पहले बड़ा डर लगा। हर कोई अपनी छाया देखकर डर के मारे यह देखता कि छाया साथ लगी है या नहीं? रजस्वला और गर्भवती स्त्रियों के स्वजन लोग सन्देह की नजर से देखते। काली गौ, बकरी और कुत्तों पर अपनी चमड़ी के कारण ढेले पड़ते।

डाइन के डर से इस आवश्यक अनुष्ठान का कड़ाई से पालन हुआ। पहाऩ नियमानुसार सावधान रहता और पूजा के फूल धरती में गाड़ देता। मुर्गी का गला काटकर गरम खून सब ओर छिड़कता।

इसके बाद जब डाइन का पता चला तो सब निश्चिन्त हुए।

हेसाडी की सनीचरी आजकल बहुत परेशान थी। बच्चे को माँ के सिर थोपकर उसके बेटे और बहू मर गए थे। वह हेसाडी गाँव की दाई, प्रसूता की भूत झाड़नेवाली और बच्चों की चिकित्सक थी। उसका परिणाम था कि वह हमेशा जंगल-झाड़ी घूमकर जड़ी-बूटी, जड़-पत्ते-कन्द जमा करती रहती। इतने दिनों तक वह डाइन के डर से जंगल में नहीं घुसी थी।

उसका नाती उससे बहुत हिला था। बच्चे को माँ के सिर थोपकर उसके बेटे और बहू मर गए। बच्चा केवल सात बरस का था। घर के काम के लायक न था। सनीचरी ने लाचार होकर अपने को गाँव के जीवन में अपरिहार्य बना लिया। परचून की दुकान का दुकानदार भगत उसकी सामर्थ्य का विश्वास नहीं करता था। एक-एक कर पत्नियों के मर जाने पर उसके लड़के ने तीन शादियाँ कीं। सबका कहना था कि यह सनीचरी का काम है।

दुनिया-भर को सनीचरी का द्वार खटखटाना पड़ता था। अन्त में सनीचरी ने मंत्र पढ़ा पानी, मंत्र पढ़ा तेल; मालिश इत्यादि कर भगत की पत्नी का अच्छा प्रसव कराया। भगत के दिये हुए मडुआ या मक्का ने अभी तक उसकी जान बचाई थी। 'बिखिल' या चावल सनीचरी के लिए दूर का स्वप्न था। तीज-त्योहार पर चावल का भात मिलता था। मक्का या मडुआ का घाटो ही उन लोगों का प्रमुख भोजन था।

डाइन को लेकर सनीचरी और पहान के बीच एक गुप्त सलाह हुई।

सनीचरी ने पूछा, "क्या समझते हो?"

"तू क्या समझती है?"

"तुम्हारे रहते मैं समझूँ? तुम पहान हो। तुम जो कहोगे हम उसी को मानेंगे।"

"पहले तू बता न!"

सनीचरी ने घास का गट्ठर उतारा। हेसाडी बस-जंक्शन पर वे लोग ग्वालों को घास बेचा करते थे। बस के जंक्शन का नाम भी हेसाडी था, लेकिन सनीचरी के लिए वह 'कोहा हेसाडी' या 'बड़ा हेसाडी' था। सात मील के अन्दर उनका गाँव आदि हेसाडी था।

घास का गट्ठर उतारकर सनीचरी ने दूसरी औरतों को पुकारकर कहा, "तुम जाओ, मैं पहान से बातें कर रही हूँ।"

"पहान को मालूम है?"

औरतें हँसकर चली गईं। पहान ने सनीचरी को एक बीड़ी दी और एक खुद सुलगाई।

सनीचरी बोली, "किस तरह हुआ? मुरहाई से डाइन अगर हेसाडी की ओर आई तो उसकी आँ नहीं सुनी? जिलाद के मैदान में अगर गई तो वहाँ मैदान के पिसाच की हँसी नहीं सुनी? बिनको (बादल) आए, बदली हुई, यह तो होने की बात नहीं है!"

पहान ने ठंडी साँस ली और आधी बीड़ी बुझाकर टेंट में रख ली। भौंह सिकोड़कर बोला, "अगर डाइन है, तो उसे जलाएँगे क्यों नहीं? उसके खून से डाइन पैदा होगी, इसलिए उसे काटेंगे नहीं। जलाएँगे क्यों नहीं?"

इस बात पर सनीचरी ने गाल पर हाथ रखा, हाथ फेरा।

पहान बोला, "याद है?"

"याद है।"

"तू और मैं अपनी माँ के दूध के बने हैं। मैं तब खाद (छोटा बच्चा) था, तू छोटी मुक्काहिकी (नन्ही बच्ची) थी। याद है?"

"याद है। तुम्हारे मुँह पर एक ही बात रहती थी—किस लागेगा (भूख लगी है)।"

"तू कहती थी—भालू कुलार आबगुड़ा (पेट नहीं भरा)। ऐसी बातें हम करते थे। तेरा नाती भी कहेगा। लेकिन वह बात नहीं कहता हूँ।"

सनीचरी ने फिर गालों पर हाथ फिराया। बोली, "तुम्हारे काका, वह डाइन हो गया।"

"घर में आग लगाकर उसे जलाया।"

"उस आग के छिटकने से मेरा गाल जल गया। दाग है।"

"डाइन को जलाने से पानी हुआ, मडुआ हुआ, नदी में मछली। सारा अकाल दूर हो गया।"

"क्या हुआ, अब समझ में नहीं आता।"

"मुझे लगता है...।"

"क्या?"

पहान ने फिर बड़ी बेचैनी के साथ वह आधी बीड़ी सुलगाई। चकमक, चिनगारी के बाद बीड़ी सुलगाकर वह बोला, "किसी को बताना मत। मुझे लगता है टाहाड़ का बाँभन देउता तो हम लोगों के घर चलते देखकर पानी न छिड़ककर किरासिन छोड़ देगा, ऐसा प्यार करता है। छोटी जात, तुम लोग जूते के तले की धूल हो—इसको छोड़कर उसके मुँह से कोई और बात नहीं निकलती। मुझे लगता है, उसी ने डाइन-डाइन का शोर मचाया, डाइन है नहीं।"

"डाइन नहीं है?"

"लगता है, नहीं है।"

"मुरहाई में वे...?"

"आँधिधूका (अँधेरे) में क्या देखा, कौन जानता है! भालू हो सकता है।"

"डाइन नहीं!"

"लगता है, नहीं। हवा अच्छी है, जंगल में डर की बात नहीं है। मरते-मरते बुधना का बेटा जी उठा। लड़के की जान नहीं थी, हवा में सनसनाहट नहीं छोड़ी, जंगल के जानवरों को डराया नहीं। यह कैसी डाइन है?"

"देखो, पूजा करके देखो। हिसाब लगाकर, गुनकर देखो। जानोगे तो तुम जानोगे, हम नहीं जानेंगे।"

"किसी से कहना मत।"

"न, न।"

सनीचरी बड़ी चिन्ताकुल हो गई। किन्तु धीरे-धीरे उसके मन में साहस लौटने लगा। पहान ने अगर कहा है, तो पहान बिना जाने नहीं कहता। डाइन नहीं है। और डाइन अगर नहीं है तो वह जिलाद के मैदान में क्यों न जाए?

'जिलाद का मैदान' शब्द के साथ याद आई पथरीली जगह में बड़े-बड़े पत्थरों की। पत्थरों के बीच-बीच में कलटुली और गोली के पेड़ थे। गोली-गाछ की जड़ की सनीचरी को बड़ी जरूरत रहती थी। शाम को सूरज डूबेगा। बरसात के आसमान में रोशनी छाई रहेगी। उस समय बाल खोलकर सनीचरी को गोली के गाछ की जड़ खोदनी होगी।

वह जड़ मृतवत्सा की दवा थी। भगत की बहू के फिर सन्तान होगी। एक जीवित रही। किन्तु जिसकी सन्तानें मर जाती हों वह जितनी बार पेट में फल धारण करती थी उतनी बार ही सावधानी बरतनी पड़ती थी।

जिलाद के मैदान में शाम को कोई न जाता था। सनीचरी के समाज में अब मुर्दों को समाधि दी जाती थी, ओल्दा (चिता) जलाकर फूँकना भी चलता। हिन्दुओं के आने के बाद से ओल्दा में जलाना होता है।

आदिम युग में समाधि होती थी। समाधि पर पत्थर रखे जाते थे। वह सारे जनपद कब के समाप्त हो गए। जिलाद के मैदान में अब एक परित्यक्त श्मशान पत्थरों का मैदान है। सब जानते हैं कि शाम होने पर पत्थर जाग उठते हैं और चलते-फिरते, घूमते हैं।

सनीचरी और पहान का डर से काम नहीं चलता। सनीचरी वहाँ जाती है। वहाँ की गीली गाछ की जड़ का गुण अधिक है।

पहान वहाँ जाता है। बीच-बीच में वह मन-ही-मन समझता है कि पत्थरों का फेंकना बहुत बढ़ गया है। आदिम ओराँव लोगों की आत्माएँ बहुत अस्थिर और अशान्त हो गई हैं। अशान्त होने की बात ही है। मृतक को समाधि देने से ही तो नहीं

हो जाता है। परिवार में केच्चा (मृत्यु) के प्रवेश होने पर, उल्लोचोत (अशौच) समाप्त होने पर, पुरखों की समाधि के पत्थर पर जल, चावल, नमक रखने का नियम है। जिलाद के मैदान में जिनकी समाधि है, उनके वंशधरों में कौन कहाँ चले गए, क्या पता? लेकिन परलोक में प्रेत भूखे रहकर क्या सूखेंगे?

इसी से आत्माएँ चंचल होती हैं। इसी से बीच-बीच में पहान को भागना पड़ता है। जीवित ग्रामवासी और मृतकों की आत्मा—सबके ही प्रति पहान का कर्तव्य रहता है। जो पहान इसे नहीं मानता, वह पहान बनने का अधिकारी नहीं।

इसी से सनीचरी को पहान की बात से हिम्मत हुई। उसने भगत की बहू से कहा, "कल दवा ले आऊँगी। आज गोठ ठीक कर रखो, घर-द्वार साफ कर लो।"

"और क्या लगेगा?"

"चावल-सुपारी-तेल, काली बकरी के बाल, गोमूत्र, नई लोहे की एक चाभी।" गर्भ के भार से भगत की पत्नी बहुत परेशान थी। बोली, "पेट में क्या लोहे का बच्चा है, सनीचरी? बड़ा कष्ट हो रहा है।"

"तेल मालिश कर, चला-फिरा कर, बैठी न रहा कर। बैठे रहने से बाद में कष्ट होगा।"

"बच जाऊँगी?"

"जरूर।"

"भाई ने मुझे शहर के अस्पताल में ले जाने को कहला भेजा है। स्वामी राजी नहीं हैं।"

"अस्पताल में बच्चा बदल देते हैं।"

"तू देख, क्या कर सकती है!"

"देखूँ। पर माँ-बेटा—दोनों अच्छे रहने पर भूल न जाना।"

"दूँगी। अँगूठी दूँगी।"

"अँगूठी नहीं लूँगी। एक बकैन बछिया चाहिए।"

"दूँगी।"

बकैन माने गाय। गाय माने गाभिन गाय। दूध बेचो, बछिया बड़ी हो तो बेचो, कंडे लो। एक गाय रहने पर नाती का जीवन चल जाएगा। सोचते-सोचते सनीचरी ने घर जाकर खन्ती उठाई। जरा झुटपुटा होने पर शाम को जिलाद के मैदान से गोली-गाछ की जड़ लेगी।

नाती बोला, "किरा लागेंगा (भूख लगी है)।"

सनीचरी ने उसको एक टोकरी भुट्टे की खीलें दीं। भगत की बहू ने दी थीं।

जिलाद के मैदान जाते-जाते सनीचरी के मन में चाँद-सूर्य की तरह दो चिरकालीन संक्षिप्त वाक्य उठे—'किरा लागेंगा' और 'मालू कुलार आरगुड़ा' (पेट नहीं भरा)।

ताका-बेड़े-चान्दो-बिल्को—हवा, आकाश, चाँद, तारे चिरकाल के हैं।

'भूख लगी है' और 'पेट नहीं भरा'—दो बातें चिरकाल की हैं। निश्चय ही आदि अतीत में भी किसी ओराँव का पेट किसी दिन भरा नहीं। निश्चय ही इन दो बातों की सृष्टि इसी कारण हुई थी।

सनीचरी को लगा कि हेसाडी गाँव की बूढ़ी के लिहाज से वह एक बड़े काम की तरह काम करने जा रही है। भगत की पत्नी को खुश कर बकैन बछिया लेकर नाती का भविष्य बनाए दे रही है।

सीधी बात। गोठ में एक गाय। दूध बेचो, उपले बेचो, भगत की बहू के हाथों बछिया बेचो। हेसाडी से गाँव में एक ओराँव जीवन-भर जिन्दा रहकर अन्त में अपनी कमाई में से देखने लायक समाधि के पत्थर के सिवाय कुछ नहीं छोड़ जाता है। और पत्थर तो जड़ और मुर्दा चीज है। सनीचरी एक गाय छोड़ जाएगी। गाय माने जिन्दगी बिताने का एक सहारा।

जो बकैन मिली न हो, उसकी खुशी का सपना देखती हुई मगन सनीचरी मैदान में जा पहुँची। यहाँ बड़े-बड़े पत्थर पड़े थे। देखकर लगता, बीच में ऊँचे-ऊँचे खम्भे से दो पत्थर आदि जनक-जननी हों। दूसरे पत्थर उनके बाल-बच्चे हों। उन पत्थरों के बीच में से होकर कुरुडा नदी की शाखा जिलाद निःशब्द बह रही थी। पानी में भीगने से पत्थरों के नीचे की मिट्टी गीली हो रही थी। वहाँ सफेद फूलों से गोली के पौधे प्रकाश फैला रहे थे।

सनीचरी की आँखें अँधेरे में खो गईं। आकाश में प्रकाश की आभा थी। चारों ओर धरती अँधेरी थी। पत्थर की जड़ में अँधेरा और भी घना था। सनीचरी बड़ी उम्र की थी। दिन में भी आँखों में धुँधलापन रहता था। उसने देखा कि एक जगह अँधेरा मानो बिछा पड़ा है, किसी ने वहाँ रख दिया है, उसने वहाँ खन्ती चलाई। उसके साथ-ही-साथ जैसे मोनोलिथ—बड़ा पत्थर—छिटक पड़ा, समाधि का पत्थर गरज उठा हो, आदिम अन्धकार ने उन्मुक्त रमणी-रूप धारण कर लिया हो। दोनों हाथ उठाए धुँधले आसमान की ओर बाल फैलाए अन्धकार चीख उठा, 'आँ—आँ—आँ।'

सनीचरी डर के मारे जड़, पत्थर-सी हो गई। डाइन ने पत्थर उठाया और एक हाथ से पत्थर पर टिककर सनीचरी को पत्थर मारा।

सनीचरी उस समय किस तरह भागी—यह भी उसे ज्ञान न रहा। आत्म-रक्षा की प्रवृत्ति सहजात होती है, इसलिए डाइन को देखने के बाद भी खन्ती डाल, पत्थर फेंक भाग खड़ी हुई।

उसके पीछे पैरों की आहट थी। 'आँ—आँ—आँ' भयानक आर्तनाद से चारों ओर की भूमि और आकाश फट रहे थे। प्राचीन उराँव लोगों की समाधि के पत्थर चंचल हो रहे थे। सनीचरी चक्कर खाकर औंधी गिरी और बेहोश होते-होते उसे प्रेत की उँगलियों का स्पर्श लगा। उसके बाद सब अँधेरा हो गया।

वह वहीं पड़ी रही, वहीं पड़ी रहती। बहुत ही आश्चर्यजनक घटना का मेल हुआ। उसी शाम को माथुर हेसाडी आया। पहान उसका पुराना दोस्त था। पहान के लिए वह एक बोतल एक नम्बरी माल लाया था, वह उसे दिया। आदिवासी गाँव में पहान जिसे मान ले, वह वहाँ मान लिया जाता है।

माथुर ने कहा, "हेसाडी में रात में कहाँ रहूँगा? तुम्हारे ही साथ ठीक होगा।"

"गिधना उराँव और अंग्रेजों की लड़ाई की कहानी बताई थी।"

"पूरी कहानी नहीं कही थी।"

"क्या नहीं कहा?"

"तुम उस गिधना उराँव के नाती के नाती हो, यह नहीं बताया था।"

"बताने से क्या फायदा?"

"तो छिपाया क्यों?"

पहान की आँखें धुँधली हो आईं, सारे गैर-आदिवासियों के प्रति खून में पला अविश्वास आँखों में उतर आया।

उसने कहा, "बताने से क्या फायदा! गिधना उराँव को फाँसी लगी। उसका भाई कालना गोली खाकर मरा। उसके बाद मेरे पुरखे घर छोड़कर भाग गए। बताकर क्या मरना है?"

"अब कहने में कौन-सा डर है?"

"हमें हमेशा डर रहता है। तुम यह नहीं समझोगे। इतनी बातों से क्या फायदा? शराब पिओ। बीड़ी लाए हो, बीड़ी दो।"

"एक बात और है।"

"क्या?"

"सनीचरी को बुलाओ। उसने बताया था कि उसे डाइन-पिशाच का पता है।"

"अभी आएगी।"

"कहाँ गई है?"

"जिलाद के मैदान में।"

"डाइन का डर नहीं है?"

पहान की आँखें धूर्त और सतर्क हो उठीं। वह बोला, "उसे शायद डाइन का डर नहीं है।"

माथुर ने सामने देख उदासीन स्वर में कहा, "शायद डाइन होती नहीं। हो सकता है कि हनुमान मिश्र ने किसी पुराने झगड़े को लेकर डाइन की कहानी उड़ा दी हो।"

बाँभन! देउता! पुलिस अफसर, एम.एल.ए.—सभी उसके घर ठहरते हैं, पैरों पर लोटते हैं। उस दिन पटना से साहब आया था। वे झूठा किस्सा फैला सकते हैं?

अब दोनों हँसने लगे। पहान बोला, "तुम बहुत चालाक सियार हो। खुद जो सोचते हो, वह मुझसे कहला लेना चाहते हो।"

"तुम क्या कम सियार हो?"

"क्या कह रहे हो?"

"शराब पिओ।"

"सनीचरी को आने दो।"

लेकिन सनीचरी नहीं आई। तलाश करने पर पता चला कि वह लौटी ही नहीं। पहान बोला, "तब तो तलाश करने चलना होगा। पत्थरों से तो नहीं टकरा गई?"

जिलाद के मैदान में शाम के बाद कोई जाना नहीं चाहता था। अन्त में पहान और माथुर गए।

उन्होंने ही जिलाद नदी के किनारे सनीचरी को बालू पर बेहोश पड़ा पाया। सनीचरी की पीठ को किसी ने नाखूनों से नोचा था। रेत पर पैरों के दाग थे। दोनों ही घबरा गए और माथुर ने कहा, "मैं उसे पीठ पर लाद लूँगा। तुम टॉर्च जला कर आगे-आगे चलो।"

उनकी बात समाप्त होते-न होते सामने जिलाद और कुरुडा के संगम से हँसने की आवाज आई। उसी परिवेश में वह हँसी बिलकुल अमानवीय थी। हँसी के बाद ही मैदान को चीरती हुई 'आँ—आँ—आँ' की आवाज आई। पहान और माथुर को अविश्वास और सन्देह का उत्तर मिल गया। इस तरह माथुर डाइन के मामले में प्रत्यक्षदर्शी हो गया।

किस तरह पहान और माथुर सनीचरी को ले आए, वह उन्हें याद न रहा। वह चीख और हँसी उनके पीछे-पीछे भागी। माथुर के मन में बहुत बार हुआ कि सनीचरी को उतारकर लौट जाए, टॉर्च डालकर देखे। लेकिन उस समय तो बेहोश सनीचरी की चिन्ता सबसे ज्यादा थी।

गाँव में उसे पहान के घर पर ही उतारा। पहान ने उसकी शुश्रूषा का भार लिया। माथुर ने देखा कि सन्देहशील पहान क्षण-भर में हनुमान मिश्र की सर्वशक्तिमत्ता का विश्वासी हो रहा है।

पहान ने अपने को कोसा और कहा, "कुछ समझ में नहीं आता!"

"क्या समझना है?"

"डाइन थी।"

माथुर की बड़ी तबीयत हुई कि टॉर्च लेकर अकेले चला जाए और डाइन को खोजे। लेकिन इस समय परिस्थिति दूसरी थी। आतंक लोगों को नियंत्रित कर हिंस्र और बर्बर सेना की तरह डाइन को भगाने में लगा रहा है।

डाइन के डर से डर जाने के कुछ नियम हैं। अपनी छाया साथ-साथ है या नहीं यह देखो, रजस्वला और गर्भवती औरतों के ढंगों को सन्देह की नजर से देखो, काली गाय या कुत्ता देखने पर ढेले मारकर देखो कि वह शक्ल बदलते हैं या नहीं?

रात में किसी के पुकारने पर जवाब मत दो। खुली जगह में धूल-भरी भँवर उठने पर हवा से डरो। चील-कौआ-गिद्ध के आगे बातें न करो। वह डाइन के दूत होते हैं। बच्चों को सँभालकर रखो। उनका कोमल रक्त डाइनों को बहुत अच्छा लगता है।

डाइन के भगाने के भी नियम हैं।

संकल्प से कठोर चेहरे से पहान ने नगाड़े पर चोट की। चमड़े के नगाड़े पर, पहान के चमड़े के नगाड़े पर विपत्ति का संकेत अत्यन्त भयंकर हो सकता है, कलेजे को कँपा देनेवाला।

नगाड़े पर चोट पड़ती है। मर्द आकर खड़े होते हैं। उनके हाथों में मशाल है, कमर में पत्थर हैं। औरतें बच्चों को लिये घर-घर चक्कर लगा रही हैं। पहान की ओर कोई भी शिकायत की नजरों से नहीं देखता है। पहान का चेहरा दर्द-भरा है। संकल्प में वह कठोर हो रहा है। आँखें तीखी हो रही हैं।

पीटर भारती को माथुर की रिपोर्ट थी—गाँववालों के इकट्ठा होते ही पहान के नेतृत्व में हम निकल पड़े। हमारे आगे एक आश्चर्यजनक नाटक हो रहा था। मैं उसमें नहीं जा पा रहा था। यह उनका अपना मामला था। मैं सवर्ण हिन्दू हूँ, बाहर का आदमी, दर्शक बना चल रहा था।

जिलाद और कुरुडा के उस पार जंगल है। जंगल घना है। जंगल-विभाग ने किसी जमाने में अच्छी जमीन देखकर खैर के पेड़ लगाए थे। खैर के पेड़ बड़ी जल्दी-जल्दी बड़े हो गए और जंगल के दूसरे पेड़ों के बीच की जगहें भर गईं।

लेकिन खैर के पेड़ लगाने का जो उद्देश्य था, कुटीर उद्योग के रूप में कत्था बनाकर आदिवासियों की दशा सुधारना, वह न हुआ। वन-विभाग ने देखा कि खर्च बैठाने पर परता नहीं पड़ता था।

बालू पर डाइन के पैरों के निशान देख-देखकर हमने नदी पार की। मशाल उठाए चिल्लाते-चिल्लाते मर्द बढ़ते चल रहे थे। आगे-आगे पहान था। वह दोनों हाथ उठाए चिल्लाता हुआ चल रहा था। उसके पास कोई हथियार न था। वह बहुत घबराया हुआ था। सनीचरी उसकी बचपन की बहिन थी।

"वह रही।" कहकर पहान चिल्लाया और ठिठककर खड़ा हो गया। सामने पत्थर के ऊपर कुछ हिल रहा था।

मुझे लगा कि भालू था। भालू दो पैरों पर खड़ा रह सकता है। भालू के नाखून बहुत तेज होते हैं। सनीचरी की पीठ पर मैंने जो घाव के निशान देखे थे, वे बहुत तेज नाखूनों से मांस नोचने के निशान थे। सत्य तो यह है कि मैंने भालू की सम्भावना को मन से निकाला नहीं।

लेकिन जो पत्थर के ऊपर उठकर खड़ा हो गया, वह भालू नहीं था। उसकी चीख से आसमान फट पड़ा। भैंसे को गरम लोहे से दागने पर वह उसी तरह

'आँ—आँ—आँ' कर चिल्लाता है। लेकिन चीख आदमी के गले की थी। चीत्कार के साथ ही एक क्रुद्ध गर्जन था। उसके बाद वे लोग पत्थर बरसाने लगे।

मर्द लोग मशालें फेंककर भाग रहे थे। पहान बोला, "अभी जो भागेगा, वह उसकी जान खा जाएगी। कोई भागेगा नहीं। उन लोगों ने उसे मुरहाई से भगाया है, हम भी भगाएँगे।"

मशाल उठाकर वे मौत का-सा साहस लेकर सामने दौड़े, और पत्थर बरसाने लगे। डाइन भगाने का इस बार का ढंग टाहाड़ के हनुमान मिश्र के बताए ढंग-सा था। पत्थर बरसाकर डाइन को भगाना होगा। पत्थरों से इस डाइन को हराना पड़ेगा। डाइन का खून बहने से सत्यानाश है, उसकी जान लेने से भी सर्वनाश हो जाएगा।

मशाल की रोशनी में वे लोग पाषाण युग में लौट गए। मैं उस प्रस्तर युग में पथरों के फेंकनेवाले युद्ध का बीसवीं शताब्दी का दर्शक था। यह लड़ाई मेरी भी लड़ाई थी। जिन्दा रहने के लिए लड़ना होगा। लेकिन मैं किसी तरह भी उनके साथ मन-ही-मन शामिल न हो पा रहा था। इस समय, लड़ाई के समय मेरी तरह के अपने को अलग रखनेवाले, डॉक्टरेट के लोभी लड़के को भी अपनी पहचान हो गई। हमारी तरह जो लोग हैं, वे युद्ध के समय दूर खड़े रहकर युद्ध देखते हैं और दूसरों के युद्ध के कार्य-कारण से उसकी वास्तविकता का पता लगाते हैं।

पत्थरों की लड़ाई में, सबके मिलकर एक को मारने के कारण सबमें प्रतिहिंसा जागने लगी। मैं उनके मन की भयंकर भयजनित तीव्र प्रतिहिंसा की गन्ध नाक में पाता रहा। वायलेंस की गन्ध। और बीच-बीच में उन लोगों ने उस पर मशालें फेंकीं। मशाल के ललछौंहे सुँदकते प्रकाश में सहसा डाइन का फूला और विकृत चेहरा देखा। वह विकृत पतले-से बदन की काली, नग्न युवती थी।

पत्थर समाप्त हो जाने पर वह 'आँ—आँ—आँ' चिल्लाती हुई उतर आई। यह लोग और जोरों से पत्थर फेंकने लगे। कंकड़ियाँ नहीं, बड़े पत्थर। यह पत्थर सिर में लगने पर डाइन का खून बहता, लेकिन इन लोगों को उसका कहाँ ध्यान था?

डाइन जंगल की ओर भागती रही। 'आँ—आँ—आँ' की भयंकर चिल्लाहट थी। वे भाग रहे थे। भागते-भागते उसे जंगल में खदेड़कर लौट आए। मैं खड़ा रहा।

लौटकर पहान बोला, "आज रात को सोना नहीं है। जो सोएगा, उसका खून पी जाएगी। सब मेरे घर चलो। मद लाओ, जिसके घर में जितनी हो। हल्ला मचाते हुए रात-भर जागो। कल पूजा होगी।"

बिलकुल इसी तरह मुरहाई गाँव में हुआ था। यहाँ पहान की पुकार पर सारे गाँववाले जागे थे। उसी रात को वहाँ के दो प्रेमी भाग गए। उन लोगों ने कहा था कि वह भी डाइन के अभिशाप से हुआ, क्योंकि जो भागे, उन्होंने ही डाइन को देखा था।

हम लौट आए। यह लोग मद खुद चुआते हैं। घर-घर, ताड़ी रहती है। यह लोग 'टंक' बनाते हैं। उसका नशा बहुत कड़ा होता है।

सब लोग जब शोर मचाते हुए रात में जाग रहे थे तो पहान ने मुझसे डाइन की एक सच्ची घटना बताई।

पहान के घर के बरामदे में माथुर और पहान बैठे हुए थे। दूर गाँव के आदमी और औरतें शराब पीकर रात को जाग रहे थे। डाइन को भगा देने की मन में एक तरह की खुशी होती है। मुरहाई के लोगों को हुई थी, इन लोगों को भी हुई। यह लोग यहाँ गीत गाकर रात को जाग रहे थे। गीत होली का था। होली इन लोगों का वार्षिक शिकार-पर्व का दिन भी होता है। यह गा रहे थे :

होली में गया शिकार करने
लड़का मेरे मन का।
ओ रे वह पूरब गया।
ओ रे वह पच्छिम गया।
साँझ भई, जली होली की अगिन,
वह तो लौटा नहीं।
मैं बनी निरलज्ज, खड़ी कुरुडा के पार,
जब लौटूँ तो, हिरना शिकार का
ढोऊँगी मिल उसके साथ
लौटूँगी चूर-चूर।

माथुर गीत सुन रहा था और सोच रहा था। एक मन लेकर आया था। जो कुछ देखा उससे हेसाडी के लोगों के बारे में नई-नई भावनाएँ हो रही थीं। डाइन की बात सच-झूठ जो भी हो, इनके डर, भयजनित क्रोध और हिंसा बहुत सच्ची चीजें हैं। और भी सच है हनुमान मिश्र का मामला। उनकी बात वक्त पड़ने पर अहिन्दू आदिवासियों के भी काम आती थी, यह प्रमाणित हो गया। सारी जमीनों का क्षरण होता है। हनुमान मिश्र की श्रेष्ठता जिस पर प्रतिष्ठित है वह जमीन धीरे-धीरे ग्रेनाइट-सी कड़ी होती जा रही है।

डाइन भी कम क्रूर नहीं थी। क्यों? वह सचमुच डाइन थी? लोहा-आग, कुछ चीजों से डाइन पराजित मानी जाती है। पत्थर से डाइन पराजित रहती है! डाइन-शास्त्र में यह एक नई बात हुई। डाइन मृत्यु से भी हारती है। अब भी डाइन मानकर किसी पर सन्देह होने से उसकी हत्या कर दी जाती है।

डाइन करती क्या है? दूर से, नजर से चट से दूध में दही छोड़ देती है, बकरी और गायों को मार देती है, खेती नष्ट कर देती है, सूखा बुला देती है, अकाल कर देती है, छोटे बाल-बच्चों की जान ले लेती है, रजस्वला लड़की को अपने दल में खींच लेती है, गर्भिणी के गर्भ में घुस जाती है।

डाइन पर क्या केवल वही लोग विश्वास करते हैं? माथुर की माँ किसी के सामने बाल-बच्चों को खाना नहीं देती, कहती कि नजर लग जाएगी। माथुर की

बहू या बहिनें गर्भावस्था में शाम को आँगन में बाल नहीं काढ़तीं। कहतीं, खराब हवा लग जाएगी।

माथुर तो उसे मान लेता। वह खुद एम.ए. पास है। उसके अपने भाई लोग बी.ए. और बी.एल. पास हैं। तोहरी के हिसाब से ही क्यों, उस अंचल के हिसाब से वह बहुत शिक्षित परिवार है। उस पर माथुर के पिता लकड़ी के अच्छे-खासे ठेकेदार हैं। तमाम लॉरियाँ, बड़े गोदाम, लकड़ी की कटाई-चिराई का कारखाना है।

उनके घर पर कौन नजर डालता? कौन बुरी हवा भेजता? इस तरह का विश्वास करने के माने परोक्ष में डाइन पर विश्वास नहीं हुआ? परिवार को भी सतर्क रखे, तो ऐसी डाइन भी है?

माथुर यह सब सोच रहा था और अपनी शिक्षित चेतना में शिक्षा के ऊपरी स्तर पर और नीचे जो अन्धविश्वास का अन्धकार है उसे समझकर निराश हो रहा था।

पहान बोला, "तुम लोग डाइन-आइन पर विश्वास नहीं करते हो। लेकिन इनसान डाइन बन जाता है। मेरे जीवन की एक कहानी सुनो।"

"कहो।"

"गिधना उराँव का किस्सा जानना चाहते थे। जो गिधना अंग्रेजों से लड़ा था, वह हमारा पुरखा था। अब हम लोगों का कुछ नहीं है। सब लोगों की तरह मैं भी कोहा हेसाडी के गुलबदन की जमीन फसल के दिनों जोतता हूँ, दूसरे वक्त जो काम मिलता है, कर लेता हूँ। और यह पहान का काम है।"

"अच्छा काम है न!"

"अच्छा भी नहीं, बुरा भी नहीं, काम है।"

"कहो।"

"एक गिधना और हुआ। हमारे इसी वंश में। हमारे काका थे। उनका नाम गिधना माँ-बाप ने क्यों रखा, यही सोचता हूँ। गिधना उराँव के बाद इस वंश में वह नाम कोई रखता नहीं। उन्हीं काका के पास मैं आदमी बना। मेरे बाप को बाघ ने मार डाला, यह तुम्हें मालूम है। काका बहुत भले आदमी थे।

"जब तक मुझे जवान नहीं कर दिया तब तक वह भला आदमी था। काका की बहू खचड़ी थी। अपने भाई को पकड़ बेटे को रामगढ़ कोयला खोदने के काम में भेज दिया। उससे काका का मन बहुत टूट गया।

"कोयले के काम में नकद पैसा था। नये मालिक ने जब कोयले की खान ली, तो काका के बेटे ने पक्के मकान में घर लिया। काका की बहू तब गाँव छोड़कर बेटे के पास चली गई।

"तब भला आदमी बुरा हो गया। मैंने कहा, मैं बाप को नहीं जानता, तुमको जानता हूँ। मेरे पास रहो। वह बोला, तेरे भात पर नहीं रहूँगा। मैंने कहा, वह अच्छी बात है। अपना भात खाओ, मेरे पास रहो।

"पता है उसने क्या कहा? बोला, देवी-देवता के पास नहीं रहूँगा। देवी-देवता मानकर चलता रहा। उसी से बूढ़ी बयस में मुझे इतनी शान्ति है। तू चौदह बरस का लड़का है। पहान बनेगा, इसलिए तुझे पहान ने गोद लिया था।

"काका अपने ढंग से रहे, मैं अपने ढंग से रहा। उस साल खूब वर्षा हुई। इस जिलाद में बाढ़, अभी कुरुडा में बाढ़, पानी मानो पागल हाथी की तरह चल रहा हो। पहान ने मुझसे कहा, तू नासमझ है, बिलकुल नन्हा बच्चा, जाकर देख तो आ, काका रात में बत्ती जलाकर क्या करता है?

"मैंने देखा कि काका बत्ती जलाकर किसी को बुला रहा है, भात दे। पानी दे। महुआ निकाल। मुझे छोड़कर मत जाना।

"मैंने कहा, काका? किसे बुला रहे हो?

"काका ने कहा, तेरी काकी को। देखा कि बहुत महुआ पिए हैं।"

"पहान से कहा। पहान बहुत सोच में पड़ गया। अन्त में बोला—रात में निकल जाता, भोर को लौटता, उसे क्या हो गया है?

"मैं क्या कहता, मुझे तो कुछ नहीं मालूम था। दिन में तुम्हारे घर में भूत की तरह काम करता हूँ, शाम होते ही सो जाता हूँ।

"इसके बाद ही गाँव में लोग मरने लगे। पहान की पत्नी के पैर में ईंट लग गई। वह बाद में धनुक की तरह मुड़कर मुँह से फेन छोड़ती मर गई। वह भगत की बुआ, कुरुडा के जल में मर गई। और बच्चों का क्या हुआ? हिचकियाँ लेकर हाथ-पैर सिकोड़कर मरे। सात-आठ मरे, उसके बाद पहान ने एक दिन सबको बुलाकर दिखाया कि काका रात में घर छोड़कर निकल जाता है, जिलाद के मैदान में चला जाता है, सवेरे लौट आता है। वह जिस दिन मैदान में जाता है, उसी दिन लोग मरते हैं।"

माथुर साँस रोके सुन रहा था। बोला, "उसके बाद? तब क्या हुआ?"

"सोचा गया।"

"सोचा गया!"

"पहान ने सोचा। काका ने कहा, जिलाद के मैदान में जाता हूँ, देवी-देवता ने तो सुविचार किया नहीं, भूत-पिशाच से पूछता हूँ, किसके पाप से मेरी पत्नी चली गई? बच्चों ने खोज नहीं ली, मैं भूखा मर रहा हूँ। पहान बोला, तुम्हारे भतीजे ने तुमको रखना चाहा, तुम क्यों नहीं रहे? काका बोले, मैं गरीब हूँ। उनकी देखभाल नहीं कर सकता, काकी खाने को नहीं देती थी, तुमको गोद दिया था। अब वह तुम्हारा बेटा है। वह पहान बनेगा। उसके पास अपने भात पर कैसे रहूँगा? और देवी-देवता की पूजा देखने पर मुझे गुस्सा आता है।"

माथुर को लगा, यह एक भाग्य के मारे आदमी की पीड़ा का कहना है।

"देवी-देवता की पूजा देखने से मन में गुस्सा होता है, इससे ही सब पता चल गया। उसके बाद...।"

"क्या हुआ?"

"रात को सबने काका के घर के दरवाजे पर सूखी झाड़ियों का पहाड़ लगा दिया। मैं कुछ कह न सका, कर भी न सका। कलेजे में कबूतर की तरह फटफटा रहा था।"

पहान ने जल्दी-जल्दी बीड़ी के कश लिये। अतीत की स्मृति से जैसे विचलित हो रहा हो।

"उसके बाद उन्होंने आग लगा दी। उस आग के जलने पर काका चिल्लाया। वह चीख सुनकर मैं आग हटाकर घुसने लगा, मुझे सब लोगों ने हटा दिया। सनीचरी के गाल में आग उड़कर लगी। अभी तक दाग है।"

"उसके बाद?"

"गाँव का सारा शाप दूर हो गया।"

"उसके बाद?"

"पुलिस आई। किसी ने कुछ नहीं बताया। गाँव में तम्बू लगा, दो दिन खोज-खबर लेकर, मुर्गी और महुआ उड़ाकर पुलिस चली गई।"

"काका की पत्नी और बच्चे?"

"कौन जाने उनका हाल!"

"यह तो बहुत दिनों की बात है।"

"सो तो है ही।"

"रात खतम हो गई है।"

"आज मुझे बहुत काम है।"

"पूजा होगी?"

"करनी ही होगी।"

"हेसाडी में डाइन फिर नहीं आएगी?"

"न। वैसा कुछ करना पड़ेगा कि वह फिर न आए। गाँव के लड़के भी कुछ नहीं मानते। गाय, बकरी मैदान में ले जाते हैं। श्मशान के पत्थरों पर बकरियाँ हगती-मूतती हैं। यह अच्छी बात नहीं है।"

"थोड़ा लेट लो।"

"तुम सोओ।"

बरामदे में घास के चबूतरे पर लेटकर माथुर ने अब होली के गीत में लड़कों की बातें सुनीं :

ओ लड़की, ओ पत्थर के कलेजेवाली,
शिकार खेल आया—
तू बन के किनारे नहीं।
तू गाँव के किनारे नहीं।

तू गीले पाँव क्यों आई?
कुरुडा के जल में पाँव भिगोकर?
कोई नया साथी मिल गया क्या?
बालों में कुसुम फूल
तेरा मुँह है लाल।

माथुर सो गया। सोने के पहले पहान से बोला, "मैं फिर तोहरी घूमकर आ रहा हूँ। डाइन का क्या हुआ, यह मालूम करके जाना है।"

हेसाडी गाँव की जानकारी के बाद एक दिन कोहा हेसाडी में बड़ी हाट में तीन बुड्‌ढे मिले। कुरुडा, हेसाडी और मुरहाई के पहान थे। मुरहाई का पहान बोला, "तेरी सनीचरी मर गई?"

"हाँ।"

"अस्पताल में मरी।"

"माथुर लाया।"

"डॉक्टर ने क्या कहा?"

"कुछ बीमारी थी उसे। उस बीमारी में घाव सूखता नहीं, खून बन्द नहीं होता।"

"खून बहना बन्द नहीं होता?"

"न। खून बहा तो बहा, तमाम घाव हो गए। आँखें गड्‌ढों में धँस गईं।"

कुरुडा का पहान हेसाडी के पहान का शोकार्त और कातर चेहरा देख नहीं पा रहा था। वह बोला, "बाबा! डॉक्टर को क्या पता? डॉक्टर सूई लगाना, दवा पिलाना, नाक में नली ठूँसना जानते हैं। सनीचरी को केच्चा (मौत) का नाखून लगा था। उसके बाद इनसान जिन्दा रहता है? सनीचरी गई, अच्छी गई।"

"उसका नाती?"

"मेरे पास है। वह मेरी बचपन की बहिन थी। छोटा-सा लड़का है, कहाँ रहेगा?"

"उसका घर?"

"पड़ा रहे।"

"बहुत दवा और मंत्र जानती थी।"

"उसी में मरी।"

हेसाडी का पहान बोला, "सोमरा, अँधेरा हो रहा है। बताओ, क्यों बुलाया था?"

"बात क्या? डाइन का पता नहीं। उससे डर बहुत है। जब पता चले तब भगाएँगे। मैं कहता हूँ, हमारे लड़के राजी हैं। हम अगर एक साथ तलाश करते।"

हेसाडी का पहान आहिस्ता से बोला, "न। राजी तो हमारे लड़के भी होंगे। लेकिन सोचकर देख लो।"

"तुम बताओ। तुम उमर में बड़े हो, गियान-मान में बड़े हो।"

हेसाडी के पहान ने समझा कि उसकी तरह लँगोटी पहने, झूलती चमड़ी के और दो बुड्ढों के निकट उसे जो सम्मान मिला है, वह उसके दो पुरखों गिधना और कालना उराँव के कारण है। गिधना की फाँसी और कालना की गोली से मौत पर एक गीत सबको मालूम है :

गिधना, तुम मत डरना
गले में फाँसी पड़ने से।
कालना, तुम मत डरना
आगे बढ़ गोली खाने से।
नाम तुम्हारे हुए गाछ के पत्ते।
झरते जितनी बार टहकते उतने ही।

हेसाडी का पहान बोला, "जो जाएँगे, वे माँ-बाप के बेटे हैं। डाइन का स्पर्श लगते ही मर जाएँगे। अपने बेटों को हम पहान होकर मरने भेजेंगे?"

"नहीं, ठीक ही कर रहे हो।"

"जैसा जहाँ हो, वैसा वहाँ काम करेंगे। भली बात है, गुलबदन कोलियरी चलाएगा?"

"सुन तो रहे हैं।"

"देखा जाए। अब पेट का काम नहीं चलता।"

"गुलबदन को तब सस्ती मिल गई, कोलियरी खरीद ली। उसके भाई का ईंटों का भट्ठा भी तो बन्द है।"

"बदमाशी से बन्द कर रखे हैं।"

मुरहाई का पहान अब बेचैनी के साथ बोला, "मेरा बेटा सुनकर आया है कि वह कोलियरी और ईंटों का भट्ठा टाहाड़ के हनुमान मिश्र ने खरीद लिये हैं। पूस के महीने में चालू करेगा।"

"खरीदे। जो भी खरीदेगा, हमें बारह आना रोज से ज्यादा नहीं देगा। या देगा? हमें काम मिलेगा तो काम करेंगे।"

"क्या दिन लगे हैं! समय पर पानी नहीं, हवा में तरावट नहीं।"

"और खराब होगा।"

"तो एक काम करना होगा। आदिवासी दफ्तर से कहना होगा कि हमको कुली का काम मिले।"

हेसाडी के पहान ने माथुर से वही बात कही। बोला, "तुम तोहरी में अफसर से कहना न!"

"कहूँगा।"

यह सरफेस कोलियरियाँ उस अंचल की खूबी थीं। इन कोलियरियों में जमीन के लगभग ऊपर ही निम्नवर्ग का कोयला मिलता था। राष्ट्रीयकरण कर उस दूर दुर्गम में छोटी-छोटी सतह कोलियरियों को सरकारी अधिकार में नहीं लिया गया। यह सरकार से स्वतंत्र व्यक्तिगत मिल्कियत में मौजूद है।

सत्तर-इकहत्तर में पश्चिमी बंगाल में औद्योगिक संकट का शोर मचाकर जो लोग दक्षिण-पूर्व बिहार में घुस गए, उन्होंने उस वक्त दस-पन्द्रह हजार में ही ऐसी एक-एक कोलियरी खरीद ली। आदिवासी और स्थानीय निम्नवर्ग के कुली पानी के भाव मिलते थे। यह लोग बेलचा और कुदाल से, गैंती से भी, कोयला खोदते थे। कच्ची सड़क से ट्रक इस कोयले को दूर-दूर तक ढोकर ले जाते थे।

ईंटों के भट्ठे भी बहुत फायदे के थे। यहाँ की मिट्टी से जो ईंटें तैयार होतीं उन्हें कच्ची सुखाकर भी उनसे बने मकान बहुत बरस तक खड़े रहते, पकाने पर तो बात ही क्या थी! ईंटों की मिट्टी सब जगह नहीं थी, जहाँ कोलियरी थी वहीं थी। दस या पन्द्रह या तीस हजार में ही कोई कोलियरी का मालिक बन जाता था। दस बरस कोयला खोदने में ही काफी फायदा था। अंचल के मजदूर बारह आना रोज पाकर ही धन्य हो जाते थे, क्योंकि वे किसी भी काम में इतना पैसा नहीं कमाते थे।

पता लगाने पर माथुर को मालूम हुआ कि बात सच थी। टाहाड़ के हनुमान मिश्र मन्दिर बनाकर चुप नहीं बैठे। बहुत से फलों के बगीचे खरीदे, तमाम जमीन खरीदी। कुछ कोलियरियाँ खरीद लेने से निश्चित रूप से अंचल उनके हाथों में आ जाएगा।

हनुमान मिश्र ने उससे बात स्वीकार की। अफसोस के साथ बोले कि यह सब अंग्रेजी पढ़ाने का कुफल है। लड़के मन्दिर लेकर नहीं रहना चाहते। अपने ही को देखो न! तुम क्या अपने बाप के ब्यौसाय में गए? उनके लिए ही यह सब करना पड़ रहा है। मेरा कहना है, करो। तुम एक ही क्यों, दस कोलियरी खरीदो। मैं अपना मन्दिर लेकर रहूँगा।

"अंचल के लेबर को तो लेंगे?"

"तबीयत तो ऐसी ही है, देखें विश्वनाथ जी क्या करते हैं? उनकी कृपा के बिना कुछ नहीं होना है।"

माथुर ने हेसाडी आकर सारी बातें कीं। उसके बाद कहा, "ईंटों का भट्ठा तो जल गया है। सब नये सिरे से करना होगा।"

"गए थे?"

"नहीं, वह तो बहुत दूर है।"

हेसाडी के बाद तीन गाँव पार कर जो गुफा है, उसके बाद ईंटों का भट्ठा है।

"टूरा गाँव में? टूरा के पास। टूरा से और थोड़ा दूर।"

"अच्छा, वहाँ हिरण मिलते हैं?"

"क्या मारना है?"

"पूछ रहा हूँ।"

"पता नहीं। इतनी दूर कौन जाएगा? फिर वह गुफा की जगह ठीक नहीं है।"

"क्यों?"

"रात में वह जगह बहुत खराब है।"

"डाइन का तो पता नहीं है।"

"क्या समझूँ? डाइन है, इस बारे में कुछ मालूम नहीं हुआ। सनीचरी मर गई। उस बात को सोचकर भी दुख होता है।"

"चलो न, शिकार के लिए चलें।"

"फिर शिकार!"

"बन्दूक ले आऊँगा। शिकार करेंगे, परमिट पर।"

"ओ:! तुम लोग कितनी परमिट लेते हो!"

"सरकारी कानून तो सब खतम हो गए। गुलदार गाँव में घुसेगा, गाय-बकरी सब मार डालेगा। परमिट आने पर उसे मारेंगे? गुलदार या बड़ा बाघ क्या परमिट जानते हैं?"

"वही तो। तुमको बहुत शौक है?"

"बहुत।"

"कैसे बन्दूक चलाते हो? चाम्पियन।"

"देखा जाएगा। वह गुलदार बहुत खतरनाक होता है। हमारी गायों के लिए कुत्ते पहरे पर रहते हैं। वे गाँव की पुलिस होते हैं। तो गुलदार को अगर कुत्ता मिल जाए, तो फिर कुछ न लेगा। उसी को मार देगा।"

"कुत्ता?"

"गुलदार।"

"ठीक! इस बार आते वक्त थोड़ा-सा किरासिन ला सकते हो? कोहा हेसाडी में परमिट पर किरासिन नहीं मिलता। महुए के तेल में बहुत धुआँ होता है, आँखें जलने लगती हैं।"

"ले आऊँगा। तोहरी से साइकिल पर न आ सकूँगा। दो लड़कों को भेज देना।"

कुछ दिनों के बाद दो लड़के तोहरी पहुँचे। उन्हें दो टीन किरासिन लेना था, और कुछ रस्सी और कीलें। पहान ने कह दिया था, माथुर थोड़ी-सी लाल दवा ले आए। अकेले माथुर को वह दवा मालूम है जिससे जला-कटा सब अच्छा हो जाता है। सनीचरी के नाती का बदन गरम पानी गिरने से जल गया था।

सबके अन्त में वे बोले, "बन्दूक और गोली लाने को पहान ने कहा है।"

"क्यों?"

"गुलदार कहाँ है?"

"ढाई गाँव के जंगल में।"

"किसने देखा?"

"किसने देखा? गाँव के कुत्ते एक-एक कर तीन गायब हो गए हैं। जंगल के ऊपर गिद्ध उड़ रहे हैं।"

माथुर ने एक बड़ी शीशी मर्क्युरियोक्रोम लिया। पहान को यह बहुत अच्छा लगता था। डॉक्टरी दवाइयाँ, इंजेक्शन—कुछ नहीं मानता, पर माथुर के साथ जो दवाइयों का बैग रहता था उसके मर्क्युरियोक्रोम से उसके पैर का छाला अच्छा हो गया था, उसे याद रहा। माथुर को लगा कि पहान दूसरी मानसिकता का आदमी होने पर भी विज्ञान की उन्नति मानता तो है रत्ती-भर। उस बार माथुर ने उसका दाँत पक जाने पर ऐंटीबायोटिक खिलाया था। सनीचरी अस्पताल जाएगी, यह सुनकर पहान ही ने सबसे अधिक जोश दिखाया था।

शायद डाइन के मामले में भी पहान किसी दिन तर्क का परिचय दे।

लेकिन डाइन के मामले में क्या तर्क हो सकता है? माथुर क्या अबकी ज्ञानबुद्धि से डाइन के मामले में कोई सूत्र पा रहा है?

सात-पाँच सोचकर माथुर ने अपनी पत्नी से कहा, "दिलीप की कुछ पुरानी कमीज-पैंटें तो दे दो।"

"बरतन खरीदोगे?"

"नहीं।"

दो लड़के-लड़की होने के बाद भी माथुर और उसकी पत्नी के सम्बन्ध बहुत अच्छे थे। मीरा ने उसे बाप का व्यवसाय न कर मास्टरी करने के लिए कभी भी दोष न दिया। मीरा बहुत ही कोमल और शान्त औरत है। पति के सारे परिवार के लिए दुर्बोध्य होने से मीरा के मन में पति के प्रति एक ममत्व का भाव था।

एक पोटली कपड़े, मर्क्यूरियोक्रोम, कील, डोरी, बीड़ी लेकर माथुर रवाना हुआ। बन्दूक और गोलियाँ भी। शिकार करना उसे बड़ा अच्छा लगता था। जाते वक्त उसने देखा कि मीरा का मुँह सूखा था। जरूर किसी व्रत के कारण उसने कोई उपवास रखा था।

"उपवास किया है?"

"हाँ।"

"क्यों?"

"तुम्हारे लिए।"

"क्यों?"

"डाइन है न, जहाँ जा रहे हो!"

"जिसके घर में तुम हो, उसका डाइन क्या करेगी?"

"ऐसी बात मत कहो। चंगे-चंगे लौट आओ। यह साहब सारे झगड़े की जड़ है। खुद तो पटना में बैठा है, और तुमको आग में ढकेल दिया है।"

"नहीं मीरा, डॉक्टरेट करने पर तुमको लेकर अमरीका चला जाऊँगा।"

बात कहते समय शायद माथुर का वैसा कोई सपना नहीं था। कुछ ही दिनों में कठोर यथार्थ के आघात से उसका मन बैठ गया और वह स्वप्न समाप्त हो गया। अब, इस सबके बाद, माथुर सपने नहीं पालता। अब भी वह तोहरी में मास्टरी कर रहा है, और उस इतिहास को लेकर थीसिस नहीं लिखेगा, गिधना के उस इतिहास का माल-मसाला खोजने के बहाने बार-बार हेसाडी जाता था। पहान को वह प्यार करने लगा था और उनका स्नेह अभी भी रेल लाइन के पास की नदी की तरह समान्तराल है। दोनों के मिलने की कभी सम्भावना नहीं है। माथुर और पहान—रेलपथ और नदी के किसी भी बिन्दु पर मिलने से सर्वनाश अवश्य होगा।

माथुर हेसाडी चला गया। सनीचरी के नाती के फोड़ों और घाव पर दवा लगाई। कीलें ठोंककर आँगन में बैठने के लिए मचान बनाया। पहान के साथ गाँव में, किरासिन बाँटकर सबके धन्यवाद का पात्र बना। उसके दूसरे दिन सवेरे, शिकार मारकर बाघ के साथ गाँववालों की तसवीर खींचने का वादा कर कुछ युवकों को लेकर ढाई के लिए रवाना हो गया।

हेसाडी के बाद तीन गाँव पार कर एक गुफा थी। उसके बाद ईंट-भाटी। उसके बाद टूरा गाँव था। टूरा मुंडा लोगों का गाँव था।

तीन गाँवों के बाद अन्त का गाँव ढाई था। ढाई बहुत ही छोटा गाँव था। वह कुरुडा नदी के पार था। उसके पार जंगल था। आँवला, पलाश, सीधे और छोटे-छोटे पेड़ों का जंगल था। गाँव के कुत्ते नदी के पार हमेशा आया करते थे। एक के बाद एक कुत्ते के गायब होने के मतलब थे—चीते और बाघ। सब जानते थे कि चीते को कुत्तों का मांस बहुत अच्छा लगता है। जंगल के ऊपर गिद्ध उड़ते हैं, जरूर कुत्तों का खाया हुआ शरीर वहाँ पड़ा है। माथुर ने लड़कों से कहा, "बिलकुल बोलना मत, चीता बहुत खतरनाक होता है। आवाज पाते ही भाग जाएगा।" उन लोगों को बड़ा मजा आ रहा था, बहुत उत्तेजना हो रही थी। जंगल के अन्दर से होकर सावधानी से चलना अच्छा लग रहा था। जंगल के भीतर हरी छाया घनी हो रही थी, चलने में मजा आ रहा था। आशा थी कि साँप नहीं होंगे, पाँव में काट न लें।

उसके बाद जंगल और झीना था। आँधी से कई पेड़ गिरे पड़े थे।

पेड़ के ठूँठ पर बैठ उनकी ओर पीठ किये डाइन ने हाथ उठाए। कुत्ते का पैर मुँह के पास ले गई। माथुर के कलेजे में हथौड़ियाँ चल रही थीं। युवक जान छोड़कर भागे।

डाइन ने मुँह फेरा। उसके बाद 'आँ-आँ-आँ' की चीखों से वन को चीरती हुई उठ खड़ी हुई। फूला हुआ, वीभत्स शरीर था। माथुर ने आँखें बन्द कर लीं, बन्दूक फेंककर पीछे घूमा, फिर भागा।

भागते-भागते उसने पीछे घूमकर देखा। डाइन पीछा करती आ रही थी। लेकिन ढीले कदमों से। माथुर ने फिर भागना शुरू किया।

लड़कों ने समझ लिया था कि डाइन ने माथुर को मार डाला है। डाइन की

'आँ-आँ-आँ' की चीख से वह धारणा और पक्की हो गई। माथुर अच्छा भाग सकता है, इसलिए उसने ही उन्हें आकर पकड़ लिया।

माथुर बोला, "डाइन नहीं है। आदमी है।" उन्होंने माथुर को एकदम उड़ा दिया! डर, बहुत डर! उसी के साथ भयानक क्रोध।

वे ढाई गाँव के अन्दर से चिल्लाते हुए गए, "डाइन! डाइन! औरतो, घर में जाओ। मर्दो, बाहर आओ। हम जा रहे हैं।"

वे हेसाडी चले गए। ढाई, तोपा और बुरुडी गाँव के आदमी निकल आए। अब माथुर इस नाटक के मंच पर था। निकलने की राह नहीं थी। और यह उसका नाटक नहीं था, उसकी कोई भूमिका नहीं थी। वह अपेक्षा करने लगा।

अपेक्षा करते-करते, उनकी गुस्से से भरी बातें सुनते-सुनते उसे अचानक एक विस्फोटक सत्य देखने को मिला।

आकाश में बादल मँडराते हैं, पानी नहीं बरसता। जंगल में कन्द नहीं मिलता। नदी में मछलियाँ नहीं हैं। हवा मानो साँस छोड़ रही हो।

बातें ऐसी थीं। सहसा माथुर ने समझा कि मानवरचित आर्थिक संसार में इन लोगों का स्थान नहीं है। ईंटों का भट्ठा, कोलियरी-बोकारो का इस्पात कारखाना, लकड़ी का रोजगार, रेल लाइन, खेत-खेती—सभी ने इन्हें बेकार बना दिया है।

प्रकृति ही इनका एकमात्र सहारा है। बरसात हो तो खेती हो, जंगल हरे-भरे हों, कन्दमूल मिलें, नदी में मछलियाँ हों। अनावृष्टि से प्रकृति के स्तन सूख गए हैं। इसलिए यह डाइन को उसका उत्तरदायी मानकर क्रुद्ध हैं। उसके बाद आदमी को इनकी जरूरत नहीं। प्रकृति के विमुख होने से यह समाप्त हो जाएँगे।

एक-एक कर लोग इकट्ठा हुए। सब सशस्त्र थे। सबके हाथों में लाठियाँ, कमर में पत्थर थे।

यह गुस्सा क्यों है, यह माथुर को पता था। लेकिन यह जानकर भी माथुर उनकी मनोभूमि पर उतरकर उनसे एकात्म नहीं हो पाता था। माथुर और वे एक ही अंचल की सन्तान थे। लेकिन माथुर के हाथों में बन्दूक का कुन्दा था। नली उनकी छाती की ओर थी। सवर्ण हिन्दू बनाम आदिवासी। बन्दूक फेंककर टार्गेट और घातक हाथ मिलकर एक नहीं हो सकते थे।

हेसाडी के पहान के आकर पहुँचने के समय ग्यारह बज गए। उसके बाद सौ से अधिक लोग एक साथ चिल्लाते-चिल्लाते जंगल में घुसे।

डाइन उठ खड़ी हुई। डाइन झुकी जा रही थी, फिर चल रही थी। बार-बार ठोकर खा रही थी। जंगल में पत्थर फेंकना बेकार था। पेड़ों से टकरा जाते। 'आँ-आँ-आँ' कभी गरज और कभी आर्तनाद बन जाता।

"हे! तुम लोग ठहर जाओ। वह नदी पार कर रही है।"

"कहाँ जाएगी?"

"अरे, अरे, गुफा में जा रही है।"

"गुफा में?"

"तुम लोग देखो!"

जंगल का सहारा छोड़ डाइन अब नदी पार कर रही थी। धीमी गति से। बीच-बीच में मुँह फेरकर देख लेती है। हाथों को ऊपर उठाती है, फिर पेट दबा लेती है। उसका हिलना, डुलना, चलना बहुत अजीब था।

"मार पत्थर!"

"खून गिरे तो नहीं जानता।"

डाइन झुकी। उसके बाद पत्थर उठा घूमकर खड़ी हो गई।

लोग ठिठककर खड़े हो गए। माथुर उनके पीछे था। वह अच्छी तरह देख नहीं पा रहा था। सहसा, प्राय: विद्युत-गति से डाइन जान छोड़कर गुफा में भागी।

"गई-गई-गई।"

सभी आकर गुफा के सामने खड़े हो गए। टूरा गाँव के मुंडा लोग भी आए थे। जनता का मिजाज बहुत गरम हो रहा था।

ढाई गाँव का पहान बोला, "तुमने यह क्या किया?"

"क्या किया?"

"वह हमारे जीवन में घुस गई।"

"हमने घुसाया?"

"वह गुफा से नहीं निकलेगी।"

"हमें पता है।"

"हमें आफत में फँसाकर तुम्हें जाने न देंगे।"

"रोकोगे?"

"काटकर फेंक देंगे।"

"हमें काटना नहीं आता है?"

हेसाडी का पहान बोला, "यह कोई काम की बातें नहीं हैं। ऐसी मुसीबत है।"

"बताओ, क्या करें?"

"उसे निकालकर भगाना होगा।"

"निकालेगा कौन?"

"हम।"

"कैसे?"

"सियार के भीटे में घुस जाने पर क्या करते हो?"

"आग जलाते हैं।"

"आग जलाओ।"

ढाई का पहान बोला, "जलाकर मारोगे? ऐं? उसे जलाओगे?"

"न, न, उसे मारने पर अपनी मौत है।"

"तब क्या कह रहे हो?"

"गुफा के मुँह पर आग जलाओ। धुएँ की गर्मी से वह निकलेगी। तब खेदना।" टूरा का पहान बोला, "खेदेंगे जंगल की ओर। गाँव की ओर नहीं। अपने गाँव में हम अकाल से जल रहे हैं।"

"जल कौन नहीं रहा है?"

"वही कह रहा हूँ।"

अब माथुर जो कुछ देख रहा था वह सब अस्वाभाविक लग रहा था। आश्चर्यजनक तेजी से वे लोग पेड़ों को काट रहे थे, झाड़ियाँ काट रहे थे। जनता खून की प्यासी थी। सैनिकों की तरह वे गुफा के मुँह पर झाड़ियों और डालियों का ढेर कर रहे थे। ढाई गाँव से कोई किरासिन लाया। उन पर छोड़ा। हेसाडी के पहान ने चकमक ठोंका।

आग-ही-आग। हवा ने झोंके मारे। आग फैल रही थी। धुआँ गुफा में जा रहा था। आग की गर्मी से हरी डालें फट-फट की आवाजें कर रही थीं। आग से बचने के लिए लोग पीछे हटे।

सबने गरदनें आगे बढ़ाईं। सब स्तब्ध थे। आँखों में, चेहरों पर भयानक उल्लास था। भयंकर संकल्प था।

"निकल! निकल!"

हेसाडी का पहान हिल क्यों रहा है? क्या मंत्र पढ़ रहा है? क्या यह डाइन को खोंचा मारकर निकालने का कायदा है?

सब हिल रहे थे। सब कह रहे थे, "निकल! निकल!" माथुर एक होकर इनके साथ हिल रहा था। क्या उसके अन्दर भी कहीं प्रस्तर-युग है? माथुर ने पेड़ की डाल पकड़कर बदन को सँभाला।

"वह! वह देखो।"

धुएँ की कुंडली अचानक साँप की तरह बन गई। अजगर की तरह श्लथ सर्पिलता से वह गुफा में घुसी। धुएँ में सब कुछ अँधेरा हो रहा था।

'आँ-आँ-आँ-आँ-आँ-आँ' आर्तनाद, मानव का आर्तनाद, मानवी ही तो डाइन बन जाती है। जब बन जाती है तो मनुष्य ही उसे खोंच-खोंचकर बाहर निकालता है। माथुर के कलेजे में सब टूटा क्यों जा रहा है?

'आँ-आँ-आँ-आँ' अचानक चीखें रुक गईं। सन्नाटा। भयानक सन्नाटा। उसके बाद कातर रुदन। अद्‌भुत और अविश्वसनीय। मानो कोई सद्य:प्रसवा रोई हो।

सभी डरे हुए, खोए-से थे। अचानक समस्त दृश्य की अवास्तविकता को भंग कर टूरा का पहान चीख पड़ा, "ना-आ!"

टूरा का पहान भागा हुआ गया। एक बड़ी-सी डाल खींचते-खींचते वह दोनों हाथों से आग ठेल रहा था। राह बना रहा था।

"क्या कर रहे हो?"

"मुझे जाने दो।"

"न।"

"मैं जाऊँगा, जरूर जाऊँगा।"

"न।"

"छोड़ दो।"

"मरोगे?"

"मरा हूँ, मर गया हूँ। मैं तुम्हारे पैर पड़ता हूँ...।"

टूरा के पहान ने उसका हाथ काटा। लोगों ने उसका हाथ छोड़ दिया। उसके अपने हाथ में खून बह रहा था।

टूरा के पहान ने खून से सना मुँह हथेली से पोंछकर कहा, "जो आगे बढ़ेगा उसे काट डालूँगा। सब चुपचाप खड़े रहो।"

टूरा का पहान आग को रौंदता हुआ भागा। उसके बाद उसकी आवाज से गुफा रोने लगी। 'सोमरी! सोमरी! सोमरी!'

माथुर आगे बढ़ा। अयथार्थ के दुःस्वप्न से यथार्थ में लौटा। उसने भीड़ की ओर देखा, आग रौंदता अन्दर घुसा।

गुफा के अन्धकार में आँखें काम नहीं कर रही थीं। अबाबीलों की दुर्गन्ध थी। अबाबील धुएँ से पंख फड़फड़ाकर उड़ रहे थे।

गुफा में जमीन पर टूरा का पहान घुटनों के बल जमीन पर बैठा था। जमीन पर एक युवती नंगी पड़ी थी। उसके पैरों की फाँक में नाल-लगा नवजात बच्चा था।

"मेरी बेटी।"

टूरा के पहान ने जमीन से ही कहा। उसके बाद अँधेरे में आँखें उठाकर कहा, "गूँगी। शरीर बड़ा हुआ। अक्ल नहीं। टाहाड़ के हनुमान मिश्र के घर उपले बनाने में लगाया था। उपलों के काम में।"

"कब?"

"बरस हो गया। आज पाँच महीने हुए उसकी खबर नहीं। मिश्र जी बोले, वहाँ से कहीं चली गई। बहुत खोजा, नहीं मिली। बाद में पता चला कि ठाकुर के बेटे ने उसे खराब किया। खेजने जाने पर जूते खा आया। डाइन, डाइन, ठाकुर ने डाइन की बात फैला दी। सो नहीं मालूम था कि मेरी सोमरी डाइन है। बिलकुल पता नहीं था।"

"डाइन नहीं थी!"

माथुर ने मुँह मोड़ा। हेसाडी और मुरहाई के पहान थे।

टूरा के पहान ने वध्य पशु के समान सिर हिलाया। उसके बाद रुँधे-विकृत स्वर में बोला, "मुझे भी मारो। इस निकम्मे को भी।"

"डाइन नहीं है!"

हेसाडी के पहान की इस प्रसंग में दो बातें थीं। अर्थात डाइन के प्रसंग में अन्तिम बात। उसके बाद हेसाडी के पहान ने जो कुछ कहा, वह टूरा के पहान की बेटी सोमरी के प्रसंग में पहली बात थी।

"तुम उठ आओ। अरे, औरतों को बुलाओ, यह उनका काम है।"

"क्या काम?"

टूरा के हतबुद्धि, विभ्रान्त पहान ने नजर उठाई। जो मारे गए हों, उन्हें क्या काम रह जाता है? हेसाडी के पहान ने गुफा की दीवार थामकर मुँह घुमाया। बोला, "ढाई गाँव में औरतें नहीं हैं? नाल नहीं काटेंगी? बुलाओ। उठो।"

उसने माथुर से कहा, "कमीज उतारो। बाप के हाथों में दे दो। बाप रह सकता है। हम-तुम नहीं रह सकते।"

हेसाडी का पहान निकल आया। चिल्लाकर बोला, "सारी बातें बाद में होंगी। टूरा के पहान की गूँगी खोई हुई लड़की सोमरी के बच्चा हुआ है। कोई गाँव में जाओ। औरतों को बुलाओ। पहान! तुम्हारे गाँव में आदमी नहीं हैं?"

"डाइन कहाँ है?"

"टाहाड़ में जाकर खोजो। गूँगी-बहरी को लड़कों ने तंग कर भगाया था। सो बाद में धुआँ दिया, डाइन निकाली, पत्थर मारो, जान से मत मारो।"

"तुम यह क्या कह रहे हो?"

"जो कह रहा हूँ ठीक कह रहा हूँ। गिधना-कालना के नाती का नाती, डाइन होने पर यह बातें कहता? जाओ, गाँव में जाओ।"

इस बात के बाद दूसरी बात नहीं थी। गिधना-कालना सबके रक्त में स्वप्न बनकर जीवित हैं, जीवित रहें।

हेसाडी का पहान कभी उनका नाम लेकर कोई अधिकार नहीं जताता। और अगर जताता है तो उनकी ही तरह इस भूखे पहान की बात सारे उराँव मानने को बाध्य होते हैं।

टूरा के मुंडा युवक गाँव की ओर भागे।

ढाई से औरतें आईं। नाल काटा, बच्चे को पोंछकर साफ किया। जिन्होंने डाइन को पत्थर मारकर निकालना चाहा था, जिन्होंने आग जलाकर डाइन को गुफा से निकालना चाहा था, उन्होंने पत्ते और डालें काटकर मचान बनाया।

औरतें सोमरी को पकड़कर बाहर लाईं। माथुर की कमीज से इस समय उसकी नग्नता ढँकी गई। सोमरी ने सबकी ओर देखा। न, उनकी आँखों में प्रतिहिंसा नहीं थी। आदमी लोग उसकी ओर देख नहीं पा रहे थे।

मचान पर उसे और बच्चे को लिटाया गया। ढाई गाँव की पहानी ने बिस्तर-सा बना दिया। उस पर उसको उठाया गया। टूरा का पहान पत्तों सहित एक डाल से सोमरी पर की धूप बचाकर मचान के साथ-साथ पैदल चला।

अब आदमी लोग उलझन में थे। सब अपने-अपने गाँव को लौटेंगे। हेसाडी का पहान और माथुर जंगल में घुसे। माथुर ने बन्दूकें और गोलियाँ ढूँढ़ निकालीं।

चलते-चलते माथुर ने एक बात भी न की। हेसाडी के पहान ने दो बातें कहीं, "भूख की तड़पन से कच्चा मांस खाया था।"

माथुर कुछ न बोला।

"तुमने हनुमान मिश्र से जो बातें कहीं थीं, उन्हें वापस ले लो। हम लोग उसके कुली के काम पर नहीं जाएँगे। किसी को नहीं जाने दूँगा। बाहर के कुली भी न लाने दूँगा।"

माथुर ने सिर हिलाकर 'अच्छा' कहा, बोला नहीं। शान्ति, आश्चर्यजनक शान्ति थी। हेसाडी का पहान, बीच-बीच में चुप हो जाना चाहता था। लगता था कि जो कुछ देख रहा था सब कुछ नया था। माथुर समझ रहा था कि हेसाडी का पहान समझ रहा है कि हवा वैसी ही मीठी है, वन वैसे ही हरे हैं। आतंक के दबे बादल उड़ गए थे, इसलिए हेसाडी का पहान समझता है कि सब कुछ जैसा था, वैसा ही है। आकाश ने कभी रंग नहीं बदला था। हवा रुकी नहीं थी। अनावृष्टि के दूसरे बरसों में प्रकृति जैसी रहती है, वैसी ही है। हेसाडी का पहान ही दूसरी तरह का हो गया था, इसलिए सोच रहा था कि सब कुछ बदल गया है।

हेसाडी का पहान फिर बोला, "खुद नहीं जाएँगे। बाहर से किसी को जाने नहीं देंगे।"

माथुर कुछ न बोला। 'हाँ' जताकर सिर हिलाया। उसकी आँखों में आँसू उमड़ रहे थे। पहान बोला, "रो क्यों रहे हो?"

माथुर कुछ न बोला। पहान और उसके मिलन का तो कोई बिन्दु नहीं है। वे समान्तराल हैं। मिलते नहीं। वह कैसे समझाए कि उसे रुलाई क्यों आ रही है!

जंगल छोड़कर वे नदी पार उतरे। पीछे देखने पर उन्हें बहुत दूर पर टाहाड़ में हनुमान मिश्र के बड़े ऊँचे मन्दिर की पीतल की ध्वजा दिखाई दी।

उन्होंने पीछे न देखा। चलने को सामने अभी लम्बी राह है।